환절기에 온 편지

환절기에 온 편지

초판 1쇄 발행 2019년 12월 10일

지은이 김래임
펴낸이 배선아
펴낸곳 (주)고즈넉이엔티

출판등록 2017년 3월 13일 제2018-000115호
주소 서울시 중구 퇴계로26길 52 1층
대표전화 02-6269-8166 **팩스** 02-6166-9199
이메일 gozknock@naver.com

ⓒ 김래임, 2019
ISBN 979-11-6316-064-9   03810

이 도서의 국립중앙도서관 출판예정도서목록(CIP)은 서지정보유통지원시스템
홈페이지(http://seoji.nl.go.kr)와 국가자료공동목록시스템(http://www.nl.go.kr/kolisnet)에서
이용하실 수 있습니다. (CIP제어번호: CIP2019044910)

환절기에
온
편지

김래임 장편소설

고즈넉이엔티 GOZKNOCK ENT

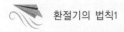

환절기엔
바람이 먼저 분다

구름 한 점 없이 새파란 하늘이었다. 햇살은 눈부셨고 뺨을 스치고 지나가는 바람은 기분 좋을 만큼 시원했다.

수아는 모든 것엔 날이 있다고 생각하는 편이었다. 술 마시기 좋은 날이나 쇼핑하기 좋은 날, 자전거 타기 좋은 날 같은. 물론 그런 날들의 구분 기준은 대부분 날씨였다.

오늘은 드라이브하기 딱 좋은 날이었다. 그래서 수아의 아우디 A6는 벌써 두 시간째 도로 위를 달리고 있었다. 원래대로라면 30분도 안 걸리는 거리라 벌써 도착하고도 남았을 터였다.

"아깝잖아. 이런 날씨가."

옆에 누가 있는 것도 아닌데 수아는 변명하듯 말을 내뱉었다. 그때 전화벨이 울렸다. 희수였다. 이 순간만큼은 누구의 전화도 받고 싶지 않다고 생각해도, 희수는 예외였다.

희수는 수아의 고등학교 친구지만 재작년부터 채무로 얽힌 사이가 되었다. 시골에 계신 희수의 어머니가 급작스런 사고로 큰 수술을 하게 되었고, 장기입원까지 해야 하는 상황이었다. 급하게 목돈이 필요해진 희수는 수아에게 1500만 원을 빌렸다. 그리고 차차 갚아 나가서 현재 남아 있는 금액이 500만 원 정도였다.

"응, 무자야. 왜?"

수아와 희수는 채권자와 채무자의 '채'를 빼고 서로를 무자와 권자로 불렀다. 그건 희수가 정한 거였다. 채무자라는 걸 계속 잊지 않아야 돈을 꼬박꼬박 갚을 수 있을 것 같다며.

"권자야…… 어쩌지? 갑자기 주인집에서 보증금을 올려 달라고 하네."

희수의 목소리는 잔뜩 풀이 죽어 있었다.

이게 무슨 타이어 바람 빠지는 소리람. 희수의 말을 듣자마자 수아의 기분도 푹, 단번에 가라앉았다. 사실 수아는 지금 자꾸만 바닥을 치려는 기분을 끌어 올리려고 한껏 애쓰는 중이었다.

누군가는 이런 햇살 좋은 날 아우디에 올라타 디올 선글라스를 끼고 머리칼 휘날리며 달리는 수아를 보고 '팔자 좋네!' 할 게 분명했다.

그래, 세상 걱정 없는 인간으로 보이겠지. 당연하다. 하지만 세상은 절대로 보이는 대로 믿어서는 안 되는 곳이다. 지금 당장 주인이 올린 보증금을 못 구해 전전긍긍하는 희수가 수아의 상황보다 백배는 나을 테니까.

"그래서, 그럼 남은 빚은 무기한 연기야?"

"아니, 우선 3개월만 연기하고 그 다음부턴 30씩 갚던 거 20으로 줄여야 할 거 같아. ……그래도 될까?"

'될까?'라는 물음표로 끝난 말이지만 사실상 '그럴게!'라는 느낌표가 찍힌 말이었다.

"그래…… 일단 알았어."

"그리고 수아야, 너 혹시…… 돈 좀…….."

순간, 수아는 여기서 희수의 말을 끊어야겠다고 생각했다. 보증금을 빌려 달라는 말을 듣고 싶지 않았으니까.

"미안, 무자야. 나 지금 어디 가는 중이라 통화를 길게 못 해."

"아, 그래? 미안. 근데 어디 가는… 아니다. 일 잘 봐."

"……나 헤어지러 가."

희수가 물으려다 만 질문에 굳이 대답을 했다. '네가 돈을 빌려 달라고 봐 급히 끊는 건 아니다'라는 인상을 심어줘야 할 것 같았고, 앞으로 알려질—말하고 싶지 않지만 결국은 알게 될—사실의 포석을 좀 깔아둬야 할 것 같았다.

"뭐? 너 사귀는 사람 있었어?"

"나중에 말해줄게. 암튼 지금은 좀 그래."

희수가 먼저 전화를 끊었다. 후, 수아는 얇은 한숨을 뱉어냈다. 시원하고 청량했던 바람도 축축한 짠기를 머금은 바닷바람이 되어 척 달라붙는 것 같았다. 결국 망쳤다. 마지막 드라이브는.

이 좋은 날씨에 쿨하고 멋지게 함께하고 싶었는데. 뭐 길바닥을 두 시간씩 빙빙 도는 것부터가 이미 쿨한 거랑은 거리가 먼 거지만.

'가자 그만. 그만 빙빙 돌고 빨리 헤어져버리자.'

수아의 A6는 그제야 진짜 목적지를 향해 출발했다.

도착할 데가 가까워지자 수아는 처음 아우디 A6의 주인이 되던 때가 떠올랐다.

알아서 비켜 간다는 그 값비싼 외제차가 내 차가 되었던 그날! 수아는 세상을 다 가진 것만 같았다. 누구의 도움도 없이 오로지 자신의 힘만으로 장만한 거라 더욱 그랬다. 이렇게 가다 보면 운전기사를 둘 날도 머지않은 것 같았다.

그래, 다음 목표는 운전기사를 두는 거다! 금세 새로운 목표를 정한 마음이 붕붕 떠올랐다.

얌전히 잘 있을 '베이비'겠지만 자다가도 걱정되고 보고 싶었다. 한밤중에 주차장으로 달려갔다. 그리고 도저히 그냥 두고 올 수 없어 차에서 잠이 들었고, 경비 아저씨에게 '번개탄을 피우고 죽은 사람'으로 오해를 받은 해프닝도 있었다.

그랬던 수아의 아우디 A6가 도착한 곳은 중고차 매장이었다.

수아는 이제 자신이 '베이비'라고 부르며 애지중지했던 A6와 헤어져야 했다. 하지만 감상적인 슬픔은 접어두어야 한다. 이제부턴 어떻게든 조금이라도 더 값을 올려 받아야 하는 전투의 시간이었으므로.

수아는 어깨에 메고 있던 샤넬 백을 잘 보이도록 앞으로 고쳐 맸다. 다 팔아버리고 딱 하나 남은 명품 가방이었다. 구두도 마놀로블라닉이다.

마놀로블라닉은 몰라도 샤넬은 알겠지. 아무튼 절대 돈이 궁해서 차를 팔러 온 사람처럼 보이면 안 된다. 그럼 저쪽에서 절박한 심정을 이용해 후려치기를 할 게 뻔하니까. 무조건 이 차가 지겨워져서 팔려는 사람처럼 보여야 한다.

문득 수아는 '어쩌다 이렇게 됐을까'라는 생각이 들었다. 요즘 하루도 안 하고 지나가는 날이 없는 생각이었다.

　사업이 잘되면서부터 수아가 입고 메고 신는 것들의 수준은 수직 상승했다. 비싼 거 싫어하는 사람은 없다지만 수아는 본래 그런 것들을 밝히는 타입은 아니었다. 알맹이 없이 겉만 번지르르한 건 딱 질색이었으니까. 다만 사업체의 오너가 되면서 '이 정도는 해줘야' 같은 급으로 대우 받고 무시당하지 않는다는 것을 알았다.

　위로 올라갈수록 겉모습은 두 말할 나위 없는 신분증이었다. 가끔씩 수아는 겉모습이 신분증이 되는 일이 별로였다. 한눈에 척 스캔당하고 가치가 매겨지는 게 썩 유쾌한 일은 아니지 않나. 그랬던 수아가 오늘은 이 신분증이 아니면 안 되는, 이것만이 유일한 방어 무기인 입장이 되었다.

　수아는 겉모습에 목매는 사람들의 심정을 조금이나마 알 것 같았다. 이렇게, 이런 것으로나마 자신을 증명할 수밖에 없는 순간이 있는 거였다.

　그런데 딜러는 정말 말도 안 되는 금액을 불렀다.

　이걸 어쩌지? 수아의 얼굴에 잠시 당혹감이 스쳤다.

　톡 문의에 전화 문의까지 하고 가장 후하게 쳐주는 곳을 찾아온 거였다. 물론 어느 정도 금액 다운이야 예상했다. 하지만 이 정도로 후려칠 줄이야. 베이비를 곱게 보내주려던 수아는 마음을 고쳐먹었다.

　그래도 보아하니 이 딜러는 그렇게까지 골치 아픈 상대는 아니었다. 제일 골치 아픈 건 앞에서 말간 얼굴로 있다가 뒤에서 딴말하는 건데, 적어도 이 작자는 수가 빤히 보이는 쪽이었으니까. 아마도 딜러는 수아가 젊다 못해 어린 여자라는 것에 방점을 찍고 쉽게 보는 듯했다.

"사장님이 그래도 나름 순수하신 분이네요."

수아의 말에 딜러가 잠시 멈칫하는 듯하다가 비식 웃으며 대답했다.

"그럼! 내가 양심적이지."

"그건 아니죠. 계약서 다 쓰고 나서 입금할 때 뒤통수 안 치고 이렇게 앞통수부터 치니까 양심은 없지만, 나름 순수하시단 거죠."

"무슨 소리야?"

"아니면 지금 130 깎고, 나중에 합의 본 금액에서 수리비조로 150 더 깎아서 입금하실 건가? 아, 그럼 진짜 양심 없는 건데."

딜러가 뜨끔하는 게 느껴졌다. 물론 그건 아주 찰나였고, 곧 관리된 표정으로 돌아왔다. 하지만 사업체 오너로 협상 테이블에 앉아 수십 건의 크고 작은 계약을 따냈던 수아로서는 아주 찰나라고 해도 그 표정을 놓칠 리 없었다.

"새파랗게 젊은 아가씨가 잘 알지도 못하면서 뭐라는 거야? 금액이야 차 상태에 따라 당연히 달라지는 거지. 차에 잔 흠집도 많고, 딴 데 가봐. 다들 이 정도로 부르지. 파는 사람이 아쉽지, 뭐. 아쉬울 거 없으면 딴 데 가고."

'새파랗게 젊은 아가씨'라는 멘트가 나오는 걸 보니 역시 어려 보이는 여자라고 더 만만하게 본 게 분명했다. 딜러는 태연한 표정으로 배짱을 한껏 튕겨댔다. 그래, 지금 아쉬운 건 수아였다. 돈줄이 말라붙다 못해 툭 끊어진 상태니까. 하지만 여기서 물러설 순 없었다.

여기에, 밀린 사무실 임대료와 아직 남아 있는 직원들 네 명의 월급이 달려 있었다. 마지막 월급이었다. 망할 땐 망하더라도 직원들의 월급을 떼먹을 순 없다는 게 수아의 생각이었다.

스물일곱 젊디젊은 청년 사장이기에 더 그랬다.

'어린 게 사업한다고 설쳐대더니 마지막엔 글쎄 직원들 월급까지 못 줬다더라.'

망한 건 망한 거더라도, 그런 불명예를 뒤집어쓰고 싶진 않았다.

"네, 아쉬운 거 없으니까 딴 데 갈 건데요. 그전에 사장님 사원증 좀 보여주세요."

사원증 얘기가 나오자 딜러가 잠시 멈칫했다. 수아는 바로 알았다. 이 딜러가 참 구린 데가 많다는 걸.

"웃기는 아가씨네. 딴 데 갈 거라면서 내 사원증은 왜 확인하려고?"

"내가 안 당했다고 다는 아니잖아요? 서로서로 돕고 사는 세상인데, 다른 피해자가 생기는 건 막아야죠."

"참 나, 기가 막혀서. 거래를 안 할 거면 그만이지, 왜 멀쩡한 사람을 범죄자로 몰아? 가! 얼른 가슈! 내 기분이 더러워서 그쪽이 몇백을 더 깎는대도 살 생각 없으니까."

"거래 안 한다고 사원증 안 보여주시면 없는 걸로 간주하고 바로 신고 들어갑니다."

딜러는 인상을 있는 대로 팍 구긴 채 수아를 보았다.

수아는 그 험악한 눈빛에 눌리지 않고 '뭘 어쩔 건데?' 하는 시선으로 받아쳤다.

이런 눈싸움이 안 통한다는 걸 알았는지 딜러가 사무실 안으로 들어갔다. 안으로 들어가는 딜러의 걸음걸이가 어쩐지 느릿하고 마지못한 듯싶었다.

이미 수아의 촉은 그가 불법 딜러라는 데 꽂혀 있었다. 중요한 건 그 촉을 뒷받침할 증거였다. 사무실에서 나온 딜러는 수아 앞에 사원증을 툭 내밀었다.

"보슈. 속고만 살았나. 사원증 없이 장사하는 딜러가 어딨다고."

딜러는 '이제 됐냐'는 식의 당당한 표정이었다.

수아는 딜러의 얼굴과 사원증 속 사진을 꼼꼼히 비교했다. 같은 사람은 맞았다. 딜러가 '됐지?' 하고 눈앞의 사원증을 거둬 가는데, 수아가 '잠깐만요!' 그를 저지했다. 수아는 핸드폰을 꺼내 버튼을 눌렀다.

"지금 뭐 하는 거야?"

"이 사원증이 위조인지 아닌지는 확인해봐야죠."

수아의 말에 딜러의 당당했던 표정이 싹 사라지고 순식간에 얼굴이 벌겋게 달아올랐다.

"보자보자 하니까 정말 해보자는 거야?"

"아니, 왜 화를 내세요? 사원증에 무슨 문제 있어요?"

수아가 태연하게 물었다. 역시 모든 일은 끝날 때까지 끝난 게 아니다. 이제 됐다, 문제없다, 싶을 때도 한 발짝 더 나가 보아야 한다.

"무슨 문제가 있다고 그래? 내가 재수가 없을라니까 진짜!"

"그래요, 문제없으시니까 확인 끝날 때까지 편하게 기다리시면 되잖아요."

수아가 핸드폰 통화버튼을 눌렀다.

"잠깐!

딜러의 다급한 목소리가 매장 안을 울렸다.

"50. 원래 시세보다 50 더 쳐줄게."

수아가 빙긋 미소를 띤 채 딜러를 보았다.

그는 '진상 걸렸네'라는 표정을 짓고 있었다.

진상은 내가 아니라 너죠. 수아는 더할 나위 없이 태연한 미소로, 딜러의 찌푸린 미간을 맞받아쳤다.

"겨우 돈 50에 제 양심 팔겠어요? 50이면 제가 들고 있는 이 백 하나 값도 안 나와요."

수아는 어느새 허리 옆으로 돌아가 있는 샤넬을 앞으로 당겨 내 보였다.

"그래서 얼마를 원하는데?"

"사장님, 샤넬은 아시죠? 샤넬 신상은 중고로 사려고 해도 400이 넘어요. 근데 뭐, 너무 터무니없는 액수를 부르는 것도 좀 속보이니 까, 깔끔하게 200만 더 받을게요."

"200? 미쳤네, 미쳤어. 신고해! 차라리 신고하라고!"

뭐, 그럼. 수아는 심드렁하게 대꾸하며 다시 버튼을 누르기 시작 했다.

"네, 여보세요. 거기……."

"150!"

수아를 보던 딜러가 다급하게 소리쳤다. 수아가 다시 한 번 빙긋 미소 지으며 핸드폰을 가방에 집어넣었다.

'돈 50이나 150이나, 다를 게 뭐니. 네 양심 참 싸다.'

계약서를 작성하고 사인하면서 한편으로는 씁쓸한 마음이 들었 다. 하지만 지금은 이런 생각에 빠질 때가 아니었다. 제 입으로 들어 가는 밥값에 만 원짜리 한 장 쓰는 것도 아까워 편의점 김밥으로 때 우는 형편이었으니까.

"나가서 절대 신고하거나 인터넷에 뭐 올리지 말구…… 요."

딜러가 말끝에 '요'를 반 박자 늦게 붙이며 어색한 존댓말을 했다.

나이 지긋해 보이는 딜러도 인터넷이 무서운 건 알고 있는 듯했다. 요즘 같은 시대에 인터넷에서 한 번 잘못 털리면 잘나가던 가게가 망하는 건 순식간이었다.

수아의 스튜디오도 그랬다. 수아는 3D 피규어를 제작하는 스튜디오의 대표였다. 어느 날 클레임 처리에 불만이었던 고객이 수아의 스튜디오를 저격하는 글을 올렸다. 클레임 처리가 미흡했던 건 사실이지만, 그 저격 글은 정말 핵폭탄급이었다. 수아의 스튜디오는 순식간에 '뻔뻔하고 돈만 밝히는 곳'으로 전락해버렸다.

중고차 매장을 나선 수아는 일단 좀 걷기로 했다.

하지만 그마저도 얼마 못 가서 탈이 났다. 마놀로블라닉의 굽이 '일단 좀 걷기'엔 너무 높은 탓이었다. 갑자기 발이 아프니까 차를 팔았다는 게 확 실감이 났다.

이제 이 구두는 신발장 구석에 처박혀 나올 일이 없을 거라고 수아는 생각했다. 그러다 곧 미련한 자신을 타박했다.

정신 차려, 봉수아. 처박긴 뭘 처박아? 팔아야지. 팔 수 있는 건 다 팔자.

수아는 처음부터 사업에 대한 꿈이 있어 4년제보단 관련 학과가 있는 3년제 전문대를 갔고, 졸업하자마자 스튜디오를 차렸다. 초반 6개월 정도는 그냥저냥이다가 어느 순간 훅 치고 올라갔다. 단기간에 성공한 거였다.

잘될 때는 갑작스럽다는 느낌이 없었는데, 망하는 건 정말 갑작스러웠다. 4년 만에 성공과 실패가 모두 일어났다. 아우디를 타고 샤넬을 들고 마놀로블라닉을 신는 게 자연스럽게 느껴질 때, 모든 걸 뺏겼다. 이리저리 인간을 데리고 놀기 즐거워하는 악마의 유치한 수작 같았다.

'즐거웠니? 근데 이거 원래 네 거 아냐. 자, 그럼 이제 회수 타임!'

"왜 난데? 왜 날 망하게 하는 건데! 나한테 왜 이러냐고!"

절뚝거리며 걷던 수아는 문득 멈춰 서서 하늘을 향해 냅다 소리를 질렀다.

지난 몇 개월간 직원들 앞에서 의연하게 보이려고 얼마나 가면을 바꿔 써댔는지.

차분한 대표, 격려하는 대표, 용기 주는 대표, 힘내는 대표. 상황마다 필요한 가면이 참 많기도 했다. 그런데도 결국은 이렇게 된 거였다.

적어도 오늘만큼은 저 하늘에 대고 내 민낯 좀 보여주자. 땅에 굴러다니는 돌멩이한테라도 내 성질 좀 터트리자! 있는 대로 소리를 지른 수아는 눈에 보이는 돌멩이를 힘껏 차버렸다.

"아앗! 내 구두!"

순간 구두 앞코 장식이 톡 떨어지면서 돌멩이와 함께 날아가 버렸다.

수아는 얼른 장식이 날아간 쪽으로 뛰어갔다. 이 순간 발이 아픈 건 중요한 게 아니었다. 앞코 장식이 없으면 구두를 팔 수가 없었다.

다행히 장식은 멀지 않은 곳에 있었다. 하지만 수아의 얼굴은 안도감을 떠올릴 새도 없이 일그러졌다. 장식은 촘촘한 큐빅으로 이루어져 있었는데, 그중에서도 하필 가운데 큐빅이 우수수 떨어져 나간 것이다.

아아, 이제 이 구두는 더 이상 아무것도 아니었다. 100만 원이 넘는 구두가 5만 원으로도 돌아오지 못한 채 끝나버렸다.

이렇게나 순식간에. 이 구두를 망칠 생각은 추호도 없었는데!

갑자기 툭, 눈물이 터져 나왔다. 한순간에 망가져버린 구두가 마치 자기 자신처럼 느껴졌다. 이 구두가 다시 명품이 될 수 없는 것처럼 수아 자신의 인생도 더 이상은 지난날과 같이 화려하게 꽃을 피울 날이 없을 것만 같았다.

누군가는 그러겠지. 넌 일흔일곱이 아니라 스물일곱이다. 얼마든지 다시 일어서고 또 일어설 수 있다. 그래, 그 말이 뭔진 알겠다. 수아도 누군가 자신과 같은 상황에 처한 사람이 있다면 그렇게 말해줄 것 같으니까. 젊음은 절망적인 인생의 가장 강력한 항산화제라고.

하지만 지금 이 순간엔 동네 정자에 모인 할아버지 할머니들의 말만 떠올랐다.

'이제 좀 살 만하니 곧 죽을 날이네.'

겁나는 건 그거였다. 인생의 시련과 절망을 열심히 걷어내고 걷어내다가 늙어버리는 것.

인생은 원래 그런 거라고, 원래 즐거운 날보다 힘든 날이 더 많은 거라는 말에 묻어가는 인간이 되고 싶진 않았다. 하지만 그래서, 지금 어떡할 건데?

그렇게 엉엉 울지도 못하고 눈물만 질질 흘리며 섰는데 핸드폰이 울렸다.

이런 타이밍에 오는 전화 중에 좋은 전화는 없다. 꼭 쓸데없는 전화가 와서 사람 화를 돋우거나, 더 절망적인 전화가 와서 방금 울었던 것마저 무색하게 만들어버리곤 한다.

액정에 뜬 번호는 저장되어 있지 않은 아주 평범한 핸드폰 번호였다.

뭐지? 아, 그건가!

수아는 며칠 전에 3D 피규어로 제작될 음료 광고에 지원했던 사실을 떠올렸다. 그게 통과됐다는 연락인지도 모른다! 수아는 얼른 목을 가다듬고 전화를 받았다.

"네, Bon스튜디오 봉수아입니다."

"봉수아 씨? 봉수아 씨 맞으시죠? 안 받으시면 어쩌나 했는데. 아이고, 일단 반갑습니다."

왠지 거북스럽고 느닷없는 멘트. 이런 멘트를 구사하는 사람 입에서 자신의 이름이 튀어나오자 수아는 아무 이유 없이 기분이 나빠졌다.

"누구시죠?"

되묻는 목소리에 불쾌하다는 티가 그대로 묻어났다.

"아, 저는 송영훈이라고 합니다."

송영훈? 처음 들어보는 이름이었다. 기분 나쁜 목소리에 처음 들어보는 이름. 더 생각할 필요도 없었다. 막 끊으려는데 목소리가 들렸다.

"임성혜 의원님이 찾으세요."

그리고 자신의 소개가 이어졌다. 임성혜 전 국회의원의 전 보좌관이자 현 수행비서. 그게 전화를 건 송영훈이라는 사람의 정체였다.

"봉수아 씨 외할머니, 유은옥 여사님과 관련한 문젭니다. 원래 봉수아 씨 어머님께 연락을 드렸는데 당분간 해외 체류 중이시라고요."

외할머니? 외할머니는 수아가 태어나기도 전에 돌아가신 분이다. 수화기 너머로 들리는 할머니의 이름이 낯설었다. 할머니와는 어떻게 아는 사이인 거지? 무슨 일로 그러는 거고?

궁금증이 일었지만 일단 접어두기로 했다.

"죄송하지만 지금 당장 약속을 잡을 순 없을 것 같습니다. 몇 가지 확인 후에 다시 연락드려도 될까요?"

"네, 기다리고 있겠습니다. 연락 주십시오."

전화를 끊자마자 수아는 엄마에게 전화를 걸었다. 엄마는 기다렸다는 듯 말했다.

"전화 받았지? 네가 엄마 대신 그 자리 좀 다녀와."

"그 의원이랑 할머니랑 어떻게 아는 사인데? 무슨 일이야?"

"나도 잘 몰라. 그쪽에서 일단 얼굴 보고 얘기하자고 하더라고. 안 좋은 일은 아니래. 가보면 알겠지. 그러니까 궁금하면 나가봐. 만나면 정중하게 굴고."

엄마가 전화를 끊으려고 했다.

"됐어. 그럴 정도로 궁금하진 않아. 내가 지금 그런 데 갈 상황이야? 수호 보내."

"수호는 이제 막 공무원 돼서 적응한다고 정신없잖아. 그리고 네 동생이고. 한 살이라도 더 먹은 맏이가 가는 게 낫지."

"엄마!"

수아의 귀에는 그게, '망해서 할 일도 없는데 한가한 네가 다녀와라. 이제 막 취직한 애 시간 뺏지 말고'로 들렸다.

물론 엄마는 수아가 전처럼 잘나가고 동생 봉수호가 고시생이었더라도 '그런 자리는 번듯한 네가 가는 게 낫다'고 하며 수아를 내보냈을 거다. 어쨌든 봉수호가 아닌 봉수아가 당첨이겠지만, 지금은 진짜 아니었다. '번듯한 봉수아'라면 또 모를까, '망한 빚쟁이 봉수아'로 그곳에 가는 건 정말이지 내키지 않았다.

'무슨 일을 하고 있죠?' 물으면 뭐라고 해! 네, 3D피규어 제작 스튜디오를 맡고 있습니다. 오, 사업을 하는군요. 경기는 어때요? 잘되나요? 아뇨, 망했습니다. 이렇게 대답할 순 없지 않나.

그렇다고 곧 폐업 신고할 회사를 잘나간다고 둘러대기도 싫었고, 솔직한 것도 거짓을 말하는 것도 모두 자존심이 구겨지는 일이었다.

"그럼 엄마 2주 뒤에 들어오면 그때 가면 되겠네. 그쪽에서 먼저 찾은 거잖아. 아쉬운 쪽이 기다리겠지. 암튼 난 안 갈 거니까 그렇게 알아."

"너 정말! 그 귀한 분 약속을 어떻게 2주나 미루니? 그냥 좀 다녀오면 안 돼?"

엄마의 목소리에서 초조함이 느껴졌다. 내 쪽에선 아쉬울 게 없는데 상대방이 아쉬워한다면, 그건 내게 매우 유리한 딜을 진행시킬 수 있는 신호였다.

불현듯 수아는 밤마다 자신을 괴롭히던 한 가지 고민에서 해방될 절호의 기회가 왔음을 직감했다. 이게 딜이라면, 수아가 진행했던 것 중에서 가장 어렵고 이기적인 딜이 되겠지만.

"그냥 좀 다녀오는 건 안 돼. 귀찮고 불편한 자리, 없는 시간 쪼개서 가는 건데 나도 좋은 게 있어야지."

"얘가 뭐래는 거야 진짜. 또 뭘 뜯어가려고."

엄마의 목소리에 잔뜩 경계심이 묻어났다. 역시 봉수아의 엄마 이민주 여사답게 눈치가 빨랐다.

"나 거기 나가는 대신…… 보증금 오백만 해줘."

지금 살고 있는 집은 한 달 후면 비워줘야 했다. 이젠 오백짜리 원

룸에 들어가야 했다. 지금 거주하는 집 보증금은 여기저기로 진즉에 털린 상황이라, 오백을 만들기가 쉽지 않았다.

어찌어찌 마련해서 구한다고 치자. 갚아야 할 빚도 있는데 당분간 월세며 생활비는 또 어떻게 충당한단 말인가. 한숨이 절로 푹푹 새어 나오던 참이었다. 그런 참에 이건 기회였다.

뻔뻔하다고, 양심 없다고 욕먹어도 별수 있나.

돈이 궁하면 사람은 멋진 애인도, 좋은 친구도, 쿨한 인간도 될 수 없다. 효도 또한 너무나 먼 일이다.

"넌 지금 그런 말이 나와? 지금 네 아빠는 조카 결혼식이라고 이 먼 데까지 와서 돈이라곤 쥐꼬리만큼 내놓고, 고모 볼 낯이 없어서 쥐구멍이야. 그래, 따지면 이건 문제도 아니지. 우리 식구 집 내놓고 코딱지만 한 데로 이사 가야 되는 게 문제지! 이게 다 누구 때문인데!"

엄마의 답답한 한숨이 수화기 너머로 흘러나왔다. 족히 백 번은 들었을 저 한숨 소리. 오장육부를 다 긁고 지나가는 소리에, 갑자기 속에서 울컥 뜨거운 것이 솟구쳤다. 순간, 내가 죄인이니 아무 말 말자며 꾹꾹 눌러두었던 말이 튀어나왔다.

"그래, 지금 이사 가는 거 나 때문이지. 나도 미안하게 생각해. 근데 엄마, 넓은 집으로 이사 갔던 것도 나 때문이잖아. 내가 사업 잘된 거 아니었음 애초에 큰 집으로 못 갔다고."

이렇게 쏟아낸다고 속이 시원해지는 건 아니었다. 후회가 동시에 밀려왔다. 하지만 이미 뱉은 말을 다시 주워 담을 수도 없었다.

사업이 잘되면서 부모님이 원래 사시던 25평 아파트에서 35평으로 옮길 수 있게 돈을 보탰다. 그때는 정말 순수한 효심의 발로였고, 뿌듯해서 한동안 밥을 안 먹어도 배가 부른 기분이었다. 그건 아우디 A6를 장만했을 때보다 훨씬 더 큰 기쁨이었다. 그 기쁨이 이렇게 허무하게 돌아올 줄이야.

"너 이 기지배, 말 다했어? 네 돈으로 넓힌 집이니까 네 돈 빼가도 아무 말 말란 소리야? 너 그렇게 나오면 나도 할 말 있어. 네 돈 안 들어간 전 집으로 돌려놔! 지금 너 땜에 이사 가는 집이 네 도움 없이 살던 집보다 더 작으니까!"

엄마가 화를 내며 쏘아붙였다. 수아는 오히려 다행이라는 생각이 들었다. 엄마가 이렇게 나오는 게 차라리 더 나았다. 한숨을 쉬거나 눈물 짓는 것보다는. 그래야 덜 미안해지고, 엄마가 화낸다는 걸 핑계 삼아 맘속 말들을 다 꺼낼 수 있으니까.

"나 대학 내내 장학금이랑 학자금 대출로 등록금 해결하고 알바로 용돈 벌어서 손 한 번 안 벌리고 다녔어. 학자금 대출도 다 내가 갚았고. 근데 봉수호는 뭐야? 할머니는 쌈짓돈 모아 입학금 줘, 엄마는 따박따박 용돈 줘. 알바도 한 번 안 하면서 장학금도 못 받고. 걔 학자금 대출 받은 건 내가 갚았잖아. 공무원 시험 준비 비용도 내가 떠맡았고."

사실 수아는 지금 막 쏟아낸 이 일들이 엄마에게 따질 정도로 그렇게 억울하진 않았다. 자신의 일들을 스스로의 힘으로 해결했다는 것. 그리고 집안 식구를 도와줄 능력이 된다는 것. 그건 수아에게 자부심을 느끼게 해주는 일이기도 했다.

그런데 그 아름답게 반짝거리던 자부심이 이렇게나 쪼잔하고 치사한 모습으로 변모할 수 있다니. 수아는 지금 자기 자신에게 놀라고 있는 중이었다. 그렇지만 여기서 멈출 수도 없었다. 원하는 결과를 얻어내기 전까지는.

"그래, 그건 고마워. 누가 안 고맙대? 그래서 집 팔아서 너 대출금 갚으라고 주고 코딱지만 한 집으로 이사 가잖아! 그럼 그걸로 계산 끝난 거 아니니?"

"아니, 계산이 안 맞지. 엄마 봉수호 결혼자금 모은다고 적금 들어갔잖아. 할머니는 주택청약 넣고 있고. 봉수호는 2년 동안 개 등록금이며 용돈에, 또 2년간 시험 준비까지 전부 다 공짜 돈 쓰고, 나중에 엄마가 준비한 결혼자금도 받는다는 거 아냐. 개가 이제부터 생활비 준다고 쳐도 그래. 뭐 얼마나 줄 것 같아?"

"얘가 진짜 왜 이래? 그게 뭐 다 수호 결혼 자금인 줄 알아? 말이 수호 결혼 자금이지, 집안 비상금이야. 집에 누구 하나 아프기라도 해봐라."

"……엄마, 나 딱 한 가지만 물을게."

낮게 깔린 음성과 '딱 한 가지'라는 단어가 주는 압박감 때문인지 수화기 너머에선 대답이 없었다.

"그거 정말 집안 비상금이야?"

"그럼, 당연하지!"

"그럼 그거 나한테 좀 써. 나도 집안 식구잖아. 지금 집안 식구 중에 나만큼 비상인 사람이 어딨어?"

수화기 너머로는 다시 침묵이 흘렀다. '아 정말 어쩌다 이렇게 됐을까!' 좀 전에 중고차 매장에서 했던 생각이 다시 드는 수아였다. 하지만 이건 또 그것과는 다른 무게였다. 비교할 수 없을 만큼 더 처절하게 처량했다.

"그래서 기어이 오백을 받아 가시겠다?"

"오백을 그냥 받겠다는 게 아니잖아. 오백 주면, 엄마가 다녀오라는 그 자리 나간다고."

엄마 입장에선 복장이 터질 말이라는 걸 알고 있었다. 누가 안 그렇겠나. 하지만 지금 수아로선 오백에 대한 맞교환을 할 수 있는 카드가 이것뿐이었다.

"이 기지배가 진짜! 너는 그걸 말이라고 해? 딸년이 아니라 웬수야, 웬수! 내가 정말 못 살아!"

잔뜩 거친 말이지만 이 말은 오케이 사인이었다. 그래도 마지막까지 확인은 해야 했다. 수아는 엄마에게 '어떡해? 나가, 말아?'라고 물었다.

"알았으니까 정신 똑바로 차리고 다녀오기나 해!"

엄마가 팩 소리치고는 전화를 끊었다. 이 정도면 제법, 아니, 아주 남는 장사였다. 반나절만 잘 버티면 살 집이 생기니까. 눈물로 퉁퉁 부은 수아의 눈이 오늘 처음으로 둥글게 반달을 그리며 휘어졌다.

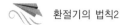

왜 갑자기
약속이 늘어날까?

1953년생이니까, 일흔에 가까운 연세였다. 1970년대 여성노동운동의 대모.

검색된 기사에 공통적으로 나오는 임성혜 의원의 수식어였다.

수아는 자신이 태어나지도 않았을 때 활약한 늙은 여자의 이력에 별 감흥이 생기지 않았다. 3선 국회의원까지 지냈다는데, 재작년 정계은퇴를 하고는 더 이상 뉴스에 거론된 적이 없었다.

내일 만나기 전에 그녀가 공적으로 어떤 일을 해온 사람인지 알아보는 건 당연했다. 이력을 알고 나면 만나자는 이유도 어느 정도 짐작할 수 있을 테니까. 하지만 수아는 임성혜 의원을 검색할수록 더 아리송해지기만 했다.

이런 이력의 임 의원과 외할머니가 대체 무슨 관련이란 말인가. 하지만 수아는 더 깊게 생각하지 않기로 했다. '비즈니스 미팅'이 아니라 '엄마의 심부름꾼'으로 가는 것이었으므로.

언젠가 정치인은 자신이 잊히는 걸 못 견뎌 한다는 얘기를 들은 적이 있었다. 문득 수아는 검색창에 자신의 이름을 쳐보았다.

작년에 청년 창업을 위한 한 행사에서 성공한 청년사업가로 강연을 한다는 소식이 봉수아에 대한 마지막 기사였다. 수아는 잊혀졌고, 그건 지금 자신이 간절하게 원하는 바였다. 이제 수아에 대한 새로운 기사가 생성된다면, 청년사업가의 비참한 말로밖에는 남은 것이 없을 테니까.

임 의원의 저택은 자그마한 정원이 딸린 교외의 단독주택이었다. 수아는 약속시간에 딱 맞춰 도착했지만, 먼저 대기실로 안내되었다. 말이 대기실이지, 그냥 작은 방 하나에 테이블과 의자를 놓은 게 전부였다.

수아는 마음속에 불이 이는 것 같았다. 최근 어딘가 밀폐된 곳에만 들어오면 오래 견디질 못했다. 좁은 대기실에서 벌써 30분이 지났다. 10분에 한 번꼴로 송영훈 비서가 죄송하다고 호들갑을 떨고 갔다.

참자. 이건 오백만 원짜리 일이야. 봉수아 네 집 보증금이 생기는 일이라고. 수아는 당장이라도 뛰쳐나가고 싶은 충동을 애써 눌렀다. 하지만 가슴의 답답증 때문인지 수아는 좀처럼 평온해지지 못했다.

끈 떨어진 정치인을 보려는 사람들이 그렇게나 많은 건가요?

기다려 달라는 말을 세 번째 듣자, 이런 비아냥이 입안에서 맴돌았다. 평소 감정이 얼굴에 드러나는 걸 경계하는 편이지만, 지금은 얼굴에 짜증스러운 기색이 훤히 드러나는 걸 그냥 내버려두었다.

"더 기다릴 수 없어요. 다음에 오든가 할게요."

수아는 대기실 의자에서 가볍게 일어났다. 송 비서가 허리를 90

도까지 굽히며 호들갑스럽게 굴었다.

"10분만! 딱 10분만입니다."

아, 정말. 잘못 걸렸네. 저렇게까지 허리를 굽히고서 10분을 부탁하다니. 그냥 무시하고 가기도 뭐했다. 무척이나 예의 바른 족쇄였다.

수아는 다시 허물어지듯 의자에 앉았다. 그래, 딱 10분만 더. 수아는 그 10분이 제발 10분답게 빨리 지나가기만을 바랐다.

송 비서가 기다려 달라고 부탁한 마지막 대기 시간도 거의 끝나가고 있었다. 수아는 이 상황을 믿을 수가 없었다. 아, 정말 언제까지 이 좁은 대기실에 갇혀 있어야 하는 거냐고!

실제로 얼굴 한 번 본 적 없는 외할머니가 자신을 괴롭히고 있다는 생각이 들었다. 수아에게는 그저 낡은 사진 속에만 존재하는 할머니였다. 그런 할머니를, 수아는 태어난 이래 가장 오래 생각하고 있었다.

명절에, 집안 친척들 모인 자리에서 외할머니가 거론되기라도 할라치면, 누구 하나 할 것 없이 어르신들의 입에서 험한 욕이 딸려 나왔다. 집 나간 년, 도둑년, 성질 개 같은 년……

수십 년 전에 사라진 사람을 두고 이런 험담이 무슨 소용일까. 이젠 노친네들의 꺼져 가는 머릿속에서 기억도 가물가물할 텐데 여태껏 원수처럼 여겨지는 할머니였다. 그런 외할머니가 수아에겐 오랫동안 동정의 대상이었다.

집 나간 년? 집 나갈 수도 있지. 그게 뭐 죽을죄라고.

제 동생 월사금 훔쳐 내뺀 년? 그럼 집 나가는데 돈 없이 나가나. 당연한 거구만 뭘.

사람 가리지 않고 대드는 개 같은 성질머리? 집 나가 홀로 버티려니 독해지는 게 당연한 거지.

하지만 수아가 마냥 넉넉한 마음일 수 없는 대목은 '밖에서 애나 낳아온 년'이라는 부분이었다. 바로 그 애가 수아의 엄마였고, 구박덩어리로 자란 엄마도 사고 치듯 스물을 넘기자마자 수아를 낳았는데, 그 원죄까지 외할머니가 뒤집어썼다.

그렇게 외할머니에서 엄마 그리고 자신으로 이어지는 몹쓸 피의 계보는 외가 집안이 꽁꽁 싸매 감추고 싶은 치부이기도 했다.

그러니 수아는 자신이 이곳에 와 있는 상황을 더욱 납득하기 힘들었다.

집안의 골칫덩어리였던 외할머니와 한 시대를 요란하게 풍미한 3선 국회의원 할머니. 이 두 사람은 어울리는 구석이 전혀 없어 보였으니까.

10분이라는 시간이 다 됐으므로 수아는 일어나 엉덩이를 털었다.

일단 왔고, 한참이나 기다리다 못 만났으므로 할 만큼 한 셈이었다. 그러니 엄마의 5백만 원은 받고 나중에 다시 와야 한다면 추가로 요금을 청구할 생각이었다.

대기실 문고리에 손을 얹는데, 핸드폰이 울렸다. 거래처 박 사장이었다.

"봉 사장! 내일 하기로 한 계약, 그거 오늘로 당기면 안 될까?"

스튜디오 장비들과 피규어들을 처분하기 위한 계약이었다.

"안 돼요, 지금 양평이라. 거기까지 가려면 저녁에나 도착해요."

"봉 사장 돈 급하다며. 나도 급한 일 생겨서 내일 아침에 중국 들어가야 해. 한 보름 걸릴 것 같은데."

"그런 말 없었잖아요! 나도 바쁘다고요!"

"그럼 보름 기다리든가."

"박 사장님!"

수아는 핸드폰을 꽉 쥐었다.

내가 망했다고 멋대로 시간을 바꿔요? 박 사장님 뭐 하나라도 더 팔려고 번질나게 들락거리면서 사정하던 분 아니었어요?

수아는 튀어나가려는 말들을 간신히 붙들었다. 그건 수아 자신이 들어도 자격지심에서 비롯된 말이 분명했으니까. 시간을 확인했다. 지금 출발하면 얼추 7시엔 도착할 것 같았다. 수아는 아랫입술을 지그시 깨물다 입을 뗐다.

"그럼…… 7시까지만 기다려주세요."

"6시 반까지 스튜디오로 와! 그 뒤엔 나 없어."

스튜디오를 비워줘야 하는 날이 5일 뒤라 그전에 어떻게든 장비를 처분해야 했다. 박 사장이 그나마 값을 후하게 불렀다. 그래 봐야 돈 백 더 건지는 거지만, 지금은 돈 십만 원이 아쉬웠다.

어쩌면 지금 보자는 게 스튜디오 장비를 한 번 더 점검할 속셈인지도 몰랐다. 다시 장비를 보고 값을 더 깎자고 나와도 선택의 여지는 없었다.

문을 열자 마침 송 비서가 우르르 몰려나가는 사람들을 배웅하고 있었다. 그의 허리가 그들을 향해 마구마구 숙여졌다.

"사무장님, 너무 걱정하지 마시고요! 한 번 더 밀어붙여보시고요. 조심해서 올라가시고요!"

수아를 기다리게 한 그들은 의외로 평범한 행색의 50대 아주머니들이었다. 다들 똑같은 상의를 입고 있었는데 뒤에는 '한국대학교 비정규직 노조'라고 써 있었다.

송 비서가 대기실에서 나와 있는 수아를 발견하자마자 손뼉까지 치며 너스레를 떨었다.

"아, 딱 맞게 나오셨네. 바로 들어가시죠."

딱 맞기는. 수아는 40분이나 기다린 사람에게 능청을 떠는 모습이 얄미워 대답을 생략했다.

안방을 개조한 것처럼 보이는 집무실은 책상 하나와 키 높이 되는 책장 몇 개, 가운데 원탁 탁자 하나가 전부였다. 임 의원이 원탁 탁자 앞에 앉아 있었다.

조금 전까지 이 방에서 무슨 대화가 오갔는지 몰라도 그 열기가 남아 있는 듯 공기가 후텁지근했다.

"많이 기다렸다고 들었어요. 임성혜예요."

기다리게 해놓고도 그다지 미안한 표정이 아니어서 수아는 굳이 '아니요, 괜찮습니다'라고 대답하지 않았다. 수아는 일부러 벽에 걸린 시계를 한 번 힐긋거린 뒤 인사했다.

"봉수아예요. 어머니한테 외할머니 일이라고만 들었어요."

자, 앉읍시다. 임 의원이 수아에게 자리를 권했다. 그리고 수아가 앉자마자 노트 한 권을 불쑥 내밀었다.

임 의원은 생각보다 몸짓이 거침없었다. 노령임에도 불구하고 활력이 느껴졌다.

"봉수아 씨 외할머니의 육필 원고예요. 은옥이가 죽기 얼마 전에 이걸 보내왔어요. 잘 간직하고 있다가 민주에게 전해 달라고."

수아는 그제야 임 의원이 내민 노트를 찬찬한 시선으로 보았다. 노트 앞에 글씨가 적혀 있었다. 한 자 한 자 정성 들여 쓴 티가 나는 글씨였다.

'평범한 날들의 기록, 유은옥'

수아의 눈이 다시 임 의원에게 향했다.

설명이 필요했다. 갑자기 무슨 육필 원고인 건지, 지금 이걸 주려고 부른 건지, 왜 지금에야 주는 건지.

여러 물음표가 한꺼번에 떠올라 뭐부터 물어야 할지 정리가 되지 않았다.

"은옥이가 수아 씨 어머니에게 남긴 글이에요. 딸에게 남긴 편지이기도 하고, 은옥이 인생에 자서전 같은 글이기도 하지. 돌려주기엔 너무 오랜 시간이 지난 건 아닌가 하는 생각도 들었지만…… 그래도 이젠 돌려줘야 할 것 같아서."

임 의원의 말 덕분에 마구 튀어 오른 물음표들은 어느 정도 진정이 되었다. 하지만 그런 답변에도 어떤 물음표는 전혀 수그러들지 않았다. 그러니까 이 질문은 좀 전에 대기실에서부터 떠올라 있던 질문이었다.

'내가 왜 여기에 있지?'

질문에 대한 답은 간단했다. 엄마에게 오백을 받는 대신 이 자리에 나가겠다고 했으니까. 하지만 그 답을 듣고서도 수아의 머릿속엔 이 질문이 계속 맴돌았다. 내가 왜 여기 있지? 왜 여기에서 이 낯선 사람과 마주 앉아 말을 섞고 있는 거지?

내가 왜 여기 있나. 비단 지금 이 순간뿐만 아니라 요즘 수아가 가는 모든 곳에 따라다니는 질문이었다.

세상이 요즘 너무 혼란스러웠다. 모든 게 순조롭던 일들이 한 번 꼬이자 우주 저편에서 블랙홀이 찾아왔다. 그 안으로 빨려 들어가 뒤죽박죽 얽히기 시작하니 어느새 이상한 나라의 앨리스가 되었다. 다른 세상, 한 번도 와본 적 없는 세상에 뚝 떨어진 것 같았다.

하지만 실은 그게 아닐지도 몰랐다. 한 번도 와본 적 없는 세상으로 뚝 떨어진 게 아니라 일이 제대로 풀리기 전, 원래 자신이 있었던 세상으로 돌아온 것일지도.

그런 생각이 들 때면 수아는 끊임없이 질문했다. 내가 왜 여기에 있지?

회사가 흔들리기 시작하면서부터 수아는 난데없고 혼란스런 상황을 못 견뎌 했다. 어디에도 맞지 않는 퍼즐 조각을 들고 망설이는 느낌. 아니, 자신이 세상 어디에도 맞지 않는 퍼즐 조각인 것 같은 느낌. 그런 느낌이 들 때면 견딜 수가 없었다.

지금도 그 느낌이 수아를 휘감았다. 갑자기 모든 게 피곤해졌다. 머릿속 질문들과 이 상황들이 전부 거대한 피로 덩어리가 되어 어깨를 짓누르는 것 같았다.

"수아 씨?"

임 의원이 차분한 목소리로 수아의 이름을 불렀다.

"저는…… 외할머니를 본 적도 없어요."

피로한 수아에게서 본심이 툭 튀어나왔다.

그건 수아에게 외할머니는 부과된 '호칭'으로만 존재할 뿐, 낯선 사람이나 다름없다는 말을 한 거였다.

한 명은 너무 늙었고, 한 명은 늙기 훨씬 전에 이미 세상에 없고.

그사이에 자신이 있다는 게 무슨 의미인지 모르겠을 뿐더러, 누가 말해준다고 한들 알고 싶지도 않았다.

"그러니까 엄마가 왔어야 했는데."

난 엄마가 아니니까 내게 말을 해봤자 별 의미 없다고, 그저 빨리 여기서 나가고 싶을 뿐이라는 말을 수아는 그렇게 전했다.

말을 어렵게 돌려 꺼낸 탓인지 목소리가 가늘게 떨려 나왔다. 그러자 활력 넘치던 임 의원의 목소리도 보조를 맞추듯 가라앉았다.

"나는…… 수아 씨 외할머니, 은옥이랑 함께 공장에 다닌 적이 있어요."

수아는 그 얘기가 어디서 연결되었을지 금세 짐작했다. 동생의 월사금을 가지고 도망치듯 상경한 시골 처녀. 학교도 못 다니고 기술도 배운 게 없으니 먹고 살려면 공장밖에는 갈 데가 없었을 것이다.

수아가 고개를 들어 관심을 보이는 듯하자 임 의원의 목소리가 조금 밝아졌다.

"거기서 은옥이와 노동운동을 했어요."

아, 수아는 자신도 모르게 신음 같은 소리를 내뱉었다. 함께 공장에서 일했다는 우연한 접점의 놀라움보다 노동운동이라는 단어가 주는 이질감이 몇 배로 컸다.

외할머니는 다니던 공장에서 노동운동을 했다! 그리고 함께 노동운동을 한 친구가 지금 눈앞의 임성혜 전 국회의원이다.

수아의 시선이 노트로 옮겨 왔다. 그 내용이 이 노트에 담겨 있는 걸까? 대답을 해주듯 임 의원의 말이 이어졌다.

"내 젊은 날의 가장 중요한 장면들이 은옥이 글에 모두 담겨 있어요."

임 의원은 건강이 더 안 좋아지기 전에 자서전을 집필할 계획이라고 했다. 할머니 글에 나온 부분을 많이 인용해야 하는데, 가족의 동의를 구하고 싶어 했다. 그제야 수아는 임 의원이 자신을 왜 보자고 한 건지 알게 되었다.

수아는 지체 없이 승낙했다. 물론 그건 수아의 의지는 아니었다. 엄마는 임 의원이 무엇을 말하든 그저 되도록 '네'라고 대답하라고 했다. 수아는 5백만 원의 대가로 순순히 엄마가 시키는 대로 할 뿐이었다.

"민주, 수아 씨 어머니께 잘 전해 드려요."

수아는 낯선 손길로 노트를 받아 들었다. 이건 수아에게 신기하지도, 진귀하지도 않았다. 그렇다고 마구 하찮은 것도 아니었다. 이건 그저 낯선 것. 그 이상도 이하도, 무엇도 아니었다.

돌아오는 차 안에서 엄마의 전화를 받았다. 탈 없이 잘 끝냈는지 체크하는 전화였다.

"할머니가 엄마한테 남긴 글이 있어. 할머니 본인 인생사이기도 하대. 노트 한 권 분량이야."

수아는 임 의원에게서 들은 말을 기계처럼 읊었다.

나한테 글을 남겼다고? 엄마가 혼잣말처럼 반문했다. 그렇대. 한국 들어오면 갖다 줄게. 수아가 다시 심드렁하게 대꾸했다.

"아냐, 우선 네가 갖고 있어."

"왜, 안 궁금해?"

당장이라도 보고 싶다고 할 줄 알았는데 의외였다.

"그냥 좀 갖고 있어. 내가 달라고 하면 그때 줘."

엄마는 더 이상 말하고 싶어 하지 않는 듯했다. 하지만 상대방이 말하기 꺼려할수록 더 캐묻고 싶은 게 사람 심리였다. 아니, 그러니까 왜? 수아가 다시 물었다.

"마음의 준비 좀 하고 읽으라고 그런다, 왜! 네가 나라고 생각해봐. 내가 죽기 전에 남긴 편지를 30년 만에 읽는다고 생각해보라고. 쉽게 읽을 생각이 드니?"

"응, 난 그럴 거 같은데! 뭐라고 썼나 궁금해서 못 참을 거 같은데. 근데 난 그럴 일이 없지. 엄마는 이런 거 안 남길 거니까. 그치?"

야, 봉수아! 수화기 너머로 엄마의 목소리가 터져 나왔다. 더 이상 엄마를 자극해선 안 되었다. 아직 5백만 원이 입금되지 않았으므로.

"엄청 긴장하고 고생해서 받아왔는데 관심 없어 보이니까 그랬지."

수아는 이제 부러 더 힘든 목소리로 말했다. 그 목소리가 전부 연기는 아니었다. 엄마의 반응에 김이 빠지는 면도 있긴 했다.

엄마의 목소리가 한 톤 가라앉았다. 관심이 없는 게 아니라……아휴, 됐다. 그냥 맘이 복잡해서 그래.

엄마의 목소리에 미처 다 감추지 못한 슬픔 같은 게 살짝 묻어났다. 수아는 말을 더 붙이기보단 그만 전화를 끊어야겠다고 생각했다.

엄마가 이 노트를 언제 읽든, 혹은 읽지 않든 그게 수아에게 중요한 문제는 아니었다. 지금 수아에게 중요한 건 단 하나. 박 사장과 약속한 6시 반까지 스튜디오에 도착할 수 있을 것인가! 그것뿐이었다.

퇴근 시간이 가까워 오자 도로는 점점 체증이 심해지고 있었다. 가뜩이나 성질 급한 사람인데. 그 성미에 많이 기다려봐야 10분 안쪽일 터였다. 왜 하필, 하필이면! 이 상황에 수아는 '하필이면!'을 반복하는 것밖엔 할 수 있는 게 없었다.

그중에 가장 큰 '하필이면'은 갑작스레 약속을 바꾼 박 사장이겠지만, 수아는 어쩐지 모든 게 다 이 노트 때문이라는 생각이 들었다.

노트가 무겁지 않은 게 그나마 다행이라면 다행이었다. 버스에서 내리자마자 전력질주를 해야만 시간 안에 도착할 수 있기 때문이었다.

시계는 6시 23분을 가리키고 있었다. 이제 버스는 수아가 내릴 정거장에 곧 정차할 예정이었다. 수아는 가방을 어깨에 고쳐 메고 뛰어내릴 준비를 했다. 정말로 '뛰어내려 날듯이' 가야 했다.

수아는 가방 안에 있는 이 노트가, 날듯이 가야 하는 자신에게 걸리적거리지 않기를, 그래서 길에 내팽개쳐지지 않기를 바라며 버스에서 뛰어내렸다.

길어지는
불면의 시간

　세상의 거의 모든 일들은 해병대의 '지옥주'에 비하면 아무것도
아니다.

　수아의 남동생 봉수호가 늘 입버릇처럼 하는 말이었다. 제 몸을
끔찍이 위하는 녀석이 어떻게 그 험난하기로 이름 높은 해병대에
자원을 한 건지 참 모를 일이었다. 자원한 이유에 대해 직접 들은
바는 없지만, 아마 당시에 캠퍼스 커플이었던 여자 친구와 헤어진
후 가장 빠르고 먼 도피처로 선택한 거라고 수아는 혼자 생각했다.

　아무튼 수호의 말에 따르면 해병대의 지옥주란, 못 자고 못 먹고
못 씻고 못 갈아입는 상태에서 초강도의 훈련을 받는 거라고 했다.
그중에 제일 괴로운 건 못 자는 거라고, 며칠 그러고 나면 헛것이
보인다고 했다.

　수아는 지금 자신이 지옥주를 관통하고 있다고 생각했다. 봉수호
가 들으면 '해병대의 지옥주를 어디다 비교하는 거냐'고 펄쩍 뛸지

도 모르겠지만, 수아에게는 지옥주가 틀림없었다. 지옥이 모두에게 같은 모습으로 찾아오는 건 아닐 테니까.

수아는 지옥주가 시작되기 전까지 밤마다 한 줄기의 푸른 생각을 놓지 않았다.

혹시라도 다시 되살아나지 않을까. 그러니까 그 삶의 '기적'이라는 게 수아에게도 찾아와서 모든 상황이 일시에 '반전'되는 일이 일어나지 않을까.

그건 암울한 내일에 대한 걱정으로 잠 못 이루는 밤에 수아를 눈 감게 하는 유일한 상상이었다.

당장 처리해야 할 문제들과 앞으로 헤쳐 나가야 할 순간들이 수아를 헤집고 휘저어놓으면, 꼼짝없이 불면의 밤을 보내야 했다. 기적이나 반전 같은 것에 기대를 거는 타입은 아니었지만, 서너 시간의 수면을 위해 그것들을 떠올렸다.

그러나 수아는 지옥으로 가는 열차에서 제외되지 않았다. 자신을 실은 열차는 더는 지체할 수 없다는 듯 달리기 시작했다.

수아의 지옥주는 세 통의 전화로부터 시작되었다. 첫 전화는 거래처 정 사장의 전화였다.

"봉 사장, 재료비 입금 안 해? 잊은 거야, 뭐야! 저번 달 말일에 주기로 한 거 아냐. 나 봉 사장 신의 생각해서 보름 넘게 기다렸어. 더는 못 기다려."

순간 수아는 정신이 번쩍 들었다.

억 대의 대출금을 이리저리 막아내느라 몇 백만 원은 기억하지 못한 걸까. 두 달 전 주문한 재료비 입금을 정말이지 까맣게 잊고 있었다.

두 달 전. 그때만 해도 다시 치고 올라갈 가능성을 놓지 않았던 때라, 사정이 버거워도 재료를 주문해놓을 수밖에 없었다. 하지만 마지막 기대를 걸고 있었던 프로젝트 입찰이 실패하면서 그 재료들은 거대한 쓰레기로 전락해버렸다.

수아는 우선 쓰지 않고 남아 있는 재료를 드릴 테니, 그만큼 제해달라고 요청했다. 정 사장은 그렇게는 할 수 없다고 단칼에 거절했다. 당연한 얘기였다. 조그만 물건 하나 잘못 사서 반품하려고 해도 일주일이라는 교환 기간 내에 반품해야 하니까.

그래도! 그래도 수아는 어떻게든 해야만 했다. 정 사장을 찾아가 빌었다. 이렇게 빌면 안 이루어질 소원이 없겠다 싶을 정도로. 그래서 수아가 지켜낸 것은 2백만 원이었다.

나머지 3백만 원은 꼼짝없이 지불해야 했다. 그리고 그 돈은 엄마에게서 받아 낸 보증금 5백만 원에서 나갈 수밖에 없었다.

3백도 아니고 2백을 가지고 어디로 가야 하는지, 수아는 막막함에 피가 차가워지는 느낌이었다.

그 다음 두 번째. 차 기자의 전화였다.

차 기자는 월간 여성잡지 우먼톡스의 기자였다. 수아와는 한 예술축제 행사에서 만나게 되어 친분을 쌓아왔다. 수아보다 대여섯 살 위인 데다, 친근하고 붙임성이 있었지만, 깍듯하게 존대하는 것으로 선을 지키는 사람이었다.

"수아 씨, 이번에 시사위클리에 수아 씨 기사 나갈 거야. 이주성 기자가 썼대. 나도 오늘 기자 모임에서 이 선배 만났다가 알게 됐어."

"아…… 그래요……. 네, 알겠어요. 사실 기사 나올 때 넘었죠 뭐."

수아가 씁쓸하게 대답했다.

"아니. 근데 기사가 좀 악의적이라서. 뭐, 지금 어떻게 손 쓸 순 없지만…… 그래도 알고 있는 게 좋을 것 같아서."

수아는 차 기자에게 신경 써줘서 고맙다 인사치레까지 하고 전화를 끊었다.

악의적인 기사라…… 수아는 잠시 눈을 감고 생각을 정리했다. 봉수아의 Bon스튜디오가 망했다는 기사. 수아가 망했다는 걸 인정하고 싶지 않은 것과 별개로 팩트인 그 일은 결국 기사로 날 수밖에 없는 거였다.

만약 차 기자도 그런 팩트만을 전하는 거였다면 수아에게 이렇게 따로 언질을 주지 않았을 것이다. 문제는 '악의적'이라는 거였다. 이 주성 기자의 '주관'이 섞인 기사라면 얘기가 달라진다.

Bon스튜디오의 도산이, 전적으로 수아의 능력부족, 경영의 오만과 태만 때문이며, 따라서 '이미 예견되었던 일'이라고 한다면…… 그리고 '청년들의 무분별한 창업 도전에 경종을 울리는 일'이라고 마무리된다면 곤란했다.

물론 국내에서 내로라하는 기업이 아닌 담에야 그 기사는 빅뉴스가 되진 않을 터였다. 하지만 기사가 무서운 건, 영원토록 남는다는 데 있다. 지금 빅뉴스가 아니더라도 향후의 수아에게 불리하게 작용할 수 있는 기사였다.

수아는 문득 자신이 우스워졌다. 지금 당장 엉망진창인 현재를 겪고 있는데 미래를 걱정하다니.

'하지만 죽지 않을 거면, 시간은 흐르고 미래는 올 거잖아.'

수아의 앞선 걱정이 자꾸 고개를 디밀었다. 현재를 걱정하든 미래를 걱정하든, 그건 걱정덩어리고, 그 걱정덩어리가 수아에게 아무런 도움이 되지 않는 것만은 확실했다.

손 써볼 수도 없이 터져버릴 기사에 대해 더는 생각 말자. 그러면서도 수아는 악의적 기사를 써낸 이주성 기자가 싫었다.

이 기자는 수아가 처음 사업을 시작하고 반응이 오기 시작할 때 알게 된 주간지 기자였다. 당시 그는 '청년 사업가를 주목하라'라는 제목으로 수아에 대한 기사를 썼다. 사실에 기반했지만 띄워주려는 의도가 다분해 보이는 기사였다.

그 기사 이후 매출이 더 상승했다. 수아는 이 기자가 내심 고마웠다. 그래서 '기사 고맙다'는 전화를 해야겠다 싶었다. 그러던 차에 그에게서 먼저 전화가 왔다.

기사 잘 나왔죠? 신경 좀 썼지, 내가.

능글맞고 허세가 뻔하게 말문이 열렸다. 어쩐지 불쾌한 느낌이 물씬 풍겼다. 아니다 다를까 '홍보비'를 요구했다. 그는 그걸 '건전한 기브 앤 테이크'라고 했다.

수아는 맹세코 그에게 '기브'를 바란 적이 없었다. 그가 자발적인 기브를 한 거였다. 그래도 받긴 받았으니 '테이크'를 해야 한다면? 진심어린 감사 인사와 훌륭한 식사 한 끼면 충분한 일이라고 생각했다. 그런데 홍보비라니.

수아는 사업 초기부터 그런 유착 관계에 휘말리고 싶지 않았다. 더 생각할 것도 없이 단칼에 거절했다. 아, 봉수아 씨 뜻 잘 알겠어요. 이 기자가 전화를 뚝 끊었다. 그게 다였다.

차 기자에게 듣기로, 이 기자는 편으로 두기엔 부끄럽고 적으로 두기엔 섬뜩한 인물이라고 했다. 그러니 어떤 식으로든 엮이지 않는 게 가장 좋다고.

수아는 이 기자의 레이더에 포착된 게 몹시 유감스러웠지만 그와 더 이상의 관계를 맺지 않은 건 다행이라고 여겼다. 그런데 이제 와 저격글을 쓰다니. 3년이면 짧지 않은 시간인데, 그 사건을 잊지 않고 이렇게 때맞춰 기사를 쓰는 걸 보면 그도 대단한 인물이라는 생각이 들었다.

이 기자와 연락이 닿을 방법은 있었지만 수아는 그러지 않기로 했다. 망했다는 것만큼은 팩트였으므로. 어떻게 이런 기사를 쓸 수 있냐고 따져 물어봤자, '그래서, 안 망했나?'라는 빈정대는 반문만 돌아올 게 뻔했다.

결론은 하나였다. 그런 구질한 기사를 덮을 만큼, 다시 성장하는 것. 하지만 수아는 자신이 도출해낸 결론에 맥이 탁 풀려버렸다. 이제 막 바닥을 쳤는데. 아니, 아직 더 바닥이 남았는지도 모르는데.

그러니까 지금 해결할 수 있는 건 아무것도 없는 셈이었다.

그리고 마지막 세 번째 전화.

수아의 모교, 과사무실에서 걸려온 조교의 전화였다.

안 조교. 그녀는 수아의 과 후배였지만, 서너 학번 뒤라 학교생활을 함께하진 않았다. 그래서 수아는 '말 편히 놓으시라'는 살가운 그녀의 말에도 그녀를 그저 '안 조교님'이라 불렀다. 안 조교는 작년부터 올해까지 2년 연속으로 학과의 조교를 맡고 있었다.

"2주 후에 예정된 선배님 강연이 취소되었다는 말을 전하려고 전화 드렸어요."

수아는 2주 뒤에 모교에서 '성공한 청년 CEO'라는 주제로 강연을 하기로 되어 있었다. 세세한 제목이야 매해 달라졌지만, '성공한 선배가 후배들에게 자신의 성공 비결을 말해준다'는 요지는 같았다.

작년에도 수아는 이 강연을 했다. 작년 강연에 청강 인원이 몰리고 성황리에 끝난 덕에 수아는 올해 또 강연자로 낙점되었던 것이다.

아, 네. 안 조교의 말에 수아는 곧바로 짧게 대답을 했다. 상황이 이쯤 되면 학교 쪽에도 벌써 수아에 관한 소식이 돌고도 남았을 테니, 기분 나쁠 일도 아니었다.

수아 입장에서도 이런 상황에 강연을, 더욱이 성공 CEO 강연을 나간다는 게 이치에 맞지 않은 일이라 여겼고, 취소를 해야겠다고 생각하고 있었다.

'일신상의 이유로' 강연 취소를 부탁드린다고 말할 참이었다. 다만 그 전화가 생각보다 늦어진 거였다. 이런 전화가 오기 전에 먼저 연락했어야 하는 건데. 뒤늦은 후회를 하며 미안하단 말을 하려고 할 때였다. 수화기 너머의 목소리가 먼저 치고 나왔다.

"선배님, 제가 이런 말까진 안 하려고 했는데요. 제가 지금 선배님 때문에 일정 다 꼬이고 보도자료부터 다 다시 만들어야 되거든요? 제가 정말 황당해서 그래요. 사정이 그렇게 됐으면 먼저 연락을 줬어야 하는 거 아니에요? 아니, 애초에 강연 수락을 왜 한 거예요? 이쪽에서 모르고 청탁해 와도 선배는 양심상 거절했어야 하는 거 아니에요?"

조교는 짜증과 황당함이 섞인 말투로 거침없이 말을 쏟아냈다. 수아는 그 말들의 폭격에 할 말을 잃었다.

물론 수아에게도 잘못이 있었다. 그간에 상황이 너무 정신없이 돌아간지라 수아는 안 조교에게 먼저 전화 넣을 생각을 못 했다.

솔직히 말하면 이 강연은 수아에게 별 큰 의미를 갖는 일은 아니었다. 그래서 연락이 늦은 거였고, 그건 명백한 잘못이었다. 하지만 '그런 상황이면 양심상 강연을 거절했어야 하는 거 아니냐'는 말은 좀 억울했다.

원래 강연은 대개 한 달 전부터 요청이 오지만, 뜨거웠던 작년 강연의 반응 탓인지, 수아는 두 달 전부터 일찌감치 강연자로 정해졌다.

재료를 구입할 때와 마찬가지로, 수아는 적어도 두 달 전까지만 해도, 결국 이렇게 될 거라고는 생각하지 않았다.

그러나 이런 사정을 늘어놔봤자 구질하기만 할 뿐, 달리 해명이 되는 것도 없었다. 수아는 그저 수화기 너머의 폭격기에게 차분한 음성으로 되물을 뿐이었다. '내가 연락이 늦은 건 참 미안한데, 그래서 하고 싶은 말이 뭐예요? 어떤 대답을 원해요?'라고.

사실 수아가 안 조교에게 묻고 싶은 말은 따로 있었다.

'그러니까 지금 넌 나를 고작 몇 십만 원을 얻으려고 망한 사실을 숨기고 강연을 하려고 한 파렴치한으로 몰고 싶은 거잖아. 안 그래?'

그렇지만 제 입으로 그 말을 꺼내는 순간 자신은 바로 그런 사람이 되어버린다.

"뭘 딱 할 말이 있다기보다 어떻게 이럴 수가 있냐는 거죠. 미안할 일을 왜 만드나 싶고. 근데 더 말해 뭐하겠어요. 엎질러진 물인데. 다른 일은 수습 잘하세요. 그럼 이만."

뚝. 수아는 그렇게 폭격기의 맹폭에서 벗어났다.

수아는 손에 들린 핸드폰을 물끄러미 내려다보았다. 순간 핸드폰을 던져버리고 싶을 정도로 열이 혹 치받아 올랐다.

작년 강연 때만 해도 선배님, 선배님, 하며 듣는 귀가 부끄러울 정도로 온갖 미끄러운 말들을 해대던 그녀였다. 그런데 이렇게 공격적인 폭격기가 되다니.

극심한 온도차에 수아는 기가 막힌 코웃음만 나올 뿐이었다. 수아의 몸은 아직 그런 온도차에 적응이 되어 있지 않았다. 물론 이젠 단 하나의 온도에 적응해야 한다. 몹시도 차갑고 냉정한 온도만이 수아를 기다리고 있을 테니까.

배가 고파 죽는 것만큼 비참한 것이 없고, 얼어 죽는 것만큼 안타까운 것이 없다고 수아는 생각했다. 자신이 세상의 차가움보다 더 차가워질지언정, 그 차가움에 굳어버리진 말자고, 수아는 애써 자신을 추슬렀다.

부도를 알리는 공식적이고 악의적인 기사에, 날아간 보증금에, 별 의미 없는 사람의 무시까지.

지옥주의 마지막 날, 전화벨 소리가 이젠 공포로 느껴질 때쯤, 희수에게서 전화가 왔다.

수아는 이건 또 어떤 내용의 전화일까, 받지 말까, 생각하다가 통화 버튼을 눌렀다.

현재 사방에서 채무자인 수아가 유일하게 채권자가 되는 게 희수 앞이었으므로. 공식적인 기사도 났겠다, 희수가 지난번에 차마 말 못한 보증금 얘기를 꺼낼 것 같으면 망했다고 하면 그만이었다.

"축하 파티하자! 나 집 지켰어! 이제 또 2년간 내 집이다!"

전화를 받자마자 발랄하기 그지없는 목소리가 들렸다.

아…… 그 순간 수아는 자신의 지옥주에 유일한 빛 한 줄기가 내리비치는 느낌이 들었다. 그건 희수에겐 차가운 된서리겠지만 수아 자신에게는 정말로 단 한 줄기의 빛이었다.

"진짜 왔네. 미안해. 어서 오라는 말은 못 하겠어."

수아가 희수의 집 현관에 캐리어와 함께 들어섰을 때, 희수가 말했다.

괜찮아, 쫓아내지만 않으면 돼. 수아가 시큰둥하게 대답하며 안으로 들어갔다.

남아 있는 돈 2백만 원으로 갈 곳이 고시원밖에 없었던 수아는, 희수의 전화를 받자마자 이제 이곳이 자신의 근거지가 될 거라고 생각했다. 다행히도 희수의 집은 투룸이기 때문이었다.

처음에 희수는, 말이 투룸이지 하나는 완전히 골방이라 1.5룸이라고, 햇볕도 잘 들지 않아 옷 방으로 쓰고 있다고 했다.

수아는 골방이든 창고 방이든 방이기만 하다면 아무 상관없다고 강조했다. 하지만 그런 대답에도 희수는 마뜩찮아 했다. 그 반응은 충분히 예상했던 거였다. 수아는 희수가 자신에게 지고 있는 빚을 무기로 꺼내들 수밖에 없었다.

네 집에 날 받아줄 수 없다면…… 지금 나한테 빚진 오백을 줘. 아무리 늦어도 일주일 안으로는 줘야 하는데, 줄 수 있니.

그건 당연히 줄 수 없는 거였다. 쥐어 짜내고 빌려서, 이제 막 주인이 올려달라는 보증금을 겨우 마련했을 것이다. 일주일 안에 또 오백을 만들어 낼 순 없을 터였다.

희수는 몸속의 장기들을 다 훑어 내릴 만큼 깊은 한숨을 쉬더니, 들어와, 같이 살자, 하고 대답했다.

수아는 희수가 자신에게 매달 갚아야 하는 20만 원을 월세로 치고 희수네에 있기로 했다. 그러니까 수아는 적어도 5백만 원을 다 제하는데 걸리는 2년 동안은 이 집에서 버틸 수 있었다. 만약 희수가 힘을 내서 빚을 더 일찍 갚더라도 최소한 1년은 머무를 수 있을 터였다.

경황이 없어서 옷방 정리를 못 했어. 희수가 말했다.

아, 아니야. 내가 지낼 방인데 내가 다 치우고 정리해야지.

수아의 말에 희수가 다시 말했다.

아냐, 나중에 같이 하자. 이참에 나도 안 입는 옷들 좀 버리고 정리하고.

그 뒤로 두 사람은 다시 말이 없었다.

거의 반 협박조로 밀고 들어왔지만 수아라고 마냥 다행이고 잘됐다 싶은 건 아니었다. 아무리 희수가 갚아야 할 돈이라지만, 상대방의 약점을 공격해 입성한 것이었으므로.

수아와 희수는 맥주 캔을 들고 마주 앉았다. 냉장고에는 이 집을 무사히 지켜낸 희수가 축하 파티를 하겠다며 사다놓은 맥주 캔들이 들어 차 있었다.

"생활비는 다만 얼마라도 마련해볼게. 빚 때문에 정신없어서 장담은 못 하겠지만……. 그리고 혹시라도 규태 씨 집에 오기로 한 날은 전날이라도 편하게 말해줘. 자리 피해줄게."

규태는 희수가 6년 째 사귀고 있는 애인이었다. 수아가 알기로 두 사람은 희수 집에서 데이트를 할 때가 많았다. 수아는 자신이 이 둘의 애정전선에 문제가 되지 않기를 바랐다.

"김규태도 이해한대. 너 어쩌냐고 걱정하더라. 자기 코가 열 자는 나온 위인인데."

그 말에 수아는 픽 웃어버렸다. 희수가 침울한 표정으로 한 마디를 더했다.

"지금 내가 슬픈 건 딴 게 아냐. 내 친구 중에 유일하게 잘나가는 친구, 부자 친구가 사라졌다는 거지. 뭔가 큰 보호막 같은 게 사라진 기분이거든."

희수는 '그렇다고 네 등에 빨대를 꽂으려던 건 아니야. 그냥 심적인 든든함이랄까. 총을 안 써도 그 총을 갖고 있다는 것만으로도 안심되잖아. 어두운 밤거리에서는……' 하고 덧붙였다.

총알이 없어진 총이라 미안. 수아가 짧게 대답했다.

그런데 세상에 총알이 장전되지 않은 총만큼 무용지물인 게 또 있을까 싶었다.

이제 앞으로 어떻게 할 거야? 희수가 물었다. 글쎄, 모르겠는데. 남 일처럼 대답하는 수아의 얼굴에 저도 모르게 웃음이 씌워졌다. 막을 새도 없이 딸려 나온 웃음 때문에 더 생각 없는 사람이 된 것 같았다. 하지만 세상 밑으로 꺼져버릴 얼굴을 하고 그 말을 하는 것보단 낫다는 생각이 들어서, 그 웃음이 자연스레 사라지도록 내버려두었다.

"그래, 이 집에 있는 동안 내가 바라는 건 딱 세 가지야. 죽지 말고, 울지 말고, 가능한 웃기."

수아는 동시에 눈가로 훅 눈물이 몰리는 게 느껴졌다.

신은 정말 인간이 극복할 수 있는 만큼의 시련을 주는 것일까. 그런 뻔한 물음이 떠올랐다. 세 통의 전화와 함께한 지옥의 일주일. 그 끝에 걸려온 희수의 네 번째 전화는 수아에게 구조를 넘어, 구원의 손길 같은 거였다.

울지 말라고 하자마자 울고 앉았어, 왜.

희수가 수아를 타박하면서 본인도 훌쩍거리기 시작했다. 아, 나 취했나 봐. 들어가서 잘 때 됐네. 희수가 먼저 자리에서 일어났다.

수아는 친구가 자기 침대 밑에 이불을 펴준다는 걸 극구 사양했다.

수아는 이제부터 자신의 공간이 될 방으로 들어갔다. 희수의 말대로 정말 골방이었다.

골방은 행거가 절반을 차지하고 있었다. 벽과 행거 사이의 남은 공간은 한 몸 겨우 들이밀 수 있는 정도였다. 몸집이 큰 남자는 돌아눕지도 못할 정도라, 공간이라기보단 틈새에 가까웠다.

천장을 보고 바로 누우니 마치 관 속에 들어간 느낌이었다.

추운 날씨는 아니었지만 어쩐지 좀 썰렁한 기분이 들었다. 수아는 덮을 걸 찾으려고 방 바깥에 세워둔 캐리어 앞에 섰다.

침낭이 있을 텐데. 캐리어 속을 들추다 앞으로 무언가 툭 떨어졌다. 임 의원에게서 받은 할머니의 육필원고였다.

수아는 다시 넣어둘까 하다가 침낭과 함께 방으로 가지고 들어왔다.

요즘 늘 그랬지만 오늘 밤은 더더욱 잠이 오지 않을 것 같았다. 잠자리가 바뀐 데다 너무 불편해졌으니까. 잠이 들 때까지 이 원고를 들춰볼 생각이었다. 엄마에게 남긴 글이긴 하지만 손녀가 본다고 해서 안 될 건 없어 보였다.

수아는 '평범한 날들의 기록. 유은옥'이라고 적힌 노트의 첫 장을 넘겼다. 가운데 줄에 '사랑하는 내 딸 민주에게'라고 써 있었다. 그리고 다음 장을 넘겼을 때, 이 글을 읽을 엄마 이민주 여사에게 전하는 당부가 있었다.

말하자면 작가의 머리말 같은 거였다.

지금 이 노트를 펼쳐든 너는 어떤 모습일지 궁금하다. 나이는 몇 살쯤 인지, 꿈을 향해 달려 나가고 있는 중인지, 결혼은 했는지 그런 것들 말이야. 뭐 사실 그런 건 중요한 게 아닐 수도 있어. 중요한 건 네가 이 글을 읽기 시작했다는 거지.

너와 많은 것들을 함께하지 못하고 깊은 진심을 같이 나누지 못한 것 같아서 못내 아쉽다.

여기엔 아마 네가 항상 궁금해하던 질문들이 담겨 있을 거야. 이를테면 '우리 엄마는 왜 그렇게밖에 살 수 없었나!' 하는 의문 같은 거 말이야. 이 글들은 기실 그 의문에 대한 내 항변이라고 보아도 무방할 듯싶기도 하다.

안 봐도 뻔할 거라고, 항변이 아니라 무책임한 변명일 뿐이라는 생각이 든다면 지금 당장 이 노트를 덮어도 돼.

그런데 민주야, 넌 아마 이 노트를 끝까지 읽을 수밖에 없을 거야. 왜냐하면 여기 적힌 글들은 아주 재미있을 거거든.

글 제목을 '평범한 날들의 기록'이라고 해놓고 무슨 재미냐고? 이 제목은 사실 제발이지 조금 평범하게, 그러니까 마치 한가로운 오후의 낮잠처럼 살고 싶은 마음에서 붙여놓은 거란다.

잔뜩 지치고 힘든 날인데도 잠이 오지 않는 그런 밤에, 조금씩 읽어보렴. 혹은 아무것도 할 일이 없는데 가만히 있기는 싫은 오후나, 왠지 모를 쓸쓸함이 출출함처럼 찾아드는 저녁에라도.

이것으로 네 마음속 빈자리가 조금이나마 메워질 수 있다면 좋겠다. 나의 세상 속으로 들어온 걸 환영해!

1991년 늦봄. 유은옥.

수아는 '한가로운 오후의 낮잠' 같은 삶을 바란 적도 없고, 그렇게 지내오지도 않았다. 아무것도 할 일이 없는데 가만히 있기는 싫은 오후도 없었고, 왠지 모를 쓸쓸함이 출출함처럼 찾아드는 저녁 또한 없었다.

수아는 자신의 삶이 정신없이 돌아가고 있었다는 걸 새삼 느꼈다. 물론 그런 삶에 의문이나 불만 같은 것도 없었다. 그저 즐겼을 뿐. 전진하고 있다는 느낌은 즐거웠다.

예전에 수아의 전진은 차분했고, 가끔 빨랐다. 그러나 지금의 후진은 단 한 번의 쉼 없이 초고속 진행 중이었다. 이 무서운 속도의 후진에 어떻게든 제동을 걸어야 했다. 그런데 도대체 어떻게? 어떻게 제동을 걸고 핸들을 바꿔서 다시 전진한다는 거지?

수아의 머릿속은 아직 한낮처럼 쨍쨍했다.

정신 차려, 봉수아. 지금은 한밤중이야. 수아는 스스로를 진정시켜야 했다. 그렇게 계속 그늘도 없는 한낮의 쨍쨍함 속에 있다간 타 죽어 버릴지도 모르니까.

어쨌거나 지금은 잔뜩 지치고 힘든 날인데도 잠이 오지 않는 밤의 한가운데였다. 이 노트를 덮어버리지 않을 이유는 그것으로 충분했다.

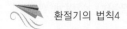

발 딛고 선 땅이
더 낮아 보일 때

세상엔 간단해서 편한 일들과 조금 불편하더라도 다소 격식이 있는 게 좋은 일들이 있다.

지금 수아가 하고 있는 '폐업신고'는 둘 중 어디에 속할까.

개업도 아니고 폐업인데, 당연히 간단한 게 좋겠지.

하지만 수아는 이 폐업신고가 몇 번의 마우스 클릭과 자판 두드림으로 5분 만에 끝난다는 게 좀 떨떠름했다.

처음 사업자등록증을 받아들던 때를 떠올렸다. 그때 수아는 필요한 서류들을 파일 커버에 곱게 넣어 들고 세무서로 향했다.

그땐 세상이 얼마나 아름다웠나. 딱딱한 세무서 건물은 마법에 걸린 가우디의 건물 같았고, 어디선가 자신만을 위한 에디트 피아프의 라비앙 로즈가 흘러나오는 환청까지 들릴 정도로.

그러나 문을 닫기 위한 이 절차는 이렇게나 손쉽고 조용하고 별것 없었다. 어쨌거나 전부였던 세계가 끝나는 일이었는데.

아, 아니다. 어쩌면 그건 세계가 아닐지도 몰랐다. 이렇게 빨리 사라지는 것을 보면 그랬다. 버거운 채무와 구질한 기사 몇 줄이 그 세계가 있었다는 것을 증명하곤 있지만, 애초에 그건 신기루가 아니었을까.

세계로 시작했으나 신기루로 끝나버린 그것. 수아는 그것의 완전한 사라짐 앞에, 딱히 무얼 해야 할지는 몰랐다. 요즘은 대부분 그런 날들이었다. 뭘 하든 잘 모르겠는 날들.

수술실에서 나온 의사처럼 꼼꼼히 손을 씻고 화장실 거울을 보았다. 얼굴이 참 버석했다.

그간 크림이라도 제대로 챙겨 바를 틈이란 게 있었어야지. 하지만 피부 관리실에 다닌 게 꼬박 3년인데, 고작 몇 개월 소홀했다고 이럴 수가 있나.

억울한 마음이 든 수아는 아직 물기가 남은 손을 들어 퍼석한 얼굴에 벅벅 비벼댔다.

창밖에는 서서히 해가 기울고 있었다. 집 안에 내리고 있는 어둠이 나쁘지 않았다. 좀 있으면 희수가 퇴근해 올 것이다. 희수는 오늘 저녁 골방에 있는 행거를 큰 방으로 옮기겠다고 했다.

미리 정리를 좀 해둘까 싶어 캐리어를 열었다. 잘 개킨다고 개켰는데도 그새 안에서 제멋대로 엉켜버린 옷가지들이 눈에 띄었다. 수아는 캐리어를 도로 꽝 닫아버리곤 골방으로 들어갔다. 그러곤 그냥 벌러덩 누워버렸다.

골방은 해가 잘 들지 않는 방이라 밖보다 더 어두웠다. 맨바닥에 누운 등에 전해지는 뻐근한 느낌이 그렇게 싫지만은 않았다. 문득 시퍼렇게 부어오른 뺨을 드러내며 웃던 고모가 떠올랐다.

수아 나이 열두 살 때 고모네 부부는 하던 사업이 크게 망했다. 그전까지 아주 잘나가던 집이었다. 낡은 주공아파트에 살던 수아네와 달리 고모네는 정원이 있는 2층집이었다. 수아 남매는 여름방학이면 캠프에 가듯이 고모 집에 가서 며칠씩 지내곤 했다.

그해 여름방학에는 그런 사정 때문에 못 가게 되겠거니, 단념하고 있었다. 그러던 차에 마침 근처에서 볼일이 있었던 고모가 집에 들렀다.

수아는 고모 얼굴을 볼 수 있어서 반가웠고, 엄마는 밑반찬이라도 싸서 들려 보내겠다며 분주했다.

홀연히 들른 고모가 저녁 시간에 선글라스를 낀 게 의아했는데, 그 속에 감춰진 검붉은 멍 자국은 더 가관이었다. 게다가 고모가 멍을 가린 선글라스를 벗으며 한다는 말은 황당하기 그지없었다.

"자려면 큰방 와서 곱게 쳐 잘 일이지, 그 좁은 데서 옆에 번개탄은 왜 끼고 자냐고 그러더라고."

엄마가 기가 차서 별말도 못하고 '세상에'만 연발하고 있는데, 고모는 깔깔 웃어댔다.

사연인즉슨 고모부는 고모가 처지를 비관해 그만 죽음을 택했다고 여긴 거였다. 고모가 잠든 곳은 다락방이었고, 옆에는 번개탄이 있었으므로. 그 멍 자국은 고모부가 어서 일어나라며 눈물로 고모를 흔들고 때리다 생긴 거였다.

그러면서 고모는 엄마에게 말했다. 이번 여름방학에도 수아랑 수호 보내라고. 애들 먹는 거, 며칠 먹어봐야 돈 백도 안 한다고. 빚이 수억인데 거기 돈 백 없는 건 티도 안 난다고.

"궁상맞기 싫어. 망한 게 뭐, 그렇게 살 만큼 죄지은 것도 아니고."

그 말을 할 땐 내내 웃던 고모의 입가에 웃음기가 사라지고 작은 떨림이 보였다. 하지만 그 입매는 분명했고, 그 위의 눈매는 더 다부졌다. 광대 위의 검붉은 멍이 활짝 핀 꽃으로 보일 만큼.

그때 어린 수아의 깜냥으로도 고모는 그러고 있을 상황이 아닌 것 같았다. 하지만 고모는 다른 어느 때보다 그러고 있었다. 그런데 수아의 눈엔 왠지 그 모습이 그렇게 한심하게만은 보이지 않았다.

"수아야, 봉수아!"

수아는 고막과 뺨에 얼얼한 통증을 느끼면서 몸을 일으켰다. 눈앞에 희수가 있었다.

"어머, 얘! 죽은 줄 알았잖아!"

희수가 안도와 짜증이 고루 섞인 목소리로 열을 올렸다.

뭐지······? 수아는 아직도 몽롱했다. 고모 생각을 하고 있었는데······. 아, 깜빡 잠들었는데 고모 꼴을 당했구나. 상황 파악이 된 수아는 픽 웃음이 샜다.

"웃기는. 남은 약이라도 먹었나 가슴이 철렁했구만."

희수가 눈을 흘기며 말했다.

"울지 말고, 죽지 말라며. 내가 죽더라도 네 집에선 안 죽어. 죽지도 않을 거지만."

두어 시간의 정리 끝에 마침내 골방은 수아의 방이 되었다.

요즘 보기 드문 누런 장판에 지퍼로 여닫는 부직포 옷장까지 들여놓으니, 20세기로 시간 여행이라도 온 것 같았다. 한숨이 절로 나오는 모양새였지만, 그래도 고시원보다는 나았다. 건넌방에 낯선 사람이 아닌 친구라는 온기가 잠들어 있으니까.

이제부터 뭘 해야 할까. 수아는 정리를 끝낸 방에서 내일을 생각하기 시작했다.

내일과 그 이후의 일을 생각하는 건 참 오랜만이었다. 내일도 그 다음 날도 늘 정리, 또 정리. 벌어졌거나 벌어지려고 하는 일들을 정리하고 수습하는 데만 동동거렸다.

문득 죽음을 준비하는 사람들은 얼마나 할 일이 많을까를 떠올렸다. 그들에겐 얼마나 많은 정리할 일들이 있을까. 그래서였을까, 할머니가 편지를 쓴 이유는.

수아의 생각이 할머니에게로 옮겨 갔다. 마흔을 목전에 두고 서른아홉에 돌아가셨으니, 죽기엔 너무도 이른 억울한 나이였다.

"욕을 하도 먹어서 누구보다 오래 살 줄 알았는데 암이라니."

엄마가 가끔 하는 말이었다. 수아는 그 말을 들을 때마다 반대로 생각했다. 욕을 너무 먹어서 암이 생긴 걸 수도 있다고. 당연히 그 말을 입 밖으로 꺼내진 않았지만.

다시 잠 안 오는 밤. 수아는 할머니의 노트를 펼쳐 들었다. 그리고 읽다 만 부분부터 읽어 내려가기 시작했다.

그날 나는 김유정의 소설 봄봄에 나오는 머슴처럼 시위를 했어. 해야 될 일을 모두 작파하고 마당 한가운데 누워 굴렀단다. 그게 내 생애 첫 번째 시위였어.

"도대체 언제 보내주는데요! 말만 보내준다, 보내준다, 벌써 3년째잖아요! 할망구 되어서 가란 말예요?"

지금 생각해보면 참으로 볼품없고 비장미도 없는 시위였지. 하지만 난 그때 그렇게라도 하지 않으면 미칠 것 같았어. 고등학교 보내준단 약속 하나만 믿고 그 많은 일들을 얼마나 착실하고 묵묵하게 해냈던지!

그런데 고등학교를 졸업할 나이인 열아홉이 되어도 아버지는 약속을 지킬 기미를 안 보였지.

"걸어서 20리, 왕복 40리다. 어떻게 다닐려고 그러냐. 다리 부르터져서 집안일도 못 해."

어머니가 아버지 뜻을 거드는 말을 했어.

"내 다리야 부르터서 터지든 부러지든 집안일은 절대 등한시 안 할 테 니까 일단 보내만 달라구요!"

마침내 아버지가 방에서 나왔어. 아버지는 내게 눈길도 안 주고 물 항아 리가 있는 곳으로 가더라. 그러더니 양동이에 물을 한 바가지 퍼 담는 거야. 그러곤 세상에, 그걸 들고 그대로 돌진하는 게 아니겠니? 마당에 누워 있는 내게로 말이야! 촤악! 온몸에 물을 함빡 뒤집어썼지 뭐야.

난 벌떡 일어났지. 아버지는 그게 끝이 아니었어. 계속 아무 말 없이 양동 이에 물을 가득 퍼 담아 내가 있는 쪽으로 쏟아 던지기를 반복했지. 나 는 정신없이 물벼락을 피하고 맞고 하면서도 아버지에게 할 말은 했단다.

"차라리 거짓말을 하지 말지 그랬어요! 어차피 안 보내줄 거면."

"나는 니한테 못 한 게 없다. 니 봐라. 마을에 중학교까지 나온 계집이 몇이나 있나."

아버지는 3년간 거짓말을 해온 사람 치고 꽤 당당했어. 하긴. 어머니도 평소 내게 그래도 아버지 덕에 중학교까지 나온 거라고 어르곤 했지. 하지만 난 마냥 감사할 수 없었어. 아버지한테 돈이 없는 게 아니었거든.

아버지는 남동생 은호의 중학교 월사금을 벌써 1년 치나 모아두고 있었어. 그런데 내 고등학교 등록금을 낼 돈이 없다니, 성이 날 수밖에. 아버지의 인식 속에서 내 학력은 그만하면 된 거였어. 모자라지 않을 만큼 배웠으니 됐다고 생각한 거야. 난 더 많이 배울 필요가 없는 거였지.

"다른 집 딸자식들은 서울 공장에 취직해서 지 오빠며 남동생 월사금 보내느라 정신없다는데 쟤는 어찌 저럴까."

아버지가 어머니에게 불퉁거리자 어머니는 '낸들 아요'라며 한숨을 쉬었어.

"돈 얘기 말아요. 내가 여서 하는 일이 장정 두 몫은 될 거라구요."

내 말에 어머니가 '얘가 정말, 정도껏이어야지!' 하고 달려들어 어깨며 등짝을 있는 대로 패 두들겼어.

"고만 때리게. 다치네."

아버지의 조용한 음성에 내 등으로 향하던 엄마의 손이 멈췄지.

"물 항아리 빈 거 안 보여? 당장 물지게 지고 날라야 되는데 다치면 손해지."

아버지는 아무 일도 없었다는 듯이 방으로 들어가 문을 닫았어.

난 그 닫힌 방문이 도저히 깨부술 수 없는 견고한 벽처럼 느껴졌다. 내 생에 첫 시위는 그렇게 물벼락만 얻어맞고 어깨에 멍이 지도록 물지게를 지면서 눈물겹게 끝났단다. 더불어 나는 마을 여자들에게 '욕심보가 미어터진 년'이라고 따가운 눈총도 받아야 했어. 아버지 말대로 마을에서 중학교 졸업자인 나는 참말로 고학력자였으니까.

열아홉의 수아도, 시위를 했었다. 외할머니와 마찬가지로 부모님을 향한 시위였다.

이유는 할머니와는 좀 달랐다. 수아의 시위 이유는 서울의 4년제 대학을 가지 않겠다는 거였다.

수아가 가고 싶은 과는 소위 'IN서울'이라는 서울 소재의 상위권 대학에는 없는 과였다. 수도권의 전문대에만 있는 과였는데, 수도권의 전문대라는 게 부모님의 심기를 불편하게 했다.

네가 김연아이길 하니 이름난 가수길 하니. 이도저도 아니면, SKY는 못 가더라도 최소한 IN서울은 찍어줘야 그럭저럭 사는 거야.

수아는 부모님의 말을 이해할 수 없었다. 사람이 하고 싶은 일을 하며 살겠다는데, 거기에 더 빨리 다가갈 수 있는 길이 있다는데, 까짓 졸업장이 무슨 대수란 말인가.

부모님은 깊이 잠들어 있는 벽이었다. 어쩌면 평생을 두고서도 저 벽을 부수진 못할 것 같다는 생각이 들었다. 하지만 이대로 포기할 순 없었다. 그러면 최소한 지나갈 수 있는 길이라도 트자.

수아는 자신이 지나갈 길을 내기 위해 움직이기로 결심했다.

수아의 시위는 할머니의 시위만큼 난리굿은 아니었다. 집에서는 묵언수행자처럼 굴었고, 모든 공부를 다 때려치우고 계속 알바(아르바이트)를 다녔다.

지원을 해주지 않을 게 분명하니 등록금을 마련하자는 계획이었다. 꽤 긴 시위 끝에 수아는 본인이 원하는 곳에 진학할 수 있었다.

그리고 그 후, 사업을 준비할 때나 키워 나갈 때, 수아는 부모님이 그토록 말했던 'IN서울 졸업장'의 파워를 비로소 실감할 수 있었다.

수아가 가진 졸업장은 실질적인 도움을 주었지만, '인식'의 관문에서는 번번이 크고 작은 어려움을 안겼다.

그것은 표면적으로 확 드러나는 것은 아니었고, 말하자면 향수 같은 것이었다. 어떤 사람을 대할 때 그 주위를 은은히 감싸는 고급 향수. 그 고급 향수의 향에 끌려 절로, 혹은 단박에 호감을 느끼게 되는 것. 수아에게는 그런 고급 향수가 없는 셈이었다.

더 깊게 더 빠르게 더 성실하게.

수아는 이것쯤은 적당해도 된다는 모든 것에 '더'를 붙였다. 그렇게 헤쳐 나갔다. 그렇게 그 자리를 지켰다. 고급 향수의 도움 없이도.

그렇게 하고 싶었던 일이었네. 그랬구나. 그랬었지.

과거를 훑던 수아는 자신도 모르게 이 말들을 읊조렸다. 얼마나 하고 싶었던 일이었나.

수아는 불현듯 찾아든 불쾌감에 심장이 조여드는 느낌이었다. 자신이 최근엔 아주 까맣게 잊고 있었다는 걸 깨달았다. 그러니까, 그게 얼마나 하고 싶은 일이었는지를.

그렇게까지 하고 싶던 일은 '사업'의 굴레를 쓰고 더 이상 신선하게 다가오지 않았다. 물론 수아는 늘 자신의 일을 좋아했고 즐겼지만, '신선함'을 잃었다는 건 그것과는 별개의 문제였다. '신선함'이란 결국 사람들이 흔히 말하는 '초심'과 같은 말이었으므로.

게다가 지금 악착같이 지켜낸 수아의 꿈과 일들은 신선하기는 커녕 '채무'의 탈을 쓰고 지겨운 존재로 전락하려 하고 있었다.

머릿속에 빨간 불이 일제히 켜졌다. 지금 당장 머리를 열어보면 마치 홍등가일 것처럼 수많은 빨간불이었다.

폐업신고를 하면서 충분한 애도가 없었다고 생각했는데 그게 아니었다. 되레 지금까지 너무도 긴 애도를 하고 있었다는 생각이 들었다. 망해버린 자신에게 아주 긴 애도를.

폐업신고를 끝으로 수아는 여러 회사에 면접을 보러 다니기 시작했다.

'어색해하지 마. 대다수의 스물일곱에게 면접 대기실은 아주 자연스럽고 당연한 장소라고.'

수아는 자신을 '대다수의 스물일곱' 안에 밀어 넣으며 생각을 다잡았다. 그래도 낯선 것은 어쩔 수 없었다.

수아의 눈에 지금 이곳에 모인 사람들의 얼굴은 모두 한 사람인 것처럼 보였다. 긴장, 기대, 떨림, 자신감. 이 감정들이 적절치 않은 비율로 섞여 부조화를 이룬 얼굴들.

하지만 지금 그 얼굴들 사이에서 가장 부조화를 이루고 있는 건 자신이라는 걸 수아는 알고 있었다. 아무 감정도 띄우지 않은 무심한 얼굴로 벽만 보고 있을 뿐이었으니까.

'지옥주'를 지났다고 끝이 아니었다. 지난 3주간은 말 그대로 '시련의 주간'이었다. 작은 기업은 작은 기업대로, 큰 기업은 큰 기업대로 모두 수아를 거부했다. 물론 이 상황을 예상하지 못했던 건 아니었다. 자신이 만들고 살던 세계가 아닌 지금 이 세계에서, 수아는 기형적 존재였으므로.

스물일곱과 사장은 어딜 가나 불편하고 거북한 불협화음이었다. '스물일곱 사장'은 엄마 친구들 사이에서나 대단한 것으로 통했다. 공적으로는 '진기한 사람들'을 찾아 나선 특집 기사에서나 그 수고

와 노력을 알아주는 듯했고.

실제로 수아의 일상에서 '스물일곱의 사장'이란 타이틀은 그다지 도움이 된 적이 없었다. 자신을 향한 곱지 않은 시선에, 늘 해명으로 시작해 증명으로 끝내야 하는 불편함만 안겨주었을 뿐.

상황이 달라진 지금도 그 타이틀은 수아를 힘들게 하고 있었다. 본인이 사장이었을 땐, '스물일곱이란 나이'가 문제였고, 그냥 스물일곱인 지금은 '사장이었다'는 게 문제였다.

'그 나이에 무슨 사장이냐'와 '그래도 사장이었는데 말단 직원으로 버틸 수 있겠냐'는 말. 그 두 말은 전혀 다른 말 같지만 알고 보면 같은 말이었다. 수아를 누구도 달가워하지 않는 이방인으로 만드는 말이었으니까.

벌써 한 달 가까이 되는 시간 동안 이어진 거부 사태에, 수아는 참 도움이 안 되는 자신의 이력을 차라리 지워버리고 싶었다.

"13번 봉수아 씨."

마침내 수아의 이름이 불렸다.

오늘 면접을 보는 중견기업 토이홀에 수아는 내심 기대를 걸고 있었다. 토이홀은 수아의 스튜디오와 계약을 진행했던 회사이기도 했다. 수아와 계약을 진행한 건 윤 이사였는데, 윤 이사는 미팅 때마다 수아의 능력을 탐내곤 했다.

"봉 대표 같은 사람이 우리 회사에 있으면 참 좋은데. 하긴 그러니까 이렇게 대표를 하고 있는 거겠죠?"

윤 이사는 이 말을 여러 번했다. 토이홀의 경력직 채용공고를 보았을 때 수아는 지난 3주간의 거부 사태를 곧 끝낼 수 있을 거라는 예감이 들었다.

윤 이사는 면접관 세 자리 중 가운데 앉아 있었다. 수아가 들어가자 역시나 그는 수아를 보고 반색했다.

그는 '그간 마음고생이 있었겠네'라는 친근한 말로 면접의 서두를 열었다. 마음속에 알알이 박혀 꺼내기도 힘든 지난 시간은 '대단한 인생경험이었습니다'로 가볍게 치환되었다.

"토이홀에는 왜 지원하게 됐어요?"

윤 이사라면 이 질문은 좀 피해 갈 줄 알았는데 아니었나 보다. 면접자가 그 회사에 응시한 건 단 하나의 절대적 이유 때문이지 않나. 본인의 조건과 실력 내에서 먹고 살 수 있는 가장 적당한 곳이라고 생각하니까.

오너 봉수아는 직원 면접을 볼 때 저 단골 질문만은 하지 않았다. 그러나 질문을 하던 시절은 지나갔고 이젠 질문을 받는 때이니, 성실히 답변할 수밖에.

"어떻게 하면 40년의 세월 동안 한 번의 부도 위기 없이 지속적인 성장을 할 수 있었는지, 그것을 배우고 싶어서 지원했습니다."

윤 이사는 대답하는 수아를 지긋이 바라보다 미소를 띠었다. 그런데 그 미소엔 어딘지 산뜻한 기운이 부족했다. 저게 어떨 때 나오는 미소였더라? 수아는 그간 만나며 익혔던 그의 습성에 대해 생각하기 시작했다.

'뭔가 맘에 차진 않는데 크게 나쁜 것도 아닌 계약 조항을 두고 고심할 때 나오는 표정이다, 저건.'

분석이 끝나자 수아의 평온한 마음속에 약간의 균열이 생겨났다. 곧바로 다음 질문이 이어졌다.

"봉수아 씨가 우리 토이홀에 어떤 도움이 될 거라고 생각해요?"

"저만큼 상사의 마음을 잘 알 수 있는 사람도 드물다고 생각합니다. 짧지 않은 시간 동안 상사의 자리에 있었기 때문이겠죠. 그리고 제가 마음먹고 능력을 발휘한다면 거의 모든 면에서 토이홀에 도움이 될 거라고 생각합니다."

윤 이사가 서류 아래로 시선을 주며 잠시 공백을 만들었다. 그러곤 다시 얼굴을 들어 수아를 보고 미소 지었다.

'저 미소는 결정을 내린 미소다!'

수아의 데이터가 말하고 있었다. 그것이 어떤 결정이냐의 문제만 남았는데, 평소 수아를 대하던 그의 행동으로 보아 굿 사인일 가능성이 다분했다.

"내가 본 봉수아 씨는 굉장히 능력 있는 사람입니다. 다만 봉수아 씨가 하나 모르는 게 있어요."

모르는 게 있다고? 순간 마음속 균열이 몇 갈래로 깊어지기 시작했다.

"봉수아 씨가 앉아 있는 그 자리는 계약 협상 테이블이 아닙니다. 봉수아 씨는 아직 오너 마인드를 벗어나지 못했어요. 지금 당신의 어디에도 우리 회사를 위하는 직원의 마음은 없다는 말이죠. 우리 회사에서 중요한 건 인재보다는 애사심입니다."

상황이 바뀌어도 습성은 쉽게 바뀌는 것이 아님을 수아는 다시금 깨달았다. 오너의 습성. 그 습성은 어찌 보면 SKY 명문대 졸업장과는 또 다른 종류의 고급 향수였을 것이다. 단, 수아의 인생이 순조로웠을 때만 향이 살아있는.

저도 애사심이 없는 게 아닙니다. 토이홀이 저를 받아준다면 저는 아주 남다른 애사심을 지니게 될 겁니다.

수아는 윤 이사에게 이런 말을 하려다가 관두었다. 그는 이미 수아에 대한 진단을 끝낸 상태였고, 또 그것이 아주 틀린 말은 아니었다.

어쨌거나 그는 지금 최대한의 배려를 해준 셈이었다. 최소한, '망한 스물일곱 사장'을 구경하듯 앞에 앉혀놓고 이리저리 뜯어보는 다른 면접관들과는 달랐다.

수아는 업계에서 자신을 진정으로 인정해준 몇 안 되는 사람 앞에서 비굴해지고 싶진 않았다.

"명확한 진단 감사드립니다. 저도 더 나은 길을 모색해보겠습니다."

수아는 담담하게 자리를 털고 일어나 목례를 한 뒤 면접장을 빠져나왔다.

올려다본 하늘은 그새 조금 더 아득하게 높아진 느낌이었다. 하지만 자신이 서 있는 땅이 더 낮아진 것만 아니라면 수아는 그것으로 충분했다.

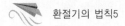

환절기의 법칙5

나도 모르게
뒷걸음질

내 인생에서 일어난 '첫 번째 사건'이라고 이름 붙일 만한 중요한 일을 이야기해야겠다.

그건 우리 마을로 서울에서 대학생이 온 일로부터 시작되었단다.

서울서 대학생들이 단체로 봉사활동을 온다는 소식에 온 마을이 들썩 거렸어. 이런 시골 마을에 외지인이 온다니, 나도 가슴 한편에 새 공기 가 들어차서 신나게 부풀었지.

그때 나는 뭐랄까, 좀 다른 얼굴을 보고 싶었어. 매일같이 보는 동네 사람들 말고. 동네 사람들이야 어른 아이 할 것 없이 너무 익숙한 얼굴 들이라 지겨웠거든. 봐도 봐도 질리지 않는 미남미녀가 있는 것도 아니 고, 전부 따가운 볕에 그을린 얼굴들뿐이었으니.

집에 쌓인 일거리를 대강 마치고 마을 어른들이 정리 중인 국민학교로 달려갔다. 새참을 날라야 했기 때문이야. 해야 될 일이 하나 더 늘었지 만, 기분 탓인지 고생스럽게 느껴지지 않더라.

"다 우리 큰애 친구들이지 뭐. 큰애랑 같은 학교 다닌다니까."

들어가자마자 아버지 목소리가 들렸어.

"그럼 은석이는 안 내려오나?"

"아, 석이야 지금 농사일 도울 정신이 있나? 고시 공부 중인데!"

"허긴. 그나저나 명문대 학생은 은석이 말고는 못 봤는데, 이번엔 떼로 보게 생겼네. 그래봤자 애들이지 싶다가도 은근히 긴장된다니까."

"봐도 뭐 별게 있을라구. 뭐로 보나 우리 석이만 한 인물이 없지."

난 아버지 말이 맞을까 봐 걱정이 됐어. 아버지 말대로라면 대학생들의 방문은 내게 무의미한 일이 될 테니까.

생각해보렴. 대학생들이 모두 네 큰외삼촌 같다면, 얼마나 재미없겠니! 네 큰외삼촌은 할아버지를 꼭 빼닮았잖아. 그러니 네 할아버지 눈에야 미남이지, 기실 얼굴로는 앞에 나설 수 없는 입장이지 않겠니.

너도 내가 투덜대는 걸 여러 차례 들어서 익히 알고 있겠지만, 큰외삼촌은 성격도 무뚝뚝하기 그지없어서, 어릴 적에 밥상만 수백 번 차려 바쳤는데도 고맙다는 말이나 잘 먹었단 말을 들어본 적이 한 번도 없었어. 그저 듣는 말이라곤 부모님 속 썩이지 말고 얌전히 있어라. 협박조의 당부뿐이었지.

그렇다고 내가 뭐 영화 포스터 속의 그 유명한 신성일을 바라는 건 아니었어. 하지만 '아 저게 진정 서울의 대학생이구나' 고개를 끄덕일 사람이 한 명쯤은 있었으면 싶었던 거지. 딱 한 사람만이라도!

읽다 보니 지하철이 금세 내릴 역에 정차 중이었다. 수아는 서둘러 내린 뒤 노트를 가방에 넣었다.

할머니는 오매불망 기다리던 진정한 서울의 대학생을 만나게 되었을까. 혹시 그 대학생이 바로 엄마의 친아버지일까.

서둘러 덮은 노트의 뒷부분이 궁금했지만, 그 생각은 잠시 접기로 했다. 오늘부터 곧, 고된 알바생의 하루가 시작될 테니까.

수아는 토이홀의 면접 후에도 두 번 더 면접을 보았지만 모두 탈락이었다. 더 이상은 면접에 들일 시간이 없었다. 다음 달 채무 변제 일자가 다가오고 있었다. 우선은 뭐라도 해서 돈을 벌어야 했다.

알바를 하기로 결정한 뒤에는 어떤 걸 해야 하나 고민을 했다. 맘만 먹으면 할 일이야 얼마든 있겠지 싶었는데, 그것도 아니었다. 조건이 괜찮은 자리가 많지 않았다.

그나마 다행인 건 스물일곱이라는 나이였다. 거의 모든 알바 직종에서 통과되는 나이였다. 불과 일주일 전까지 그렇게 도움 안 되던 나이가, 알바 구인광고 앞에서 도움이 되다니. 다행이라기보단 씁쓸하고 어딘지 얄궂은 생각이 먼저 들었다.

사업을 시작하기 전에는 말 그대로 '알바 인생'이었다. 편의점, 영화관, 패스트푸드점, 화장품 매장, 신문배달, 우유배달, 과외, 웨딩홀. 안 해본 알바가 없었다. 그때도 힘들지 않은 건 아니었다. 하지만 그때는 분명한 목표가 있었고, 앞으로 나아가고 있었다.

앞으로 살아가야 하는 과정에서 당연히 겪어야 할 일들을 착실히 해내고 있는 느낌. 그땐 그랬다.

하지만 지금 이 상황은 삶 속에서 당연히 겪어야 할 일이라고 생각해본 적 없는 거였다. 다시 알바라니! 이건 백스텝 정도가 아니었다. 체스판의 말처럼 휙 집어 올려져 원점보다 못한 곳으로 툭 떨궈진 느낌.

원점은 저 멀리 있었고, 원래 자신이 있던 곳은 보이지 않았다. 대체 얼마의 시간이 흘러야 원래 있던 자리에 설 수 있을지 수아는 알 수 없었다.

알바 자리로 결정된 곳은 특급호텔이었다. 호텔 내에서 이뤄지는 각종 연회를 담당하는 일이었다. 주로 결혼식이 많았고, 사업차 식사를 겸하는 미팅 자리, 동창회, 동호회, 송년회 등이 있었다.

호텔이 처음은 아니었다. 이건 수아가 했던 알바 중 가장 오래했던 거였다. 페이도 페이지만, 근무 환경이 다른 곳보다 좋아서였다. 시간만 맞아떨어지면 저녁은 물론 점심식사까지 직원 식당을 무료로 이용할 수 있었다. 더울 때 시원하고 추울 때 따뜻한 건 기본이고.

하지만 이번에 알바 자리를 알아볼 때, 이 일을 가장 뒤로 제쳐두었다. 그건 이곳이 '성취의 추억'과 관련된 곳이기 때문이었다.

그러니까 좀 유치할 수 있는 이야기인데…… 사업을 시작하기 전, 수아가 호텔 알바를 택했던 데는 남다른 이유가 있었다. 그때 수아는 특급호텔의 연회장이 대개 성공한 사람들이 모여 있는 곳이라고 판단했다.

말하자면 '미리 성공한 사람들의 분위기를 느끼고 배워두는 것도 괜찮아'라는 생각이 있었던 거였다. 실제 일은 그런 사람들의 분위기를 느끼고 배울 틈이 없을 만큼 정신없이 돌아갔지만.

그래도 억대의 비용을 들인 호화로운 결혼식을 보면 성공에 대한 욕구가 다져지곤 했다.

가장 흥분되는 일은 식사를 겸한 사업 미팅 자리를 담당할 때였다. 수아의 일주일치 식대를 합쳐도 모자란 값비싼 도시락을 미팅 테이블로 옮길 때 보았던 그들.

그들의 분위기, 웃음소리, 손끝에 들린 펜의 움직임. 아, 저런 게 성공한 사업가들의 모습이구나, 싶은 순간이 있었다. 여기 서 있지 말고 어서 빨리 저 자리에 앉아야지. 그런 생각이 수아의 머릿속을 가득 메웠다.

그리고 드디어 가파른 상승세의 오너가 되었을 때, 수아는 다소 유치한 행동을 했었다. 최종 사인을 앞둔 계약의 미팅 장소를 특급 호텔로 잡았던 것이다. 알바 시절 보았던 것처럼 장어가 메인인 도시락을 주문하고서.

그렇지만 알바를 했던 곳과 같은 호텔로는 잡지 않았다. 그것까지는 좀 너무 속보인다 싶었다. 물론 누구에게도 발설한 적 없으니 들킬 리 없는 속마음이었지만, 어쩐지 멋쩍었다.

그 멋쩍은 마음 덕분에 이 호텔에 다시 올 수 있었다. 호텔 일이야 다 비슷하지만 한 번이라도 일을 했던 곳이 수월할 터였다. 만약 그때 미팅 장소로 이 호텔을 택했다면, 지금 다시 올 수 없었겠지.

예전이나 지금이나 이곳은 그저 알바 장소일 뿐이었다. 그 사실이, '성취의 추억' 때문에 제일 뒤로 제쳐두었던 호텔 알바를 다시 앞으로 끄집어냈다. 마음만 다스린다면 근무 조건이야 별로 나무랄 게 없는 곳이었다. 어차피 마음은 어딜 가도 불편할 거, 일이라도 조금이나마 편하고 보자는 결론이었다.

개인적인 사연 말고 한 가지 걸리는 게 있다면 '장기 알바'의 존재였다.

수아는 그전에 알았던 얼굴을 다시 보게 되는 게 달갑지 않았다.

예전엔 '가족 같은 분위기'를 선호해서 친하게 지내는 사람이 있었으면 했다. 하지만 이젠 아니었다. 지금은 가능한 한 어떤 인연도 만들지 않고 조용히 일만 하고 싶었다. 괜히 어떤 '관계'를 맺어서 과거의 이력을 털어놓는 일 따위는 만들고 싶지 않았다.

설마 5년인데. 아직까지 그때 일하던 사람이 있겠어. 수아는 지나친 걱정을 하는 것 같아 생각을 멈추기로 했다. 이렇게 급한 상황에도 마음은 철없이 '이 일을 하지 않아야 될' 이유들을 계속 만들어내고 있었다.

시작 시간보다 40분 일찍 도착해 유니폼을 갈아입었다. 직원 식당에서 점심을 해결하기 위해서였다.

유니폼의 디자인은 바뀌지 않았고 수아의 외모도 그다지 바뀌지 않았다. 그때 비해 짧아진 머리 길이와 좀 더 성숙해진 모습을 제외하면, 수아의 얼굴에선 지난 4년간의 소용돌이가 느껴지지 않았다.

겉으로 봐선 유니폼이 잘 어울리지도, 안 어울리지도 않고 그저 그랬다. 거울 앞에는 아무 사연도 없을 것 같은 무색무취의 20대 알바생이 서 있었다.

직원 식당의 밥은 여전히 훌륭했다. 먹는 데 의미를 많이 두는 타입은 아니었지만, 될 수 있으면 좋은 식사를 원했다.

학교를 졸업했는데도 현재 하는 일이 그냥 알바라는 건, 그 일에 능숙하든 아니든 자존감을 깎아먹기 마련이다. 그럴 때 식사마저도 비루하다면, 정말 두더지처럼 땅을 파고 들어가야 될 것 같은 기분을 선사한다. 어차피 순전히 먹고 살자고 하는 일이면, 될 수 있는 대로 잘 먹어야 한다.

"수아 언니?"

식판만 쳐다보며 묵묵히 밥을 떠 넣고 있는데 제 이름이 들렸다.

느긋한 리듬을 타고 있던 수아의 수저질이 뚝 멈췄다. 뭐야, 누구지? 수아가 한 템포 늦게 고개를 들었다.

"어머, 맞구나! 봉봉 언니!"

눈앞에 미정이 서 있었다. 5년 전 알바생일 때 함께했던 방미정이. 수아가 지나친 걱정이라며 떨쳐냈던 '장기 알바'의 존재가 나타난 거였다.

"나 미정이, 방미정. 방방이!"

미정은 수아가 자신을 금세 알아보지 못하는 듯하자 자기 별칭까지 토해냈다. 봉봉, 방방. 유치하기 짝이 없는 별칭에 쓴웃음이 지어졌다. 생각해보니, 그때는 이 별칭을 지어놓고 깔깔대며 웃었던 것 같았다. 정말이지 스물하나 스물둘이기에 가능한 일이었다.

아, 미정이! 수아는 자신의 기억보다 한 박자 늦게 반응했다. 마음 같아선 영원히 반응하고 싶지 않았지만, 그럴 수가 있나. 이렇게 적극적으로 자신을 어필하는 상대 앞에서.

"너 설마 지금까지 계속 다닌 거야?"

수아의 질문에 미정이 고개를 연신 끄덕였다.

"어, 완전 장기. 이젠 거의 직원급 대우야."

미정이 싱긋 웃었다. 목소리와 미소에 약간의 자부심 같은 게 묻어났다.

"이렇게 된 김에 그냥 직원 되지 그래?"

수아의 말엔 아주 가는 가시가 있었지만, 미정은 전혀 따끔거리지 않는지 그저 친근하게 대꾸했다.

"언니도 알잖아. 난 소속되는 거 싫어. 죽을 때까지 알바만 할 거야."

아직도 그런 생각을 가지고 있네. 하고 싶은 일이 없고 어딘가로 소속되는 것도 싫어서 계속 알바 인생을 살겠다니. 미정의 생각은 수아에겐 예나 지금이나 이해 불가한 것이었다.

"언니, 나 그래도 돈은 잘 모아. 그럼 된 거 아니야?"

미처 감추지 못한 수아의 당혹스런 표정을 읽었는지 미정이 말을 덧붙였다. 하긴, 범죄를 저질러 버는 것만 아니라면, 그저 벌기만 하면 되는 거지. 수아는 자신의 이해 범위를 넓힐 필요가 있다고 생각했다.

수아가 예전부터 미정의 말을 이해할 수 없었던 이유는 자아실현이라는 것 때문이었다. 하지만 지금 미정을 보면 그녀는 그녀대로 자아실현을 하고 있는 거였다.

수아는 자신이 내심 미정의 사고방식을 무시하고 있었던 걸 인정했다. 세상엔 다양한 사람과 삶의 모습이 있는 거라고 생각하면서도 마음으로는 그녀를 이해할 수 없었다. 도대체 어쩌려고 저러지? 그런 의문과 한숨뿐이었으니까.

하지만 지금 미정을 보라. 자신의 처지보다 훨씬 나은 상황 아닌가. 수아는 갑자기 심사가 꼬이고 뒤틀리는 걸 느꼈다. 자신이 무시했던 사람보다 현실적으로 더 한심한 상황에 놓였다는 걸 인정하고 싶지 않았다.

미정을 보며 감정이 뒤틀리는 것도 못마땅했다. 유치한 비교 따위에 우월감이나 좌절감을 느낀다는 게 싫었다. 수아는 자신이 너무 형편없는 인간인 것 같은 생각에 말할 수 없이 불쾌하고 부끄러웠다. 우선은 이 자리를 좀 벗어나고 싶었다.

화장실을 핑계로 먼저 일어났다. 마침 미정은 일행이 있었던 터라 나중에 일할 때 보자며 수아를 순순히 보내주었다.

밖으로 보이는 호텔 정원이 시원스레 넓었다. 뛰쳐나가버리고 싶었지만 조금 있으면 일을 시작할 시간이었다. 결국 발길이 멈춘 곳은 직원 화장실이었다.

꾸물대다간 식사를 마친 미정과 또 마주칠지도 몰랐다. 빨리 양치나 하고 나가기로 했다.

세면대 앞에 직원 하나가 서 있었다. 20대 초반으로 보이는 어린 얼굴이었다. 피부가 하얗고 둥그런 눈매가 선한 느낌을 풍겼다.

어설픈 눈인사나 호구조사 같은 질문이 없길 바라면서 옆 세면대에 섰다.

여자애는 무엇을 찾는지 자기 파우치를 뒤지고 있었다. 대충 뒤지다가 안 되겠는지 물품들을 하나하나 꺼내놓기 시작했다. E사의 파운데이션이나 N사의 블러셔는 그렇다고 치더라도 S사의 크림과 D사의 향수가 있는 게 좀 놀라웠다.

어린 나이에 쓰기엔 조금 과한 명품들이었다. 물론 어리다고 다 로드숍 제품을 쓴다는 법은 없으니 전제조건이 붙어야 한다. '이런 곳에서 일하는 어린 알바가 쓰기엔'이라는 조건.

가능성은 두 가지였다. 첫 번째는 생각보다 잘 사는 애인이나 친구들을 두어서 선물 받았을 가능성. 두 번째는 본인의 월급을 전부 이런 물건을 사는 데 썼을 가능성. 이건 다시 말하면 이런 곳에 소비할 돈을 벌려고 알바를 한다는 얘기가 된다.

전자도 나쁘지 않은 얘기지만, 지금 수아의 경우엔 후자가 훨씬 더 매력적이었다. '생계와 무관한 소비'를 위해 돈벌이를 한다는 것.

그만 좀 해! 이런저런 생각이 늘어지자 수아의 마음속에서 문득 짜증스런 소리가 솟구쳤다. 얼른 양치나 하고 나가. 남의 파우치나 힐끔거리면서 궁상맞은 생각하지 말고!

뇌 속의 회로가 쓸데없이 이곳저곳으로 뻗어나가는 게 거슬렸다. 이런 생각들이나 하고 있을 때가 아닌데. 하지만 지금 이런 생각을 하지 않으면 무슨 생각을 한단 말이지? 어떻게 하면 알바를 열심히 잘할 수 있을까, 이런 거나 생각하라고?

수아는 괜스레 화가 나서 벅벅, 칫솔질에 힘이 들어갔다.

"저, 실례지만 치약 좀 빌릴 수 있을까요?"

여자애가 조심스럽게 말을 걸었다.

"분명히 갖고 온 것 같은데 놓고 왔나 봐요. 보니까 마침 저랑 같은 치약 쓰셔서."

면세점에서 왕창 사들고 와서 쟁여두었던 독일제 치약이었다. 치약 하나까지 다 값비싼 거라니. 이 정도면 저 여자애의 명품 사랑을 인정해줘야 한다는 생각이 들었다. 칫솔을 물고 있어서 대답 대신 치약을 내밀었다.

"고맙습니다."

여자애는 밝은 미소로 꾸벅 인사를 하더니 수아의 치약을 가져다 썼다.

수아는 서둘러 양치를 끝내고 간단히 립밤을 발랐다.

"감사합니다. 수아 언니라고 불러도 되죠? 언니도 저 편하게 윤하라고 불러주세요."

자리를 뜨려는데 양치를 끝낸 여자애가 말했다. 유니폼에 달려 있는 명찰을 본 모양이었다.

그녀의 자연스런 붙임성에 수아는 별다른 거절의 말을 할 수 없었다. 유쾌한 수락은 아니지만, 어색하게 웃어 보일 수밖에. 하지만 수아는 알았다. 윤하에게 수아의 미소는 그저 낯을 가리는 부끄러운 미소로 보일 거라는 걸.

평일 낮이었지만 하객 50여 명 정도의 스몰 웨딩이 있었다. 냅킨을 접고, 소독되어 나온 식기류와 물잔, 와인 잔들의 물 자국을 제거하는 일이 수아를 기다리고 있었다.

냅킨은 구석에 앉아서 혼자 접으면 되는 거라 간단했다. 하지만 물 자국을 닦는 일은 우르르 테이블에 달려들어 선 채로 하는 일이라 인내심이 필요했다. 잔이 부서지는 경우도 조심해야 했다.

내심 냅킨을 접는 일이 걸리길 바라고 있었지만, 요즘 한창 불운의 길을 걷고 있는 수아에게 그런 사소한 바람도 이뤄질 리 없었다.

"언니, 핸들링 너무 거칠다. 이러다 몇 개 깨겠어."

무념무상으로 잔을 닦고 있는데 미정이 말을 걸어왔다.

"나도 첨엔 좀 깨먹었지. 그래서 깃털처럼 다루라고 그랬잖아, 언니가."

내가 그랬나? 아무리 돌려봐도 수아의 기억에는 없는 일이었다.

"뭐 하다 다시 왔어? 회사에서 잘렸어?"

미정이 정말 묻지 않았으면 하는 질문을 돌직구로 던졌다.

수아가 잔을 닦던 손을 멈추고 미정을 흘깃 보았다. 미정의 눈은 글라스에 고정되어 있었고, 손은 글라스의 곡선을 따라 부드럽게 움직였다.

"그렇지 뭐."

수아는 그냥 간단하게 대답해버렸다. 그 예전에 미정에게 자신이 사업을 구상하고 있다는 말을 하지 않았던 게 천만다행이라는 생각이 들었다.

"내가 봐도 언니는 회사원 타입은 아닌데."

미정이 혼잣말처럼 내뱉었다.

"그럼 무슨 타입인데."

"뭘 물어. 본인이 더 잘 알 거면서. 일을 못해서 관둔 건 아닐 테고. 회사가 망하거나 상사한테 들이받다가 잘렸거나. 둘 중 하날 텐데, 뭐야?"

미정이 피식 웃음을 흘렸다. 그녀의 눈에도 자신이 그렇게 갑 기질이 다분한 인간으로 보였다니, 수아는 할 말이 없었다. 언제까지일지 모르겠지만 이젠 철저히 을로 살아야 하는 입장으로서 난감하기만 할 뿐이었다.

짱, 유리 깨지는 소리가 들렸다. 돌아보니 낯익은 얼굴이 있었다. 좀 전에 화장실에서 수아에게 치약을 빌려 쓴 여자애, 윤하였다.

"어머, 쟤 또 사고 치네!"

미정이 청소 도구를 들고 쪼르르 그녀에게 다가갔다. 윤하가 빗자루를 받아들려고 하자 미정은 손사래를 치며 쓱쓱 야무지게 쓸어댔다.

윤하는 미안한 눈을 해서는 아랫입술을 깨물고 있었다.

본인의 씀씀이만 아니라면 이런 일을 하지 않아도 됐을 것 같은데. 수아는 새어 나오려는 한숨을 얼른 들이켜 심호흡으로 내뱉었다.

다른 사람을 보며 한숨을 쉴 처지는 아니었으니까.

"빵! 빵! 저쪽 테이블 빵 나와야지!"

직원이 소리쳤다. 빵이 밀리면 코스요리 전체가 밀려서 꼬이기 때문에 다른 무엇보다 재깍 나와야 하는 게 빵이었다. 그러려면 바스켓 앞에 빨리 줄을 서서 빵을 선점해야 했다. 그래야 각자 맡은 구역의 테이블에 공급이 밀리지 않았다.

홀에는 총 세 구역에 직원들이 있었다. 각 구역의 직원들은 자기 구역의 알바생들 움직임을 지켜보면서 손님들 편의를 도왔다.

다급하게 빵을 외친 직원은 수아 구역의 담당 직원이었다. 그 직원 앞에는 또 낯익은 얼굴이 서 있었다. 윤하였다. 윤하는 직원에게 넙죽 허리를 숙이고는 급하게 빵 바스켓 쪽으로 뛰어갔다. 뛰어가다가 빈 접시를 든 다른 알바생과 부딪힐 뻔하기도 했다.

"아, 못 살아. 또 쟤냐고."

어느새 나타난 미정이 빵을 들고서 수아를 스쳐 지나갔다. 미정은 빵이 아직 나오지 않은 테이블에 쏜살같이 대령했다. 뒤늦게 빵을 받아 들고 오던 윤하는 어쩌지? 하는 얼굴로 멈춰 섰다.

저 멀리 왼쪽 테이블에 빵이 아직 나오지 않은 테이블이 있었지만 수아는 사인을 주지 않았다. 그녀의 손에도 빵이 들려 있었기 때문이었다. 다행히 손님 중 누군가 빵 좀 더 주세요! 외치자, 윤하는 안도한 얼굴로 그쪽으로 향했다.

윤하가 두어 번 눈에 밟힌 것을 제외하곤 연회는 무사히 끝이 났다. 뒷정리가 한창일 때, 연회장 바로 앞 로비에서 소란이 벌어졌다. 소란의 주인공은 윤하와 연회에 참석했던 손님이었다.

로비 한가운데서 남자 손님이 몹시 화가 난 표정으로 윤하를 노려보고 있었다. 남자 손님은 한눈에 봐도 VIP로 보였다. 윤하는 화난 VIP 앞에서도 아랑곳없이 '뭐 어쩔 건데'라는 표정이었다. 둘 사이에 긴 직원만 난감한 표정으로 양해를 구하며 상황을 종료시키려 애쓰고 있었다.

"암튼 쟤는 당당해. 주눅 같은 거 안 든다니까. 애초에 저 VIP 잘 못이긴 하지만. VIP가 로비에서 스모킹 중인 걸 보고 쟤가 담배를 확! 뺏어버렸대."

미정이 다가와 묻지도 않은 걸 설명해주었다.

"난 쟤 좀 빨리 그만뒀음 좋겠어. 안 그래도 빡센데 쟤 땜에 더 버라이어티한 거 같애."

'방방'이라는 별칭답게 미정은 또 방방거리며 어딘가로 금세 사라졌다.

수아는 선 채로 허리만 굽혀 다리를 두들겼다.

하루 종일 움직였더니 다리가 저렸다. 앉고 싶지만 딱히 앉을 자리가 없었다. 대기나 휴식이나 마찬가지였다. 그저 선 채로 벽에 기대는 게 전부였다. 좁은 복도에 늘어선 알바들이 좀비들 같아 보였다.

"언니, 혹시 쟤랑 말 텄어?"

미정이 윤하 쪽을 눈짓으로 가리키며 물었다. 윤하는 한쪽 구석에 서서 핸드폰을 보고 있었다.

"쟤 있잖아, 되게 웃긴 애야."

대답도 하기 전에 미정의 말이 이어졌다. 수아는 무슨 뜻이냐는 눈으로 보았다.

"쟤 금수저야. 10억짜리 집에서 혼자 산다더라고."

"뭔 소리야. 금수저가 여길 왜. 룸에서 파티나 하면 모를까."

수아는 미정의 말을 유언비어로 받아넘겼다.

"진짜라니까. 언니도 곧 알게 될 거야."

미정은 무언가 더 말하려다 누군가 부르는 소리에 자리를 떴다. 뭘 알게 된다는 건지 모르겠지만 궁금하진 않았다. 어느 곳에나 사람들이 몰려 있으면 별의별 소문이 다 돌기 마련이니까.

알바를 한 지 3일째였다. 마음은 벌써 연회장을 뛰쳐나가 지구 바깥에 있었지만, 생활이란 중력은 수아의 몸을 무겁게 끌어내렸다.

금요일은 세미나보다는 소규모 친목모임 행사가 많은 날이었다. 아무래도 소규모 행사가 일하기에 수월한 건 사실이었다. 지금도 저녁 7시에 있을 소규모 모임을 준비한 뒤 30분째 대기 중이었다.

수아는 대규모 세미나나 주말 웨딩 연회처럼 정신없이 돌아가는 상황이 더 나았다. 대기 시간이 많아지면 복도에 늘어선 알바들의 수다가 길어진다. 그러면 몇 십 명이 단체로 떠드는 소리에 귀가 멍멍해져 견딜 수가 없었다.

이곳 알바생들의 대부분은 이제 막 10대를 넘긴 20대 초반의 남녀들이었다. 그들은 서로 남자와 여자라는 사실만으로도 어찌나 할 말이 많은지! 연애가 인생의 중요한 이슈였던 적이 없는 수아로서는 좁은 복도에서 벌어지는 각양각색의 탐색전이 경이로울 지경이었다.

"일하는 데선 일만 하는 게 답인데. 그치?"

미정이 모처럼 맘에 드는 말을 했다.

"알바인데 뭐. 넌 한 번도 없어?"

수아는 괜스레 미정을 떠보았다.

"언니 뭘 모르네. 알바도 경력이거든. 여기저기서 연애나 하고 욱해서 사고치고 그러면 안 뽑아줘요. 알바나 회사나 신용이 필요한 건 마찬가지라고."

미정의 말은 똑 부러졌다. 이 애는 알바라고 해서 기가 죽고 그런 게 정말 없는 모양이었다. 평생 동안 알바만 하겠다는 말이 정말 진심일지도 모른다는 생각이 들었다.

"7시 루비홀 연회팀 서빙 시작!"

직원이 복도 끝에서 소리쳤다.

수아는 직원의 목소리가 지긋지긋한 수다 좀비들로부터 벗어날 수 있는 주문처럼 들려서 반가웠다.

루비홀은 최대 열 명 정도 수용 가능한 작은 룸이었는데 예약자는 모두 여섯 명이었다. 간단한 서비스였기 때문에 신입들 위주로 서빙팀이 구성되었다.

"언니, 룸 가서 놀라지 마."

홀 쪽으로 걸음을 옮기는데 미정이 속삭였다. 놀랄 게 뭐냐는 표정으로 쳐다보았지만 미정은 재미있는 수수께끼의 답을 알고 있는 아이처럼 싱긋 웃을 뿐이었다.

샴페인 잔을 들고 홀의 문을 열었을 때, 수아는 미정이 한 말이 무슨 뜻인지 알 수 있었다. 룸 안에 낯익은 얼굴이 있었다. 어제까지 직원 유니폼을 입고 호텔 안을 뛰어다니며 실수를 연발하던 윤하였다.

"어, 언니. 안녕하세요!"

윤하가 발랄하게 인사를 건넸다.

"얘들아, 인사해. 같이 일하는 언니야."

룸 안에 있던 무리들이 안녕하세요, 하며 수아에게 인사를 건넸다.

수아는 얼결에 인사를 받았다. 모두 윤하 또래인 20대 초반으로 보였다. 다들 머리끝부터 발끝까지 명품으로 치장한 게 눈에 확연히 띄었다. 금요일 저녁이라 그런지, 친한 사람들끼리 모여선지, 다들 생기 넘치고 즐거운 분위기였다.

복도로 돌아와서 다음 음식의 서빙 차례를 기다리고 있는데 미정이 다가왔다.

"봤어?"

미정이 약간 들뜬 목소리로 물었다. 수아는 장단을 맞춰주고 싶지 않아, 부러 더 무덤덤한 얼굴로 응, 짧게 대답했다. 그런 반응이 의외라는 듯, 미정이 '안 놀라?' 되물으며 말을 이었다.

"난 좀 황당하더라고. 어제까지 알바 뛰던 애가 막 럭셔리해져서는 떡하니 홀에 앉아 있으니까. 그러곤 다음 날 다시 알바 하러 나타나고. 정체가 뭐냐니까 완전 해맑게 금수저요! 이러더라고. 알바는 왜 해? 그러니까 서민체험하려고요, 이러고. 진짜 웃기는 애지?"

미정의 말에 의하면 윤하가 이곳에서 알바를 하는 건 부모님의 뜻이었다. 윤하 오빠가 사업을 자꾸 말아먹어서 윤하에게는 일찍부터 인생경험을 많이 시키려고 그랬다는 것이다. 요컨대 윤하는 이곳에서 알바를 뛰고, 쉬는 날이면 고객이 되어 신나게 호텔 서비스를 즐기며 스트레스를 푸는 거였다.

윤하는 오늘 밤 이 호텔의 룸에 머문다고 했다. 내일 아침 일어나 지하의 피트니스 센터에서 가벼운 운동을 한 뒤 호텔 조식을 먹고 유유히 직원용 락커룸으로 온다. 그리고 유니폼을 입고 다시 알바생으로 돌아가는 것이다.

윤하가 이곳에서 즐기는 세 시간 휴식의 비용은 그 애가 알바로 일하며 받는 한 달치 급여를 훌쩍 뛰어넘는다. 이건 그야말로 금수저가 아니면 어려운 일이었다.

어디 그뿐인가. 파우치 속의 최고급 명품들, 혼란 속에서 빵을 들고 뛰는 얼굴에 스민 천진함, 진상 VIP의 담배를 낚아채는 배짱까지. 이 또한 '서민체험'이 아니라 '생계형'이라면 쉽게 나올 수 없는 것들이었다.

수아는 짧은 시간 동안 윤하를 보면서 느꼈던 어떤 부자연스러운 느낌들이 이제야 납득이 됐다. 그러니까 윤하는 이곳에 얼마든지 있을 법한 나이와 외모였지만, 동시에 전혀 어울리지 않는 이질적인 분위기를 풍기고 있었다. 무언가 정체를 모르겠는 느낌. 그게 바로 그 이유 때문이었다. 금수저라는 것.

윤하가 가슴팍에 금수저를 이름표처럼 달고 서민체험이라는 명목으로 이곳에 알바로 섞여 있는 건 수아에게 별다른 충격을 주지는 않았다. 그보단 지금 이렇게 알바 유니폼을 입고 서 있는 수아 자신의 상황이 훨씬 더 충격적이기 때문이었다.

하지만 윤하의 색다른 상황이 수아를 불편하게 만들고 있긴 했다. 증거들이 충분했음에도 윤하의 정체를 파악하지 못했다는 것. 금수저라는 미정의 말을 유언비어로 치부한 사실이 수아의 마음을 푹 찔러왔다.

이제는 사람 보는 눈이 어지간하다고 생각하던 터였다. 그런데 왜 짐작하지 못했을까.

이런 곳에서 일하는 알바라는 선입견 때문에 사람을 제대로 보지 못한 거였다. 이건 '수도권의 전문대를 졸업한 스물일곱 사장'인 수아에게 무작정 '불완전한 프레임'을 덧씌운 사람들과 다를 바 없는 거였다.

수아는 자신이 힘겹게 싸워 왔던 사람들과 같은 시선이었다는 게 부끄러웠다. 자신도 결국 '어쩔 수 없이 그렇고 그런 사람'이 된 기분이었다.

자리가 사람을 만든다는 말. 수아에게 호의적인 사람들은 이 말을 '자리가 사람을 만든다고, 사장 되더니 제법 태가 나네'라고 긍정적으로 썼다. 하지만 자리가 사람을 만든다는 말은 수아가 가장 경계하는 말이었다. 수아에게 그 말은, 결국 태어난 그 자리 그곳에서 한 사람의 삶이 결정되어진다는 말로 들렸기 때문이었다.

수아의 마음 속 구멍이 더없이 깊게 파였다. 그 구멍은 마치 황량한 우주의 운석이 떨어진 자리처럼 쓸쓸했다. 하지만 더 쓸쓸한 것은, 지금 좁은 복도에 서 있는 수아에게 '여긴 너의 자리가 아닌데'라고 말해줄 사람이 단 한 명도 없다는 사실이었다. 그저 수아 자신만이 '난 여기 있을 사람이 아니라고!' 필사적으로 홀로 외쳐대고 있을 뿐이었다.

들어줄 사람이 없는 건 어찌 보면 당연한 일이었다. 봉수아에게는 이제 막 실패자의 낙인이 찍혔으니까. 설령 누군가 그 외침을 듣는다 해도 '그럼 너를 증명해 봐'라는 차가운 말만 툭 던지고 돌아설 게 분명했다.

수아가 두려운 건 자신의 외침을 들을 사람이 아무도 없다는 게 아니었다. 스스로의 외침이 힘을 잃고 잦아들까 봐. 실패자라는 낙인 앞에 그만 멈춰 서버릴까 봐. 그게 두려웠다.

여전히 수아에게는 가고 싶은 자리가 있었다. 하루에 한 발짝이라도 가자고, 다만 멈추지만 말자고. 수아는 무거운 족쇄가 달린 것 같은 마음을 다독이며 자신을 힘껏 떠밀었다.

환절기의 법칙6

경계선이
흐릿해 보여

토요일 오후 2시. 카페는 즐거운 사람들로 가득 찼다.

너나 할 것 없이 수다스러웠고 웃음소리는 유쾌했다. 좋다! 수아
가 원한 분위기였다.

'즐거운 사람들을 보면서 자극을 받고 그 기운을 얻는 거야!'

그런 생각으로 이곳에서 비장하게 노트북을 펼쳐들었다. 그게 골
방에서 머리를 싸매는 것보단 훨씬 나았다. 그런데 너무 비장하고
절실한 탓인가. 수아는 벌써 40분째 단 한 문장도 쓰지 못하고 노트
북 화면을 노려보고만 있었다.

'사업투자계획서'

폰트 30, 고딕체의 위풍당당한 글자 이후, 커서는 제자리에서 계
속 깜빡였다.

지금 가장 중요한 것은 아이템이었다. 아이템이 좋으면 자본은
따라오는 것이라고 봐도 무방했다. 아이템은 사업하는 사람들이라

면 비자금처럼 꽁꽁 숨겨둔 게 있기 마련이었다.

알바는 알바대로 하고 있지만, 그게 전부가 될 순 없었다. 남동생 봉수호는 수아에게 사업가로서의 재기는 꿈도 꾸지 말라고 했지만 어림없는 소리였다. 수아는 가장 노답일 것 같은 사업가로서의 재기가, 지금으로선 가장 현답이라고 생각했다.

그리하여 수아는 당연히, 아이템 창고를 개방하자고 마음먹었다. 수아의 사업이 한창 성황 중일 때, 물리적 시간과 체력이 부족해서 진행을 못 시킨 아이템들이 몇 가지 있었다.

하지만 지금 수아는 당황스럽고 난감하기 그지없었다. 막상 창고를 개방하니까, 바닥에 흙 묻은 동전 몇 개만 뒹굴고 있는 느낌이랄까.

그 몇 년 사이, 트렌드가 바뀐 것도 있고, 누군가 먼저 실행해버린 것도 있었다. 창고 속에는 재기의 발판은커녕, 수아를 더 깊은 땅굴로 끌고 들어갈 것들뿐이었다.

이미 얼음이 반쯤 녹아버린 아이스 아메리카노는 타들어가는 속을 식혀주기엔 부족했다. 수아는 남아 있는 얼음을 양 볼에 욱여넣었다.

얼음을 씹어 삼키며 새롭게 전의를 다졌다. 있는 게 별로라면, 새로운 것을 찾으면 된다!

청년 사업가의 최고 덕목이 신선함이라는 건 아무리 강조해도 지나치지 않았다. 하긴 그게 비단 청년 사업가에게만 해당되는 말이겠나. 앞에 '청년'이라는 수식어가 붙을 수 있는 모든 일에 해당되는 말일 터였다.

신선함과 새로움. 수아는 한때 이 두 단어에 거부감을 느꼈다. 지구상의 청년들에게 지나치게 강요되는 말이라고 느꼈기 때문이었다. 그렇다고 해서 부담스럽지는 않았다. '봉수아는 그 자체로 신선하고 새로운 사람'이라고 생각했으니까. '원한다면 얼마든 꺼내 보여주지'라는 배짱이 있었다.

이런 수아를 보면서 누군가는 그런 배짱도 청년이어서 가능한 거라고 했다. 하지만 그건 정말 잘 모르고 하는 말이었다. 아무 경험도 없고 모르는 게 태반인 청년이, 그런 배짱을 갖기가 얼마나 어려운지를.

아, 아니다. 그들도 청년 시절엔 모두들 두둑한 배짱이 있었을까. 그래서 너무 잘 알아서 그런 말을 하는 걸까.

어쨌건 배짱 없는 청년을 총 없는 군인처럼 '실격자' 취급하는 게 이 세상 풍토라는 걸 부정할 순 없을 거라고 수아는 생각했다.

아프거나 슬프거나 어쨌거나 지금은 뉴 아이템을 찾아야 했다. 이걸 찾지 못한다면 더 아프고 슬퍼질 테니까.

수아는 우선 폰트 30의 '사업투자계획서' 글자를 지웠다. 시력검사표의 맨 윗줄처럼 큰 글씨가 압박으로 느껴졌다.

'무작정 하고 싶은 걸 떠올리지 말고, 돈 되는 거에 목매지도 말고. 중요한 건 균형이다. 집중하자, 집중!'

수아는 속으로 자신을 채근했다. 이때 어떤 여자가 다가왔다. 수아 또래로 보였다.

"혼자예요?"

여자가 물었다. 수아는 경계심을 담은 눈으로 여자를 보았다.

"의자 좀 가져갈게요."

아…….

수아는 빈 의자에 두었던 큰 가방은 등 뒤로 끼고, 카디건은 둘둘 말아 무릎 위에 올렸다. 어쩔 수 없이 좀 불편한 자세가 되었는데,

그러자 갑자기 뭉친 소리로 웅웅댈 뿐이던 주변의 소음들이 거슬리기 시작했다.

오빠는 현이 어디가 좋아요?

그래서 우리 여행 어디로 가? 발리? 몰디브?

이따 저녁에 뭐 먹을래? 오랜만에 가로수길 맛집?

얼그레이 케익은 매진입니다, 손님.

어찌나 생생하게 들리는지 양쪽 귀에 서라운드 스피커를 단 것 같았다.

대체 이런 소음들 속에서 무얼 생각할 수 있단 말인가! 순간 수아는 너무나 혼자 있고 싶어졌다.

이래서 사람은 '자기만의 방'이 있어야 한다고 했나. 아니다. '자기만의 방'이라면 수아에게도 있었다. 20세기 골방을 충실히 재현한 세트장 같다는 게 문제지만.

하지만 단순히 골방이라서 답답하단 이유로 이 카페를 택한 건 아니었다. '즐거운 사람들의 자극과 기운을 받기 위해서'라는 것도 표면적인 이유였다. 실상은 오늘 희수의 애인 규태가 집에 오는 날이기 때문이었다.

그들은 6년을 만났다. 그만큼 묵은 사이라 그들이 주고받는 사랑의 밀어나 고주파가 수아의 방문을 뚫어대진 않을 거라고 짐작하지만, 그래도 수아는 그 골방에 없는 편이 더 옳았다.

자기만의 방을 넘어 공간 전부를 가진 사람들은 얼마나 살 만한 사람들인지, 수아는 다시금 깨닫게 되었다.

"난 카페에서 공부하는 사람들 별로야. 조용한 걸 원하면 도서관엘 가야지."

누군가의 목소리가 귀에 꽂혔다. 자신에게 한 말은 아니라고 생각했지만, 수아는 자리에서 일어났다. 그곳에 노트북을 펼치고 혼자 앉아 있는 사람은 자신이 유일했으므로. 이곳에서도 수아는 없는 게 나은 사람 같았다.

카페를 나선 수아는 어디로 가야 할지 잠시 생각했다. 실내는 답답할 것 같았고, 탁 트인 한적한 공원의 벤치라면 무난할 듯했다. 주말 오후에 한적한 공원을 찾는 게 문제겠지만.

그날 나는 점심 설거지를 마치자마자 나갈 준비를 서둘렀어.

네 작은외삼촌이 허리춤을 붙잡고 감자를 삶아 달라고 했지만, 내가 감자나 삶고 있을 정신이 못 되었지. 점심 밥상을 차릴 때부터 이미 마음은 동구 밖에 가 있었으니까.

"감자 안 삶고 어디 가는데? 할 일은 해놓고 가야지!"

신발을 꿰어 신는 날 보고 은호가 소릴 치더라. 쪼그만 게 나를 제 전용 식모쯤으로 아는 태도가 거슬렸지만, 일일이 상대해줄 시간도 없으니 역시나 모른 척했어.

무언가 기대하는 순간만큼 사람을 들뜨게 하는 게 있을까?

기대하는 일이 있다는 건 적어도 그 순간만큼은 참 좋은 일이야.

고등학교 진학 문제로 엉망으로 가라앉아 있던 마음이 간만에 수정과에 띄운 잣처럼 동동 떠오르더라고. 혹여 밭에서 엄마한테 붙잡힐까 싶어, 우리 밭을 지날 땐 쏜살같이 내달렸단다.

동구 밖에 도착해서 보니 이미 애들이 여럿 먼저 와 있었어.

유자가 날 알아보고 손짓하더라. 유자는 너도 들어본 적 있을 텐데, 어릴 때부터 같이 자라고 국민학교까지 다닌 동네 친구란다.

"얘가! 맨 얼굴로 나오면 어쩌니?"

유자가 내 얼굴을 보더니 다짜고짜 타박이었어. 유자는 엄마 분을 몰래 발랐는지 유독 허옇게 뜬 얼굴을 하고 있더라.

"시집 가냐? 분 찍어 바르게. 연지 곤지는 왜 안 찍고?"

내 말본새에 유자가 눈을 흘겼어.

"그런 것이 아니고, 너무 처지는 건 싫어서 그렇지."

유자가 눈을 언제 흘겼냐 싶게 소침해져서 속마음을 꺼냈어. 난 유자의 마음이 뭔지 알겠으면서도 왠지 동조해주고 싶지 않았어.

"대학생이라고 변소 안 가겠냐? 다 똑같지."

"그런 너는 왜 여까지 구경 나왔대? 집구석이나 밭에 있을 일이지."

내 퉁명스런 말에 유자가 콧방귀를 뀌며 말했어.

"얘가 이렇게 순진해서야. 봐봐, 기차 타고 버스 타고 오느라 다들 지쳤을 거 아냐. 지금 이 순간을 잘 봐둬야 되는 거라고."

"뭘 봐두는데?"

"진짜 우리 마을을 위해 온 사람과 아닌 사람을 골라내는 거지. 어차피 이따가 동네 어른들을 볼 때는 다들 예의 바르게 굴 테니까."

내 말에 유자가 고개를 갸웃거리더라. 하긴 그럴 만도 하지. 나도 큰 생각이 있어서 뱉은 말은 아니었으니까. 그저 속내를 감추기 위해 둘러댄 말이었거든.

내 속내는 가능한 빨리 대학생들을 전부 보고 싶은 거였어. 그러려면 대학생들이 마을 어귀에 들어설 때밖에 없다고 생각했지. 어차피 일을 시작하면 누구는 이리로, 누구는 저리로 나눠질 게 분명하니 말이야.

저만치서 드디어 사람들 머리가 보이기 시작했어. 맨 앞에 깃발을 든 사람이 있었고, 대학생들이 뒤로 줄지어 걸어오고 있었어. 어림잡아 스무 명쯤 되려나 싶은.

같이 서 있던 애들은 더할 나위 없는 설렘과 동경을 담은 눈빛으로 환호를 보냈단다.

난 애들이 그러는 게 좀 창피했어. 그런데 또 멀뚱히 구경만 하는 것도 도리는 아닌지라 말리진 않았지. 시골 소녀들의 순진함에 몇몇 대학생들이 손을 흔들고 부끄러운 듯 웃어주더라.

대학생들 모습을 훑던 나는 그냥 왔던 길로 돌아서서 성큼성큼 걷기 시작했어.

"얘, 은옥아! 어디 가? 은옥아!"

그냥 그렇게 말도 없이 사라지는 날 보고 유자가 급히 뒤따라 왔어.

"감자 삶으러 가."

나는 멈추지 않고 그대로 걸으며 심드렁하게 대꾸했어. 갑자기 무슨 감자냐고 유자가 물었지만 난 아무 대답 없이 그냥 걸었어.

너도 알겠지만 난 퍽 눈썰미가 있는 사람이지 않니. 내가 그렇게 뒤돌아서 걸을 수밖에 없었던 건 실망을 했기 때문이었어. 대학생 무리 속에는, 내가 기대했던 대학생이 단 한 명도 보이지 않았거든.

그냥 우리 친오빠, 그러니까 너희 큰외삼촌이 하나 둘 셋 넷 다섯 여섯, 스물. 조금씩 다르게 생긴 큰외삼촌이 한데 몰려오는 느낌을 받았단다. 생각해봐라. 그렇다면 너라도 그렇게 돌아서지 않겠니? 물론 그들은 무슨 농활이냐며 냉소적인 큰외삼촌과는 다르게 상냥한 봉사심을 가지고 이곳에 온 거니까, 마음씨야 댈 게 아니었지만.

'유은옥이 너 참 바보다.'

실망이 커서 나도 모르게 자책하는 말이 새어 나오더라. 그런데 그때 내 실망감의 정체를 좀 더 명확히 해둘 필요가 있을 것 같다.

나는 뭔가 다른 사람을 발견할 수 없어서 실망한 것도 있지만, 나 자신에게 더 실망스러웠어. 서울 대학생에 대한 환상을 가지고 있었던 내가 부끄러웠다. 내 그런 환상이 영락없는 시골 소녀를 상징하는 것 같아서 참 싫었어.

대학생들은 농사일뿐만 아니라 건물의 보수 공사도 돕고, 몸이 불편한 어르신들께 비상시를 위한 구급약을 나눠주기도 했어.

공부하기도 바쁜 그들이, 이런 시골까지 내려와 일손을 돕는다는 게 고마운 일이기는 했지만 난 참 번거로운 마음도 들었다. 아마 말만 안 했다 뿐이지, 다들 그런 생각을 하고 있지 않았을까 싶어. 학생들에게 요령을 알려준다고 품이 더 들었거든.

농사일이라는 게, 마을 사람들에겐 그저 몸에 배어 있는 거야. 평생 그 일에 대해 설명해본 적 없었을걸. 마을 사람들은 말주변을 늘리느라 진땀이었지. 학생들은 학생들대로 '아니, 이렇게, 이렇게, 요렇게, 요렇게'가 전부라고 할 만큼 엉성한 설명을 듣고 따라하자니 힘들었을 거고. 나는 나대로 배로 힘이 들었어. 마을 여자들은 한데 모여서 머리를 맞대고 고민을 했지.

'대체 오늘은 또 뭘 차려줘야 하나!'

시골 찬이야 그저 된장찌개에 나물처럼 뻔한 것인데, 서울서 온 귀한 대학생들을 그렇게만 먹일 수도 없는 노릇이잖아. 그렇다고 매번 특식을 준비할 수도 없고. 그러니 밥상 차리기가 얼굴 분칠보다 더 쉬운 부인들일지라도 고민될 수밖에.

조무래기인 나는 요리보조를 맡아서 그런 고민은 없었지만, 매번 많은 재료를 손질하고 나르고 하는 게 힘들었어. 집에서 차려대는 밥상하곤 차원이 달랐거든.

그런가 하면 나는 저녁마다 종종 우울해지기도 했어. 대학생들 때문이 었지. 그들은 단박에 사람을 사로잡는 느낌은 없었다고 해도, 역시나 서울의 대학생이었던 거야.

일을 끝낸 학생들은 저녁에 개울가에서 시간을 보냈어. 그때 그들은 외국말로 된 노래도 부르고, 때론 좀처럼 알아들을 수 없는 이야기로 열띤 토론을 벌이기도 했지. 외국말로 된 노래를 들을 땐 왠지 귀가 간지러웠단다.

그들은 그저 한가로이 보내는 여가시간일 뿐이었는데, 나는 그게 어렵고 복잡했어. 그리고 뭐라 설명할 순 없었지만 어딘지 멋졌어. 시골에서 매일 똑같은 일을 하고 똑같은 말만 되풀이하는 내가 너무 초라하게 느껴졌다.

'저기 끼는 건, 이번 생엔 안 되겠지? 다시 태어나야 되는 거겠지? 아니, 다시 잘 태어날 순 있는 걸까?'

멀리서 그들의 즐거운 표정을 바라보면서 쓸쓸해졌어.

어차피 안 되는 거면 평생 모르고 말 일인데, 왜 봐서는. 왜 들어서는. 왜 저들은 이런 데까지 와서 사람 맘을 들쑤시고 가버리는 거냐고!

생각이 깊어질수록 우르르 왔다 포르르 떠나버릴 대학생들이 원망스러워지기 시작했어. 하지만 그런 마음을 어쩔 길은 없었지. 난 집에 오는 길에 돌멩이를 힘껏 차대며 겨우 그것에게나 뭉친 마음을 풀어댔다.

그렇게 일주일이 지났을 무렵이었어. 나는 마음의 쓸쓸함과 초라함을 단박에 지워내는 사건을 맞닥뜨렸단다. 그건 한 사람으로부터 시작된 일이었지.

그날 나는 우리 집 광에 있던 감자를 죄다 유자네 집으로 날라야 했어. 유자네 어머니가 대학생들 점심 찬으로 감자전과 감자조림을 만들겠다고 그랬거든. 어머니가 일찍 한 소쿠리를 이고 유자네 집으로 갔는데도, 내가 날라야 할 감자는 너무 많았어.

감자전을 부친다고 했으니, 대학생들 점심 찬만 대려고 한 건 아닐 거고, 저녁에 마을 어른들 막걸리 안주까지 만들어놓겠다는 뜻이었지. 대학생들이 온 지 좀 지났지만 마을은 여전히 들떠 있었어. 어른들의 술자리는 거의 매일 이어지다시피 했다.

유자가 와서 같이 나눠 들고 가면 좋으련만. 고 계집애가 하필 복통이 나서 꼼짝을 못 한다고 하는 거야. 다른 애들도 이래저래 사정이 있어서, 나는 일을 옴팡 뒤집어쓰게 되었어. 이걸 어떻게 들고 가야 좋을까 궁리하다가 물지게를 생각해냈어.

너도 알겠지만 난 모자도 쓰기 싫어할 정도로 머리에 뭐가 닿는 걸 질색하잖니. 그런 내가 머리에 소쿠리를 이는 걸 얼마나 꺼렸겠니. 가뜩이나 작은 키가 더 줄어드는 것 같아서 영 싫더라.

그러고 보니 어머니는 밭에 나갈 때면 그러다 얼굴 상한다고 어떻게든 내 머리에 모자를 씌웠거든. 지금 생각해보면 그게 어머니가 나를 사랑한다는 유일한 표현이었던 것 같기도 하구나.

난 언제부터인지 물지게를 질 때 자연스레 땅을 보며 걷게 되었어. 그러면서 누군가 흘린 동전이 있나 살피는 버릇이 생겼지. 물론 동전을 주운 적은 없었지만.

그런데 느낌에, 그날은 왠지 꼭 동전이 있을 것 같았어. 그리고 그 순간, 정말 거짓말처럼 저만치에 동그란 쇳덩이가 보이지 않겠니? 백 원짜리였어!

난 거의 돌진하는 황소였지. 그런데 그때, 별안간 어느 운동화가 나타나 동전을 탁 밟지 않겠니! 시골에선 보기 힘들 정도로 새하얀 운동화였어.

그 바람에 갑자기 멈춰야 했고, 감자 무게 때문에 몸이 휘청거렸어. 이리저리 흔들리다 가까스로 중심을 잡았지. 넘어지지 않았다는 안도감이 가시자 울컥 화가 솟더라.

"지게 진 사람 앞길을 막으면……."

왈칵 쏟아져 나오려던 내 된소리가 안으로 쑥 먹혀 들어가 버렸어. 눈앞에, '저 모습은 정말 신성일이다!' 싶은 사내가 서 있었거든!

새하얀 남방에 새하얀 얼굴. 부리부리하지만 부드러운 눈매. 쭉 뻗은 콧날과 날렵하고 반듯한 입술.

모든 게 한눈에 들어오니 나는 그만 머리가 아찔해져선 다시 휘청거렸어.

"어어, 괜찮아요?"

사내가 나를 보며 물었어. 너무도 똑바른 서울 말씨. 우아한 음성을 듣고도 믿기 어려웠어. 저런 사람이 실제로 존재한다고? 지금 여기, 내 눈앞에?

"누, 누구세요?"

말을 더듬지 않기 위해선 시선을 돌려야 마땅했지만 나는 눈을 떼지 못했어.

"봉사활동 하러 온 학생이요. 사정이 있어 너무 늦게 오게 됐네요."

사내는 과하지 않은 친절한 웃음을 띠고 사근하게 말했어. 귀가 녹는다는 게 이런 느낌일까 싶더라.

그러니까 나는 드디어 만난 거였어. 내가 기대하고 또 기대하던 진정한 서울의 대학생을! 그 순간 열아홉의 내 심장이 더없이 세차게 방망이질 치는 걸 느꼈단다.

아아. 그래서 그 다음은……!

그리 특별할 것 없는 이야기였지만 어쩐지 계속 읽게 되는 글이었다.

주말이어도 비교적 한산한 공원을 찾아낸 수아는 원하던 대로 벤치에 앉았다. 하지만 수아의 머릿속은 부실한 알맹이에 질소만 들어찬 과자봉지 같았다.

오늘은 날이 아닌가 보다 싶어 수아는 아이템에 대한 생각을 접었다. 대신 이런 한적한 공원 벤치에선 스마트폰보다는 책이지 싶어 할머니의 노트를 펼쳐 들었다.

지난번에 읽은 부분에서 할머니가 기다리는 '진정한 서울의 대학생'이 등장할 것 같은 느낌이었는데, 역시나였다.

수아는 남의 연애사를 듣거나 연애소설을 즐겨 보는 타입은 아니었지만, 이건 또 달랐다. 베일에 싸여 있는 진짜 외할아버지의 존재를 알 수도 있는 거였으니까.

열아홉의 심장이 세차게 뛰는 사건은 좀 전에 카페에서 먹었던 얼그레이 케익보단 훨씬 더 자연스런 단맛을 내고 있었다. 이제 이 내용의 뒷부분에는 좀 더 달달한 무언가가 있을 거였다.

이런 생각을 하며 막 다음 장을 넘기려던 찰나, 핸드폰이 울렸다. 엄마였다.

"넌 왜 전화를 안 하니?"

여보세요, 말을 하기도 전에 엄마의 목소리가 흘러나왔다.

"안 그래도 연락하려고 했어. 이래저래 정신이 너무 없어서."

희수네 집에 들어갔단 말을 하기 싫어 의도적으로 연락을 피한 건데 일단 그렇게 둘러댔다. 엄마는 용건이 있을 때만 전화하는 타입이지만, 굳이 왜 전화했냐는 말은 묻지 않기로 했다. 꼭 무슨 일이 있어야만 통화를 하는 거냐며 서운하다고 할 것 같아서였다.

"신변 보고 좀 해."

밥은 잘 먹고 다니니? 아픈 덴 없고? 이런 멘트 대신 엄마는 꼭 '신변 보고'라는 말을 썼다. 아빠 말에 의하면, '쓸데없이 마음이 약해지는 게 싫어서' 엄마가 그러는 거라고 했다.

"밥은 잘 먹고 있고, 아픈 덴 없고, 호텔 알바 하고 있어."

"일은 못 구했단 소리네."

엄마는 말끝에 옅은 한숨을 실었다. '알바도 일이지'라는 말을 내뱉으려다 관두었다. 자신도 알바를 직장으로 생각하진 않으니까. 하지만 그래도 '일은 못 구했단 소리네'보단 '고생하네'라는 말이었으면 좋았겠다는 생각이 들었다.

"엄마는? 잘 있어?"

"나 지금 계모임 가. 수호가 태워다 주네."

순간 수아는 아, 이제 그리로 바통이 넘어갔구나, 생각하며 조금 씁쓸해졌다. 그간 엄마의 계모임에서 수아는 완벽한 '엄마 친구 딸'이었다.

주말 약속엔 약속장소까지 데려다주는 건 기본이고, 대기자가 늘어선 수준급의 식당 예약에 성공하기도 하며, 가끔은 말없이 나타나 계산까지 도맡기도 하는.

수아는 그걸 '효도 대활약기'라고 명명했다.

그런 효도 대활약기의 수아가 너무 인상적이었는지, 엄마는 지금도 수아가 망했다는 사실을 받아들이지 못하는 듯했다. 물론 나도 집안에 지은 죄가 있다. 그러니 엄마의 갑각류 같은 말투는 결국 내 책임이라고 할 수밖에 없겠지. 수아는 이렇게 생각하면서도 자신의 대활약기 시절이 전혀 '참작'되지 않은 것 같아 조금 안타까웠다.

"모임 어딘데?"

"삼청동 그 식당."

"아, 거기. 거긴 C코스가 제일 비싼데 B코스로 주문하고 단품 메뉴 몇 개 시키는 게 나아. 엄마 좋아하는 동파육은 시키지 마. 별로야. 식사는 짜장면보단 짬뽕이 낫고."

마침 아는 식당이라 정보를 줄 수 있었다. 하지만 말해놓고 보니 그냥 아무 말 않거나, '거기 괜찮아'라는 말로 끝내는 게 더 나았을지도 모른다는 생각이 스쳤다.

"나 참, 부자가 망해도 3년은 간다는 게 이런 거니."

수화기 너머로 엄마의 바람 빠진 웃음이 흘러나왔다.

"원래 망해서 떠날 때도 인수인계를 잘해야 진짜 프로야."

'그냥 아는 데니까 맛있게 먹고 오라고 그런 거지'라고 좀 둥글게 답할 수도 있었다. 하지만 엄마가 '신변 보고'라는 단어를 택했듯 수아도 그러지 못했다. '그 엄마에 그 딸'이라는 말은 꼭 이렇게 안 닮아도 좋을 부분에서 튀어나왔다.

그러면 엄마는 왜 그럴까. 외할머니를 닮아서 그런 걸까. 아직 한참 남은 원고였지만, 그래도 할머니의 원고를 접하다 보니 할머니에 대해 생각하는 시간이 늘어났다. 아니, 정확히 말하면 늘어난 게 아니라, '생겨난' 거였다. 그전엔 엄마를 따라 묘소에 갈 때나 명절 외엔 전혀 떠올리지 않았던 분이니까.

"너 지금 바빠?"

계모임에 나오라는 건 아닐 테고, 엄마가 왜 갑자기 시간을 묻는 건지 알 수 없었다. 하지만 왠지 느낌이 좋지 않았기에 일단 '응, 바빠'라고 대답했다.

"정말 꼭 바쁜 거 아니면 집에 와서 수지 좀 봐. 수지 지금 혼자 있거든."

수지는 2년 전부터 엄마가 이웃집 아주머니에게 받아 기르고 있는 강아지였다.

수아는 원래 개를 좋아하는 편이 아니었다. 그런 데다 한 달에 한 번 꼴로 본가에 들를 때 본 게 전부라, 수지에게 쌓인 애정이 없었다. 그런데 지금 엄마는 수아에게 애도 아니고 개를, 그것도 낯선 개를 돌보라고 하고 있는 거였다.

"그니까 엄마, 지금 개 좀 봐 달라고 전화한 거야?"

수아가 일부러 서늘한 목소리로 되묻는데도 엄마는 태연하게 대답했다.

"뭘 또 그렇게 받아들이니? 겸사겸사지. 집에 온 김에 김치도 한 통 가져가고. 아빠 저녁에 일찍 온다니까 들여다 달라고 해. 그리고 수지, 그냥 개 아니야. 내 딸이야."

수지가 언제부터 그렇게 소중한 엄마 딸이었나. 뻔한 전개일 터였다. 수아가 바쁜 틈에, 망한 틈에, 허한 엄마 속을 채워줬다는 거겠지. 그래도 모르는 새 이렇게 급속도로 동급이 되다니.

불과 몇 개월 전만 해도 수지가 수아에게 매달리면 '수지! 언니한 테 가지 마. 언니 피곤해. 이리 와!' 하며 배려하던 엄마였는데.

핸드폰을 더 붙잡고 있다간 생채기만 남길 뿐인 모녀 싸움을 하게 될 것 같았다. 수아는 전에 받은 김치도 아직 많이 남았다며 서둘러 전화를 끊었다.

개라니. 개나 보라니! 수아가 찌푸린 얼굴로 중얼거렸다. 이때 수아 앞을 지나가던 푸들이 돌연 수아를 보고 짖어댔다. 푸들 주인이 목줄을 당겨 잡고 멋쩍게 웃으며 혼잣말인 듯한 말을 건넸다.

"어머, 얘가 이런 애가 아닌데. 사람 보고도 안 짖는 앤데."

꽤 영리하게 생긴 푸들이었다. 어쩌면 저 푸들에게 지금 개에게도 밀린 자신의 상황이 간파당한 건 아닐까, 하는 씁쓸한 기분이 들었다. 그래서 푸들의 눈에도 하찮게 보였던 거라고.

"그 개 똑똑하네. 사람 가려가면서 짖고. 그죠?"

수아의 대꾸에 푸들 주인이 어색한 표정을 한 번 짓고는 얼른 가던 길로 사라졌다.

유치하게 애정 순위 같은 것을 매기지 않더라도 적어도 지금 '가치' 순위에 있어서 수아는 수지에게 밀린 게 확실했다.

가치 있는 것에 애정을 쏟기 마련이지만, 지금 이 순간 수아는 애정과 가치가 늘 비례하는 관계가 아니기를 바랐다.

무용한 것들도 누군가에겐 필요하고 나름의 사랑을 받을 수 있기를.

무용하더라도 사랑 받음으로 유용한 존재가 되기를. 그리하여 부디 무용과 유용의 경계가 불분명해지기를.

상처가 덧나기
쉬운 계절

누군가 그랬다. 말이 안 되는 상황은 있어도, 말이 안 되는 감정은
없다고.

어느 저명한 심리학자가 한 말은 아니고, 지금은 얼굴도 흐릿한
대학 선배가 한 말이었다. 아마 4차까지 이어졌던 긴 신입생 환영회
의 3차쯤에서 들었던 것 같다.

'네가 너한테 고통을 준 그 선배를 잊지 못하는 건 정말 말이 안
되는 상황이지만, 그렇다고 그 선배를 잊지 못하는 네 감정이 말이
안 되는 건 아니야.'

이런 류의 얘기에서 비롯된 말인 것으로 기억한다.

말이 안 되는 상황은 있어도 말이 안 되는 감정은 없다는 말. 수
아는 이 말이 머지않아 다른 사랑으로 잊혀질 연애의 슬픔을 위로
하는 말로 쓰이는 게, 좀 아까웠다.

수아는 사업가가 될 준비를 하며 많은 자기개발 서적과 성공한

기업인의 자서선을 읽었다.

자기개발서를 읽은 건 마음을 단련하자는 이유였고, 기업인의 자서전을 읽은 건 오너의 생각을 배우기 위해서였다. 밑줄도 긋고 메모도 하고 포스트잇을 벽에 붙여놓기도 했다.

좀 우스울 수도 있는 이야기지만, 실제로 오너가 되었을 때와 그 이후의 시간들에서 중요한 순간마다 떠올랐던 건 책 속의 말들이 아니라 선배의 말이었다.

일어설 타이밍만 엿보며 김빠진 맥주를 홀짝이고 너무 딱딱한 오징어를 질겅대던 지겨운 술자리. 그곳에서 유명인도, 성공한 기업가도 아닌 단지 두 살 위일 뿐인 선배가 한 말.

그 말이 그렇게 오래도록 기억에 남을 줄 그땐 알았을까.

그렇다고 수십 권의 책들을 전부 의미 없는 것으로 치부하는 건 아니었다. 다만 사람을 우습게 만들곤 하는 아이러니에 대해서 생각할 뿐이었다.

두 시간 뒤에 있을 행사를 준비하던 수아는 자꾸 그 말을 되뇌었다. 말이 안 되는 상황은 있어도, 말이 안 되는 감정은 없다. 그래, 말이 안 되는 감정은 없다.

"뒤에 카트 오잖아!"

수아의 몸이 미정에 의해 획 잡아당겨졌다.

남자 알바가 의자를 가득 실은 카트를 밀고 오는 중이었다. 미정이 아니었더라면 부딪혔을 수도 있었다.

"무슨 생각을 하길래 그래."

미정이 가벼운 타박을 했다. 아닌데. 최대한 아무렇지 않게 대꾸했지만 미정의 빠른 눈썰미를 피하긴 부족했다.

"내 기억에 좀 특이했던 게, 언니 예전에 알바할 때 말이야. 언닌 대부분 일을 잘했지만 특히 기업 행사는 진짜 열심이었거든? 그러니까 그게…… 단순히 잘하는 게 아니라 뭐랄까, 신나서 하는 것 같은 거."

내가 그랬다고? 모른 척 대꾸하며 카트에서 의자를 내리기 시작했다.

미정의 기억은 정확했다. 그때 수아는 기업인 행사만 있으면 설레서 뛰어다녔다. 그들을 보는 것만으로도 벌써 꿈에 한 발짝 다가간 것 같은 느낌이었으니까.

"언니 여기 다시 온 뒤로 기업인 행사는 오늘이 처음이잖아?"

"근데……."

'입 좀 닫아줄래'라고 말하고 싶었지만 과민반응으로 보일까 봐 가능한 짧고 무심하게 대꾸했다.

"왜 안 신나 해? 언니 진짜 회사에서 갑질 엄청 당하고 나온 거야? 그래서 막 사장들만 생각해도 치가 떨리는 건가?"

순간 수아는 미정의 평범한 상상력이 고마워졌다. 어딘가로 소속되는 것이 싫어 평생 알바만 하겠다는 미정으로선 도저히 상상할 수 없는 일이겠지. 자신이 그간 어떻게 지내왔는지.

그 생각을 하자 문득 수아의 마음 한구석에 작은 안도감이 피어올랐다. 그러나 뒤이어, 어떤 우울감이 함께했다. 내가 그렇게 '을'의 삶을 살아온 사람이 아니라고, 친절히 밝혀주고 싶은 충동이 들었다.

순간 수아는 자신의 이중성을 깨닫고 할 말을 잃었다. 몰라봐서

편한데 막상 알아보지 못하니 우울해하는. 이게 무슨 B급 연예인이나 가질 법한 감정인지!

아니다. 말이 안 되는 감정은 없다. 이것 또한 그렇다. 수아는 다시금 속으로 그 말을 주문처럼 되뇌었다.

이제 한 시간 반 후 치러질 행사는 수아의 입장에선 도저히 편히 넘길 수 없는 행사였다. 영향력 있는 투자자들과 가능성 있는 청년사업가들의 만남. 이게 오늘 행사의 타이틀이었다.

투자자들만의 행사였다면, 예전만큼은 아니겠지만 그래도 다소간 들뜬 마음으로 준비에 임했을지도 모른다. 어쨌거나 투자자들은 수아가 재기를 위해 다시 찾아 나서야 하는 이들이었으니까.

가까이 있는 투자자들을 보면서, 다시 손에 잡힐 듯한 무언가를 그리며 힘을 냈을 거다. 하지만 청년사업가들도 함께한다는 게 문제였다.

사업가들 중엔 수아에게 못미더운 시선을 보내는 메이저들도 많았지만, 그만큼 수아를 동경하는 마이너들도 많았다. 오늘 행사에 참석할 청년사업가들 중에 수아를 알아볼 이들이 있을지도 몰랐다. 그들 중엔 수아를 보며 꿈을 키웠을 사람이 있을지도.

물론 수아가 망했다는 기사가 떴고, 그래서 수아를 동경했던 누구든, 망할 거라고 예측했던 누구든 수아가 망해버렸다는 건 알 것이다. 하지만 그렇다고 해서 그 실체를 확인하게 두고 싶진 않았다.

투자자는 미래를 꿈꾸게 하지만, 청년사업가는 과거를 훑게 한다. 과거를 훑으면, 지금의 현실을 견딜 수 없게 된다.

대부분의 실패한 인생들은 꿈꿀 미래가 없는 인생이 아니다. 빛나는 과거의 기억 때문에 현재의 현실감이 사라지는 것. 그것이야말로 실패한 인생이다.

그러니 그들 때문에 이 유니폼을 벗어던져 버려서는 안 된다. 이 유니폼을 입고 버티는 것이 지금의 수아가 지켜야 할 현실이다. 하지만 몹쓸 자존심이 고개를 들었다. 지금 그들에게 망한 봉수아의 실체를 확인하게 두고 싶지는 않다고.

이 자리를 뜨는 것도, 머무는 것도 결국 다 자존심의 문제고, 어느 쪽이든 생채기 없이 완벽하게 자존심을 지켜내기 힘들다면, 이쯤에서 조퇴를 신청하는 게 더 깔끔했다. 하지만 왜, 지금 여기서 이 행사를 꾸역꾸역 준비하고 있는 걸까. 불안과 초조한 감정을 뒤에 달고서.

'피하고 싶은데 피하고 싶지 않다. 안 보고 싶은데 궁금하다.'

지금 수아의 감정 상태를 요약하면 이랬다. 도저히 양립할 수 없는 두 가지 감정이 동시에 동일한 크기로 팽팽하게 맞서고 있는 상태.

피하고 싶은데 피하고 싶지 않고, 안 보고 싶은데 궁금한 건, 논리적으로는 말이 안 되는 감정이었다. 그래서 수아는 계속 되뇌고 있었던 거였다. 말이 안 되는 상황은 있어도 말이 안 되는 감정은 없다고.

수아에게 감정이란 깊이 숨길수록 좋은 것이었다. 그것은 혼자 있을 때만 꺼내보아야 하는 것. 머리까지 뒤집어쓴 이불 속에서나 안전하게 떠다닐 수 있는 거였다.

사업 초기. 그야말로 마지막 서류에 사인만 앞둔 다 된 계약이 어그러진 일이 있었다. 수아의 회사를 포함해 총 세 곳의 업체가 경쟁 중이던 계약이었는데, 마지막 순간에 다른 업체로 넘어가 버렸다.

그때의 배신감과 황망함은 정말 이루 말할 수 없는 것이었다. 그래서 수아는 넘지 말아야 할 선을 넘어버렸다. 그 계약의 열쇠를 쥐고 있던 담당자에게 제 감정을 꺼내 보이고 말았다.

유 차장님, 어떻게 이럴 수가 있나요. 정말 너무 안타깝습니다. 저희가 이 계약을 위해 그동안 얼마나 공을 들이고 애써 왔는지 아시면서요.

미팅 때는 물론 사적으로도 얼마나 물심양면으로 유 차장을 마크했는지 구구절절이었지만, 생각해보면 전혀 특별할 것도 없었다. 드라마에 흔히 나오는 능력 부족한 사람의 생존법 같은 일들뿐이었으니까. 그런데 그렇게 흑역사를 열심히 쓰고도, 결국 마지막 마침표까지 아주 크게 찍었던 것이다.

"어떤 목적이 있어서 잘해주는 건 아무 감동도 주지 못하는 법이죠. 그건 그냥 아무것도 아닌 거예요."

유 차장은 그간 수아의 노력과 정성을 그렇게 한 마디로 정의했다.

아무것도 아닌 것. 심지어 유 차장이 그 말을 하는 데 쓴 말투조차 더없이 가볍고 심플했다. 그때 수아는 그대로 말문이 막혀버려서 아무 대답도 할 수 없었다. 그리고 수아는 향후 유 차장이 진행할 여러 계약들을 놓칠 수밖에 없었다.

수아의 아빠는 그때, 수아의 행동을 이렇게 표현했다.

저 혼자 몸이 달아 잘해줘 놓고, 끝내는 안 받아주니까 성질내는 속 좁은 인간.

수아의 엄마와 아빠는 세상의 크고 작은 일들을 남녀의 애정사에 빗대어 설명하곤 했다. 수아는 그게 부모님들의 인생을 바꾼 키워드가 '사랑'이기 때문에 그런 거라고 생각했다.

아무튼 그 일이 수아가 아빠에게 처음이자 마지막으로 사업의 고충을 토로한 일이었다. 애초에 큰 응원 속에서 시작한 게 아니었으니, 좋지 않은 일은 말하지 말자 했다. 하지만 의도치 않게 들켜버리고 말았다.

아빠가 수아의 자취방으로 반찬과 김치를 가져다주는 차 안. 수아는 즐거운 사람처럼 내내 종알거리다가 차에서 내렸다. 그리고 집에 들어가자마자 눈물샘이 터지고 말았는데, 하필 차 안에 핸드폰을 흘리고 내렸다.

수아의 핸드폰을 손에 든 아빠가 초인종을 눌렀을 땐, 눈물범벅인 얼굴을 적나라하게 보일 수밖에 없었다. 그 탓에 자초지종을 빠짐없이 다 털어놓아야 했다. 그때 아빠는 수아에게 다른 말을 한 마디 더 했다.

"사실 아빠는 차 안에서부터 불안했어. 저렇게 종알대지 말고 차라리 울 거면 빨리 울어버리지, 그랬거든. 아빠는 사업 같은 건 꿈도 안 꾸는 회사원이라, 내 말이 와 닿을진 모르겠다만…… 회사를 다니든 사업을 하든, 이거 하난 다 똑같은 거 같아. 감정은 잘 숨기자. 그냥 무턱대고 숨기란 게 아니라, 그니까 그게…… 어떻게 말해야되나…… 그래, 좀 고급스럽게!"

아빠는 그 말을 하곤 훌쩍 일어나 현관으로 갔다. 운동화 굽을 꺾어 신으며 간다, 했다. 그러곤 눈을 마주치지 않고 그대로 문을 나섰다.

그 뒷모습이 마치 슈퍼에 가는 사람 같기도 해서, 조금 후에 아빠가 다시 오지 않을까 잠시 기다리기도 했었다.

아빠의 말과 유 차장의 말은 공통점이 있었다. 수아는 유 차장에게 너무 속보이게 행동한 거였다. 유 차장으로 하여금 수아가 단지 계약을 따낼 속셈만으로 그러는 건 아니라고 느껴지게 했어야 했다. 계약을 두고 만난 사이지만, 그걸 떠나 '유 차장이라는 사람이 인간적으로 좋은 사람이어서 그런 것도 있다'고 생각하게 만들어야 했던 거였다.

감정을 무턱대고 숨기지 말고 고급스럽게 숨기란 말은, 감정에도 연기가 필요하다는 것. 지금 수아에게 그 말은 너무도 당연해서 일상화된 말이었다. 연기가 필요한 감정이 아니라 그게 진짜 감정일지도 모른다고 헷갈릴 만큼.

그때는 미숙했고 지금은 노련하다는 걸 새삼스레 정의하려 떠올린 건 아니었다. 한 사람의 원활한 생활과 성공에 있어, 감정이 맨 처음 앞서는 것이 얼마나 무익한 일인지를 상기하는 거였다.

세상에 말이 안 되는 감정은 없지만, 아무리 좋은 감정이라도 맨 앞으로 내세워서는 안 된다고. 많은 사람들이 그렇게 살고 있고, 설사 그렇지 않다고 해도, 적어도 봉수아 너의 삶은 그래야 한다고.

그렇게 상기해보지만, 수아는 아직도 직원에게 자신의 조퇴를 알리러 가지 않았다.

행사는 20분 전으로 다가와 있었다. 이제 무슨 일이 벌어지든 어쩔 수 없는 일이었다. 누군가 자신을 알아보았을 때, 접시를 깨뜨리는 실수 따위만 없기를 바랄 뿐이었다.

두 시간 동안 수아는 완벽했다. 다행히 알아보는 사람이 없어 그럴 수 있었는지도 모르지만.

감정은 하나가 아니다. 어떤 사람이나 일에 관한 감정은 두세 가지, 혹은 수십 가지로 싸여 있다.

수아는 여러 감정들에 둘러싸여 있는 가장 깊은 안쪽의 감정을 '감정의 핵'이라고 불렀다. 감정의 핵은 더할 나위 없이 날것이어서,

그것과 마주하면 자신을 견딜 수 없어진다. 몹시 유치하고 형편없는 실체가 거기 있을 테니까. 그렇기에 늘 가장 깊은 안쪽에 숨어 있다.

그렇다면 오늘 이 일에서 감정의 핵은 뭘까.

저곳의 청년사업가들. 현재 저들은 다만 자신보다 운이 좋을 뿐인 거다. 하지만 과거 자신이 그랬듯 저들도 저 자리까지 올 수 있었던 이유를 운이 아닌, 오로지 '능력'이라고 생각하겠지. 그러니 어디 얼마나 잘난 사람들인지 한번 보자. 대체 어떤 사람들인지.

이게 수아를 행사장에 남게 한 '감정의 핵'의 실체였다.

이 감정의 핵이 뭔가 다른 사건을 일으키기 전에 얼른 집어넣어야 했다. 다시 가장 안쪽으로.

행사가 끝난 연회장을 치우는 건 폭풍의 잔해를 치우는 일처럼 느껴졌다. 머리카락 한 올 흐트러짐 없는 겉모습처럼 속마음도 정리되기를 원했다. 어서 여기를 벗어나 혼자만의 이불 속이기를.

"지금 5층 뷔페 지원 인력 갑니다. 호명하는 사람 따라와요."

직원이 와서 소리쳤다.

"불안한데. 언니 걸릴 거 같아. 일 잘하는 순으로 데려가거든."

미정의 말이 끝나자마자 직원이 수아의 이름을 불렀다.

미정은 자신은 장기 알바라 이런 일에 차출되지 않는 소소한 혜택이 있다고 자랑스레 말했다. 좋겠다, 하고 대꾸해주었지만, 수아로선 지원 인력으로 뽑히는 편이 나았다. 혼자 격전을 치른 이 장소가 지겨웠으므로. 수아는 직원의 뒤를 제일 앞서 따라나섰다.

직원과 차출된 알바 세 명과 함께 손님용 엘리베이터로 갔다.

평소엔 직원용 엘리베이터를 이용하지만, 직원 인솔하에 급히 움직일 땐 손님용 엘리베이터를 타는 경우도 있었다.

엘리베이터가 멈추고 문이 열렸다. 안에는 노신사와 젊은 축에 속하는 남자가 타고 있었다. 노신사 옆에 바짝 붙어 있는 모양새로 보아 남자는 그의 비서쯤으로 보였다.

엘리베이터에 오른 수아는 저도 모르게 그에게로 눈길이 갔다. 노신사는 낯이 익은 얼굴이었다. 잠시 얼굴을 훑던 수아는 금세 그의 정체를 알 수 있었다. 그는 사업가 봉수아에게 가장 먼저 투자 제의를 해왔던 투자자, 이 회장이었다.

이 회장은 돈이 될 것 같은 스타트업을 알아보고 투자해 성공을 돕는 '엔젤 투자자'로 유명한 사람이었다. 그에게는 돈 냄새를 감지하는 남다른 센서가 있다고들 했다. 엔젤 투자자라곤 하지만 수아가 기억하는 이 회장은 '엔젤'과는 거리가 멀었다.

당시에 이 회장은 적극적으로 수아를 탐색했다. 그의 탐색은 어느 날은 아주 직접적이기도 하고, 또 어느 날은 너무 두루뭉술해서 무슨 말인지 알아차리는 데 애를 먹기도 했다. 어쨌거나 그가 수아에게 호의적인 것만은 확실했다.

수아는 그가 투자계약서에 사인을 할 날만 기다리고 있었다. 그런데 어쩐지 상황이 진척이 되지 않는 느낌이었다. 한껏 감아놓은 태엽이 다 풀리고 멈추기 직전의 느낌이랄까.

어느 즈음이 되자 수아는 더 이상 기다릴 수가 없어졌다. 처음부터 그가 날리는 공들만 받아쳐왔지만 수아는 이번에야말로 먼저 공을 던져보겠다고 마음먹었다. 그리고 주머니 속에서 내내 만지작거리기만 하던 공을 꺼낼 타이밍을 엿보는데, 이 회장 쪽에서 먼저 직구를 날렸다. 그는 수아를 직접 대면하지 않고 그의 비서를 보냈다.

"투자 건은 불발되었습니다."

이 회장의 뜻을 전하는 비서의 음성에는 분명한 힘이 실려 있었다.

직구가 머리로 날아왔고, 왼쪽 가슴에 한 번 튕겼다가 발밑으로 툭 떨어졌다. 머리와 심장을 동시에 가격 당한 수아는 제정신일 수가 없었다. 수아의 입에서 말이 칼처럼 튀어나갔다.

"이유가 뭐죠?"

"저는 그분의 뜻만 전할 뿐입니다."

비서의 말에 따르면 이 회장은 6개월 동안 한국에 없을 거라고 했다. 독일과 스위스 등지에 머무를 예정이지만, 자세한 일정은 해외 스케줄 전담 비서만 알기 때문에 본인은 모른다고 했다. 한마디로 말하면, '연락하지 말라'는 뜻이었다.

처음엔 충격이었다. 하지만 일말의 여지도 남기지 않은 그 거절은 오히려 수아를 더욱 팽팽하게 당기는 자극제가 되었다. 이 회장이 외국에 나가 있는 6개월 안에, 투자를 받고 회사를 세우고 큰 계약을 따내는 오너가 되겠다고 다짐했다. 당신의 안목은 틀렸다고. 6개월 안에 반드시 그걸 증명해 보이겠다고.

후에 수아의 뜻대로 다른 투자자가 나타났고, 수아는 보란 듯이 앞으로 나아갔다. 사업가로서의 성공적인 데뷔와 저돌적 성장세를 이뤄냈을 때, 수아는 한 번쯤 이 회장을 만나고 싶었다.

그는 수아의 성공을 모르고 있을 가능성이 컸다. 자신이 투자하지 않은 사람에 대해선 서류 파쇄기처럼 빠르게 남김없이 잊어버리는 사람이었으니까.

그래서 위상이 달라진 수아를 보더라도 별반 느낌이 없을지도 몰랐다. 하지만 적어도 그의 안목이 틀린 건 확실했다. 그걸 알려주고 싶었다. 당신의 안목이 틀렸다는 걸. 그래서 그게 뭐 어떻다는 건가? 그런 말을 들을지라도.

하지만 아쉽게도 그와의 연은 다시 닿지 않았다. 그리고 수아도 그를 잊고 지냈다.

그런 이 회장을, 지금 여기서 다시 만났다. 망한 지금에.

하필 이 유니폼을 입고 있는 순간에.

엘리베이터 버튼을 보니 7층에서 내릴 모양이었다. 7층이면 중식당이 있는 곳이었다. 이 호텔의 중식당은 2인실부터 5인실까지의 별실이 따로 마련되어 있어서 VIP들이 많이 찾는 곳이었다. 이 회장은 분명 중식당의 별실에서 약속이 있을 것이다.

중식당 별실에서의 약속이라면, 투자를 하려는 개인사업가를 만날 확률이 높았다. 예전에 수아가 이 회장에 대해 알아본 바로는 그랬다.

그는 마지막 순간까지 사람을 한 점 한 점 회를 뜨듯 떠보는 사람이며, 그의 칼끝을 통과했을 시에는 작은 만찬이 주어진다. 그 만찬은 주로 중식이다. 그가 좋아하는 음식이기도 했지만 그의 조부가 화교인 영향도 컸다. 따라서 그가 중식당에서 누군가를 만난다는 건 곧 투자를 결정했다는 의미다.

이 회장이 오늘 투자할 사람은 어떤 사람일까. 수아와는 무관한 생각이 머릿속을 돌아다녔다.

엘리베이터가 5층에 먼저 멈췄다. 직원과 알바들이 차례로 내렸다. 수아는 직원과 다른 알바들이 다 내리길 기다렸다가 빠르게 닫힘 버튼을 눌렀다.

어, 뭐야? 닫히는 문틈 사이로 수아가 안 내리는 걸 알고 알바들이 놀라는 게 보였다.

이 회장의 비서가 의아한 시선으로 수아를 힐끔 쳐다보았다. 비서는 예전에 수아에게 투자 불발 통보를 하던 그 비서는 아니었다. 그 비서거나 아니거나 그건 중요치 않았다. 지금 눈앞에 이 회장이 있다는 게 중요할 뿐.

그를 따라 내려서 어쩔 생각인가. 그러니까 어떤 본능과도 같은 감정에 의해 엘리베이터 안에 남게 되었지만, 그 이후의 상황을 어떻게 전개시켜야 할지는 정해지지 않았다. 순간적인 행동이었으니까.

이 회장이 먼저 내리고 뒤를 바짝 붙어 비서가 내렸다. 그리고 수아도 내렸다. 왼쪽과 오른쪽이 나뉜 복도에서 이 회장은 수아의 예상대로 중식당이 있는 왼쪽으로 방향을 틀었다. 어서. 더 멀어지기 전에 행동해야 했다.

"잠시만 시간 좀 내주시겠습니까."

수아의 목소리에 비서가 먼저 발걸음을 멈췄고, 이 회장이 느긋하게 뒤돌아보았다. 수아는 이 회장의 몇 걸음 앞으로 다가갔다.

"저 봉수아입니다. 4년 전 회장님께서 저희 Bon스튜디오 설립에 대한 투자를 긍정적으로 검토해주셨죠. 기억하시겠습니까."

수아의 말에 이 회장이 기억을 더듬었다.

"Bon스튜디오……. 최근에 부도를 맞았다는 기사를 봤는데. 여기서 이렇게 보는구만."

뜻밖에도 이 회장은 수아의 소식을 알고 있었다. 알고 계셨냐는 말을 입 밖으로 꺼내기도 전에 이 회장이 말을 이었다.

"1분. 1분 줄 테니, 하고 싶은 말 있으면 해보세요."

비서의 눈이 곧장 자신의 손목시계로 향했다. 하루에도 얼마나 많은 사람이 그를 찾아와 매달릴까. 이 회장에게 '단지 인사나 드릴 요량이었습니다'라며 찾아오는 사람은 아마 없을 것이다. 수아 또한 그렇다.

그가 던진 1분이 스타트되었다. 아무런 준비도 없이!

1분은 정확하게 딱, 속내만 말할 수 있는 시간이었다. 그는 아마 그걸 간파하고 1분이라는 시간제한을 둔 것일 터였다. 가능한 가장 깔끔하고 당당하게 말해야 한다. 너무 절실해서 담고 있기에도 벅찬 속내를.

"4년 전에 비록 마지막 단계에서 투자가 불발되었지만, 회장님께서는 저에게 아주 긍정적인 시선을 주셨다고 생각합니다. 왜 투자가 불발되었는지 이유는 듣지 못했지만, 아니, 그 이유를 듣지 못했기에, 이런 제의를 드립니다. 저에 대한 투자를 재검토해주시겠습니까?"

이 회장의 표정이 묘하게 변했다. 수아가 긴장한 탓인지 그가 워낙 노련해선지 그의 표정이 잘 읽히지 않았다. 그는 콧잔등으로 내려온 안경을 가볍게 추켜올린 뒤 입을 열었다.

"투자를 하지 않은 이유가 한 가지밖에 더 있겠나. 투자할 가치가 없다는 거지. 난 한 번 그렇게 결정한 것은 재검토하지 않지요. 투자 가치는 다시 생겨나는 게 아니거든."

이 회장의 말투는 느긋하다 못해 따분하기까지 했다. 너무 식상한 질문이고, 아주 당연한 말을 해야 하는 게 몹시 지겨운 듯한. 하지만 수아는 한순간에 긴 작살에 몸통을 내리꽂힌 짐승이 된 것 같았다.

그러니까 그 말은…… 나는, 봉수아는 처음부터 투자 가치가 없었고, 미래에도 여전히 투자 가치가 없는 인간일 거란 뜻인가요? 이렇게 묻고 싶었다. 하지만 입술만 겨우 달싹일 뿐, 목소리가 나오지 않았다.

손목시계를 보고 있던 비서가 회장에게 약속한 1분이 다 되었음을 알렸다. 이 회장은 중식당 쪽으로 여유롭게 몸을 돌렸다. 이때 엘리베이터 옆 화장실에서 누군가 나왔다. 이제 막 서른을 넘긴 것 같은 젊은 청년이었다.

"회장님!"

남자는 회장에게로 한달음에 다가가 꾸벅 인사를 했다.

"오, 이제 오나?"

"아닙니다. 먼저 착석해 있다가 잠시 화장실에 좀 다녀오는 길입니다."

이 회장은 청년을 보고 얼굴 가득 미소를 띠며 가지, 하고 말했다.

오늘 이 회장과 함께 만찬을 즐기고 계약서에 사인을 받을 사람은, 젊디젊은 청년사업가였다. 하필이면. 보란 듯이.

불행은 치타의 뜀박질처럼 거침없이 다가오고 행복은 개구리의 뜀뛰기처럼 띄엄띄엄 찾아온다는 걸 모르지는 않았다. 그래도 지금 이 상황은 좀 너무하다고, 아니, 너무나 너무하다고 수아는 생각했다. 그래, 너무나 너무하다.

수아는 눈앞에 벌어진 이 일이 오늘 내내 제대로 숨기지 못했던 '감정의 핵' 때문이라고 생각했다.

엘리베이터에서 이 회장을 보자마자 겨우 집어넣었던 수아의 감정의 핵이 붙잡을 새도 없이 다시 튀어 올랐다. 그것은 이성의 수문장을 단번에 잠재우고 거리낌 없이 머릿속을 휘저었다.

몇 번이나 말아먹고도 다시 일어나는 게 사업이야. 넌 고작 한 번의 실패를 했을 뿐이지. 그리고 넌 한 번이라도 잘나갔던 적이 있어. 내내 죽을 쑤다가 망하는 거랑 크게 일어났다가 망하는 건 차원이 다른 거라고. 그리고 이 회장은 애초에 너에 대해 아주 긍정적이었으니, 지금이라고 해서 안 될 건 없어. 그때 투자를 안 했던 거? 그건 네 문제가 아니라 분명 어쩔 수 없는 외부적 상황이 있었을 거야.

그렇게 감정의 핵은 수아의 등을 떠밀어 행동하게 했다. 그리고 지금 수아는 더할 나위 없이 구겨졌다. 이 구겨진 곳에 아무리 좋은 말을 쓴다 한들, 누가 펼쳐볼까. 그냥 그렇게 굴러다니며 시간을 보내다 끝내는 쓰레기통으로 던져지겠지.

아냐, 누군가가 너를 무가치한 인간으로 정의했더라도, 그걸 전부로 받아들여선 안 돼. 그건 그냥 그 한 사람의 의견일 뿐이니까.

이제야 겨우 깨어난 이성이 자신이 잠든 사이에 벌어진 사고를 열심히 수습하고 있었다. 하지만 대부분의 사건현장에서 그러하듯 이성의 힘은 아주 미약했다. 최선의 힘을 쏟아도 겨우 도망칠 틈이나 만들 정도였다. 그 틈마저도 온전히 뚫린 것인지는 알 수 없었다.

언젠가 네게도 그런 순간이 오겠지?

어떤 한 사람 때문에 세상이 온통 꽃분홍빛으로 물드는 순간 말이야.

아니, 어쩌면 이미 꽃분홍빛인데 엄마인 내게 비밀로 하고 있는 건지도 모르겠지만.

그래, 짐작했겠지만, 열아홉의 난 그 사람 때문에 꽃분홍의 세상을 만났어. 신성일을 꼭 빼닮은 서울의 진짜 대학생 말이야.

그 사람 이름은 신영일. 나이는 스물셋. 국문학도였어. 그 사람 이름을 처음 들었을 때 난, 지금 생각해도 참말 우스운 질문을 해버렸단다.

"신영일이면…… 혹시 신성일 동생이에요?"

이렇게 말이야. 그랬더니 그가 진지한 표정으로 되묻더라.

"그래 보여요?"

"그럼요, 성도 같고 이름 끝자도 '일'자로 같고, 얼굴도 똑같은데! 신성일 동생 맞아요?"

내 말에 그가 손사래를 치며 말하더라.

"에이, 성일이 형이 훨씬 더 잘생겼죠."

성일이 형이란 말에 난 그의 장난을 진짜로 믿어버릴 수밖에 없었어!

"아닌데. 진짜 똑같이 생겼는데."

"신성일 안 좋아하나 보다. 나랑 똑같다고 하는 거 보면."

"안 좋아하긴요! 엄청 잘생겼는데!"

내 말에 그가 아이처럼 천진하게 물었어.

"아…… 그럼 나도 엄청 좋아하겠네요?"

나는 별로 크지도 않은 눈을 있는 대로 뜨고선 그를 올려다봤어. 그런데 눈이 마주치자 그나마 남아 있던 정신이 더 없어지지 않겠니.

나는 못 볼 걸 본 사람처럼 얼른 고개를 돌려버렸어. 그때 내가 조금이라도 숫기라는 게 있었다면, 그의 두 눈에 가득 담긴 장난기를 알아차렸을 텐데!

지금도 가끔 생각해보곤 해. 그때 그 순간의 대화는 내가 못 말리게 순진했던 게 먼저였을까, 그가 아주 능청스런 선수였던 게 먼저였을까.

그 이후로 나는 그를 보면 도망 다니기 바빴어. 그런데 눈은 계속 그를 쫓아다녔지. 그러니까 하루가 너무 고단한 거야. 논일 밭일하고 부엌

일하는 건 댈 것도 아니게 고단하더라. 그때 알았어. 인간한테 제일 괴로운 건 몸과 마음이 따로 노는 것이구나.

길지도 않지. 그렇게 딱 이틀을 보내고 나니까 이렇게는 못 지내겠다 싶더라. 시간이 아까운 마음도 들었어. 저 사람은 열흘 뒤엔 서울로 가버릴 사람인데, 열흘 동안 이렇게만 지내는 게 말이야. 어차피 떠날 사람, 피하지 말고 실컷 보자 싶었지.

그때부터 태세를 바꿔서 그 사람에게 내 마음을 들이밀기로 했어. 내 마음을 받아달라고 간청하면서 무얼 어쩌자는 게 아니었단다. 그냥 잘해주고 싶었어. 아무 말 없이. 내가 할 수 있는 최선을 다해서 말이야.

하지만 마을 어른들 눈도 있고 하니(나야 그런 걸 신경 안 쓰지만 나 때문에 그가 곤란해질까 봐), 그에게 잘해주는 것이라고 해봤자 별게 없었어. 밥 먹을 때 몰래 고기를 꾹꾹 눌러 담아준다든가, 눈이 마주치면 활짝 웃어주는 게 전부였지.

어떻게 하면 더 잘해줄 수 있을까 골몰하다가 아주 좋은 걸 생각해냈어! 그 당시엔 꿀이 너무도 귀했단다. 우리 집에는 어머니가 건너건너 아는 사람에게 받아온 아주 귀한 꿀단지가 있었어. 그 꿀이 얼마나 귀했냐 하면, 네 외할머니가 그렇게 끔찍이 여기는 네 큰외삼촌이나 작은외삼촌에게도 퍼 먹이는 걸 보지 못했을 정도였단다. 그랬으니 나는 꿀 한 숟가락은커녕 꿀단지에 손도 못 대봤어. 하지만 그걸 어디 두는지는 알고 있었지.

네 외할머니가 밭에 나간 틈을 타서 꿀단지를 열었어. 아끼고 뭐고 할 것 없이 꿀을 푹 떠서는 꿀물을 탔지. 그리고 꿀물을 병에 담아 그가 있는 곳으로 달렸어.

그는 마침 논일을 끝내고 쉬고 있더라. 그가 날 보았고, 난 고갯짓으로 신호를 줬어. 따라오라고.

누가 또 오는 건 아닌가 주변을 살피곤 그에게 꿀물이 든 병을 툭 건넸어.

뭔가 상냥한 말을 하며 주면 더 좋았겠지만 딱히 떠오르지가 않더라. 그냥 줬어.

그가 꿀물병을 보더니 자기 허리춤에 차고 있던 물병을 들어 보이는 거야. 이건 그냥 물이 아니고 꿀물이에요! 말하면 됐는데, 난 또 말없이 그 물병을 휙 낚아채고 꿀물 든 병을 손에 쥐어줬어.

그랬더니 그가 마시란 뜻으로 알아듣고 벌컥 들이켜더라고. 꿀물인 걸 알고 좀 놀란 눈으로 날 봤어. 그 얼굴을 보니까 나도 모르게 미소가 지어지더라. 나사 빠진 사람마냥 너무 자주 웃는 건 아닌가 싶기도 했지만, 그의 얼굴을 보면 웃지 않을 도리가 없었단다.

"정말 달다. 이렇게 단 건 처음이에요."

그 말에 뿌듯해져선 난 어머니가 하던 말을 그대로 따라했지.

"예, 그게 어떤 꿀이냐면요, 저기 지리산에서……."

"꿀 말고. 은옥 씨. 은옥 씨 웃는 얼굴."

그때 생각했지. 이 꿀이 달리 좋은 꿀이 아니구나. 이 꿀을 먹어서 이 사람이 이렇게 달구나.

얘, 있잖니. 난 살면서 가끔씩, 딱 그 순간으로 잠깐 다녀오고 싶을 때가 있더라. 온몸과 마음이 달아서 이러다 그만 녹아버리는 건 아닐까 싶었던 순간.

어쩌면 사람은 가장 행복했던 때의 기억과 가장 슬펐던 때의 기억, 이 두 가지를 지니고 평생을 사는 건지도 모르겠다는 생각이 든다. 너무 힘들 때 가장 행복했던 때의 기억을 떠올리며 '아, 지금만 버티면 곧 그런 날이 또 올 거야'라고 힘을 내고, 너무 지칠 때 가장 슬펐던 기억을 떠올리며 '괜찮아, 그때만큼 최악은 아니잖아'라고 위안하고.

쓰다 보니 역경밖에 없는 여자처럼 보일 수도 있겠단 생각이 든다. 하지만 지금껏 살면서 느낀 점은…… 세상은 즐거운 일보다 힘들고 어려운 일이 더 많다는 거야. 적어도 내 삶은 그랬지.

그래서 지금 이게 엄마의 가장 행복했던 때의 기억이냐고 묻는다면, 그건 아니야. 그냥 이건 내가 푸릇푸릇, 너무 예뻤던 때라. 그래서 내가 조금씩 나이 들어가는 걸 느낄 때마다 잠깐 다녀오고 싶다는 거지. 가서 싱그러운 기운을 좀 받고 오고 싶달까?

너무 할머니 같은 얘기를 한 것 같네. 난 아직 서른아홉일 뿐인데. 아니다. 이제 막 열아홉이 된 너에게 서른아홉은 정말이지 할머니처럼 여겨질 수도 있겠구나.

왜 아니겠니. 난 어릴 때 서른이면 내 인생이 끝날 거라고 생각한 적도 있다. 서른이라니, 정말 말도 안 돼! 상상만으로도 몸서리를 쳤지.

근데 지금 나는 마흔이 오는 걸 기다리고 있다. 마흔이 정말 왔으면 좋겠어. 쉰도 오고, 예순도 오고, 칠순도 오고, 내친 김에 백 살까지 와버리면 어떨까? 아니다. 그건 네가 너무 고생스럽겠지?

다시 그때 이야기를 좀 더 해야겠다. 지금 이 기록 중에 얼마 안 되는 행복한 이야기일 텐데, 행복한 순간이 너무 빨리 끝나는 건 아쉽잖아.

꿀물을 계기로 그와 나의 꿀 같은 시간이 시작되었어. 너, 세상의 온갖 사랑 중에 제일 불타는 사랑이 뭔지 아니? 그건…… 이별의 시간이 정해진 사랑이야. 그리고 거기 더해서, 몰래하는 사랑.

나는 그와 일주일 후면 헤어져야 했고, 그마저도 마을 어른들의 눈을 피해 만나야 했지. 그러니 하루하루가, 아니, 하루도 아니지, 하루에 고작 반시간 겨우 단둘이 함께할 수 있었으니까. 그러니 그 시간이 얼마나 소중했겠니.

내가 제일 좋아했던 건 그가 노래를 불러줄 때였어. 내가 물었거든. 영일 씨도 외국말로 된 노래를 할 줄 아냐고. 대학생들이 부르는 걸 들었는데, 귀가 막 간지러운데 퍽 듣기 좋더라고.

그랬더니 그때부터 단둘이 만날 때마다 노래를 불러주더라. 이건 이런 말이야, 가사 뜻까지 알려주면서.

그가 불러줬던 노래 중에 내가 제일 좋아했던 곡은 클리프 리처드의 'Evergreen Tree'였어. 그 노래를 가장 좋아했던 이유는…… 그 노래의 맨 처음이 '오, 달링!'으로 시작하기 때문이었단다.

그가 달링이란 말뜻에 대해 설명해주었어. 서로 사랑하는 사이에 부르는 말이고, '여보'라는 뜻도 있다고. 그러면서 나를 달링이라고 부르는 거야. 나지막한 목소리로.

나는 그 말을 듣자마자 집으로 막 뛰었어. 너무 좋아서 어쩔 줄 몰라서 말이야. 거기 더 있다간 그를 꽉 안아버릴 것만 같았거든.

나를 안아주고
싶은데

오랜만에 희수와 출근 시간이 겹쳤다. 호텔 행사는 보통 오전보단 오후나 저녁에 많아서 알바 시간은 희수의 출퇴근 시간보다 서너 시간 늦은 편이었다. 그러다 보니 한집에 살아도 얼굴을 마주할 시간이 별로 없었다.

잠결에 어렴풋이 희수가 출근하는 소리를 들으며 수아는 생각한다. 이제 일어날 시간이 가까워졌지만 아직도 두어 시간은 더 잘 수 있다고. 그러면 수아는 입가에 아주 희미한 웃음을 띠며 다시 돌아눕는 것이다.

요즘 수아에게 행복이란 말을 붙일 수 있는 순간이 있다면, 아마 이때일 것이다. 행복이란 사소한 순간에 오는 것이며, 생각보다 소소한 것이라는 말에 동조하고 싶진 않았지만.

"오늘 아침에 갑자기 딱 눈떴는데 6시 반 아니고 6시 20분이라서 너무 좋았어. 10분 더 잘 수 있어서."

예전에 희수가 종종 했던 말이었다. 수아를 만나는 날 아침에 그런 일이 일어나면 희수는 빠뜨리지 않고 얘기했던 것 같다. 사실 수아가 희수의 말에 공감을 하려면 학교에 가기 싫었던 중고등학교 시절을 떠올려야 가능한 일이었다.

사업을 시작한 뒤로 수아는 대개 맞춰놓은 알람 시간보다 몇 십 분 일찍 눈을 떴고, 그러면 바로 잠자리에서 일어났다. 그게 좋았다. 몇 십 분을 벌었으니까.

수아는 그게 사장과 평사원의 마인드 차이라고 생각했다. 그건 누가 옳다 그르다의 문제가 아니라 입장 차이일 뿐이다. 그래서 희수에게 '난 반댄데'라고 말하진 않았다. 그런데 어쩐지 맞장구를 치기는 좀 뭐해서, 그래, 좋았겠네, 다소 형식적인 대꾸를 했다. 그럴 때면 희수는 '무슨 말에 그렇게 영혼이 없냐'고 눈을 흘겼다.

요즘 수아에게 희수가 다시 같은 말을 한다면, '영혼을 담아' 대답해줄 수 있을 것 같았다.

'맞아, 그 10분은 진짜 너무 소중하지!'라고.

나와보니 희수가 부엌에서 간단한 요깃거리를 준비 중이었다. 우유에 선식 한 봉지를 타서 젓고 있었고, 가스레인지의 프라이팬 위에선 계란 프라이가 익어가고 있었다.

희수가 수아를 보고 '어?' 하더니 '후라이?' 하고 물었다. 수아는 고개를 끄덕이곤 테이블 앞에 앉았다.

입이 깔깔한 아침을 고려한다면 프라이보단 수란이었어야 한다고 생각하면서 한 입 먹었다. 그래도 희수의 계란 프라이는 '써니 사이드 업'이었다.

수아는 희수의 이런 적정한 타협을 좋아하는 편이었다. 그녀는 언제나 '중간을 잘 걷는' 사람이었다.

예를 들어 마트에서 물건을 살 때도 가장 비싼 것과 가장 싼 것의 중간을 골랐고, 좋아하는 색깔은 블랙과 화이트의 중간인 그레이였다.

문득 그런 사소한 것들이 생각나 혼자 피식 웃으며 희수를 보는데, 눈이 마주쳤다. 그냥 우연히 시선이 얽힌 게 아니라 희수는 계속 수아를 보고 있었던 듯했다.

수아는 의자 위에 두었던 봉투를 내밀었다.

"생활비. 월세는 내가 너 빌려준 거에서 제하는 거고."

희수는 봉투를 보더니 좀 놀란듯 야…… 야, 이건……, 말을 잇지 못했다.

"10만 원밖에 못 넣었어. 그것도 첫 달이라 그런 거고. 앞으론 어떻게 될지 모르겠지만, 최대한…… 그냥 지나가진 않을게."

수아는 써니 사이드 업 계란 프라이의 노른자를 동그랗게 오려내는 데 집중한 채 말했다. 그리고 오려낸 노른자를 스푼으로 한 숟갈 푹 떠서 먹었다. 문득 할머니가 신성일 닮은 그 사람에게 꿀물을 타주기 위해 꿀을 '아끼고 뭐고 할 것 없이 푹 떴다'는 게 떠올랐다.

"혹시 집에 꿀 있어?"

수아가 고개를 들고 묻는데, 희수는 계속 지켜보고 있었던 눈길이었다. 아무리 봐도 희수가 이상했다. 수아를 보는 눈은 계속 찐득하게 망설이고 있었고, 입은 무슨 말을 꺼내고 싶어 달싹거렸다.

"뭔데? 그냥 말해."

"류주, 아니, 주영이. 오늘 네가 일하는 호텔에 갈 거야."

희수는 기다렸다는 듯 단번에 털어놨다. 류주는 류주영의 별칭이었고, 류주영은 수아와 희수의 고등학교 동창이었다.

졸업하고도 한동안 잘 지냈는데, 어느 순간 멀어진 친구였다. 주영과 수아가 멀어지게 된 건 작은 말다툼 때문이었다.

그때가 스물네 살. 머리채를 붙잡고 싸워도 금세 없던 일처럼 화해할 수도 있는 치유력 좋은 나이였지만, 주영과 수아는 그러지 못했다. 아니. 그러지 않았다는 게 더 맞는 말일 것이다. 아무튼 그 후 전혀 소식을 몰랐는데, 희수와는 연락을 하고 지낸 모양이었다.

근데 그게 어떻다고?

"만약에 부딪치면, 너 난처할까 봐……."

희수는 말끝을 흐리며 고개를 숙였다.

'희수야, 내가 열흘 전에 그 호텔에서 누구를 봤는지 아니. 어떤 말을 들었는지 아니.'

수아의 마음속에서 말들이 훅 솟구쳐 올랐다. 다행히 입 밖으로 나오진 않았다. 수아는 자신이 들었던 그 말이, 이대로 더 깊은 곳으로 들어가서, 끝내는 아주 없었던 말처럼 그 안에서 소멸되기를 바랐다.

수아가 희수에게 열흘 전 보았던 이 회장과 그로부터 들었던 말들을 쏟아낸다면, 희수는 주영을 언급할 생각을 안 했을 것이다.

이젠 그 호텔에 세상 누가 온다 해도, 와서 무슨 일이 벌어진대도 더는 놀랄 것도 긴장할 일도 없을 것 같았다. 그래서 희수의 걱정이 고맙기보단 우스워서, 수아는 저도 모르게 비틀린 한숨이 새어 나갔다.

수아의 한숨이 주영 때문인 줄로 착각한 희수는 순간 노른자를 오려내던 포크질을 멈췄다.

"막아보려고 했는데, 막으려고 하니까 더 이상하잖아. 결혼한대. 식장 알아보러 가는 거래."

희수가 묻지도 않은 이야기를 늘어놓았다.

"웬만해선 마주칠 일 없어. 웨딩 상담은 직원이 하니까."

"아…… 그래? 다행이다. 저기 그럼…… 만약에 류주, 주영이가 네 얘기 물으면……."

"망했다고 해. 괜히 떠들거리지 말고."

희수가 아, 짧은 소릴 뱉어내더니 고개를 끄덕였다. 그러더니 열심히 오려낸 달걀 노른자를 수아의 접시에 올렸다.

"뇌물. 다음 달 생활비도 안 줄이고 줬으면 좋겠다는. 아니, 꼭 더 줬음 좋겠다는."

'중간을 잘 걷는' 희수지만 둘러대는 말은 잘 못했다. 수아는 적정한 타협을 하며 중간을 걷는 일엔 '약간의 거짓말'이 필수요소가 아닌가 생각했다. 하지만 원래 인간이란 어느 카테고리든 딱 맞게 들어가진 않는 게 정상이니까. 수아는 희수라는 존재에 더 깊게 들어가진 않기로 했다.

일찍 시작한 덕분에 퇴근 시간도 빨랐다. 미정이 맥주나 한잔하자는 걸 거절하고 나오는데, 핸드폰이 울렸다. 희수였다.

잠깐 받지 말아버릴까 생각했지만 받기로 했다. 피곤한 전화일 거라고 받지 않으면, 나중에 더 피곤하고 곤란한 일이 생기기 마련이니까.

"여기 너 근무하는 호텔 근처야. 류주가 너 궁금하대서……."

'보고 싶대서'가 아니라 '궁금하대서'였다. 보고 싶은 것과 궁금한 것은 얼핏 보면 비슷한 것 같지만 알고 보면 전혀 다른 말이다. 보고 싶다는 건, 상대방과 내가 어떤 상황이든 개의치 않고 떠오르는 감정이다. 하지만 궁금하다는 건, 상대방이 어떻게 지내는지 알고 싶은 것이며, 대개 자신의 상황이 상대방보다 나은 위치에 있을 때 드는 생각이다.

주영이 어떤 감정으로 자신을 찾는지, 충분히 파악되었다. 아마도 주영은 꽤 좋은 조건의 사람과 결혼을 앞두고 있을 것이다. 식장을 호텔로 알아보는 것부터가 이미 단서 중의 하나였다.

그런 상황인데 희수에게 제 소식을 들었다면, 당연히 궁금할 터였다. 지금 수아는 어떤 모습인지. 남은 건 그녀의 선택이었다. 류주영의 얼굴을 볼 것인가 말 것인가.

인생을 사는 게 크고 작은 선택의 연속이라지만, 요즘 들어서는 너무도 영양가 없는 선택들만이 수아의 결재를 기다리고 있는 것 같았다. 이익이 되고 성취감을 불러일으키는 선택이 아니라, 무엇을 택해도 남는 것이 없는 선택들. 하지만 택하지 않고는 지나칠 수 없는 것들. 그런 것만이 존재하는 느낌이었다.

주영을 만난다면 3년의 공백이라는 시간이 주는 어색함을 견뎌야 한다.

주영의 안타까움을 가장한 고소한 시선을 받아내야 하며, 곧 하게 될 그녀의 결혼에 대해 들어야 한다. 그것들은 대부분 '아주 긴 자랑'일 게 뻔한 이야기들이어서 귀가 아주 피로해질 것이다.

하지만 여기서 핑계를 대고 만나길 거절한다면? 한 가지 결론만 남는다. 망한 게 창피해서 피하는 것이라는.

나는 걔가 어색하고, '망해서 어떡하니'라는 안타까운 시선도 필요 없고, 그러면서 속으론 고소해하는 심보가 보이는 것도 짜증나고, 걔 결혼에도 관심 없고 그 결혼과 관련된 여러 자랑들을 들어주기도 피곤해서, 안 나가고 싶은 거거든. 내가 망한 게 창피해서 피하는 게 아니고.

이 이야기를 그대로 희수에게 전하며 안 나가겠다고 하면, 희수
조차도 아마 그렇게 생각해버릴 것이다.

'얘가 상황이 안 좋으니까 상태도 참 안 좋구나.'

말로야 '그래, 알지. 내가 알아서 잘 얘기할게'라고 하겠지만.

상황을 그렇게 두기엔 좀 억울한 부분이 있었다. 지금 수아에게 겨
우 주영이 정도로는 아무런 타격도 주지 못한다. 지금의 수아는 주영
이 아무리 긁어봐야 그저 꽝일 뿐인 복권이었다. 수아는 주영을 보러
가기로 했다. '네가 쏘는 화살들은 무력할 뿐'이라는 걸 알려주기 위해.

"봉수와!"

주영은 수아를 보자마자 손을 흔들며 'Bonsoir(봉수와)' 하고 인사
를 건넸다. 그러면서 '지금 저녁이길 다행이네. 안 그럼 널 보고도
Bonjour(봉주르)라고 해야 되니까'라고 덧붙였다.

수아는 주영의 몇 단계를 건너 뛴 그 '난데없는 밝음'에 살짝 멈
칫했지만, 곧 '그래, 오랜만이다'라고 대답했다.

수아는 학창 시절에 봉수아보단 프랑스의 저녁인사인
'Bonsoir(봉수와)'로 더 많이 불렸다. 수아의 이름을 들은 사람들 열
에 아홉은, 수아의 이름이 정말 'Bonsoir'에서 비롯된 것이냐고 물
었다. 그것과는 무관하다고 해도, 결국은 '봉수와'로 불렸다.

간혹 수아에게 '아, 잠깐만. 그럼 Bonjour(봉주르)는 뭐지?'라고 혼
잣말처럼 묻는 사람도 있었다. 그럴 때면 수아는 프랑스와 아무런
관련이 없고, 프랑스어도 할 줄 몰랐지만, Bonjour(봉주르)는 아침
인사고, Bonsoir(봉수와)는 저녁 인사라고 알려주었다.

어째서 봉 씨인데 이름이 수아일까. 혹은 이름이 수아인데 하필 봉 씨일까. 이런 생각을 한 적도 있었지만, 수아는 대체로 제 이름에 만족하는 편이었다. 머리에 쉽게 각인된다는 점이 마음에 들었다. 때로 비교적 라이트한 미팅 자리에서는 첫 인사로 'Bonsoir! Bon스 튜디오 대표 봉수아입니다'라고 하기도 했다.

가끔 커피의 카페인도 뚫지 못하는 피로 속에서 저녁을 맞이할 땐 '봉수아, 넌 봉수아니까 Bonsoir(봉수와) 해야만 해'라고 썰렁한 혼잣말을 중얼거렸다. 하지만 그러고 나면 어쩐지 힘이 솟는 것 같기도 했다. 어쨌든 안녕하라는 뜻이 담긴 말이니까.

주영과 희수는 이미 와인을 반병쯤 비운 상태였다.

수아는 딱히 술 생각이 없었지만 따라주는 걸 거절하면 애매한 분위기가 될 것 같아 일단 한 잔만 받아두기로 했다. 다행히 수아가 평소 즐겨 마시던 와인 중의 하나였다.

"일부러 너 좋아하는 걸로 시킨 거거든. 예전에 네가 나랑 희수, 와인바에 데려간 적 있었잖아. 난 그때 이 와인 처음 알았거든. 근데 알고 보니까 내 남친도 이 와인을 좋아하더라고. 와인 뭐 좋아하냐고 묻길래 이거 좋아한다니까, 우린 와인 취향도 같고 천생연분이라 그러더라? 그때 생각했잖아. 어? 봉수아가 내 인생에 도움이 될 때도 다 있네?"

주영은 입꼬리에 흐뭇한 미소를 띠고 여유롭게 와인을 음미했다. 자신의 화살이 공격이 아니라는 듯 자연스럽게, 그러면서도 정확하게 수아에게 꽂혔다고 생각하는 듯했다.

희수는 수아 눈치를 보다가 어설픈 웃음을 얹었다. 역시 주영은 수아가 생각했던 대로였다.

그러니까 들으면 미묘하게 불편한 말을 아주 은근슬쩍 섞었다. 예를 들면 희수의 직장 상사 험담에 열을 올리다가도 수아를 보며 '미안, 너무 평범한 직딩들 얘기라 공감도 안 되고 지루하지?'라고 말하는 식이었다.

수아는 턱을 괸 채 다른 손으로 와인잔 스템을 손가락 사이에 끼고 빙그르르 돌리며 '아니, 나도 이제 아침에 눈떴는데 9시 반 아니고 9시 20분이면 되게 좋아. 10분 더 잘 수 있어서' 라고 대답했다.

희수가 작은 웃음을 터뜨리며 '그럼! 아주 은혜로운 순간이지!'라고 했고, 주영은 떫은 미소를 엷게 지었다.

다시 본 주영은, 여전히 예전의 앙금이 남아 있는 듯했다. 수아와 주영을 틀어지게 만든 작은 말다툼. 그 시작은 주영이었다.

이제 막 수아의 사업이 호조를 띠기 시작하고, 탄력을 더하기 위해 평균 수면 시간이 서너 시간일 때였다. 정신없이 돌아가는 일상에 리프레시가 필요하다고 느낄 때, 때마침 한동안 얼굴을 못 보고 지냈던 희수와 주영에게서 연락이 왔다.

수아는 기꺼이 둘을 만나러 나갔다. 하지만 이제 막 사회 초년생이 된 주영과 희수는 서로의 회사 분위기와 직속 상사 이야기를 하기 바빴다. 직속 상사가 화제가 되면 결국은 '사장이 문제'라는 데까지 타고 올라갈 수밖에 없었다.

수아는 그들 대화에 좀처럼 끼지 못했다. 사장이 문제라는 이야기가 나올 땐, 그럼 그런 문제가 많은 사장이 있는 회사에는 왜 들어갔냐고 묻고 싶었지만, 그저 '윗동네도 나름 고민이 있겠지'라는 말로 넘길 뿐이었다.

하지만 주영이 하는 일에 비해 너무 쥐꼬리만 한 월급을 준다며 한탄했을 땐, 저도 모르게 한숨이 새어 나왔다.

그때는 마침, 수아가 스튜디오 직원들과 임금 협상을 진행하던 시기였다. 눈에 띄게 늘어난 매출액을 생각하면 임금을 좀 큰 폭으로 올리는 게 마땅했지만, 이것저것 제하고 나면 보이는 것보다 남는 것이 크지 않아서 고민인 참이었다. 월급 얘기에 절로 나온 한숨이 주영을 거슬리게 할 거라곤 미처 생각 못 했다.

"누가 사장 아니랄까 봐. 꼭 그렇게 티를 내야 돼?"

"내가 그랬어?"

"응, 지금 네 표정, 딱 우리 사장 표정이거든."

수아를 바라보는 주영에게서 냉기가 흘렀다. 그때 알았다. 한 시절 끈끈했던 관계에 균열이 생겨버린 걸. 그 순간 수아의 마음에 차오른 건 냉기가 아닌 물기였다.

주영과의 끝이 그렇게 슬펐던 거냐 묻는다면 그건 아니었다. 그때 그 물기는, 이제는 이 익숙하고 정겨운 세계에서 빠져나와야 한다는 사실 때문이었다. 그때 수아는 엄마를 떠올렸다.

"널 가지고 나니까 친구가 다 사라지더라. 난 입덧 때문에 변기 붙잡고 웩웩거리는 게 얼마나 힘든지, 시어머니는 왜 그렇게 날 못마땅해 하는지, 매일 반찬을 뭘 어떻게 하면 좋은지 그런 걸 말하고 싶은데, 이제 스물인 애들이 듣고 싶은 얘기겠니? 들어도 무슨 말을 해줄 수 있겠어. 나한테도 애들이 학교에서 뭘 한다, 미팅을 간다, 화장품은 뭐가 좋네 아니네, 그런 얘기는 정말 아무 의미도 없고."

그때 이후로 엄마의 주요 세계는 바뀌었다. 당연히 그 세계를 채우는 사람들은 남편과 시집 식구와 동네 아주머니들이었다. 동네 아주머니들은 적어도 엄마에게 입덧이 가라앉는 데 효과적인 방법이나, 불을 안 쓰고 할 수 있는 요리 같은 것들을 알려주었다.

하지만 엄마 나이가 너무 어린 탓에 동네 아주머니들과도 끈끈한 유대관계를 맺진 못했다고 했다. 엄마는 너무 힘들어서 속에서 얼른 꺼내버리고 싶은데 '애가 클수록 고생이다, 뱃속에 있을 때가 편한 거다'라는 말이 듣기 싫었다고 했다. 결국 여길 가도 저길 가도 마음이 불편하고 '꿔다 놓은 보릿자루' 같은 느낌을 피할 수가 없었다고.

수아도 이제는 다른 세계에서 다른 사람들과 관계를 맺으며 살아야 한다는 걸 분명히 느꼈다. 그때 수아의 친구들은 대부분 늦은 졸업을 앞두고 있거나 취준생이거나 신입사원이었으니까.

하지만 다른 세계로 넘어간다고 해도 유대관계를 기대하긴 힘들었다. 수아 주변의 오너들은 성별이 달랐고, 성별이 같다고 해도 대부분 나이가 한참 많았다. 수아 엄마의 그 시절 동네 아주머니들처럼. 그러니까 수아도 사적 관계 맺기에 있어선 '보릿자루'인 셈이었다.

결국 수아는 주영에게 티 나서 미안하다는 한 마디 말만 남기고 먼저 일어섰다.

희수는 수아를 잡았지만 따라 나오진 않았다. 단지 그 밤에 집에 가는 길에 전화를 해서 '주영의 말이 심한 데가 있었으니 네가 이해하라'는 말과 '난 그렇게 생각하진 않아'라는 말을 아주 길게 전했다.

수아는 그날따라 중간을 걷는 희수가 누구보다 가장 피곤할 것 같다는 생각이 들었다. 그래서 정말 괜찮다고, 그래도 너는 아니라니 다행이라고, 우리 얼른 푹 자자고, 오히려 희수를 다독였다.

주영은 이제 곧 결혼할 예비 신랑 얘기에 열을 올렸다.

주영은 작년에 여름휴가 대신 가을에 휴가를 내서 홍콩에 갔었고, 홍콩의 공항에서 예비신랑의 지갑을 주웠다. 지갑을 찾아줘야겠다고 생각했지만, 배가 너무 고파서 일단 뭐라도 먹고 보자는 생각에 홍콩의 유명 식당으로 갔는데, 운명처럼 식당의 맞은편 자리에 지갑의 주인인 예비신랑이 있었다.

들고 있던 지갑을 건네주며 사랑은 시작되었고, 급속도로 진행되었다. 그는 프랑스인 아버지와 한국인 어머니를 둔 혼혈로, 집안도 부유한데, 금융업에 종사하는 그의 연봉 또한 높고, 듬직하게 생긴 데다 무엇보다 매우 다정한 사람이다.

몇 줄로 요약 가능한 이야기를 한 시간째 하고 있었다. 특히 그의 집안 배경에 대한 이야기는 좀 더 길었고. 그의 연봉에 대해 이야기할 땐 목소리가 한껏 고조되었다.

예비신랑은 홍콩에 사는 혼혈이지만 한국어를 정말 한국 사람처럼 하고, 한식을 좋아하며, 주말엔 꼭 테니스를 친다고 했다. 그의 어머니는 나이 든 부인이지만 마치 중국 인형처럼 귀엽게 생긴 데가 있으며, 그의 아버지는 조금 예민한 것 같은데 아마 그게 프랑스 남자 특유의 감수성이 아닐까 싶다고.

수아는 이제 한 시간 반 동안이나 주영의 이야기에 귀를 기울이고 있었지만, 그래서 주영이 어떻게 지내는지는 알 수가 없었다. 그녀가 늘어놓은 그 긴 이야기들 속에 주영이 없었다.

수아는 어릴 때 들었던 엄마와 엄마 친구들의 수다가 떠올랐다. 죄다 자식 이야기뿐, 좀처럼 본인들의 이야기는 나오지 않던 그 신기한 수다.

주영은 알고 있을까. 알면서 일부러 그러는 걸까. 깊은 속내는 희수에게만 털어놓는 걸까. 아니, 하지만 안 좋게 헤어졌더라도 3년 만에 다시 만난 친구인데, 어떻게 지내는지 정도는 물어볼 수 있는 거 아닌가.

수아는 주영이 한 덩어리의 이야기를 끝내고 와인으로 목을 축일 때를 틈타 가볍게 물었다.

"그래서 넌 어때?"

주영이 멈칫했다. '뭐?'라고 되물었다.

"넌 어떤지 말을 안 해서. 궁금해서."

"여태까지 얘기했잖아? 안 듣고 뭐 했니?"

"아니, 신랑 얘기 말고, 너. 네 얘긴 안 했잖아."

"뭐라는 거야, 대체."

주영이 황당해하며 혼잣말처럼 내뱉었다. 주영은 수아의 말이 무슨 뜻인지 전혀 이해하지 못하는 눈치였다.

"그래서 넌 지금 어떤 기분인지, 넌 예비신랑의 어떤 점이 제일 맘에 들어서 결혼하기로 한 건지, 홍콩에서 앞으로 뭘 하며 지낼 생각인지. 그런 거. 네 상태, 느낌, 생각, 계획. 그런 얘긴 안 했잖아."

주영의 눈빛이 흔들렸다. 주영은 와인잔을 노려보며 입술을 꾹 깨물었다. 분위기가 순식간에 냉각되었다.

주영이 노려보고 있는 와인잔 속의 와인이 자신의 얼굴에 끼얹어 질 것만 같았다.

"넌 항상 그런 식이야. 항상……. 아무런 악의도 없는 말로 상처를 입혀. 넌 상처를 주는 게 아닌데, 난 상처를 입어. 난 그런 내가 너무 초라하고. 그래서 널 만나는 게 싫어. 적어도 오늘은 다를 줄 알았는데……. 너 말고…… 내가."

너 말고 내가.

이 말끝에 주영은 아주 잠깐 수아를 보았고, 수아는 주영의 얼굴에 스친 쓸쓸함을 보았다. 그건 아주 행복한 결혼을 앞둔 예비신부의 얼굴에 떠오르기엔 너무나 부적절했다. 그 순간 수아는 무엇이든 자신이 잘못했다는 생각이 들었다. 비록 주영의 말을 이해할 수 없을지라도.

주영은 잔에 남아 있던 와인을 마시곤 자리에서 일어났다. 가볍게.

희수는 이번엔 주영을 따라나서지 않았다.

"내가 그렇게 잘못한 거야?"

수아가 희수에게 물었다.

"그냥 안 맞는 거야. 그게 결론이야. 그냥 이제 보지 말고 살자. 너네 둘은."

희수가 와인을 천천히 음미하듯 마셨다. 비스킷에 치즈를 얹어 먹는 모습이 여유로워 보이기까지 했다.

"누구의 잘못도 아니다?"

희수가 그렇게 말하는 수아를 보더니 얕은 한숨을 뱉었다.

"너도 참 그래. 한 번쯤은 류주한테 어머, 너무 좋겠다! 말해줄 수도 있잖아. 그 한마디를 못 해주니? 류주도 그렇지, 지금 망해서 제 코가 석 자인 애가 스윗한 사랑이건 대단한 결혼이건 간에 감흥이 있겠냐고."

딱히 항변할 게 없는 말이었다. 수아는 조금 민망해져선 와인만 홀짝거렸다.

희수는 수아가 궁금해했던 '주영의 상태'에 대해 간략하게 말해주었다.

주영은 자신의 상황을 '성공적인 취집'이라고 정의했다고 한다. 인생이란 결국 일 아니면 사랑인데, 신은 인간에게 두 가지를 전부 다 주진 않는 것 같다고. 그러니 아주 평범한 자신이 취직이든 취집 이든 하나라도 성공을 했다면 둘 다 별로인 것보단 참 다행스러운 일 아니겠냐고.

그런데도 주영은 이 성공적인 취집에 가끔씩 의문이 든다고 했다. 이게 맞는 건지, 내게 오래도록 행복을 가져다줄 일인지, 아니, 지금 당장 아주 행복한지.

요컨대 주영을 불안하게 하는 실체는 주영의 행복이 타인에 의해 생성된다는 것에 있었다. 주영은 누군가가 자신을 사랑해줄 때야 자신의 존재 가치를 느끼는 거였다. 희수 말로는 그래서 주영은 전 부터 수아를 부러워했다고 한다. 봉수아 걔는 지 잘난 맛에 사는 거 같아. 그런데 난 그게 부러워.

희수의 말을 듣다가 수아는 또 한 번 '오희수야, 내가 열흘 전에 호텔에서 누구를 봤는지 아니. 어떤 말을 들었는지 아니'라는 말이 울컥 쏟아질 뻔했다. 얼른 그 말을 다시 밀어 넣고 다른 말을 던졌 다. 그와 비슷한 맥락이지만 무감정한 말.

"망했는데 뭐."

희수도 무덤덤하게 대답했다.

"그러니까 보자고 한 거지, 류주영이. 근데 막상 넌 3년 전에 비해 좀 늙은 거 말곤 되게 똑같고."

수아는 다시 웃음을 터트렸다. 3년 전의 수아는 누구에게도 지지 않을 자신이 있었던 맹수였지만, 지금은 깊은 내상을 입은 짐승이 었다. 그런데 '되게 똑같다'니. 하지만 똑같다는 말은 수아로 하여금 어떤 안도감을 들게 했다. 타인의 눈에 '이제 영영 사냥을 나갈 수 없는 상태'로 보이진 않는다는 뜻이었으니까.

"너 오늘은 왜 주영이 안 따라가?"

"뭘 모르네. 난 일어나는 사람은 안 따라가. 그땐 네가 먼저 일어났잖아."

수아는 이제야 중간을 잘 걷는 희수의 비법을 조금 알 것 같았다. 중간의 길을 걷는 것은 마음이 내는 길이 아니라, 상황이 만든 길을 따라가는 일이었다. '그때는 주영이가 안타까웠고, 지금은 너야' 같은 마음의 선택이 아니라는 것. 둥글둥글한 오희수에게는 놀랍도록 분명하고 확실한 기준이 있었다.

"오희수, 너, 좀 똑똑하다."

남은 와인을 한 방울까지 톡톡 털어 넣던 희수는 그걸 이제 알았냐며 깔깔 웃었다.

"그런데 희수 네가 하나 틀린 게 있어."

희수가 뭔데, 라고 물었다.

"내가 스윗한 사랑에 관심이 없는 건 아니거든. 나도 가끔은 '내 남편과 맞이하는 아침' 같은 걸 꿈꿔볼 때가 있다고."

그 말을 하면서 수아는 '내 남편'이란 어색한 발음과 그것이 주는 낯선 어감에 어깨가 살짝 움츠러들었다.

그 존재는 어쩌면 이번 생애에는 무존재일 가능성이 매우 크며, 겨우 존재하게 된다고 해도 수아의 세계에서 가장 늦게 존재하게 될 사람일지 모른다. 그것 말고 더 떠오르는 것은 없었다.

수아가 할머니의 '꽃분홍빛 세상'을 만나는 순간을 그다지 기다리지 않는 건, 부모님 때문인지도 몰랐다.

왜 항상 꽃분홍빛 세상 뒤에는 가장 냉혹한 세상이 기다리고 있는 걸까.

엄마와 아빠가 부부가 된 건 꽃분홍빛이 더 선명해지는 게 아니라, 조금씩 엷어지는 길이었다고 수아는 생각했다. 그래서 이젠 '흐릿한 수채화'의 세상이 되었다고.

하지만 아빠는 말하곤 했다. 전체적으로 후회는 아니야. 후퇴는 있어도. 그러면 엄마가 고개를 끄덕이며 다음 말을 이었다. 아직까지는.

내 행동의 모든 시작엔 '무뎌지기 싫다'는 마음이 있었던 것 같아.

나는 어쩌면 아버지의 완고함보다 어머니의 무딤을 더 싫어했던 것 같다. 내가 보고 듣는 세상의 일들을 나만의 마음으로 느끼고 생각할 수 있기를 바랐어.

지금 생각해보면 그건 아마 그때까지 나를 둘러싼 세상이 너무 평온하고 무료했기 때문에 그랬다는 생각도 든다. 그 사람과 이별했을 때 난 생전 처음으로 이 이별의 슬픔이, 보고 싶은 마음이, 아주 조금만이라도 무뎌졌으면 좋겠다고 생각했으니까.

이별의 과정이야 눈물 콧물밖에 없으니 건너뛰고, 그 사람과 난 편지를 주고받기로 했어. 편지 수령을 내가 하지 못할 경우, 봉투에 그 사람 이름이 적혀 있다면 부모님 앞에서 좀 곤란해지니까 발신인에 서울에 있는 친구 '정애'의 이름으로 보내달라고 했어. (정애에 대해선 곧 이야기할 거야)

그랬더니 그 사람도 봉투에 내 이름이 적혀 있으면 곤란하다는 거야. 자취방에 동기들이 드나드는데 연애편지라고 막 돌려볼 거라면서. 그래서 발신인을 자기 동생 이름인 '신동일'로 적어달라더라.

한동안 그렇게 편지를 주고받으며 그리움을 달랬어. 아니, 마구 눌렀다고 봐야지. 달래지기는커녕, 편지만 받으면 그길로 그 사람이 있는 곳으로 달려가고 싶었으니까.

그즈음에 나는 네 외할아버지와 또 한바탕 난리를 벌였다. 그를 좋아하게 되고 나니까, 더 고등학교에 가고 싶더구나.

대학생인 그 앞에서 조금이라도 덜 부족한 사람이고 싶었어. 고등학교 졸업장만 있다면 그래도 그이 옆에서도 제법 꿀리지 않는 여자로 보이지 않을까 싶었지.

그 시위는 또 물벼락을 맞고, 물지게에 물을 지고 날라야 되는 결과로 끝이 났어. 학교는 이제 두 번 다시 입도 뻥끗 못 하게 되었고, 물지게는 지기 싫고, 그 사람은 보고 싶고.

나는 이대로는 도저히 있을 수 없겠다 싶었지. 그래서 집을 나왔어. 내가 가진 옷 중에서 제일 좋은 옷을 입고. 며칠 지낼 수 있게 싼 짐 가방을 들고서.

그래, 이게 내 첫 가출이란다. 너도 알다시피 내 가출은 총 두 번이었지. 정말 단 두 번밖에 나가지 않았는데 '퍽 하면 집을 나가는 년'이라는 말을 듣는 건 좀 억울하기도 하네. 게다가 지금까지도 네 외가 식구들에게 마르고 닳도록 회자되는 가출은 두 번째 가출인데.

사실 나는 이걸 첫 가출이라고 하기보다 '착한 가출'로 부르곤 해. 착한 가출이 어디 있냐고? 읽다 보면 알게 될 거다.

그렇게 울컥, 그러나 내 나름대로는 꽤 결연하게 집을 나와 간 곳은 당연히 그의 자취집이었단다. 하지만 밝혀두건대, 그를 찾아가서 살림을 차리고 들어앉을 생각 같은 건 조금도 없었단다. 난 그런 생각 자체를 하지 못할 만큼 순진해빠진 시골 여자애였어. 적어도 그때까지는.

그저 얼굴을 볼 요량으로, 얼굴 보고 같이 국밥 같은 거라도 한 끼 먹고, 그리고 정애의 집으로 갈 생각이었어.

그런데 그 자취집에서 난 그만 보지 말아야 할 것과 맞닥뜨렸지. 글쎄, 열려진 미닫이 문틈 사이로 웬 여자가 보이지 않겠니?

여자가 걸레로 노란 장판을 반질반질 윤이 나게 닦고 있었어. 웬 여잔가 싶었는데, 첨에는 집주인 딸인가 했다. 시골에서도 집에 손님이 오시면 내가 청소를 했으니까.

여자가 기척을 느꼈는지, 문을 마저 열고 내다 봤어. 뭐 그렇게 뛰어난 미인은 아니었지만 그 사람처럼 하얀 얼굴에 동그란 이마가 얌전한 인상을 주는 여자였어. 나보단 두세 살 언니로 보였고. 여자가 묻더라. 영일 씨 찾아오셨어요?

'영일 씨'라는 말에서 나는 그 여자가 집주인 딸이 아니라는 걸 알 수 있었어. 그 다음은 어땠겠니? 머리채를 잡혔겠니, 잡았겠니? 넌 분명 내가 잡은 것도 모자라 한 움큼은 빠지게 만들었을 거라고 생각하겠지만, 그 당시 나는 정말 비련의 여주인공처럼 아무 말도 못 하고 그 자취방을 빠져나왔단다.

그리고 그때 마침 자취집 앞에서 돌아오던 그와 마주쳤지. 그는 날 보고 아주 놀란 듯했는데, 그 얼굴엔 반가움이 없었어. 당혹감만 있었지.

그의 방에서 걸레질을 하던 여자는 그 사람의 정혼자였어. 그의 말을 믿을 순 없지만 그의 말에 따르면 집안에서 정해준 자리라고 하더라. 어쩔 수 없이 꼭 혼인해야만 한다고. 하지만 은옥이 널 사랑한 것만큼은 진심이라고.

"개소리. 사기꾼."

이 말을 마지막으로 내 꽃분홍빛 세상은 끝이 났다.

나는 종종 생각해. 내 마지막 말이 너무 시원했다고. 그 말마저 안 했으면 어쩔 뻔했냐고.

사실 그때 그를 향해 그 두 단어를 내뱉었을 땐 나조차 깜짝 놀랐거든. 하지만 만약 그 말을 하지 않았다면 어땠을까. 그는 우는 나를 적당히 달래다가 사랑한다고 말했겠지. 나는 또 그 말에 약해지고. 뭐 이런 전개가 되지 않았겠니. 생각만 해도 끔찍하다.

아주 오래전부터, 그러니까 꼬맹일 때부터 난 생각했다. 사랑 때문에 우는 여자는 되지 말자고. 그때 그 시절 동네에는 두 집 건너 한 집이 다 그런 여자였거든.

이렇게 싸울 바에야 왜 결혼이란 걸 했을까. 만나지 말아야 할 사람들이 만나서는 자식은 또 왜 줄줄이일까. 한순간이라도 좋았던 시절이 있었을까. 껴안고 눕는 게 급했던 순간 말고, 정말 서로가 서로를 아끼고 좋아했던 순간 말이야.

사실 마을 사람들의 불행한 결혼 생활은 가난했던 탓이 컸지만, 가난하다고 다 싸우고 사는 건 또 아니었으니까. 그 속에서 행복한 여자들도 분명 있었지.

세상에 결혼만큼 복불복인 게 또 있을까 싶다. 그건 나만 잘한다고 이루어지는 것도, 유지되는 것도 아니니까. 어쩌면 그 일이야말로 순전히 하늘에 맡길 일이고, 운이 좋아야 하는 건지도 모르지. 하지만…… 그래도 이것만 유념해도 무난한 결혼이 되지 않을까 싶다. 뭔가 아니다 싶을 땐 재빨리 손을 터는 것. 정이나 상황에 끌려가진 말란 소리야.

넌 어쩌면 엄마는 그럴 말을 할 자격이 없다고 할지도 몰라. 하지만 세상 모든 엄마들은 딸에게 이런 말을 할 자격이 있어. 망치면 망친 대로, 잘하면 잘한 대로, 알려줘야 하거든. 적어도 결혼 문제만큼은. 그리고 난 내 결혼이 망했다고 생각하지 않는다. 너도 느끼겠지만, 네 아빠는 그래도 퍽 인간미가 있는 남자니까.

아무튼 그 사람에게 그렇게 말하고 돌아선 그때부터가 내 인생의 고난이 시작되는 순간이었지.
정말 아무렇게나 주저앉아 딱 울고만 싶었는데, 그래도 정애 집까지는 눈물 한 방울도 안 흘리고 갔어. 정애가 다니는 공장이 파하는 시간을 알고 있어서 그 시간이 되기까지 서울 거리를 아무 데나 쏘다니다가 시간 맞춰 갔지.
배신도 당하고 돈도 없어서, 그렇게 하고 싶던 서울 구경이었는데도 아무 감흥도 없더라. 사람 참 많다는 생각밖에는.

내 인생에서 잊을 수 없는 단 한 명의 사람을 꼽으라면, 그건 바로 정애야. 이정애.
넌 아마 그렇게 중요한 사람인데, 왜 내가 모르지, 생각할 수도 있겠다. 하지만 난 너뿐만 아니라 다른 사람들에게도 정애 얘기를 한 적이 거의 없었어. 적어도 열아홉 살 이후의 정애에 대해선 말이야.
정애는 나와 한동네에서 나고 자라 국민학교까지 함께 다녔어. 정애처럼 착하고 손끝 야무지고 얼굴까지 알토란인 애는 없다고 마을 어른들이 입을 모아 얘기했지.
정애는 '한없이 착하고 한없이 희생하는 그 시절의 누이'에 꼭 들어맞는 사람이었어. 내가 콩콩 튀어 다니는 까만콩이었다면 정애는 조용한 흰 쌀알 같은 존재였달까.
정애 아버지는 일찍 돌아가시고 어머니는 몸이 아프셨어. 정애보다 네 살 어린 동생이 있었고. 정애는 국민학교를 졸업하고 1년 정도 마을에서 허드렛일을 하다가 서울로 올라갔어. 공장에 다니면서 집으로 생활비와 남동생 월사금을 보냈지.

난 한 달에 한 번씩 정애와 편지를 주고받았단다.

정애는 주로 시골에 있는 어머니와 남동생 안부를 물었고, 나는 서울 가고 싶다고 간절하게 얘기했어. 정애의 편지는 매번 똑같은 문장으로 끝이 났어.

'추신: 서울은 오지 마. 정말 별로거든.'

정애를 보고 나서야 난 참았던 눈물을 펑펑 흘렸다.

그런데 울면서 계속 더 슬퍼지는 거야. 처음에는 그 사람한테 속은 게 분하고 마음이 농락당한 게 슬퍼서 울기 시작했는데, 나중엔 정애 때문에 눈물이 멈추질 않는 거야. 그 냉골 골방에 비루한 살림살이에, 얼굴은 누렇게 뜨고…….

정애에게 자초지종을 말했지. 그랬더니 정애가 웃더라. 이 기지배야, 왜 웃어! 단박에 소릴 질렀지. 그랬더니 정애가 그러더라. 사람 사는 얘기 같아서…….

나는 또 이게 뭐냐고 말하면서 눈물을 한 바가지나 쏟았어. 그러다 탈진한 사람마냥 벽에 기대 있는데, 문밖에서 '정애 씨' 하고 부르는 소리가 들리지 않겠니. 그 순간 핏기 없던 정애의 얼굴에 생기가 돌더라.

너, 여기 있어! 절대 나와 보지 말구! 정애가 신신당부를 하며 밖으로 나갔어. 문 틈새로 내다봤지. 키가 껑충하게 큰 남자의 뒷모습이 보이더라. 정애가 얼른 그의 팔을 붙잡아 끌고 가는 바람에 앞모습은 보지 못했어. 그 사람은 그 뒤로도 볼 수 없었는데 지금 생각해도 그 순간이 너무 아쉽다. 그때 얼굴을 봤어야 했는데…….

정애는 연애를 하고 있는 것 같았어. 내 보기엔 연애가 맞는데 저는 절대로 아니라고 부인하는 내숭쟁이 연애.

내 연애가 망한 마당에 아무리 친구라지만 다른 이의 연애사는 궁금하지도 않고 별로 듣고 싶지 않더라. 그래서 캐묻진 않았어. 정애는 묻지 않으면 말하는 법이 없는 애였고.

한바탕 울고 나니까 그제야 내 상황을 정리할 정신이 들었어. 피곤한 정애가 먼저 잠들고, 난 뜬눈으로 밤을 보내면서 고민했단다. 서울에 남을지, 시골로 갈지.

지금 생각해보면 대체 뭣 하러 그런 고민을 했나 싶을 정도로 쓸데없는 고민이었다. 안 해도 되는 고생을 사서 하게 되는 시작이었지. 난 동이 터올 때쯤에야 결정을 내렸어. 서울에 있기로.

그 결정의 팔 할은 자존심 때문이었어. 집에 그렇게 난리를 피우고 올라왔는데, 내가 간단하게나마 짐까지 쌌다는 건 이제 모두가 알 텐데. 고작 며칠 만에 내려가는 건 싫었어.

사실 집 식구들보다도 내 마음의 문제였지. 사랑 찾아왔다가 뒤통수나 세게 얻어맞고 내려가는 게, 용납이 안 되더라. 여기까지 올라온 김에 뭐라도 하다 가고 싶었어.

처음엔 정애가 다니는 공장에 다닐까 싶었는데, 정애가 연애 중인 걸 생각하면 그만한 방해가 또 어디 있겠니. 우선은 숙식이 되는 곳을 찾는 게 급선무였지. 그러다 버스 여차장을 떠올렸어. 지금은 안내양이라고 하지만 그 당시에는 여차장으로 불렸단다.

시골 구석에 처박혀 있는 게 지겨웠는데 정애를 보니 공장 구석에 처박힌 거 같고. 여차장을 하면 숙식 제공도 되고 버스를 타고 서울 이리저리를 다니니까 답답하진 않겠지, 그런 얄팍한 계산을 한 거야.

있잖아, 세상의 그 어떤 일이라도 처음 시작은 그 나름으로 희망차다. 그때 난 지금 당장 학교도 못 갈 바엔 서울서 돈이나 벌자는 생각에 처음엔 들뜨기까지 했거든.

돈을 모아서 고등학교를 가고, 좀 남으면 집에도 보내야겠다. 야심차고 알뜰한 계획이 섰지. 나는 머뭇거릴 새도 없이 당장 여차장이 되었어.

혹시 이런 말을 들어본 적이 있는지 모르겠다. 여차장이 외치는 '청량리 중랑교 가요!' 라는 말이 '차라리 죽는 게 나아요!' 로 들린다는 말.

이 말 한 마디면 내 1년 3개월 동안의 여차장 생활이 전부 설명될 것 같다. 내가 여차장이던 시절에는 버스 문도 단 하나였고, 그마저도 열린 채 달리는 '개문발차'가 허용되던 시기였거든. 사실 그 큰 버스의 문짝은 오직 내 몸 하나였다고 봐도 무방했지. 달리는 버스의 문짝이 되어 버틸 때, 나는 살아야겠다는 생각만 했어. 사는 게 별건가 싶어도 버스 손잡이를 쥔 손은 좀처럼 느슨해지지 않더라.

그래도 나는 그해 서울의 여름 가을 겨울 다 보내고 다시 다음 해 봄 여름을 지나 초가을 무렵에야 시골로 돌아왔어. 서울의 사계절도 별것 없더구나.

내가 내려오기 전날 다른 여차장이 돈을 '삥땅' 친 일이 있었다.

몸수색이야 늘 당하는 거였지만 알몸 수색은 처음 있는 일이었지. 그만큼 삥땅의 액수가 컸다나. 50명의 여자들이 단체로 속옷만 입고 늘어서 있는데 비참하기 이를 데 없었어. 좀 떨어져서 남자 사장도 있었지.

내 차례가 되었어. 여자 직원이지만 속옷 안으로 손을 넣어 내 알몸을 더듬으려는 게 난 견딜 수 없이 화가 났다. 그 순간이라면 누구나 느낄 모멸감이 내 마음을 꽉 죄어왔어. 난 위아래 속옷을 다 벗어던졌어.

난 내 속옷을 들고 흔들며 소리쳤지. 씨발! 봐라 봐. 보라고!

나는 그대로 알몸으로 기숙사 내 방까지 걸어왔어.

아무 옷에나 몸을 구겨 넣은 뒤에 기숙사 건물을 나왔지.

이대로 가면 18시간이나 일한 오늘 치 일당을 받지 못한다는 사실이 발걸음을 한 번 멈추게 했어. 하지만 다시 돌아간다면 정말 미친년이 되어버리지 않겠니.

속옷도 입지 않고 둘러 입은 통 넓은 치마 속으로 선선한 가을바람이 스며들었어. 그게 추우면서도 시원하고, 정신을 더욱 맑고 또렷해지게 만들었단다.

그렇게 조용히 걸어서 기숙사 문을 빠져나가는데 뒤에서 날 부르는 소리가 들렸어. 돌아보니까 나보다 두 살 많은 옆방 언니더라. 언니가 버짐으로 둘러싸인 메마른 입술로 말했어.

미안해.

의심 살 만한 정황이 충분해서 뼁땅의 주범이 그 언니일 거라고 짐작했지만 난 일러바치지 않았거든. 언니에게 말했어.

안 그러면 못 살잖아. 들키지만 마.

나는 한 번도 뼁땅을 친 적이 없지만…… 그게 반드시 나쁘다고는 생각하지 않았어. 세상엔 결과적으론 나쁜 짓이지만, 그 나쁜 짓을 저지를 수밖에 없는, 몹시 슬픈 상황이 존재한다고 생각해.

나는 울먹이는 언니를 뒤로하고 정말 거기를 벗어났어. 그리고 집으로 가는 기차를 탔단다.

참, 왜 내가 이 가출을 '착한 가출'이라 이름 붙였는지 말해주어야겠다. 나는 그 당시 여차장으로 번 돈의 70프로를 집에다 전부 보냈어. '서울로 가서 집안 생활비며 남동생 학비를 대는 착한 딸' 생활을 한 거지.

아버지한테 봐요, 나도 이런 딸이라고요! 보여주고 싶은 맘에서 그런 것도 아니고, 주변에서 다들 그러니까 나도 그래야 할 것 같아서 그런 것도 아니었단다. 그땐 정말 순수하게 왠지 그러고 싶어서 그랬어. 어쨌든 그만하면 집으로 돌아갈 명분은 충분하지 않겠니.

그래도 돌아가는 기차 안에선 눈물이 흐르더라. 내가 벗어던진 속옷이, 아래위로 구멍이 나고 고무줄이 한껏 늘어난 속옷이란 사실이 유일한 위로였지. 나는 어쩌면 그게 더 창피해서 벗어던졌을지도 모른다는 생각을, 아주 잠깐 했어.

집에 돌아와서 얼마 후, 같은 방을 쓰던 동생한테 편지를 받았다. 내가 돌아온 뒤로 여차장들의 생활을 개선하라는 정부 지시가 있었대. 그래서 회사가 좀 떠들썩했는데 뭐가 좋게 바뀐 건지는 그다지 모르겠다고 하더라.

그리고 그 옆방 언니가…… 죽으려고 약을 먹었다더구나. 간신히 살아났는데 말을 못 한다고. '오라이'를 외칠 수가 없으니 일을 하지 못할 거라고…….

얘, 사는 게 죽을 만큼 힘들 땐, 누구도 위하려 들지 말고, 누구에게도 약해지지 마라. 너만 생각하고 너만을 위해 움직이렴. 그래야 그 힘든 순간으로부터 너를 지켜낼 수가 있단다.

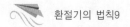

환절기의 법칙9

내 곁에 누워줄
사람이 있다면

평탄한 3주가 흘렀다.

호텔 알바를 다니며 은행 대출금에 개인 투자자의 채무까지 '나노 단위'로 나눠서 갚아 나가는 생활에 적응하고 있었다.

너무나 이른 적응이 아닌가 싶었지만, 사업 실패 후 삶의 부적응자가 되는 길(미친 듯이 술을 마시거나 한강 다리 위에 올라서는 것들)은 그것대로 어려웠다. 적어도 수아의 경우에는.

요즈음 수아는 뉴스를 보면서 가끔씩 가슴이 뻣뻣해지곤 했다. 뉴스에는 너무 많은 불의의 사건과 죽음이 있었다. 너무 험한 세상 속을 살고 있는 것은 아닌가.

하지만 그런 일들이 뉴스가 된다는 건 대개의 사람들이 그렇지 않다는 반증이기도 하다고 위안해보기도 했다.

뉴스를 보며 그래도 살지, 안타깝게 중얼거린 말은 어느새 그래 살자, 하는 자기 다짐이 된다. 그러면 저도 모르게 뉴스를 끄고 잠이

드는 것이다. 다시 찾아올 내일을 위해.

할머니는 인간은 가장 행복했던 기억과 가장 슬펐던 기억, 이 두 가지를 가지고 평생을 사는 건지도 모르겠다고 했다.

어쩌면 가장 행복했던 순간이나 가장 슬펐던 순간이 벌써 다 지나가버린 것은 아닌가, 수아는 생각했다. 그리하여 이제 자신에게 남은 건 이대로 이렇게 흘러가는 일상뿐이라고. 아무 일도 일어나지 않고, 그저 어제 같은 오늘과 오늘 같은 내일로 덤덤하게 반복되는 하루들.

이런 하루들 속에서 어제와 오늘, 내일을 구분할 수 있는 방법은 어제와 다르게 오늘은 무엇을 먹었고, 오늘과 다르게 내일은 무엇을 입을 것이고, 하는 사소한 것들뿐인지도 몰랐다. 그리고 그것들을 지겹다고 느끼면서도 내심 한편에는 '무탈하게 지나간다는 것'에 대한 안도감이 있는 거였다.

그러니까 수아도 처음에는 '이렇게는 도저히 못 살겠는데!' 싶었던 자신의 바뀐 일상을 '평탄한 3주'라고 표현하며 살고 있는 거였다.

이런 적응이 달갑지 않지만, 빨리 이런 일상을 벗어나야 한다고 생각은 하고 있지만.

이렇게 흘러가던 일상 중에 조금은 튀는 '사건'이 일어났다. 그건 수아가 아니라 호텔의 장기 알바 미정으로부터 비롯된 일이었다.

오전과 오후 행사를 마치고 저녁을 먹기 위해 직원식당으로 갔을 때였다. 미정이 늘 함께 먹던 다른 장기 알바들을 뒤로하고 수아에게로 왔다.

"안 그래도 되는데."

여러 말 섞고 싶지 않고 혼자 먹는 게 편했던지라 말이 좀 무뚝뚝하게 나갔다.

"좀 같이 먹읍시다. 어차피 똑같은 반찬 뺏어먹을 것도 없는데."

그 말에 수아는 너무 선을 그었나 싶어 머쓱해졌다.

"그런 거 알아? 가끔은 밀어내는 사람한테 더 붙고 싶은 거."

"글쎄, 잘 붙으라고 일부러 미는 사람이 있는 건 알아. 난 아니고."

더 좋은 조건으로 계약하려고 밀당을 한 적은 있어도, 사적인 밀당은 해본 적이 없는 수아였다.

"언니 많이 변한 거 같아."

수아는 저도 모르게 응, 변했지, 너무 당연해서 무감각한 대답이 튀어나갔다.

"아니, 상황 말고 사람이. 원래 상황은 변해도 사람은 잘 안 변하는 건데."

수아가 수저를 멈추고 미정을 보았다. 미정은 아무 대답도 아니라는 듯 열심히 밥을 먹었다.

역시나 그 일 때문인가. 한 달 전 수아가 이 회장을 만났을 때 다른 알바들을 따라 내려가지 않고 엘리베이터에 남은 일. 그리고 그 일 때문에 생겨나게 된 소문들.

수아는 그때 이 회장과 헤어지고서 족히 40분 가량을 화장실 구석에 처박혀 있었다. 뷔페로 가야 하는데, 갈 수가 없었다. 친절한 응대는커녕 접시 몇 십 개는 깰 것 같았으니까.

다른 알바생들을 인솔해서 함께 내려왔던 직원은 수아가 보이지 않자, 급하게 다른 알바생으로 자리를 대체했다. 그리고 미정이 수아의 빈자리를 메꾸게 되었다.

40분 뒤에 나타난 수아는 직원에게 사과했다. 갑작스레 배가 너무 아팠다며.

사실 배가 아팠다는 변명은 적절치 못했다. 화장실은 뷔페가 있는 층에도 있었으니까. 하지만 그때는 그런 합리적인 변명을 생각할 정신이 없었다. 그대로 거길 벗어나지 않고 뷔페로 다시 간 것만 해도 대견할 정도였으므로.

직원은 수아를 한번 쓱 보더니 '그럴 일 없게 주의하라'고 말했다. 그게 끝이었고 수아는 잘리지 않았다. 그리고 수아는 그날부터 소문에 휩싸이게 되었다.

원래대로라면 수아는 그때 그대로 집으로 돌려보내졌어야 했다. 하다못해 장기 알바도 아니고 일개 알바 따위가 연락두절로 인한 직무유기를 저지른 거니까.

한마디로, 잘려도 큰 할 말은 없는 일이었다. 그런데 직원은 무슨 무책임한 태도냐고 화를 내거나 자르지 않고 수아를 그냥 얌전히 둔 것이다.

수아를 '봐주고 넘어간' 직원은 30대 초반의 젊은 유부남이었다. 그는 이 호텔의 장기 알바들 사이에서 '여자 알바생 킬러'로 악명 높았다. 수아도 그에 관해 미정에게 들은 적이 있었다.

수아는 그때 직원이 왜 그런 거지, 하는 의문은 달지 않았다. 그 순간엔 그저 넘어갔으니 됐다는 생각밖엔 없었다.

하지만 직원의 행동은 남 말하기 좋아하는 사람들에겐 충분히 '소문'의 빌미를 제공할 만한 것이었다. 더욱이 '여자 알바생 킬러'라는 수식이 붙은 직원이라면.

소문 속에서 수아는 직원과 그렇고 그런 사이가 되어 있었다.

소문은 어디라도 진부함의 굴레를 벗어나지 않는 거구나, 수아는 생각했다. 소문의 본분은 필수적으로 말초적이고 저급한 것이어야 했다.

수아가 잘나갈 때, 수아는 업계의 큰손인 L, S, M, J와 모두 한 번씩은 소문으로 엮였다. 그중 L과 J는 본 적도 없는 사람이었다. 하지만 모두들 나이 든 남자와 젊은 여자는 '스폰'이라는 단어로 엮일 수밖에 없는 존재들인 거라고, 함께 묶어버렸다.

그랬던 적도 있는데, 겨우 이 정도야 뭐. 문제는 미정이었다.

미정은 오래전부터 알아온 인연인 수아를 위해 나름대로 애를 썼다. 호텔 내 소문의 출발지이자 집결지인 장기 알바들 사이에서 가장 고참으로서, 수아와 직원과의 추문이 더 이상 번지지 않도록 힘쓴 것이다.

거기까지면 좋았을 텐데, 미정은 한 발 더 나아갔다.

수아의 '40분 동안 실종사건'에 대해 묻기 시작한 거였다.

왜 엘리베이터에서 안 내렸어? 어디 간 거였어? 어디서 뭐 한 건데?

수아는 갑자기 배가 너무 아팠고, 뷔페가 열리는 층의 화장실은 늘 줄이 기니까 좀 한산한 위층 화장실을 택한 거라고 대답해주었다.

미정은 수아를 가만 보더니 '정말 그게 다라고?' 하고 되물었고, 수아는 피로한 기색으로 '그래'라고만 대답했다. 미정은 고개를 끄덕이더니 돌아섰다.

아마 미정은 서운했을 것이다. 애써준 것에 고마움을 못 느끼는 수아에게. 물론 고맙다곤 했지만 형식적인 말에 불과하다는 걸 미정이 모를 리 없었다.

미정은 수아가 밀어내니까 붙고 싶다고 했지만, 수아는 미정이 붙을수록 밀어내고 싶어졌다. 미정에게 그나마 위안이 되는 이야기가 있다면, 미정이라서 그런 건 아니라는 거였다. 사실상 수아는 지금 누구도 붙도록 둘 수 없는 상태였다.

호텔에 나가면서 아는 얼굴들이 점차 늘어나는 것도 맘에 안 들었고, 식당의 밥이 맛있어지는 것도 짜증스러웠다. 그런 것들이 전부 이 지루하고 보잘 것 없는 현재의 일상을 채우며 적응하게 만드는 것들이었으니까.

서로 말없이 먹기만 하는 식사가 끝나가고 있을 때였다. 그저 먹기만 하는 게 미정답지는 않은 일이라 좀 불편했지만 딱히 할 말도 떠오르지 않았다. 그런데 미정이 먼저 말문을 열었다.

"나 떠나."

미정은 수저를 내려놓고 물컵을 들었다.

수아는 '왜?'라고 물었다. 미정이 갑자기 확 반색을 하며 대답했다.

"역시 언니야. 내가 이래서 언니한테 붙고 싶나 봐. 다들 어디로 가냐고 물어보지, 왜 그만두냐곤 안 물어보더라. 알바야 안 그만두는 게 더 이상한 거니까."

미정의 말에는 무겁지 않은 자조가 섞여 있었다. 평생 알바만 하며 살겠다는 말은 농담으로라도 쉽게 인정받을 수 있는 말이 아닐 테니 당연했다.

"언제 그만두는데?"

"오늘."

오늘이라고 말하는 미정에게 아쉬움 같은 건 없어보였다. 그렇다고 무언가 결심이 선 단호함도 얹혀 있지 않았다. 그저 가볍고 경쾌

했다. 말하기 좋아하는 미정인데, 알바를 그만둔다는 이야기를 왜 오늘에서야 하는 건지 좀 의아했다. 먼저 말했든 오늘이든 달라지는 것도 없었겠지만.

"왜 이제야 말하는 거냐곤 하지 마. 사실 지난번에 언니한테 말하려고 맥주 마시자고 한 거거든."

아, 지난번이라면 희수와 주영을 만난 날인 듯했다. 미정이 수아에게 맥주를 마시자고 한 건 총 두 번이었고, 그중 한 번은 수아가 호텔에 온 첫날이었으니까.

수아는 뭔가 자신이 잘못한 것 같은 느낌이 들었다. 그러니까 마치 주영과 다시 만났던 그 순간처럼. 어쨌거나 무엇을 함께하자는 제안을 두 번이나 거절당하는 건, 다소 민망할 수도 있는 일일 테니.

"맥주 마실래, 오늘?"

수아가 물었다. 미정이 기다렸다는 듯 웃으며 대답했다.

"그래, 그럴 줄 알았어."

근무를 마친 수아는 손님용 엘리베이터를 타고 1127호실이 있는 11층으로 올라갔다.

객실에는 미정이 있었다. 이 객실은 호텔에서 일하는 최 주임이 직원 할인가로 하룻밤 선물한 객실이었다. 비록 알바지만 오랫동안 일한 미정을 떠나보내는 마음의 표시라고 했다.

새하얀 호텔 가운을 걸친 미정은 장기 투숙 중인 손님처럼 익숙하게 그곳에 있었다.

"하필 손님 많은 토요일이라 트윈베드밖에 없대서 좀 아쉬웠는데 잘된 것 같아. 여자끼리라도 더블베드는 좀 불편하잖아."

맥주를 마시자는 거였지, 자고 가겠다는 말은 아니었다. 하지만 다음 날에도 출근할 걸 생각하면 자는 것도 나쁜 결정은 아니었다. 그어느 때보다 몸의 반응에 충실히 따르며 살고 있는 요즘이었으니까.

문제는 미정과의 시간을 어떻게 끌어가야 하는가였다.

수아는 타인과 한 방에서 잠을 잔 게 언제였는지 더듬어보았다. 타인은 아니지만 6개월 전 엄마와 단둘이 떠났던 1박2일 강릉 여행이 마지막이었다.

기억을 돌려보건대, 가족을 제외한 누군가와 한 방에서 단둘이 자는 건 처음이었다.

어쨌거나 이 낯선 상황에서 유일한 위안은 그나마 이곳이 전망 좋고 침대 편한 특급 호텔의 객실이라는 점이었다.

"오늘의 이 호사가 마지막일 거야. 아마도 꽤 길게 힘들 거 같아."

미정이 룸서비스로 시킨 맥주를 한 모금 마신 후 말했다.

"왜, 뭘 할 건데?"

미정은 흐트러졌던 자세를 고쳐 앉으며 진지해졌다. 그리고 마치 룸 안에 다른 누가 있기라도 한 것처럼 작은 목소리로 속삭였다.

"언니한테만 말하는 거야. 나 세계일주 떠나. 정확히 말하면 세계 알바 일주."

미정은 꽤나 좋은 아이디어를 꺼내놓은 사람처럼 들떠서 어깨를 으쓱거렸다.

"언니도 알다시피 난 평생 알바만 하기로 했잖아. 그래서 이왕이면 세계를 돌아다니면서 외국의 알바는 어떤지 체험하고 경험을 쌓아보기로 한 거지. 말하자면 알바계의 글로벌 인재가 되겠다는 거야."

수아는 뿌듯한 미소를 짓는 미정을 보면서 하마터면, 마시고 있던 맥주를 뿜을 뻔했다. 알바계의 글로벌 인재라니. 왜 그런 생각을 한 건데? 미정의 말을 곱씹을 생각도 없이 수아의 질문이 튀어나갔다.

"우리나라에서 웬만하면 대접받는 사람은 유학파야. 물건은 외제고."

수아는 미정의 말에 저도 모르게 헛웃음이 터졌다. 뭐라고 해야 할까. 마냥 놀러 가는 것도 아니고 일을 하러 간다는데, 그러겠다는 이유가 황당하면서도 딱히 틀린 것 같지도 않은 묘한 느낌. 수아는 미정의 얼굴을 멍하니 바라보았다.

"그러니까⋯⋯ 그게 꿈이란 말이지?"

"아니, 꿈은 잘 때나 꾸는 거고. 사람들은 왜 그렇게 꿈을 묻는지 모르겠어. 왜 그렇게 꿈을 꿔야 하고, 꿈을 찾아야 되는지. 그냥 좀 살면 안 되는 거냐고."

수아는 남동생 봉수호를 떠올렸다. 그러니까 넌 꿈이 공무원인 거냐고 물었을 때 봉수호는 꿈은 잘 때나 꾸는 거라고 대답했다. 스물여섯 동갑내기 방미정과 봉수호는 똑같은 말을 했지만 한 사람은 안전하다고 믿는 길을 택했고, 또 한 사람은 모험의 길을 택했다. 정말로 어느 길이 안전한 길인지는 끝까지 살아봐야 확실해지겠지만.

수아의 시각에서는 미정과 수호 두 사람 다 이해하기 어려웠다. 하지만 수아라는 존재가 이해되지 않는 건 두 사람도 마찬가지일 터였다. 미정의 시각에 수아는 기를 쓰고 성공하려는 성공병에 걸린 사람처럼 보일지도 모르고, 수호의 시각에선 위험한 절벽길만 선택해서 피곤하게 사는 사람처럼 보일지도 몰랐다.

이해의 길이란 이렇게나 엇갈리는 길이다. 대부분의 길을 수없이 엇갈리며 혼자 걷기에, 그렇게나 누군가에게 이해 받고 싶은 걸까.

"사실⋯⋯ 떠나야겠다고 마음먹은 건 언니 때문이야."

미정이 급작스러운 고백 같은 말을 했다. 세계 알바 일주가 나 때문이라고? 왜? 수아는 너무 뜬금없는 연결고리에 무엇인가 달캉, 내려앉는 느낌이었다.

"냄비 안의 개구리. 기억해?"

수아는 열두세 살쯤인가 담임으로부터 들었던 이야기를 떠올렸다. 담임은 그때 40대 중반쯤이었던 것 같고, 많이 휑한 뒷머리 숱에 비해 앞머리는 비교적 풍성했던 남자 선생이었다.

담임이 개구리 이야기를 들려준 건 흐린 하늘에 조금씩 눈발이 흩날리던 날이었다. 날씨에 대해 기억하는 건, 개구리 이야기를 꺼내기 전 창밖을 바라보던 담임의 모습이 어딘지 모르게 슬퍼 보였기 때문이다.

개구리를 삶을 때는 말이야, 미꾸라지를 삶을 때처럼 펄펄 끓는 솥에 확 처넣지 않아. 일단은 찬 물이 든 냄비에 개구리를 넣어. 그리고 물의 온도를 아주 서서히 높여가는 거야. 찬물이 미지근한 물이 되고 그 미지근한 물은 따뜻한 물이 되지. 따뜻한 물은 더 따끈한 물이 되고 그렇게 아주 점차 점차로……

그러면 냄비 안의 개구리는 아주 조금씩 뜨거워지는 물을 계속 견디고 버텨내다가 끝내는 죽게 되는 거야. 지가 죽는 줄도 모르고, 몸부림 한 번 치지도 않고 그냥 그대로 가만히.

우물 안 개구리보다 냄비 안의 개구리가 훨씬 더 불쌍하다고 생각하지 않니. 제가 죽는지도 모르고 죽는다는 게. 너희들은 말이야, 물이 너무 따뜻하다고 눈감으면 안 돼. ……나처럼.

슬픈 얼굴로 창밖을 바라보다 꺼낸 담임의 말은 더없이 괴상한 말이었다고 그때의 수아는 생각했다. 도대체 왜 이런 이야길 하는 건지 모르겠다고. 하지만 수아가 교탁 바로 앞자리에 앉지 않았다면 듣지 못했을, 맨 마지막 '나처럼'이란 말은 어린 수아의 마음에도 콕, 점을 찍게 하는 무언가가 있었다.

"정확히 말하면 a frog in a pot of slowly boiling water. 서서히 뜨거워지는 물이 든 냄비 안에 든 개구리. 서양 말 중에 이런 말이 있다고 언니가 그랬지. 그러니까 꿈을 꾸든 안 꾸든 중요한 건 냄비 안의 개구리가 되지 않는 거라고. 하지만 꿈이 없는 사람은 그렇게 불쌍한 개구리가 될 확률이 더 많을 거라고. 5년 동안 여기서 알바 하면서 여전히 꿈은 없었어. 근데 일이 몸에 익어서 편해지고 돈도 나 혼자 쓸 만큼은 충분히 벌게 되니까, 갑자기 이 말이 딱 떠오르는 거야. 뭔가 위험하다는 생각이 들었어. 내 인생이."

미정은 자신의 인생을 5년 주기로 나누어 생각하는 습관이 있다고 했다. 6~10살, 11~15살, 16~20살. 자신은 이제 막 25살을 지나왔으므로 26살부터 30살의 5년 주기가 시작되었다고. 그리고 어릴 때나 지금이나 이 5년 주기 안에는 늘 어떤 새로운 사건이 있었다고.

"딱 서른까지만 머물다가 서른하나에 다시 돌아올 거야. 일단은 그때 내 잔고가 홀쭉해져 있지는 않는 게 목표고."

미정은 선언하듯 말했지만 그 말끝에 얼굴로 걱정이 스쳤다. 막상 떠나려니까 조금은 두려운 걸까 싶었는데 미정이 말을 이었다.

"엄마가 걱정이야. 일단은 호주에 일하러 간다고 말은 해놨거든."

수아는 그래, '세계 알바 일주'라고 모든 걸 다 설명할 필요는 없어.

말해도 이해하기 힘드실걸, 하고 대답했다. 미정이 고개를 끄덕였다.

"사실 엄마가 좀 안타깝긴 해. 내가 이렇게 맘대로 살아도 엄마가 나한테 별말 않는 건 오빠 덕분이거든. 엄마가 나보단 오빠가 더 문제라고 생각해서."

미정의 오빠는 잘 다니던 대학을 그만두고 음악에 빠져 기타리스트로 살고 있다고 했다. 그런데 그 꿈은 돈벌이가 되지 않아서, 미정의 엄마는 걱정이 태산이라고 했다.

"꿈이 없는 게 문제라면, 꿈을 좇는 건 문제가 아니어야 하잖아? 근데 꿈을 좇는 게 문제가 되다니 아이러니해. 우리 엄마 좀 웃긴다? 나보곤 넌 시집이나 가라고 하고, 오빠한텐 장가라도 가라고 하는 거 있지?"

미정의 엄마는 미정에겐 넌 영 할 게 없으면 시집이나 가버리면 그만이니 걱정이 덜하다고 하고, 미정의 오빠에겐 계속 이러고 살지 말고 장가라도 가서 마음잡으라고 한다는 거였다.

그런데 미정은 시집이나 가란 말은 어쩐지 엉성하고 급하게 끝내는 마무리 멘트 같은 느낌이고, 장가라도 가라는 말은 가능한 마지막까지 붙잡아보려는 최후의 멘트 같은 느낌이 든다고 했다. 미정의 말에 수아는 다시 고개를 끄덕였다.

"그런데 언니, 엄마 말고 친척들도 다 그래. 모두들 나한테는 시집이나 가라고 하고 오빠한테는 장가라도 가라고 해. 내가 더 이상한 건 '시집이나'와 '장가라도'가 '시집이라도'나 '장가나'로 바뀐 적이 없다는 거야."

수아는 미정이 제기한 의문인 '이나'와 '라도'에 대해 곱씹었다. 그것들의 숨은 의미에 대해.

"언니. 난 언니를 다시 보게 됐을 때 좋았어. 꿈을 꾸든 안 꾸든 중요한 건 냄비 안의 개구리가 되지 않는 거라고 말해준 사람이었으니까. 내가 꿈이 없다고 하면 사람들은 날 되게 실패자처럼 보는데 언니는 안 그랬으니까."

수아는 마음 한구석이 푹 찔리는 느낌이었다. 일단은 미정의 눈을 마주칠 수 없어서 시선을 내렸다. 그간에 수아가 미정에 대해 생각해온 것들을 미정이 안다면, 저런 말을 할 수 없을 텐데. 본의 아니게 미정을 기만하고 있는 느낌이었다.

"물론 다시 만난 언니는 안 그렇다는 걸 알아. 그래서 변한 거 같다고 그런 거야."

아니, 5년 전에 난 꿈이 없다는 네 말이 심각하게 들리지 않았던 거야. 5년 전에 넌 스물하나에 불과했고, 꿈을 늦게 찾는 사람도 있으니까. 아니다. 애초에 나는 꿈이 없는 사람이 있을 수도 있다는 걸 생각하지 못했던 것 같아. 내 꿈이 너무도 분명하고 확실했으니까.

수아는 미정에게 자신의 이런 속내를 털어놓을 수 없을 것 같았다. 진심을 말한다고 해서 모두 용서받을 수 있는 건 아니니까. 어떤 진심은 말한 당사자만 홀가분할 뿐, 그 진심을 들은 상대방은 생각지도 못한 문제나 감정에 휘말리게 될 수도 있다. 수아는 이게 그런 문제라고 생각했다.

"미안해."

이 말도 또 다른 진실이자 진심이었다. 짧은 말이지만 깊은 진심은 가서 닿기를 바랐다.

미정이 싱긋 웃었다.

"나 사실 좀 서운했어."

"아… 내가 좀 무심해서…….."

"아니, 나 사실 그날 언니 봤거든. 7층 손님 화장실에서. 원래 손님 화장실 쓰면 안 되는데 난 가끔 몰래 쓸 때도 있어. 거기 손 비누가 더 순하거든. 암튼 화장실 칸에 들어가서 문 잠그려는데 언니가 옆 칸으로 들어오더라고. 그리고 그 뒤에 훌쩍이는 소리도 들었고. 나한테 언니는 좀 고마운 사람이라, 나도 도움이 되고 싶었는데 아무 말도 안 해주니까…….."

수아가 뷔페 도움 인력으로 불려간 걸 알고 있던 미정은 재빨리 뷔페로 내려갔다고 했다.

직원에게 '봉수아 씨가 잠깐 배탈이 나서 제가 대신 급히 왔다'고 둘러댔다고. 직원이 수아를 자르거나 화를 내지 않고 넘어간 건, 미정의 대처가 있었기 때문이었다.

하지만 미정은 자신의 이런 대처를 수아는 물론 다른 알바들에게도 알릴 수 없었다고 했다. 자신이 그 화장실에서 수아를 봤다는 걸 수아가 모르는 게 좋겠다는 생각이 들었다고 했다. 그건 들키고 싶지 않은 부분일 것 같아서.

"이런. 끝까지 모른 척하려고 했는데, 결국은 말하게 됐네."

미정은 조금 머쓱한 웃음을 보이며 시선을 돌렸다.

전혀 예상치 못한 이야기였다. 수아는 이번에도 고맙다는 짧은 말에 진심을 담을 수밖에 없었다.

"그런데 정말 무슨 일이 있었던 거야? 연회장 나갈 때만 해도 멀쩡했는데?"

그래도 그날 40분간의 사라짐에 대한 진실은 털어놓을 수 없었다. 그것은 아직 소멸되지 못한 것이었으므로.

"하나만 말할게. 남자 문젠 아니야. 그건 너무 진부하잖아."

수아는 미정의 상상이 가장 먼저 뻗힐 만한 곳의 싹을 제거했다.

"진부한 게 꼭 그렇게 나쁜 것만은 아니라고. 그건 그냥 쉽고 편한 거야."

수아는 미정의 대답에 잠시 멈칫했다. 어쩌면 후에 미정을 생각할 때 이 말을 가장 먼저 떠올리게 될지도 모르겠다는 생각이 들었다.

"그날 왜 그랬던 건지는 말해줄 수 없지만…… 대신 다른 걸 하나 말해줄게."

수아의 말에 미정은 금세 뭔데, 뭔데? 하며 눈을 빛냈다.

"가족 말고 다른 사람이랑 한 방에서 단 둘이 자는 거, 처음이야."

미정의 표정이 황당함으로 물들었다. 그 얼굴로 '그게 뭐?'라고 되물었다.

"그냥, 이런 건 좀 특별한 일이라고."

그 대답에 미정이 한껏 심각해진 표정으로 수아를 보며 말했다.

"이 호텔 방에서 언니한테 들을 얘긴 아닌 거 같아. 아니, 왜 언니야? 남자여야지!"

정말? 뭐야 그게! 하고 깔깔 웃을 줄 알았는데, 이런 웃음기 하나 없는 반응이라니. 머쓱해진 수아는 그저 제 앞의 맥주를 홀짝일 뿐이었다.

가볍고도 무거운 밤이 그렇게 흐르고 있었다.

더 없는 최선이라고 생각했지만, 어쩌면 나는 지난 4년간의 시간 중 일부는 냄비 안의 개구리로 지낸 것은 아니었을까.

탈출을 희망한 건 아니었으나 수아는 냄비 밖으로 내던져졌다. 그리고 아직은 죽지 않았다. 아니, 그래서 죽지 않을 수 있었던 건지도 모른다. 알바생이 된 이후 처음으로, 수아는 생각했다. 정말로 만약 그런 거라면, 살아 있어서 다행이라고.

서울서 내려와서도 얼마간은 애를 먹었다. 아예 짐작을 못 한 건 아니지만, 내가 그렇게 사라져버린 뒤로 마을에서는 여러 뒷말들이 오고 갔다고 하더구나.

'고등학교 안 보내준다니까 그럼 돈이라도 벌겠다고 간 거라고!' 아버지 어머니가 누차 말을 해대도, 마을 사람들은 내가 서울서 온 누구랑 눈이 맞아 내뺀 거라고 수군거렸대.

난 늘 생각한다. 사람들은 남한테 관심이 참 많으면서도 한편으론 소름끼치게 무관심하다고. 그러니까 사람들은 남이 어떤 상황인지만 관심이 있고, 그 상황에 놓인 사람의 감정에 대해선 무관심하다는 거야.

얘, 있잖아. 애초에 이해할 생각이 없는 관심은 관심이 아니라 그냥 궁금증일 뿐이야. 사람한테 궁금증을 갖지 말고 되도록이면 관심을 가지렴. 그게 안 된다면 차라리 무관심해버려라. 너의 궁금증이 때론 어떤 사람에겐 상처가 될 수도 있단다.

아무튼 난 그간에 돈을 계속 보내서 그래도 조금은 당당한 마음으로 돌아간 건데, 날 기다리고 있는 건 구박뿐이었던 거지. 누가 돈 벌어오라고 했냐. 집에서 일이나 돕고 얌전히 있다가 시집이나 갈 것이지. 왜 뛰쳐나가서는 사람들 입을 타냐.

집에 돌아간대도 따뜻한 환영 같은 건 없을 거라고 생각은 했지만 퍽 억울하더라. 돈 번다고 갖은 고생을 하다 왔는데, 실컷 재미나 보다가 온 사람 취급을 받으니까 말이야.

그래도 내가 누구니! 그러다 말겠거니 하고 그냥 지냈어. 마을 여자들은 날 보면서 뭔가 굉장한 걸 캐고 싶어 안달난 눈빛들이었지만, 사실 그때 난 심신이 너무 지쳐 있어서 일일이 해명하고 상대할 마음도 없었단다.

그런 시간을 흘려보내자 내 일상은 평온해졌어. 밥 차리고 논일 밭일하고 바느질하고. 늘 해왔던 일들이 내 시간을 메꾸면서 하루가 바쁘고도 느리게 지나갔다. 몇 개월 동안 나는 바쁘고도 느린 그 시간이, 밤이면 별도 보고 그럴 수 있는 날들이, 참 좋았어.

서울에서 그런 시간이 없었다면 이런 날들이 좋은 건지 알 수 없었을 테니까, 서울로의 가출은 나름의 수확이 있었다는 생각도 했지. 뭐든 생각하기 나름이잖니.

하지만 신은 나라는 인간을 그저 평탄하게 살도록 내버려두지 않았어. 그 시작은 네 외할아버지였어. 어휴, 정말……. 아니, 세상 더없이 깐깐한 양반이 왜 남의 보증을 선다니.

그래도 우리 집은 그렇게 찢어질 정도로 가난한 집안은 아니었는데. 그래서 다들 내가 서울로 돈 벌러 갔다는 말에 수긍을 안 한 거지. 굳이 그럴 필요 있냐고.

그 당시 우리 마을 여자들은 집이 가난하면 앞장서서 돈을 벌어야 했고, 집이 가난은 면했다 싶으면 얌전히 있다가 시집가는 게 미덕이었거든. 그러고 보니 나한텐 둘 다 재미없는 일이긴 하다.

아무튼 그 보증 때문에 난 시집이나 갈 신세에서 나가서 무조건 돈을 벌어야 하는 신세로 입장이 확 바뀌었단다.

그런데 네 외할아버지는 그 와중에도 구분이 있어서 서울은 가지 말라고 아예 내 일자리를 구해오신 거 아니니. 그렇게 네 외할아버지가 시키는 대로 식모로 간 거지.

내가 식모로 가게 될 집은 마을에서 좀 떨어진 곳이었는데, 그 근방에서 유일하게 으리으리한 한옥집이었지.

내가 가출하기 전만 해도 대가족이 살던 집이었거든. 그런데 돌아와 보니 그 가족은 서울로 이사를 가고 한동안은 임자를 찾지 못해 비어 있던 집이었어.

암튼 그 집은 우리 집에서 버스를 타고 족히 한 시간은 걸리는 거리에 있었지만 소문은 많이 돌았단다. 거기 사는 새 주인이 서울서 온 젊은 사내인데 그렇게 부자라고.

내 속도 모르고 유자 기지배는 그런 집에 가서 살게 되다니 좋겠다고 목을 한 자나 빼고 부러워하더라고. 나 참, 그래봤자 식모인데 그렇게 좋을 건 또 뭐겠니. 똑같은 사람으로 태어나서 누구는 그 집 주인이고, 나는 왜 식모인가. 이런 하나마나한 생각에 우울해지지나 않으면 다행이지.

타인과 비교하는 건 자신을 좀먹게 할 뿐이라는 걸 알지만, 사람 맘이 어디 그러니. 그래서 내가 그 집 식모로 들어가기 전날 밤에 무얼 다짐했냐면, 절대 주눅 들지 말자. 비교하지 말자. 착각하지 말자! 이거였어. 착각은 뭐냐면, 그 집에 산다고 내가 그 집 사람이 된 것처럼 여기면 안 된다는 거였지.

왜 모든 게 다 아버지 맘대로냐고 화라도 한 번 낼 수도 있었지만 난 그냥 조용히 갔어. 왜냐하면 보수가 꽤 컸거든. 그 시절에 식모일을 해선 받을 수 없는 액수였어. 사실 그 집 안주인의 병간호까지 도맡아야 한다는 조건 때문에 그런 거였지.

밥하고 청소하는 집안일이야 늘 하던 거라서 그냥 하면 되겠는데, 이 병간호가 좀 걱정이 되더라. 의식 없이 마냥 누워 계시는 분이라고 들었거든. 그럼 이분을 어떻게 들었다 놨다 해서 뭘 먹이고 씻기고 그러나, 요령도 없고 힘에 부치겠다 싶었어.

하지만 사람은 제 예상을 훌쩍 뛰어넘는 큰돈을 맞닥뜨리면, 어떻게든 그 일을 놓치고 싶지 않아진단다. 하고 싶은 일을 떠나, 꼭 해야만 하는 일이 되는 거지. 심지어 난 그 일을 굉장히 잘할 거라고 아무 근거도 없이 혼자 믿어버리기까지 했지.

안 그런 사람도 있겠지만 내 경우엔 그랬다.

그렇게 그 집에 발을 들였어. 소문이 무성한 그 '대단한 부자인 데 비해 꽤 젊은 사내'를 처음 봤어. 이름이 이병덕이라고 하더구나.

소문에, 나이가 마흔인가 마흔 하나인가. 깔끔하게는 보였는데 흔히 생각하는 부잣집 사람처럼 반지르르한 인상은 아니었어.

병덕 씨가 날 보더니 안녕하세요, 들어오세요. 그러더라. 내가 안으로 들어가니까 아무 말이 없더라고. 찻잔의 차를 다 마실 때까지. 그리고 딱 한마디 하더라.

"다른 건 알아서 다 잘하시면 되고요. 제가 부탁드릴 건 하납니다. 집사람 좀 잘 돌봐주세요."

그러곤 일어나더라고.

나는 좀 당황했어. 뭐에 당황했냐면, 첫째는 스무 살이나 어린 나한테 존댓말을 썼다는 거고, 둘째는 정중하게 부탁을 했다는 것.

그게 너무 신선한 충격을 줬달까? 나보다 나이도 훨씬 많고, 자기가 부리는 사람이니, 당연히 나한테 지시를 할 거라고 생각했거든. 부탁조의 말이 아니라.

그때 난 속으로 생각했다. 나쁜 사람은 아니라고. 일을 열심히 해야겠
다고. 그때 안쪽 방에서 누가 톡 튀어나오더라. 나보다 나이가 많아 보
이긴 해도 서른은 되지 않은 것 같은 아가씨였지. 병덕 씨의 늦둥이 여
동생 영선이였어.

영선이는 병덕 씨에게 '새 식모가 왔으면 날 불렀어야지!'라고 핀잔을
주면서 팔짱을 착 끼고 날 쏘아봤어.

병덕 씨는 자기보다 열 몇 살이나 어린 늦둥이 동생이 귀여운지 그냥 픽
웃어버리고 말더라.

그때 난 딱 느꼈지. 아, 쟤 땜에 피곤하겠다. 뭔지 너도 느낌이 딱 오지
않니?

"저쪽 방이 안방. 올케 언니가 있는 방이야. 마침 딱 맞춰 왔네. 기저귀
갈 시간이었는데. 가서 기저귀 갈고, 오늘 저녁은 갈치 좀 굽고 겉절이
좀 담그고 불고기 전골 만들어. 아, 여기 사람들한텐 소고기가 엄청 귀
한 거던데. 불고기 전골 먹어봤어? 할 줄 알아?"

병덕 씨가 자기 여동생 하는 말본새가 민망했던지, '영선아, 말 좀 얌전
히 해' 조용히 주의를 주더라. 그러니까 영선이가, 몰라! 일주일 동안
올케 언니 본다고 힘들어 죽을 뻔했다고! 그러면서 팩 토라지는 거야.

그때 병덕 씨 밑에서 영선이 남편이 일하고 있었거든. 점잖은 병덕 씨가
서랍에서 봉투를 하나 꺼내 건네면서, '성호 3일 휴가 줬다. 둘이 바람
쐬고 와' 그러는 거야.

영선이가 봉투를 보고 얼굴이 밝아지더니, 그 자리에서 봉투 속을 들여
다보고는 아주 화색이 돌더라.

그 순간 나는 영선이가 좀 많이 부러웠어. 나한테도 저런 오빠가 있었

으면 좋겠다! 그런 생각이 절로 들더구나. 비교하지 말자고 그렇게 다짐을 해놓고선 말이야.

난 부엌 곁에 딸린 방이나, 방 같지 않은 제일 못난 방을 쓰게 될 줄 알았거든. 근데 난 의외로 사모님이 있는 안방에 함께 있게 되었어. 병덕 씨는 서재 방에 머물고 있더라고. 그마저도 출장으로 집을 며칠씩 비워서 집에 있는 시간도 별로 없었지만. 어쨌든 난, 사모님 옆에서 자라는 건 그만큼 잘 때도 주의를 놓치지 말란 뜻으로 알아들었단다.

영선이가 무슨 식모한테 안방을 내주냐고 뭐라고 했거든. 그러니까 갑자기 병덕 씨가 싸늘한 얼굴이 되어선 '입 다물어. 네가 같이 잘 거 아니면' 그러는 거야. 그랬더니 그렇게 까랑까랑하던 영선이가 찍 소리도 못하더라고. 갑작스런 그 차가운 기색에 나조차도 좀 서늘해지더라.

그때 잠깐 궁금했어. 병덕 씨가 사모님을 사랑하는 건지, 아닌지.

나한테 부탁을 하는 모양을 보면 아주 귀히 여기는 것 같은데, 정작 안방엔 들어가질 않는 거 같으니까 말이야.

영선이가 말한 불고기 전골은 사모님이 해주신 거였어.

병덕 씨 부모님이 두 분 다 배 사고로 좀 일찍 돌아가시는 바람에 늦둥이 영선이를 거의 절반은 병덕 씨와 사모님이 키웠다고 봐야 했지.

영선이는 그날 내가 만든 불고기 전골을 먹더니 이게 아니라고, 짜증을 내더라. 영선이한테 물어물어 본인이 원하는 대로 해줬는데, 알고 보니까 자기도 자기가 먹은 불고기 전골을 만들 줄 몰랐던 거야. 물 한 방울 안 묻히고 곱게 자란 처자가 바로 내 눈앞에 있었던 거지.

그래도 어린 나이에 부모를 잃은 그 심정은 또 그 심정대로 얼마나 어려웠을까 싶어서 크게 미워하지는 않기로 했단다.

나보다 다섯 살이나 많은 사람을 언니가 아닌 영선이라고 부르는 것에 하나도 거리낌이 없는 건 5년 넘게 밥을 해먹인 탓일 거야.

아이가 들어서지 않아서 애태우던 영선이가 뒤늦게야 아들을 낳고 울 때는 나도 같이 울었다. 정말이지 날 시달리게 하던 일은 싹 잊고서 말이야. 그런데 그 금지옥엽 갓난쟁이를 키우는 게 내 몫이 됐을 땐 나는 혼자 또 한 번 울었어.

그 갓난쟁이 윤성이가 내후년이면 중학생이잖니. 그 윤성이를 앞에 앉혀 놓고, 영선이가 '내가 널 얼마나 힘들게 낳고 키웠는지 알아? 그러니 불효하지 말고 효도해야 하는 거야. 알았니?'라고 할 때마다 난 가끔 기가 찬다.

힘들게 낳은 건 맞는데, 윤성이 기저귀 한 번을 안 갈아줬거든. 윤성이 기저귀 갈고 빨래하는 건 다 내가 했지.

어떤 여자는 팔자가 고와서 제 자식 똥 기저귀도 남이 갈고, 어떤 여자는 팔자가 험해서 남의 자식 뒤치다꺼리도 뒤집어쓰는구나!

영선이를 볼 때마다 가끔씩 드는 생각이었어. 하지만 이렇게 서글퍼질 때마다 힘이 되었던 게 뭔지 아니? 바로 너. 네가 윤성이보다 훨씬 더 똑똑하단 거였어. 얼굴도 윤성이랑은 댈 게 아니었지. 윤성이가 투실투실한 감자 같다면 넌 깎아놓은 밤톨 같았으니까.

너랑 윤성이를 볼 때면 그래도 신이 마지막 양심은 있었나 보다 싶어. 윤성이가 아니라 네가 내 자식이라서. 나도 영선이보다 나은 게 딱 하나는 분명하게 있다 이거지.

영선이가 알면 기함할 일이겠다. 어디 아들이랑 딸을 비교하느냐고. 아무리 잘나도 딸은 딸이고, 시집 보내버리면 그만인 거라고.

그럼 뭐 난 아들이 없니? 나도 네 동생 동석이 있는데 뭘. 그리고 내 생각엔 동석이도 너만 못하긴 하지만 윤성이보단 잘난 자식이거든.

그래도 난 영선이한테 그런 말은 하지 않는다. 사람은 다 제 잘난 맛에 사는 거니까. 그냥 내가 말하고 싶은 건, 난 내 자식 잘난 맛에 산다는 거야. 하긴. 그게 어디 나쁘이겠니. 세상의 모든 부모들은 다 그런 마음일 거야.

이민주! 넌 충분히 잘났고, 앞으로 더 잘날 애다.

네 고모든 외삼촌이든 아니면 낯모르는 사람이든 간에, 누가 뭐라든 기죽지 마. 쉽게 미안해하지도 말고.

네가 기죽거나 미안해하는 모든 이유들은 기실 다 내게 있다. 하지만 그렇다고 하더라도 날 너무 미워하진 말고…….

우리 그냥 서로 사랑해주자. 너랑 나는, 엄마와 딸이니까!

지난 시간의
나를 이해하게 돼

라비에 호텔 커피숍으로 향하는 길. 수아는 조금 복잡한 심경이었다. 잠시 후 수아가 만날 상대는 토이홀의 윤 이사였다. 사업가 봉수아의 능력을 높이 사며 시원스레 인정해주었던 사람. 그러나 석달 전, 면접에서 수아가 불합격 처리될 수밖에 없는 이유를 알려주었던 사람. 수아는 지금 그 윤 이사를 만나러 가는 길이었다.

3일 전 그부터 전화가 왔다. 만나서 할 이야기가 있다고 했다. 무슨 일인지 궁금해하는 수아에게 나와서 손해 볼 건 없는 일이니 일단 만나자고 했다.

그가 자신을 찾는 이유는 토이홀과 관련된 일을 하청 주려는 것밖엔 없어 보였다.

그렇다면 왜, 토이홀 일을 하청 주려는 것일까. 여기서부터가 문제였다. 굳이 수아에게 그럴 이유가 없었다. 그 일이 어떤 일이든, 꼭 수아여야만 가능한 건 아닐 테니까.

약속 시간보다 10분 일찍 도착해서 앉을 자리를 둘러보는데, 그의 모습이 보였다. 이제까지 만나는 동안 윤 이사가 수아를 먼저 기다렸던 적은 없었다. 물론 지각도 하지 않았다. 그는 항상 5분 전에 나타나거나 딱 정시에 도착하곤 했다.

겨우 10분일 뿐이었지만, 윤 이사가 자신을 기다리고 있다는 사실에 수아는 조금 긴장되었다.

"안녕하셨습니까."

수아가 다가가서 인사를 건네자 그가 비로소 핸드폰에서 눈을 떼고 수아를 보았다. 어서 오라고 앉으라고 반기는 윤 이사는 석 달 전이 아니라 3일 전에 만난 사람 같았다. 과하지 않고 적당하게 반가움을 표하는 그의 자연스런 인사는 닮고 싶은 것 중의 하나였다.

"혈색이 나빠 보이진 않네요."

윤 이사의 눈에 부담스럽지 않은 안도감이 지나갔다. 수아는 네, 대답하며 옅은 웃음을 지었다. 역시 윤 이사였다. '그래, 요즘 어떻게 지내시냐'는 의례적인 물음이 나왔다면 수아의 마음은 더 들을 것도 없이 차단 셔터가 내려왔을 것이다.

지금 수아와 같은 상황에 놓인 사람들이 다른 사람들을 만나기 힘들어하는 건, '어떻게 지내냐'는 그 의례적인 물음을 손쉽게 넘길 수가 없어서라고 수아는 생각했다.

그는 자신의 손목시계를 힐끔 보더니 자, 그럼 본론으로 들어갈까요? 내가 왜 보자고 했는지 많이 궁금했을 것 같은데, 하고 운을 띄웠다.

"네, 손해 볼 일은 아니라고 하셔서 관심이 갔습니다."

수아의 대답에 윤 이사가 호탕하게 웃었다. 그렇죠, 그렇게 말 안

하면 봉수아 씨가 이 자리에 나오겠습니까. 그런데, 그 말은 사실입니다.

이 말 끝에 사람 좋은 웃음을 짓던 윤 이사의 표정이 변했다. 얼굴에 웃음을 띤 건 여전했지만 뜸을 들이며 눈으로 수아를 살폈다.

지금 상황만 놓고 보면 수아가 갑이고 윤 이사가 을인 듯하지만, 기본적으로 수아의 상황은 '망한 상태'다. 그리고 상대방은 그걸 알고 있다. 망한 입장이 급하고 아쉬운 게 많다는 건 기본 상식이고. 현재의 봉수아는 기본적으로 어떤 상황에서든 을로 존재하는 상태라고 봐야 했다.

"봉수아 씨 지금 소속된 곳이 있습니까?"

침묵을 지나 윤 이사가 물었다. 무겁지 않은 말투였다. 그리고 수아에게 시선을 두지 않고 찻잔을 들어 커피를 한 모금 마셨다. 그 행동은 지금 조용히 흐르고 있는 긴장감을 조금이나마 상쇄시키는 효과가 있었다.

"아직 없습니다."

"좋군요. 실은 내가 봉수아 씨한테 일을 하나 맡길까 합니다."

윤 이사가 고개를 끄덕이며 본론을 꺼냈다. 수아의 짐작대로 일을 주려는 것이었다.

"내가 봉수아 씨와 함께하고자 하는 일은 토이홀 일이 아닙니다. 이제 나는 더 이상 토이홀의 사람이 아니게 될 겁니다. 조만간."

이어진 말은 수아가 예상치 못했던 전개였다. 윤 이사는 본인의 회사를 차릴 준비를 하고 있었다. 왜 토이홀을 나오려는지에 대해선 물을 수 없었지만 짐작 가는 바는 있었다. 토이홀은 회사 내에서 이른바 '라인 싸움'이 치열하기로 유명한 곳이었다. 윤 이사가 토이

홀을 나온다면 라인 싸움에서 어느 정도 밀린 것이 아닌가, 추측을
해볼 수 있었다.

"왜 저를 택하신 건지 물어봐도 될까요."

사실 묻지 않아도 알 수 있는 이야기였다. 아주 쉽게 말해, 너 놀
고 있잖아. 그럴 바엔 내 밑으로 와. 이거였다. 하지만 세상엔 알고
있어도 확답을 들어야만 하는 일이 존재한다.

"단도직입적으로 말하겠습니다. 난 지금 젊고 능력 있고 무엇보
다, 내 사람이 될 사람이 필요합니다."

윤 이사는 '내 사람'에 강한 방점을 찍었고, 수아 역시 그 말이 귀
에 꽂혔다.

"제가 토이홀 면접을 볼 때 이사님께서는 제가 아직 오너 마인드
를 버리지 못했다고 하셨습니다. 저한텐 애사심이 빠져 있다고 하
셨죠. 이런 제가 이사님 회사에서 애사심을 발휘할 수 있다고 보십
니까?"

이건 정말 궁금한 질문이었다. 회사원이 되기 힘든 수아의 문제
점을 간파한 사람이 왜 수아를 '내 사람'이 될 사람으로 찍었는지에
대해서는.

"이것 역시…… 솔직하지 않으면 답할 길이 없는 질문이네요."

윤 이사는 물을 한 모금 마신 후 말을 이었다.

"그때 면접관으로 봉수아 씨를 봤기 때문에 이런 제안을 할 수 있
는 겁니다. 봉수아 씨는 지금 심리적으로 어느 회사든 들어가기 어
려운 상태죠. 외적으로는 채무 때문에 힘들 거고요. 난 그 상황을 충
분히 이해합니다. 봉수아 씨 능력도 잘 알고 있고. ……사람은 어려
울 때 손을 내밀어준 사람을 잊지 못하는 법이죠. 지금 나는 손을

내미는 겁니다."

여기에 윤 이사는 수아에게 데려오고 싶은 인력이 있다면 데려와도 좋고, 그 인력들로 팀을 꾸려도 좋다고 덧붙였다. 그의 말투는 큰 선심을 베푸는 사람 같지는 않았다. 그렇다고 수아가 꼭 자기 손을 잡았으면 하는 절실함도 없었다.

무례하지 않은 자신만만함이 섞인 표정. 그 표정은 '이건 제안이지만 다른 여지가 별로 없는, 네가 거절하기 힘든 제안이지'라는 뜻을 담고 있었다.

수아는 '토이홀에서 이사님을 따라 나올 젊은 인재는 없습니까'라고 묻고 싶었다. 물론 이것 역시 묻지 않아도 알 수 있는 문제였다. 아예 없지는 않을 테지만 많아봐야 아직 결속력 강한 어떤 팀을 꾸리기엔 부족할 것이다.

윤 이사의 역량은 알겠지만 그걸 믿는 젊은 인재는 생각보다 많지 않을 것이다. 토이홀의 젊은 인재 대부분은 토이홀이 주는 안정성을 택할 게 분명했다. 젊은 사람이라고 다 모험을 좋아하는 건 아니니까.

하지만 처음부터 사업가의 길을 선택한 봉수아는 어쨌든 모험심 충만한 젊은이였다. 거기다 신생 회사의 어려운 부분들을 누구보다 잘 알고 이해하는 사람이었고. 그리고 가장 중요한 것은, 지금 수아의 상황은 '시켜만 주신다면 충성을 다하겠습니다'라는 말이 단번에 튀어나올 만큼 절박한 상황이라는 거였다.

지금 윤 이사가 언급한 '내 사람'에 완벽하게 부합되는 단 한 명의 사람이 있다면, 그게 바로 수아였다.

그런데도 불구하고 수아는 이 제안을 덥석 받아들일 수 없었다.

그의 계산엔 수아가 거절할 수도 있다는 가능성은 전혀 들어 있지 않았다. 그 사실이 수아는 씁쓸하기만 했다.

물론 이런 기회를 준다니 고마워하는 게 먼저일 것이다. 물에 빠진 사람을 건져주겠다는 말이니까.

하지만 당연히 그럴 수밖에 없어서 그런 선택을 하는 사람의 입장은 때로 너무 서글프지 않은가. 어떤 당위성은 너무도 분명하기에 오히려 폭력이 될 수도 있다고, 수아는 생각했다.

수아는 우선 만약 자신이 제안을 받아들일 경우 하게 될 일이 무엇인지 물었다. 윤 이사가 작업 중인 일은 중국 쪽에 3D 테마파크를 만드는데, 그 중 한 구역을 담당하는 일이었다.

테마파크는 기본적으로 사이즈가 큰 데다 중국 쪽이라면 한 구역 담당이라도 일의 규모가 대단할 것이다. 신생회사라도 단번에 입지가 오를 수 있는 있는 일이었다. 물론 신생회사에 이런 기회는 거의 주어지지 않는다. 윤 이사기에 가능할 것이다. 토이홀에서 그는 해외사업에 주력했으니까.

향후 수아의 커리어에도 충분히 도움이 될 만한 일이었다. 좋은 기회가 찾아온 것이다. 이건 어쩌면 누구나, 어떤 삶에든 온다는, 세 번의 기회 중 한 번일지도 몰랐다. 그러나 지금 수아는 더없이 차분했다.

이야기를 들을수록 점점 더 짙어지는 '이 일을 할 수밖에 없는 당위성'이 문제라면 문제일까. 사실 이렇게 좋은 제안을 받고도 왜 들뜨지 않는 건지 수아 본인도 알 수 없었다.

"좋은 제안을 해주셔서 감사합니다. 이 자리에서 확답 드리긴 어렵고…… 좀 고민하고 검토해 본 뒤에 연락드려도 될까요."

예상치 못한 대답이었는지 윤 이사의 얼굴에 의아함이 스쳐 지나갔다. 왜 덥석 물지 않고 한 발 물러서는 건가, 하는 얼굴이었다. 그 얼굴을 보자 수아는 저도 모르게 네, 그러게요, 저도 참 알 수 없다는 말이 튀어나갈 뻔했다.

"그래요, 너무 단번에 수락하는 것도 재미없지요."

윤 이사는 재빨리 예의 느긋한 미소와 말투로 속내를 감추었다. 수아의 행동을 유리한 조건 확보를 위한 의례적인 '튕기기'로 여기는 듯했다. 다만 그는 시간이 많지는 않다는 말을 덧붙였다. 3일. 3일만 주시죠. 수아의 말에 윤 이사는 고개를 끄덕였다.

윤 이사와 헤어지고 수아가 가장 먼저 한 일은, 후배이자 Bon스튜디오의 대리였던 연주와 약속을 잡는 일이었다. 만약 제안을 받아들여 일을 하게 된다면, 수아가 가장 데려오고 싶은 인력은 연주였다.

회사를 정리한 이후론 연주와 사적으로 만나지 않았다. 연주도 굳이 만나자는 말을 건네 오지 않았다. '그저 살아 있어요?'라는 문자만 주기적으로 보낼 뿐. 그러면 수아는 '응'도 아니고 'ㅇㅇ'이라고 초성만 찍어 보냈다. '응'이라고 멀쩡한 단어를 말하면 그 대답 뒤에 전혀 멀쩡하지 않은 다른 말들이 끝도 없이 달릴까 봐서.

"전 이제 들을 준비가 되어 있어요."

연주가 커피를 한 모금 마시더니 수아를 보며 말했다. 자신의 연애 이야기에 열을 올리던 좀 전까지와는 다르게 사뭇 진지한 모습이었다. 갑작스런 간극에 수아는 웃음이 터졌다.

연주는 얼마 전에 소개팅을 하고 한창 진행 단계인 남자에 대해

이야기했다. 수아가 '진행단계라니? 알 것 같긴 한데 정확히 그게 뭐야?'라고 묻자, 연주는 짐짓 연구자 같은 표정으로 대답했다.

"첫눈에 반하는 그런 만남을 제외하고 모든 이성 간의 만남에는 단계가 있어요. 탐색 단계, 진행 단계, 고조 단계. 고조 단계에서 정점을 딱 찍으면 평심 단계가 돼요. 평심 단계로 5년, 7년씩 가기도 하죠. 평심 단계가 무사히 지나면 신뢰 단계로 돌입하고 결혼에 이르는 거예요. 이 단계를 못 견디면 끝이고요."

평심 단계 다음이 신뢰 단계라는 게 조금 의아했다. 신뢰는 평심 단계 유지를 위해 필요한 거 아닌가? 하지만 수아는 곧 연주의 말에 수긍하기로 했다. 흔히 연애를 끝낼 땐 '사랑이 깨졌다'라고 말하고 이혼을 할 땐 '신뢰가 깨졌다'고 말하곤 하니까.

어찌됐든 수아는 연주를 보며 수아가 연애라는 것을 시작할 때 조언자로서 손색이 없겠다는 생각이 들었다. 그런 얘기 덕분에 밥 먹는 동안 어색함 없이 편하게 먹을 수 있다는 점도 좋았고.

"무슨 일인 거예요? 대표님이 밥이나 먹자고 연락할 상황은 아니고. 뭔가 빅 이슈가 있으니까 했겠죠."

"대표님이라니. 이제 그냥 선배지."

석 달 만에 듣는 그 호칭이 참 낯설어서, 수아는 짚고 넘어가지 않을 수 없었다. 연주는 수아를 꼬박꼬박 '대표님'이라고 불렀다. 수아가 회사를 차린 뒤로는 사석에서조차 단 한 번도 '선배'라고 부른 적이 없었다.

'넌 대표야. 대표님이라고' 한때 수아는 매일 아침마다 거울을 보며 주문을 외듯 중얼거렸다. 그 직함이 버거울 때는 특히 더 그랬다. 하지만 결국 수아가 자신을 대표님이라고 가장 크게 인식하는 순간은 연주가 끊임없이 '대표님!'이라고 부를 때였다.

대표님! 이건 어떻게 처리할까요? 대표님! 오늘 일정이요. 대표님! 그 건은 다음 주로 미룰까요? 대표님! J사 쪽에서 연락이 왔는데요. 대표님! 커피 드릴까요? 대표님! 퇴근 안 하세요? 대표님, 대표님……!

하루에도 수십 번씩 연주로부터 낭랑하게 불릴 때, 수아는 무거워진 어깨를 치켜 올리고 앞으로 나갈 힘을 얻었다.

"저한텐 대표님을 대표님이라고 부른 시간이 더 길다구요. 선배라고 부른 시간보다."

역시 연주는 '한 번 대표님은 영원한 대표님이십니다' 같은 비현실적인 립 서비스를 하지 않았다. 수아는 연주의 이런 점이 맘에 들었다. 그래서 그녀가 어떻게 부르든 다시 정정하지 않고 그냥 두기로 했다.

수아는 연주에게 윤 이사가 해온 제안을 털어놓았다. 듣는 내내 눈을 반짝이고 간간이 아, 아아, 탄식을 내뱉기도 하던 연주는 수아가 이야기를 마치자마자 곧바로 질문을 던졌다.

"그러니까 전 사직서 쓰면 되나요?"

수아는 툭, 웃음이 터졌다. 연주는 너무도 당연하게 지금 이 자리가 자신의 스카웃 제의 자리라고 믿었고, 한 치의 망설임 없이 수락을 했다. 고민 좀 하고 얘기하지? 넌 나를 그렇게 믿니, 하는 말이 절로 나왔다.

"저 Bon스튜디오에서 퇴직금까지 받고 나왔어요. 월급 주는 거야 당연한 거래도, 회사 문 닫는 마당에 퇴직금은 체당금으로 넘기고 뻗어버릴 수도 있다고 생각했어요. 근데 대표님 안 그랬죠. 그건 일한 대가는 책임지고 준다는 뜻이잖아요. 그만큼 돈 문제에 명확한 거니까 제 연봉도 윤 이사님과 알아서 잘 협상하실 거라고 생각하고요. 안 따라갈 이유 없죠."

순간 수아는 연주의 스킬에 놀라지 않을 수 없었다. 그건 어떻게든 직원들의 퇴직금까지 전부 책임지고 싶었던 수아의 마음을 알아주는 것과 동시에, 연봉 협상을 잘 해내라는 압박이 함께 존재하는 말이었으므로.

하지만 이런 스마트한 스킬을 보유한 연주도 놓친 것이 하나 있었다. 수아가 윤 이사의 제안을 받아들일지 말지 고민 중인 것은 전혀 눈치채지 못한 것이다.

수아는 연주에게 아직 제안을 받아들인 것은 아니라고 말했다. 현재 고민 중인데, 만약 하게 된다면 곁에 손발이 잘 맞는 사람은 있어야 된다고 생각해서 네 의견을 먼저 묻는 거라고.

연주는 대번에 아니, 왜요? 하고 물었다. 그러더니 수아의 대답을 들을 새도 없이 말을 이었다. 대표님 혹시 윤 이사 밑으로 들어가는 게, 아니, 누군가의 밑으로 들어가야 하는 게 내키지 않는 거냐고.

연주의 짐작이 아주 틀린 것은 아니었다. 만약 윤 이사의 제안을 수락하게 되면 수아는 이제 앞으로 계속, 얼마일지도 모르는 오랜 시간 동안, 그의 사람이어야 한다. 이건 수아가 아무 연고 없는 회사에 입사해서 일하는 것과는 전혀 다른 얘기였다. 단순히 밥벌이의 문제로 같은 선상에 놓고 보아서는 안 되는 문제인 것이다.

만약 수아가 그곳에서 몇 년을 일하고 독립을 선언한다면, 윤 이사에 의해 업계에서 '배신자'로 낙인찍힐 수 있었다. 어려울 때 도와주었더니 살 만하다고 금세 차고 나가는 '신의 없는 인간'이라고. 그런 식으로 인성의 문제가 거론되어서 좋을 게 없었다.

그럼 도대체 얼마나 긴 시간을 그에게 충성해야 하는가. 그러다 결국 또 다른 종류의 '냄비 안의 개구리'가 되는 것은 아닌가.

하지만 이 채무들을 이런 알바 따위의 일로만 언제 다 갚아나가나. 당연히 윤 이사의 밑으로 가야 하지 않나.

여러 생각들이 수아의 머릿속을 헤집었다.

'내 사람이 필요하다'는 말만 아니었다면 고민 없이 수락할 일이었다. 그러나 애초에 '내 사람이 필요하다'는 전제가 아니라면 윤 이사의 제안 자체가 수아에게 오지 않았을 것이다.

연주를 먼저 보내고 정류장 의자에 앉아 버스를 기다리는데 텁텁한 숨이 새어 나왔다.

어떤 선택이 자신을 구하고, 자기 삶의 영웅이 되는 길인지, 확신이 서지 않았다. 문득 수아는 어느 버스도 타고 싶지 않아졌다. 수아가 타야 하는 버스 몇 대가 휙휙 지나갔다. 그리고 한참 동안 아무것도 오지 않았다.

3일 뒤, 윤 이사와 다시 라비에 호텔 커피숍에서 만난 수아는 윤 이사의 제안을 정중히 거절했다. 그것이 수아의 최종 선택이었다.

"저에게 너무나도 좋은 제안을 해주신 점 깊이 감사드립니다. 하지만 저는 아직 필드로 나갈 준비가 되지 않았다는 게 심사숙고한 제 결론입니다."

"필드로 꼭 완벽한 준비 끝에 나가야 하는 건 아니죠. 그러다 감을 잃을 수도 있어요."

"예, 알고 있습니다. 그런데…… 얼마 전 어느 투자자가 그러더군요. 제게 투자하지 않은 건 투자할 가치가 없어서라고. 투자 가치는 다시 생겨나는 게 아니라고요. ……그 말에 저는 내상을 입었습니다. 이 내상이 나아야 앞으로 움직일 수 있다고 봅니다."

"그건 단지 한 사람의 의견에 불과할 수 있죠. 난 봉수아 씨의 가치를 믿습니다. 수아 씨의 결정이 방어적인 결정이라는 건 알고 있나요? 지금 필요한 건 공격적 결정이라고 보는데."

"그렇다면 혹여 제게 제시하신 연봉 말고, 제 연봉을 다시 책정하실 의향이 있으실까요."

"음…… 그건 좀 무리일 것 같네요. 현재로선 최선의 액수를 제시한 겁니다. 그건 봉수아 씨도 모르지 않을 텐데요."

"네, 알고 있습니다. 하지만 제가 스스로를 정비할 시간도 없이 이사님의 사람이 되는 건, 현재 이사님께서 제시하신 금액으론 어려울 것 같습니다. 이건 향후 제 미래에 얻어질 더 많은 것들을 포기해야 하는 결정이기 때문입니다."

"홀로서기로 미래에 많은 것들을 얻을 수 있다고 확신합니까?"

"아무도 믿지 않아도, 믿지 못할 만큼 엉망인 상황이라도, 제 자신만큼은 저를 믿어야겠죠."

"글쎄, 이거 좀 놀랍네요. 우리 봉수아 씨가 이렇게 이상적인 사람이었나. 난 봉수아 씨가 현실감이 뛰어난 사람이라고 봤는데. 아직 지킬 가정이 없어선가…… 헌데, 아무리 매인 게 없고 두려울 것 없는 나이라도 현실은 생각해야 하지 않겠어요?"

"제가 이상적이기보단 현실감이 뛰어난 사람이었다면, 전 애초에 사업을 시작하지도 않았을 겁니다. 아마 토이홀의 인재로 승승장구

하고 있었을 겁니다. 그랬다면 지금과 같은 실패도 없었겠죠. 하지만 전 지난날 제 방식대로 일군 저의 성공이 더 소중합니다. ……저는 그냥 그런 사람입니다."

"누군가의 사람이 될 수 없다는 뜻이군요. 그래요. ……아직은 그럴 나이지요. 어쨌건 뜻은 잘 알았습니다."

윤 이사는 '아직은 그럴 나이지요'라고 말할 때 수아를 보며 미소를 띠었다. 윤 이사의 미소엔 '너도 아직 어쩔 수 없는 어린애구나'라는 느낌이 묻어 있었다. 수아는 다른 '어른들'에게서 이런 미소를 종종 보아왔지만 윤 이사로부터는 처음이었다. 그는 수아의 '건드리면 안 되는 부분'을 공격한 거였다.

스물일곱. 무엇이든 꿈꿀 수 있는 나이지만, 아직 세상의 이치나 법칙에 몸을 실을 줄은 모르는 나이. 수아 주변의 연장자들은 수아의 나이를 이렇게 생각하는 경향이 짙었다. 하지만 세상의 동념대로 산다면 모든 나이대들이 피곤한 건 비슷했다.

어쨌거나 끝까지 젠틀하게 수아의 생각을 존중하는 척이라도 할 줄 알았던 윤 이사였는데, 이런 식의 복수는 의외였다. 그 의외의 면이, 수아로 하여금 이 제안을 거절하길 잘했다는 생각을 확고하게 했다.

아마도 그의 사람으로 일한다면 종종 그 미소 공격을 당할지도 모른다는 생각이 들었다. 반대 의견이 좁혀지지 않을 때, 그는 오너라는 지위보다 그 미소 공격을 최후의 수단으로 쓸 것이 분명했다.

수아는 사실 어젯밤, 아니, 오늘 새벽까지도 그의 제안을 수락할지 말지 결정을 내리지 못한 상태였다. 하지만 오늘 아침 그에게 오기 직전, 결정을 내렸다. 그녀로 하여금 이 결정을 내리게 한 것은 아침에 배달된 택배 상자였다.

택배 상자에 들어 있는 물건은 수아가 주문한 런닝화였다. 수아
는 망하기 전 끊어둔 1년짜리 헬스이용권 때문에 아직도 헬스장에
나가고 있었다.

사업이 망하고 그런 델 다닐 정신이 없어서 남은 개월 수를 환불
하고 싶었지만 안타깝게도 그렇게 되진 않았다. 그래서 결국 '이런
때 몸까지 아파서 병원비라도 나가면 더 큰일이니 몸이라도 챙기
자'는 생각에 울며 겨자 먹기로 다녔던 것이다.

그 와중에 헬스장에서 신던 신발이 낡아서 급한 대로 인터넷으로
런닝화를 주문하게 되었다. 전에 신던 건 고가인데다 사려면 매장
에 가야 하기 때문이었다. 그런데 저가인 탓인지 런닝화는 두 달 만
에 너덜너덜 밑창이 떨어져나가고 말았다. 결국 수아는 조금 더 비
싼 런닝화를 골라 다시 주문을 했다. 그 런닝화가 오늘 아침에 도착
한 거였다.

그런데 택배 상자를 열어본 수아는 황당해서 잠시 할 말을 잃었
다. 새로 주문한 런닝화가 밑창이 너덜해진 불량 런닝화와 똑같은
거였기 때문이다.

수아는 인터넷 창을 열어 주문서를 확인했다. 그러니까 수아는
똑같은 런닝화를 두 달 전엔 세일 가격에 특가로 샀고, 이번엔 정가
로 구입한 거였다.

그 런닝화가 윤 이사의 제안을 거절한 거랑 무슨 상관인데? 희수
가 물었을 때 수아는 이렇게 대답했다.

나는 결국 사진 속의 그 런닝화가 맘에 들었던 거야. 첨엔 그 런닝

화가 실은 불량품에 가까운 물건이라는 걸 몰랐던 거고, 두 번짼 같은 가격이 아니니까 이게 그 런닝화일 거라고 생각 못 한 거지.

어쨌거나 내 눈엔 그게 제일 좋아 보였다는 거야. 전혀 좋은 물건이 아니었는데도.

내 사업도 그래. 꼭 그 런닝화 같달까. 망할지 몰랐는데 망했고, 앞으로도 또 망할지도 모르지만 난 계속 내 일을 택하게 될 거라는 점에서 말이야. 내 눈엔 결국, 뭘 해도 그게 제일 좋아 보일 테니까.

난 계속계속 망해도 계속계속 내 길을 갈 수밖에 없는 인간인 거야. 이런 내가, 언제 끝일지 모를 무기한적인 시간 동안, 윤 이사의 사람이 될 수 있겠니?

아니, 그랬다간 난 더 불행해질 거야. 알바로 연명하며 채무의 늪을 빠져나가려고 발버둥치는 지금보다 더. 아마 그때야말로 정말 내가 사업 실패 때문에 폐인이 되는 순간일걸.

자, 이것은 얼마나 손해인 선택인가. 얼마나 자주, 얼마나 길게 후회할 선택인가. 잘 못 지낼 때마다 계속, 잊고 지내다가 불쑥, 후회가 파고들지도 모르는 선택이겠지. 그러나 그때도 할 말은 있다고 수아는 생각했다.

이 일이 수아의 예상을 훌쩍 뛰어넘을 정도의 큰돈은 아니었다고. 그래서 외할머니 말처럼 정말 놓치고 싶지 않거나, 하고 싶은 일을 떠나 꼭 해야만 하는 일은 되지 못했다고.

물론 이건 웬만하면 꺼내지 않는 최후의 변명으로 남겨두는 게 나았다. 부디 오늘의 이 선택이 오랜 후회가 되지 않도록, 힘을 내야 했다.

투자하지 않은 건 투자할 가치가 없어서라고. 투자 가치는 다시 생겨나는 게 아니라고.

수아 자신조차 들은 적 없는 것처럼 소멸되길 바랐던 이 회장의 말. 그 말을 가장 꺼내선 안 되는 사람 앞에서 스스로 꺼내놓아서일까.

어쩐지 수아는 자신의 깊은 내상이 나아질 기미가 보이는 듯했다. 아주 조금씩.

오늘은 아침부터 내내 해가 쨍쨍했어요. 지금은 하늘에 초승달이 떴고요. 전 초승달을 제일 좋아해요. 어디 무슨 글이었더라······ 아무튼 무슨 글에서는 그믐달이 제일 예쁘다고 하고요, 마을 어른들은 보름달을 제일로 치는데요. 제 눈엔 초승달이 그렇게 예쁘더라구요. 눈썹달이라고도 하잖아요. 제 눈썹도 초승달처럼 예쁘면 좋겠는데, 그러기엔 좀 흐린 것 같아요.

오늘은 영선이, 아니, 아가씨가 찬장 저 위에 안 쓰는 그릇들까지 전부 꺼내 닦으라고 하는 통에 정신이 없었어요. 뒤에서 지켜보고 있으니까, 어째 안 그러려고 해도 긴장이 돼서 손이 막 저 혼자 미끌대더라고요. 그치만 하나도 안 깨먹었어요. 사모님께서 시집올 때 해 오신 그릇들이라고 해서 얼마나 신경을 썼게요.

제가 언제까지 여기 식모로 있을진 모르겠어요. 아마도 집안에 빚이 다 갚아질 때까지는 하고 있겠죠.

사실 제가 제일 모르겠는 건······ 앞으로 무얼 하며 살아야 할지······.

아니, 전 여태껏 제 의지로 무슨 선택을 하며 살아오질 못했어서……
무얼 하며 살아야 할지 모르겠다기보단 어떻게 살게 될지, 어떻게 흘러
갈지 모르겠다는 말이 더 맞을 것 같아요. 그래도 아주 생각 없이 살고
싶진 않아요.

주인 아저씨가 월급 말고 돈을 조금 더 주셨어요. 아저씨가 그러시는데
이 돈은 '뽀나스'래요. 일을 잘하면 가끔씩 주기도 하는 거래요. 뽀나스.
처음 듣는 말이지만 세상에 이 말처럼 듣기 좋은 말이 또 있을까 싶어요.
사실 여기서 일하며 받는 돈은 모두 집으로 보내서 제 수중엔 돈이 없
거든요. 아버지 어머니 말이, 그 대궐 같은 집에서 먹고 자고 하는데 무
슨 돈이 필요하냐고…… 그런데 혼자 짜장면도 사 먹고 싶을 때가 있
고, 또, 언젠가는 짧은 치마도 사 입어보고 싶고, 머리도 볶아보고 싶
고, 하고 싶은 게 참 많은 걸요.
이 뽀나스만큼은 제가 갖고 있으려고요. 그래서 주인아저씨께 집엔 비
밀로 해 달라고 부탁도 드렸어요. 그랬더니 아저씨께서 안 그래도 뽀나
스는 저만 쓰라고 주는 돈이라면서 웃으시더라고요.
저…… 제가 이런 말씀을 드려도 되는지 모르겠는데요, 주인아저씨께
서 말은 안 하셔도 사모님을 많이 좋아하시는 것 같아요. 뽀나스도 제
가 사모님 잘 챙기는 것 같아서 주는 거라고 하셨으니까요.
그런데 저는 만날 이렇게 조잘조잘 말만 했지 딱히 무얼 더 챙겨드린 적
은 없잖아요. 그래서 사모님께 허락을 받는 거예요. 사모님 덕분에 받
는 건데, 앞으로도 뽀나스 주시면 또 받아도 되는 걸까 하고요.

나는 매일 밤이면 죽은 사람처럼 누워만 있는 사모님 곁에서 그날 하루

있었던 일이며, 여러 가지 내 생각들을 들려주곤 했단다.

아무리 널따란 방에서 보드랍고 폭신한 이불을 덮고 있어도, 얼마나 답답하겠니. 바깥의 세상은 또 얼마나 궁금할 거고.

사모님은 목 아래로는 신경이 죽어서 움직일 수 없었어. 말은 할 수 있었는데, 사모님 스스로가 꽤 오래전부터 말문을 닫아버린 것 같더구나. 한 번은 죽으려고 혀를 깨문 적도 있었대. 아주 나중에 안 사실인데…… 사모님은 병덕 씨가 운전하는 차를 타고 가다 사고가 나서 그렇게 된 거였어.

병덕 씨가 처음 차를 장만하고 사모님을 옆자리에 태우고 가다 사고가 났던 거야. 그 사고 전까지 얼마나 좋았겠니. 사랑하는 남편 옆에서 웬만한 사람은 구경도 못할 새 차를 타고 갈 때는…….

병덕 씨가 그렇게 사모님을 챙겼던 건, 사모님을 사랑해서였을 거야. 하지만 사랑하는데도 사모님 방에 제대로 한 번 들어와 보지 않는 건, 죄책감 때문이라고 생각해. 자기 때문에 그렇게 누워 있는 부인의 얼굴을 보기가 어디 쉬웠겠니…….

내가 볼 때 사모님은 충분히 음식을 드실 수 있었어. 그런데 사모님은 모든 음식을 물리고 마음으로만 드시고 계셨지. 혀를 깨물어도 죽지도 않고, 어떻게 다른 방법도 없고. 아주 최소한의 것으로만 연명하자고 마음먹은 것 같았어.

나는 호박죽도 쒀 드리고, 팥죽도 쒀 드리고, 내가 만들 수 있는 죽이란 죽은 다 쒀 드린 것 같다. 첨에는 드시지 않았는데 어느 순간부터는 조금씩 드시더라. 아마도 내가 사모님께 이것저것 말하기 시작하면서부터인 것 같다는 생각이 들어.

아, 사람의 온기가 그리웠구나, 싶더라. 하지만 나야말로 사모님께 이것저것 이야기하면서 위안을 받았다. 거기서 나도 정 붙일 데라곤 없었으니까. 집에 열흘에 한 번꼴로 들르는 병덕 씨를 기다리긴 했어. 정확히 말하면 병덕 씨가 아니라, 병덕 씨가 가져다주는 잡지나 라디오, 양과자, 새 레코드판 같은 물건을 기다린 거지.

하여간 난 사모님에게 정이 쌓여갔다. 영선이 음식 타박에 피곤해죽겠는 걸 해결해준 것도 사모님이었지.

하루는 내가 사모님 팔다리를 주무르면서, 대체 불고기 전골이며 겉절이를 어떻게 해야 아가씨 입맛에 맞을지 모르겠다고 답답해하니까 사모님이 갑자기 서……라…… 수……처…… 이러는 거야. 귀를 가져다 대고 가만히 들으니까 단어가 들리더라. 서랍에 수첩.

사모님 물건을 모아둔 방으로 가서 서랍을 다 뒤져보니까 사모님이 음식별로 조리법을 적어둔 수첩이 있더라고. 그때부터 그 집 음식 걱정은 덜었지.

사모님은 어떤 날은 내 얼굴을 빤히 보시기도 했어. 아, 그리고 내가 '서울서 온 대학생이 알고 보니 얼굴만 번지레한 사기꾼이었다'는 얘길 했을 때는, 얼굴에 희미한 미소가 떠오른 것 같기도 했어.

그렇게 꼬박 2년을 그 집에서 보냈다.

있지, 난 세상이 얄궂은 건 무엇엔가 적응을 좀 할 만하면 새로운 시련을 주는 데 있다고 생각해. 이제 이 집에서도 이렇게 저렇게 지낼 만하거니, 생각하니까…… 사모님이 돌아가셨다.

너무나 여윈 그분을 조금이라도 생기가 돌게 하려고 내가 정말 최선을 다해 챙겨드렸는데도…… 이미 너무 짙어진 죽음은 막을 수가 없었어.

여느 날처럼 아침에 눈을 떠서 팔다리를 주무르고 있는데 사모님이 갑자기 여…… 보, 하고 딱 한 번 병덕 씨를 찾더니, 눈을 감아버리더라……. 그저 사모님을 끌어안고 우는 것 말곤 내가 뭘 할 수 있었겠니. 별 의미 없는 것 같은 삶도 사람을 무기력하게 하지만, 인간이 가장 무력한 건 결국 죽음 앞이더라.

난 사모님의 장례로 3일간 휴가를 얻게 되었단다. 내 맘이야 장례 내내 곁에 있고 싶었지만, 사모님한테 결국 나는 남이지 않니. 그쪽에서 가라면 가는 수밖에. 그래서 잠시 집에 돌아오게 되었지.

오랜만에 집에 왔다고 그런지 어머니가 거하게 한상을 차려주더라고. 매일 부엌데기였으니 집에 온 김에 쉬라면서 부엌에도 못 들어오게 하고.

누구 밥상 받는 게 얼마나 오랜만인지. 아니, 사실 애기 때를 빼면 거의 처음이라고 봐야지. 이 밥상이 집밥이라 맛난 건가, 누가 차려줘서 맛난 건가 헷갈리더라고. 갑자기 이게 웬 호사인가 싶었지.

알고 보니 그 밥상은 단순한 호의가 아니었어. 일종의 뇌물 같은 거였지! 밥상을 물리고 나니까 아버지가 대뜸 그러더라.

"시집가라."

"예? 시집요? 갑자기요?"

"갈 때가 됐다."

아버지가 가라면 가는 게 내 시집인 게 영 맘에 들진 않았지만, 내가 신랑감을 데려오지 않는 담에야 언제 와도 올 일이라고 생각했으니까. 우선은 상대가 궁금했어. 도대체 누구를 찜해서 이렇게 갑자기 그러는지.

"누구한테요?"

"……네 주인집, 이병덕이."

누구요? 참말이에요? 참말 주인집 아저씨라고요? 난 너무 놀라서 몇 번을 되물었어. 사모님의 49재가 끝나거든 혼례 준비를 할 테니 그리

알고 있으라고 하더라. 이미 병덕 씨와는 다 합의가 된 일이라고.

아니, 대체 그 사람은 아무 말도 없이 열흘에 한 번씩 물건이나 던져주고 가놓곤 뒤에서 언제 이런 얘기를 한 걸까 싶더라.

나는 얼마간을 기가 막힌 채로 멍하니 있다가 아버지한테 따지기 시작했어. 아무리 아버지라도 짚고 넘어갈 건 짚고 넘어가야지 싶었다. 아버지가 내 남편이랑 살 건 아니니까.

"전 그 사람 맘에 없어요. 하지만 아버지한테 제 맘 같은 건 중요한 게 아닐 테니까 그건 빼구요. 그 사람이 저를 맘에 두고 있는지 없는지도 몰라요, 저는."

"맘에 있다더라."

"저보다 스무 살이나 많단 말이에요. 조금만 더 보태면 아버지뻘이라고요."

"그게 아니면 네가 그만한 부잣집에 어찌 시집을 가겠냐."

"누가 부잣집에 시집가고 싶대요?"

"그럼 가난한 집에 시집가고 싶냐?"

"그 집 사모님, 이제 막 돌아가셨어요. 이건 아니죠!"

"그러니 얼마나 상심이 크겠냐. 이럴 때 네가 색시로 들어가서 역할을 잘해야지."

아버지 대꾸 한마디 한마디가 너무 기막혀서 왈칵 눈물이 날 지경이었어. 그래, 백 번 물러나서 마음이 없는 거라든지, 아버지뻘이나 되는 나이에 재취 자리 같은 건 그렇다고 치자.

근데 사모님이랑 2년씩이나 한 방에서 동고동락한 내가 어떻게 그 자리에 들어가 앉는단 말이니? 지금 이제 막 돌아가신 분인데, 마치 기다렸다는 듯이 말이야. 돌아가신 사모님한테 그만한 몹쓸 짓이 또 있겠냐고.

아버지야 부자 사위 얻게 생겼으니 마다할 리 없고, 어머니도 별반 다르지 않았지. 그 맘을 모르는 건 아니었어. 모두가 찢어지게 가난한 시절이었으니까. 그런데 나는 그 사람, 병덕 씨의 마음을 도통 모르겠더라. 무슨 생각으로 혼인에 찬성을 한 건지.

알고 보니 나만 그 대궐 같은 집에 틀어박혀 아무것도 모르고 있었더구나. 마을에는 벌써 내가 그 부잣집으로 시집을 간다고 소문이 다 퍼져 있었어.

하도 심란해서 바람도 쐬고 오랜만에 유자 얼굴도 볼 겸 집을 나섰거든. 그랬더니 길 가다 마주친 온 동네 아주머니들이 '아이고오, 야야, 축하한다. 부잣집으로 시집간담서', '은옥이 출세했네' 저마다 인사를 건네는 게 아니겠니!

뭐가 그렇게 축하할 일이고 출세한 일인지. 맘에도 없는 스무 살이나 많은 상처한 남자한테 시집을 가는 게 말이야. 유자 고년도 날 보고선 한다는 말이, '이야, 은옥이 너는 이제 팔자가 피었다. 피었어' 그러는 거야. 남의 속도 모르고.

난 싫으니 네가 가든가. 그러니까, 막말로 애 딸린 홀아비한테 가는 것도 아니고 네가 퍽이나 잘난 것도 아닌데 그런 부잣집 마나님 자리는 감지덕지해야 하는 거라고, 정신 차리라고 하더라. 이런 기회는 다시없는 기회라는 거야. 운 좋은 계집애라고.

나는 아버지며 마을 어른들에게 꾹 눌러 참았던 성질을 있는 대로 다 끄집어내서 유자에게 터트리고 집에 돌아왔어. 돌아오는 길에 올려다 본 하늘에 내가 좋아하는 초승달이 눈이 시리도록 아름답게 떠 있더라.

사모님 생각이 났어. 아직은 하늘로도 못 가셨을 텐데. 혼백이 어디 계시나…… 어쩔 수 없이 눈물이 나더라.

밤새 뒤척이면서 잠 한숨 못 자다가 새벽녘에야 겨우 잠이 들었거든. 해가 중천인데 나는 밖을 나가 볼 생각도 안 했어. 그런데 어머니가 일어나라고 성화인 거야. 은호 녀석이 정신없이 튀어나가느라 도시락도 두고 나갔다고, 학교에 좀 가져다주라고.

이놈의 집구석은 내가 쉴 틈을 주질 않는구나, 툴툴거렸어. 그래도 동생 배를 곯게 할 순 없으니 털레털레 가지고 나서는데, 어머니가 날 붙잡고 흰 봉투 두 개를 주더라고.

"이건 은호 월사금이고. 이거는 은호 담임 선생님 드려라."

촌지구나……. 내가 뼈 빠지게 일해서 받은 돈이 엉뚱한 데로 가는구나 싶어서 난 참 허무해졌다. 내가 일한 돈으로 우리 가족 먹고 살고 오빠 동생 월사금 내는 데 쓰이는 건 괜찮은데, 얼굴도 모르고 말 한마디 안 섞은 은호 담임 배까지 불려줘야 한다니. 억울했어.

"은옥이가 그쪽으로 시집가기 영 싫은 모양이던데. 이제 막 상처한 사람이기도 하고요."

"그쪽은 부인이 그렇게 되는 바람에 애가 없잖아. 그전에도 애는 안 들어섰다대. 나이를 점점 먹어가니까 애가 생각나는 모양이더구만. 왜 안 그렇겠나. 은옥이야 어리고 건강하니 몇이라도 낳지. 은옥이가 그 집 사모님 되면은 우리 은석이 은호, 앞길은 걱정 없는 거라구."

간밤에 뒤척이다 밖으로 나왔을 때 아버지 어머니가 나누는 이야기를 들었어. 갑자기 그 얘기가 선명하게 떠오르면서, 뭔가 점점 더 억울해지더라.

난 늘 왜 이렇게 원치 않는 방향으로만 등이 떠밀리는 것 같을까.

은호 교실을 찾아서 도시락을 건네주려는데, 마침 교실서 나오는 은호 담임을 봤어. 담임이 복도에 무릎 꿇고 있는 애들 두 명의 머리를 출석부로 사정없이 내려치더라.

"가난한 집구석이라 돈이 없으면 학교를 올 생각을 말아야지!"

퍽퍽 울리는 머리 맞는 소리도 그렇거니와, 담임선생 말하는 꼴은 참말로 거슬리더라. 저딴 게 선생이라고, 촌지를 받아가네. 내가 일해 번 돈이 저런 놈 주머니로 들어가다니. 그동안 얼마나 받아 처먹었을까! 도저히 참을 수가 없더라.

그때 뒷문으로 나온 은호가 굳어서 서 있는 날 발견했어. 난 은호한테 도시락을 던지듯 안겨주고 그대로 그 자리를 벗어났어. 뒤에서 은호가 부르며 따라오는 소리가 들렸는데, 뒤도 안 돌아보고 냅다 달렸다.

그렇게 내 두 번째 가출이 시작된 거다. 품안에 은호의 월사금과 은호 선생의 촌지를 품고서. 날 더 없는 미친년으로 만든 두 번째 가출이.

애, 난 말이야. 지금도 가끔 생각한다. 내가 그때 두 번째 가출을 하지 않았다면 어땠을까. 그렇게 무작정 서울로 와버리고선 꽤 오랜 시간동안 후회를 했다. 어떤 때는 여차장을 했던 시절보다 곱절로 힘든 것 같았으니까.

나중에 나를 둘러싼 일들이 잠잠해지고 나서야 그 후회도 사라졌지. 하지만 잘 지내면 잘 지내는 대로 가끔씩 떠오르더라. 두 번째 가출이 없었다면, 내 인생은 어떻게 달라졌을까.

모두가 축하한다는 출세 결혼을 하고, 셋이든 넷이든 아들을 낳을 때까지 줄줄이 애를 낳고, 그 사람이 벌어다주는 돈으로 그저 걱정 없이 살림이나 하며 지냈을까.

뭣보다 아직까지도 날 따라다니는 온갖 욕들을 듣지 않아도 됐겠지. 퍽

하면 집을 나가는 년. 남동생 월사금까지 가지고 내뺀 년. 밖에서 애를 낳아 온 미친년.

하지만 지금 난 그 가출을 후회하지 않는다. 물론 서울서 시작한 여공 생활이 죽을 만큼 힘들었을 땐 깊은 후회가 밀려들곤 했지만…… 지금 와서 내 인생 전체를 두고 되짚어볼 땐, 그 선택은 결과적으로 옳은 선택이었다고 생각해.

그때 내 선택은 충동적이었지만, 충동적이지 않았어. 기차역으로 도망친 건 충동이었지만, 기차에 몸을 싣기 전까지 내겐 그 충동을 바로 잡을 충분한 시간이 있었다. 몇 번이고 돌아설 수 있었어. 하지만 그러지 않았지. 그러니까 나는 주인집 사내와 혼인하라는 말을 들은 그때 그 순간부터 이런 선택을 생각하고 있었던 거야.

내 뜻이란 조금도 없는, 그런 말도 안 되는 혼인으로부터 도망치자. 대체 언제까지 이렇게 살게 될지 모르겠는 것으로부터 탈출하자.

유은옥이 네가 네 의지로 모든 걸 선택하는 삶을 살려면, 일단은 넌 여기서 벗어나야 해! 그러니 어떤 우울한 미래가 널 기다려도 우선은 여길 떠나자!

결국 난 지금까지 누구에게도 이해 받지 못했지. 그 얌전한 정애마저도 날 안쓰럽게 보면서 얘 은옥아, 넌 어쩌자고 여길 와선 고생이니…… 그랬으니까.

이제 곧 이야기할 텐데, 임성혜(이제 막 국회의원 배지를 단 아주 대단한 내 친구란다), 성혜만 깔깔거리고 웃으면서, '야, 유은옥이 너 되게 골 때리는 애구나! 맘에 좀 드는데!'라고 했거든. 그게 이해의 말이었는지 아닌지는 잘 모르겠지만.

내 생각을 존중해주는 사람을 만났으면 좋겠다는 생각은 하지만, 누구군가에게 이해 받고 싶다는 생각이 간절했던 적은 별로 없었던 것 같아. 나는 내 기준대로 내 삶을 살았을 뿐이고, 다른 사람도 그럴 테니까. 근데 있잖아…… 지난 시간의 나를 이해해줄 단 한 사람이 있다면…… 그게 민주 너였으면 좋겠어. 왜 이렇게밖에 살지 못했냐고, 난 엄마처럼은 안 살 거라고, 네가 그런 말을 할까 봐 혼자 맘 졸이는 시간들이 더러 있었다.

물론 넌 아직까지 그 말을 하진 않았지만…… 가끔씩 네가 날 물끄러미 바라보면…… 제 발 저린 사람처럼 마음이 덜컹거렸어. 천하의 유은옥이도, 자식 앞에서는 별수가 없더라.

있지, 나는 네가 어떤 선택을 하더라도 이해해줄게. 이제 난 네 곁에 있을 시간이 얼마 남지 않았는데…… 내가 없더라도 '엄마라면 무슨 말을 하고 어떤 결정을 했을까'라고 고민하지 마. 네 생각이 곧 내 생각이라고 생각하렴.

물론 네가 안 좋은 결정을 하면 하늘에서 지켜볼 내가 답답하겠지만, 어쩌겠니. 너무하다 싶으면 네 꿈에 나타날게. '이민주, 그건 좀 아니지 않니?' 하고 진지하게 제동을 걸 거야.

난 하루도 제대로 쉰 적이 없는 삶을 살아온 거, 너도 알지? 하늘에서 네 꿈속까지 먼 길 갈 일 없게 잘해라! 엄마 편히 좀 쉬자.

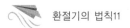

다시 시작하기엔
애매한

윤 이사의 제안을 거절한 일은 전혀 예상치 못한 후폭풍을 몰고 왔다. 그 시작은 최 교수님의 장례식상부터였다.

최 교수는 사업을 하겠다는 수아의 뜻을 누구보다 지지해주던 분이었다. 가족마저도 '지금도 늦지 않았으니 다시 생각해보라'고 할 정도였으니, 최 교수가 거의 유일한 지지자였다고 봐도 무방했다.

그런 최 교수님이 돌아가셨다.

지난번에 만난 연주에게 교수님이 얼마 전부터 지병인 심장병이 악화되었다는 이야기를 듣긴 했다. 일선에서 물러나 쉬고 계시다는 말을 듣고는 한 번 찾아뵙고 싶었지만, 차마 뵐 면목이 없었다. 어떻게든 다시, '시작'이라고 이름 붙일 만한 순간을 가지고서 찾아뵈어야겠다는 생각뿐이었다.

왜 그런 느긋한 생각을 했을까. 병환 중이셨는데. 수아는 최 교수의 부고를 받고 잠시 동안 멍했고 가는 내내 자책했다.

기억도 희미한 어린 시절 할아버지의 죽음이라든가, 그간 거래처 사람들이나 그 사람들과 관계된 장례식들을 제외하곤, 최 교수는 수아가 성인이 된 후 처음으로 맞닥뜨린 '소중한 사람'의 죽음이었다.

이 소중한 사람의 죽음 앞에, 수아는 엄마를 떠올렸다. 지금의 자신보다 더 어린, 고작 스물에 외할머니를 잃었던 엄마.

수아는 외할머니가 엄마에게 남긴 글이 자신의 손에 있는 게 새삼 소중하게 느껴졌다. 그냥 사라져버리지 않아서, 그렇게나마 남아주어서.

최 교수님은 평생 독신으로 지낸 분이라 유가족은 많지 않았지만, 인망이 두터운 덕에 그를 따르는 제자들과 사람들이 많았다. 본의 아니게 수아에겐 이 장례식장이 망한 후 처음으로 나선 '공식석상' 같은 곳이 되어버렸다.

테이블 곳곳에 아는 선배들과 업계 사람들이 눈에 띄었다. 충분히 알고 각오하고 온 거니까, 괜찮았다. 어떤 말을 걸어오더라도. 지금은 다만 최 교수님에 대한 죄송스런 마음을 조금이나마 갚고 싶은 마음뿐이었다.

수아는 그저 문상객으로 앉아 있을 수만은 없어서 일손을 돕기로 했다. 그런데 서빙을 하는 수아를 알아본 사람들이, 이상한 질문을 하기 시작했다.

다시 사업한다며? 언제야? 재기가 이렇게 빠를 줄 몰랐는데. 지금 준비 중인 거예요? 언제 수습 다 했대요?

'요즘 많이 힘들죠?'라거나 '그래, 기운 내야지' 같은 말을 들을 거라고 예상했는데, '다시 사업한다며?'라니. 너무 예상치 못한 질문 공세에 수아는 제대로 대답을 할 수가 없었다.

도대체 '봉수아가 다시 사업한다'는 말이 언제 어떻게 퍼져 나갔는지 알 수 없었다. 가뜩이나 최 교수님 부고로 심란한데, 이건 또 무슨 일인지. 그러다 수아는 연주가 도착하고 나서야 이 말의 진원지가 어디인지 알 수 있었다.

연주 뒤에는 Bon스튜디오의 과장과 팀장이었던 이 선배와 박 선배가 있었다.

그들은 수아를 보자마자 인사도 생략한 채 이런 말을 건넸다.

윤 이사 제안 거절하고 새 사업 준비한다며? 근데 여기 와서 이럴 시간도 내고, 애제자는 애제자네.

수아의 시선이 자연스레 연주를 향했다. 연주는 윤 이사에 대한 말은 전혀 한 적 없다는 듯 고개를 저었다. 하긴 연주가 저들과 잘 지내는 편이어도 그런 말들을 쉽게 하고 다닐 타입은 아니었다.

"윤 이사 제안 받은 거 어떻게 알았어요?"

수아가 물었다.

"우리도 소식통이 있지 않겠냐. 뭐 그렇게 극비로 진행한 일도 아니고."

박 선배가 대꾸했다. 아마도 윤 이사 라인 쪽에 아는 사람이 있는 듯했다.

"나 사업 시작한다고 말 낸 거, 선배들이에요?"

"말을 내긴 누가. 망한 애가 윤 이사 제안 거절한 거면, 솔직히 딴 플랜이 있어서겠지. 아냐?"

이번엔 이 선배가 말을 받았다. 두 사람은 아주 쿵짝이 잘 맞는 한 쌍을 넘어, 마치 한 사람으로 보이는 것 같았다.

수아는 회사가 위태로울 당시, 이 두 사람에게 약간의 배신감을 느꼈다. 마지막까지 버텨줄 거라 생각했던 이 선배와 박 선배가 가장 먼저 퇴직 의사를 밝혀왔기 때문이었다.

박 선배는 아이가 있는 가장이라는 게 이유였고, 이 선배는 곧 결혼을 앞두고 있다는 게 이유였다. 이미 망한 회사, 붙들고 있어 봐야 빤하니 빨리 손절하고 나가서 살길을 찾겠다는 속뜻이 너무 훤히 보였다.

이해를 못 하겠는 건 아니었다. 어떻게 보면 현명한 선택이기도 했다. 그래서 군말 없이 보내주었다.

그런데 경력에 맞는 데로 들어가리라 생각했던 두 사람은 함께 동업을 하기 시작했다. Bon스튜디오에 있던 때의 인맥과 경력을 자양분 삼아서.

사실 Bon스튜디오는 봉수아가 아니라, 자신들 두 사람이 실질적 브레인이었다는 말들도 뿌려가며.

둘이 함께 동업을 시작했다는 것보다 '실질적 브레인' 같은 말들을 해댄 게 더 뒤통수를 맞은 기분이었다. 그렇다고 어떻게 그럴 수 있냐고 따지기도 유치했다. 그냥 큰일을 겪는 와중에 필연적으로 맞닥뜨리는 '사람이 걸러지는 일'이라고 생각할 수밖에.

박 선배와 이 선배는 꽤 긴 시간 동안 자리를 지키며 사람들과 인사하고 명함을 돌리고 이야기를 나누었다. 결혼식장이나 장례식장 같이 많은 사람이 운집해 있는 장소가 영업을 하기에 편한 건 사실이지만, 너무 대놓고 그러는 게 좋게 보이지만은 않았다.

사람들이 어느 정도 정리되고 이제 빈자리가 드문드문 보였다.

둘은 아직도 가지 않고 있는 데다, 얼큰하게 취기까지 오른 듯했다.
연주도 둘에게 붙잡힌 건지 수아를 기다리는 건지 아직 가지 않고
있었다.

"대표님, 밥 좀 먹어요, 이제."

박 선배가 시킨 육개장과 술을 가지고 테이블로 갔을 때 연주가
수아를 자리에 앉혔다.

선배들과 같은 테이블에 앉고 싶진 않았지만 연주와 단둘이 다른
테이블에 앉을 수도 없는 노릇이었다.

"사무실 어디에 낼 건데?"

박 선배가 말끝에 딸꾹질을 달고 물었다. 그는 수아가 새 사업을
시작한다고 확실히 믿고 있는 듯했다.

"뭘 그렇게 관심을 가져요?"

박 선배가 기가 찬 웃음을 낄낄거렸다. 그러더니 정색을 하고 수아
를 보았다. 술에 취해 흐려진 눈을 또렷이 하려고 애쓰고 있었다.

"봉수아, 너 말이야. 내가 노파심에서 말해두는 건데 인간적으로
밥그릇 뺏기는 하지 말자."

연주가 에이, 선배님, 무슨 말이에요오, 하며 분위기를 풀려는 부
질없는 시도를 했다.

그래, 여긴 다른 사람도 아니고 최 교수님의 장례식장이다. 최 교
수님이 보고 계신다. 그러니 자중하자. 수아는 최 교수님을 생각해
서 한 번은 참기로 했다.

"왜 대답 안 해? 찔려서 못 하는 건가?"

"……안 뺏어요. 걱정 마요."

수아의 대답을 요구하던 박 선배는 뭐가 우스운지 또 혼자 낄낄

거렸다.

그치. 너 그거는 진짜 아니지. 우리가 Bon스튜디오 그만큼 일으켜 세웠는데, 지금 와서 우리 밥그릇부터 뺏으려고 들면 진짜 사람 아니지.

박 선배는 그 말들이 모두 명확한 사실인 양 내뱉었다.

박 선배의 말은 신생회사에서 창립 멤버들끼리 흔히 있을 수 있는 —회사 내의 지분과 공로 설전에 관한—동상이몽이었다. 이미 망한 회사를 두고 왈가왈부하는 게 우습긴 했지만 자신들이 'Bon스튜디오를 일으켜 세웠다'는 말은 수아의 신경을 찌릿하게 건드렸다.

"요즘 사정이 많이 힘든가 봐요. 아직 간판도 안 세운 회사에 밥 그릇 뺏길 걱정을 하는 거 보니."

결국 한마디 대꾸를 하고 말았다. 술 취한 사람과 실랑이를 한다는 게 얼마나 쓸데없는 짓인지를 알면서도.

수아는 그대로 일어나 앞치마를 벗어두고 나왔다.

야, 봉수아, 어디 가? 이리 안 와!

박 선배의 전혀 위협적이지 않은 무딘 외침이 들렸다.

신발을 찾아 신는데 연주가 곁에 따라붙었다. 그의 얼굴에도 피곤한 기색이 역력했다. 적어도 오늘밤만큼은 이곳에서 밤을 새며 최 교수님 곁에 있을 작정이었는데. 장례식장을 나서는 수아의 발걸음이 쉽게 떨어지지 않았다.

미안해요. 그 테이블에 앉는 게 아니었는데.

연주가 애꿎게 자기 탓을 했다. 수아는 '거기 앉지 않았어도 결국엔 나한테 그런 말을 했을 사람들'이라며 괜찮다고 했다.

그렇게 장례식장을 빠져나와 걷는데, 봉수아! 하고 누군가 부르는 소리가 들렸다.

돌아보니 이 선배가 빠른 걸음으로 다가오고 있었다.

이 선배는 잠시 숨을 골랐고, 수아는 무심하게 기다렸다. 무슨 할 말이 있어서가 아니라, 앞치마 주머니에 두고 온 핸드폰 같은 걸 돌려주려는 거면 좋겠다는 생각을 하면서.

숨을 돌린 이 선배는 연주에게 잠시 피해 달란 눈짓을 했다. 무슨 말을 하고 싶어서 이러는 걸까.

"너 새 사무실에 사람 필요하면 나 불러라. 네가 부르면 갈 의향이 있거든."

이 선배는 자길 좀 데려가 달란 말을 '선심'으로 포장해서 꽤나 그럴듯하게 말했다. 순간 수아는 아직 장례식장에서 술을 진탕 마시고 있을, 혹은 집으로 가는 택시 안에 널브러져 있을 박 선배가 가여워졌다.

얼마나 급박하기에 이런 말을 하는 걸까. 얼마나 힘이 들면 이런 말을 하면서도 민망한 기색이 조금도 없는 걸까. 수아는 이 선배의 뻔뻔함에 잠시 말문이 막혔다.

"선배, 그렇게 수 써 봐야 오래 못 살아. 너무 그러면."

수아는 한마디를 남기고 돌아섰고, 이 선배는 잡지 않았다. 언젠가 박 선배에게서도 걸러지겠지, 이 선배는. 저렇게 자꾸자꾸 걸러지는 사람들의 종착지는 어디일까.

어느샌가 연주가 옆에 따라와 걷고 있었다.

뭐래요? 연주가 차오른 궁금증을 한 번 꾹 누른 어투로 물었다. 수아는 가던 걸음을 멈추고 물끄러미 연주를 바라보다 말했다.

"모르겠어."

"네? 뭘를요?"

연주가 물었다.

"세상을. 사람을."

"……."

"……내가 사는 세상은 너무 험한가 봐. 늘 예상치 못한 일이 터지고, 사람들에게선 몰랐던 면을 발견하는데, 그 의외성이 전혀 재밌지 않네. 좀 무섭고 많이 서글퍼."

수아는 다시 앞서 걸었다. 걷지 않으면 주저앉아버릴지도 모른다는 생각이 들었다. 이런 마음을 안 건지 수아의 팔에 연주의 팔짱이 척, 자석처럼 끼워졌다.

"술 한잔합시다, 선배."

연주가 수아를 선배라고 불렀다. 실로 오랜만에 듣는 호칭이었다. 갑자기 지금 왜 선배인 거냐고 물어야 했지만, 묻지 않아도 알 것 같았다. 지금 이 순간 연주의 옆모습이 수아 자신보단 훨씬 단단하고 건강해 보여서, 오늘의 남은 시간은 연주가 하잔 대로 하고 싶었다. 이 순간엔 선배가 아니라 후배라도 좋을 것 같았다.

그렇게 다시 별다른 '큰일' 없는 2주가 흘렀다. 그리고 연주에게서 만나자는 연락이 왔다.

연주는 '아주 비싸고 중요한 밥 한 끼'를 먹자고 했다. 무슨 말이냐고 물었지만 '일단 만나요!'라면서 명랑하게 전화를 끊었다.

무슨 일일까? 아주 비싸고 중요한 밥 한 끼를 먹어야 하는 일은.

수아는 조금 격식을 갖춘 옷을 꺼내 입어야겠다고 생각하며 옷장을 열었다.

연주와 만난 곳은 수아의 회사가 있던 곳 근처, 샌드위치 집이었다. 수아는 바쁠 때 주로 점심을 생략하는 편이었고, 그럴 때면 연주는 다른 직원들과 식사를 하고 들어오면서 이곳 샌드위치와 커피를 사다 주었다.

예전 회사 근처로 장소를 잡은 것도 달갑진 않았는데, 그중에서도 이런 조그만 샌드위치 집이라니. 뭔가 느낌이 이상했다. 뭐로 보나 '아주 비싸고 중요한 한 끼'를 먹기에는 적절치 않은 곳이었다.

"자, 우리 대표님 좋아하시는 샌드위치와 투샷 추가된 아이스 아메리카노입니다."

연주가 수아 앞에 주문한 것들을 내밀었다. 수아는 선뜻 샌드위치를 먹지 못하고 의문을 가득 품은 눈으로 연주를 보았다.

"일단 좀 드세요. 먹고 봅시다."

수아의 시선을 느낀 연주가 채근했다.

"이게 왜 아주 비싸고 중요한 한 끼인지 알기 전엔, 도저히 못 먹겠는데."

아주 먹음직스러워 보이는 샌드위치와 늘 사랑해 마지않는 아이스 아메리카노였다. 그걸 건넨 사람은 현재 수아가 가장 안전하게 만날 수 있는 사람 중 하나인 연주였고.

하지만 지금 이 순간만큼은 마치 독이 든 사과 보듯 해야 했다. 어떠한 인과관계도 짐작할 수 없었으니까. 갑자기 이런 '추억팔이' 같은 메뉴는 왜 등장한 걸까.

"대표님, 이 샌드위치 이름 뭔지 알아요?"

연주가 뜬금없는 질문을 던졌다. 수아가 '알지. 이거 그거잖아. 치킨. 치킨 샌드위치'라고 대답하자, 연주는 '치킨 앤 머쉬룸 샌드위치'라고 정정해주었다. 치킨 루꼴라 샌드위치도 있는데 그건 대표님 반응이 없었다며.

"대표님이 제일 좋아하는 샌드위치가 이 치킨 앤 머쉬룸 샌드위치라는 걸 알게 해준 사람이 저예요."

연주는 아주 중요한 사실을 알려주듯 또박또박 힘주어 말했다. 하등 중요해 보이지 않는 샌드위치 얘기를 꺼내는 게 의아했다. 하지만 무슨 말을 하려는 건지 도통 모르겠으니, 약간은 흥미가 돋기도 했다. 이 이야기가 품고 있는 결론이 뭔지.

연주는 그때 이곳 말고도 다른 가게를 포함해 정확히 10종의 샌드위치를 수아에게 '대령했다'고 했다. 수아가 주문한 건 그저 투샷이 추가된 아이스 아메리카노뿐이었으므로.

어쨌건 대표를 굶게 둘 순 없었던 연주는 커피와 가장 잘 어울릴 만한 메뉴를 찾다가 샌드위치를 선택했다고 한다. 그런데 전화를 걸어 무슨 샌드위치가 먹고 싶냐고 메뉴를 줄줄 읊을 수도 없었다고.

됐고, 그냥 와. 이럴 게 뻔했으므로. 그래서 결국 알아서 하나씩 사 가기로 했다고. 좋아하거나 싫어하는 게 있다면 말하겠지, 생각하면서.

그렇게 세 군데 가게에서 샌드위치 10종을 사다 나르다가 드디어 수아에게 반응이 온 게 이곳의 '치킨 앤 머쉬룸' 샌드위치라고 했다.

반응도 별건 없었단다. 그거 맛있더라. 딱 한 마디. 그런데 연주는 그 짧은 반응이 정말 보람찼다고 했다. 결재서류를 한 번에 오케이 받았을 때만큼. 어쩌면 그보다 조금 더. 이게 입맛에 맞을까, 하는 고민 없이 명쾌하게 살 수 있는 샌드위치가 생긴 게 몹시 시원했다고.

"그러니까 제 말은…… 전 대표님에게 애정이 있다는 거예요. 뭣보다 이게 중요한 거죠. 제가 대표님에게 기준치 이상의 애정이 있다는 거."

연주가 말을 하며 고개를 숙였다. 연주의 말은 단순히 고맙다며 받아들이기엔 왠지 모르게 꺼림칙한 데가 있었다. 약간 우울한 듯 고개를 내리는 모습이 꺼림칙한 느낌을 배가시켰다.

어, 그래. ……고마워.

잠시 등장한 침묵을 깨기 위해 수아가 입을 열었다. 이 이야기의 결말이 뭔지 알고 싶지 않다는 생각도 스쳤지만, 그럼에도 이 침묵을 그대로 두는 건 좋은 선택이 아니라는 결론을 냈다. 무엇이든 결국 듣게 될 이야기라면, 가능한 빨리. 그게 나았다.

"2주 전에 최 교수님 장례식장에서 본 날. 둘이 같이 밤새도록 술자리 가졌잖아요. 그러고 나서 2주 동안 저 정말 고민 많이 했어요. 결국 결심이 선 순간, 정말 괴로웠고요."

"뭐가."

수아의 입에서 멋대로 말이 튀어나갔다. 연주의 말이 끝날 때까지 기다렸어야 한다고 생각했지만, 그럴 여유가 없었다.

그날 술자리에서 수아는 만취했다. 아주 드문 일이었다. 안타깝게도 그 외에 다른 기억은 없었다. 이 상황에 연주의 고민이나 결심은 뭐고, 괴로운 일은 뭐란 말인가.

연주는 잠시 가만히 수아를 바라보았다. 그러다 수아의 시선을 피하며 말을 이었다.

"약간…… 내가 이럴 수밖에 없는 사람이라는 게 좀 불행했다고 해야 하나? 암튼 그랬어요."

"……왜?"

수아의 목소리는 더할 나위 없이 조심스러웠다. 하지만 어쩔 수 없이 조금 갈라진 소리가 나왔는데, 그건 불안한 상태를 노출시키고 있는 거였다. 이야기가 점점 수아가 예상한 꺼림칙한 방향으로 가고 있는 듯했다.

그러니까 어떤…… 고백. 그래, 고백. 만약 고백이라고 치자. 연주로부터 뜻밖의 고백을 받는 것 자체는 꺼림칙한 게 아니었다.

그 고백을 거절할 수밖에 없는 입장의 난처함과, 이 이후로 어쩌면 연주라는 존재를 놓치게 되지 않을까 하는 걱정. 고백 자체보다 고백의 이런 '후폭풍'이 몹시 안타깝고 꺼림칙하게 다가오는 것이었다.

침착한 상태를 유지하는 건 이미 불가능했다. 연주는 대답을 하지 않았고, 수아는 다시 한 번 재촉하듯 '왜, 왜 불행까지 한 건데?'라고 물었다.

"제가 어쩔 수 없이 엄마를 닮은 인간이라는 것 때문에요. 전 엄마를 사랑하지만 엄마의 그런 면만은 닮기 싫었거든요, 정말."

무슨 말인지 잘 모르겠는데. 수아가 대꾸했다. 그러곤 짧은 숨을 내쉬어 속에 품고 있던 긴장을 토해냈다.

수아는 일단 이 타이밍에 등장한 '엄마'라는 단어가 반가웠다. 그건 뭔가 이 꺼림칙한 이야기의 결론이 적어도 수아가 짐작하는 건 아닐 거라는 뜻으로 들렸다. 하지만 그래도 뭔지 모르게 안심할 수 없는 긴장감이 흐르고 있었다. 적어도 수아에게는.

연주는 엄마에 대해 짧은 설명을 했다. 어렵다는 사람은 그냥 지나치질 못해서 줄 게 없으면 입고 있는 옷이라도 벗어주는 사람이라고. 여기저기 퍼주고 정작 돌려받는 건 조금도 없는데, 이젠 안 그러겠다고 하면서도 계속 그러고 산다고.

연주의 엄마와 연주, 수아와는 도대체 무슨 관계가 있는 걸까. 연결해 내기가 어려웠다. 수아의 머릿속이 손을 놓고 있는데 연주의 말이 이어졌다.

"그러니까 제가 이러는 건, 제가 어쩔 수 없이 우리 엄마를 닮았다는 얘기라는 거죠. 하지만 사실 지금 그건 전혀 중요한 문제가 아닐지도 몰라요. 근데 왜 얘기하는 거냐면, 남들은 이런 나를 이해 못 할 수도 있으니까. 대표님조차도요. 저도 첨엔 이해가 안 갔어요. 내가 대체 왜 이렇게까지 하고 싶을까. 근데 내가 엄마 딸이라는 걸 떠올리니까 아예 이해가 안 가는 일도 아니더라고요. 엄마는 엄마가 그러는 게 할머니를 닮아서 그런 거라고 절 이해시켰어요. 제가 깨달은 건데요, 세상에 이해받을 수 없는 행동을 할 땐 의외로 한마디면 충분해요. 엄마 닮아서 그래. 아빠 닮은 거야. 그러면 많은 의문들이 쑥 들어가더라고요."

아니 그러니까 도대체 뭘를? 수아의 궁금증이 터지려는 때, 연주가 갑자기 핸드폰을 만지작거렸다. 어딘가로 메시지를 보내는 듯했다.

"하지만, 가장 중요한 차이는, 우리 엄만 옷깃을 스치는 다수에게 그랬다는 거고, 전 기준치 이상의 애정을 품고 있는 사람에게만 그런다는 거예요. 이런 것도 맹세코 처음이고요."

연주가 메시지를 보내며 말했다. 그리고 다 보냈는지 고개를 들었을 때, 수아 가방 안에 있는 핸드폰의 진동이 울렸다. 수아가 핸드폰을 확인할 생각을 안 하고 있자, 연주는 턱짓으로 수아의 가방을 가리켰다.

뭐지? 가장 중요한 말은 말로 할 수 없단 얘긴가.

수아는 자신의 핸드폰을 확인했다. 그런데, 실로 정말 대단한 메시지가 와 있었다.

그 메시지는 은행으로부터 온 돈 입금 문자였고, 입금인은 연주, 금액은 천만 원이었다. 천만 원이라니! 수아는 아무 말도 못 하고 눈만 껌뻑거리며 연주를 바라보았다.

"투자금이에요. 그러니까 제가 봉수아 대표님한테 투자를 하는 거죠. 좀 전에 말씀드렸다시피 이 결정을 하기까지 많은 고민이 있었어요. 결국 대표님에 대한 큰 애정과 엄마를 닮은 제 기질이 어쩔 수 없이 이런 결정의 콜라보를 낳았고요. 일단 시작하시고, 무조건 바빠지세요. 제가 이 가게에서 샌드위치를 사다 나른 그때처럼."

연주는 저 말을 아주 가볍게 했다. 좀 전에 수아가 가장 좋아하는 샌드위치가 치킨 앤 머쉬룸 샌드위치인 걸 알게 해준 사람이 자신이라고 말할 때보다 훨씬 더. 그러니까 조금의 생색도 없이, 사무적이기까지 한 말투였다.

수아는 잠시 생각할 시간이 필요했다. 이 돈을 받을 것인가 말 것인가. 이 돈으로 시작이라는 걸 할 수 있을까. 한다면 수익은 낼 수 있을까. 수익을 내기까진 얼마나 걸릴까. 연주는 언제까지 기다려줄 수 있을까.

생각들이 두서없이 튀어나와 둥둥 떠다녔다. 이런 수아를 대신해 파문을 일으킨 당사자인 연주가 수습을 하기 시작했다.

"제가 빌려드린 돈은 Bon스튜디오에서 일하기 시작하면서 독하게 모은 돈이에요. 독립자금이죠. 못해도 서른엔 꼭 독립하고 싶으니까 가능한 3년 뒤에는 꼭 원금 상환이 됐으면 좋겠어요."

그리고 연주는 잠시 머뭇거렸다. 그러다가, '너무 어려우면 원금만 갚아도 되긴 하지만, 여건이 된다면 이자를 합산한 금액을 받았으면 좋겠다'는 말을 덧붙였다. 이자를 5퍼센트만 받아도 요즘 같은 초저금리 시대에 은행 통장에 묵혀두는 것보단 훨씬 이득이라고. 10퍼센트 정도로 생각하고 있는데, 그 이상이면 훨씬 더 좋을 것 같다며 웃었다.

수아는 만약 이 돈을 못 갚게 된다면 어떡할 거냐고 물었다. 그러자 연주는 '그런 생각을 해본 적은 없는데요?'라고 딱 잘라 말했다. '나를 그렇게 믿니?'라는 말이 다시금 절로 나왔다. 윤 이사의 제안에 연주가 덥석 수아를 따라나서겠다고 대답했을 때처럼.

연주가 고개를 저었다.

"저기요, 봉수아 대표님. 전 지금 투자자로 이 자리에 온 거거든요. 제가 읽은 책에서 그러는데, 투자자는 상대방을 믿고 투자하는 게 아니라 자신을 믿고 투자하는 거랬어요. 자신의 쌓인 데이터와 분석과 아주 약간의 촉이 합쳐진 판단 말이죠. 전 제 판단을 믿는 겁니다."

순간 수아는 뭔가 큰 짐이 하나 쓱, 들어 올려지는 듯한 느낌이 들었다. 만약 연주가 수아를 그만큼 믿는다고 말했으면, 그러니 그만큼 잘하라고 했으면, 그건 천만 원보다 더 큰 부채로 다가왔을 터였다. 정말로 고맙지만, 그만큼 도망가고도 싶은.

그런데 정말 나는 지금 시작해도 되는 걸까. 다시 잘할 수 있는 걸까.

연주가 투자금을 내주었다는 놀라움이 가시자, 수아의 마음엔 다시 자신에 대한 의문이 절벽 바위처럼 위험하고 커다랗게 자리 잡았다.

"안 돼요. 딴생각하지 맙시다. 사무실 얻을 돈만 있으면 무조건 시작한다고, 무조건 잘할 거라고, 이번엔 안 망한다고 노랠 부른 사람이 누군데. 주사가 있는지는 몰랐네요, 참."

수아의 심란한 표정을 읽은 연주가 말했다.

아아, 필름이 끊긴 그날 그런 말을 했었다니. 수아는 자신이 어느 드라마에든 있을 법한, 허세 가득한 인물의 술주정을 그대로 재현한 것 같아 몹시 부끄러웠다.

'그날은 최 교수님이 돌아가신 날이었고, 박 선배 이 선배는 이상한 말들을 하고. ······그래, 최 교수님이 돌아가셨잖아.'

수아는 사실상 처음이었던 그날의 폭음과 만취와 주정에 대해 그럴 수밖에 없었던 이유를 덧붙이다가, 최 교수의 죽음을 다시금 상기했다.

세상에 '허무하다'는 말을 붙이지 않을 수 있는 죽음이 있을까. 적어도 그 곁에 남은 사람들에게는 한없이 허무할 뿐인 죽음이 아닌가. 그때 연주가 수아를 쓸쓸한 상념에서 꺼내는 말을 했다.

"어때요, 저 되게 의외죠? 이런 의외성은 좀 재밌지 않아요?"

연주는 그날 수아가 한 말을 기억하고 있었다. 늘 예상치 못한 일이 터지고, 사람들에게선 몰랐던 면을 발견하는데, 그 의외성이 전혀 재밌지 않고 좀 무섭고 많이 서글프다는 말.

그 말은 수아가 기억나지 않는 술자리에서도 반복되었는데, 연주는 어쩐지 자신이 재미있는 의외성을 안겨주고 싶은 생각이 들었다고 했다(아니, 그런 마음이 불끈 솟아올랐다고 했다).

역시 엄마의 유전자란! 연주는 고개를 저으며 샌드위치를 한 입 베어 물었다.

자신의 결정을 엄마 이야기에 기대어 말한 건, 어쩌면 연주의 배려일지도 모른다고 수아는 생각했다. 이렇게 뜬금없는 투자라니. 사실 이건 투자가 아니라 지원이 아닐까.

수아의 생각을 읽기라도 한 듯 연주가 말했다.

"전 대표님의 새 회사에서 일하길 희망합니다. 다만, 정말 최소한 최저임금은 보장받을 수 있을 때 스카웃 해주세요. 그전까진 지금 회사 얌전히 다니고 싶어요. 전 현명하니까요."

그러니까 수아는 이제, 사무실을 차려야 하고, 앞으로 3년 이내에 천만 원을 가능한 10프로 이상의 이자를 쳐서 갚아야 하며, 직원을 둬야 하고, 그 직원에게 최소한도로 최저임금은 보장해주어야 한다. 이것들을 모두 다 해낼 수 있을까.

윤 이사의 제안으로 자기 자신이 어떤 인간인지 수아는 충분히 깨달았다. 어떻게든 다시 이 길을 갈 수밖에 없는 인간이라면, 그래, 더는 고민 말자.

인생에서 누구든 온다는 세 번의 기회 중 한 번은, 윤 이사의 제안이 아니라 연주의 이 투자라는 생각이 들었다. 왔을 때 잡자. 일단 잡고 보자.

결정을 내린 수아는 치킨 앤 머쉬룸 샌드위치를 크게 한 입 먹었다. 이름은 정확히 알지 못했어도, 그 맛은 분명히 기억하고 있었다. 아주 익숙한 맛이 입안에 퍼졌다. 예전 그 맛 그대로였다.

"드디어 드시네요. 아주 비싸고 중요한 한 끼를요."

연주가 말했다. 정말 연주의 말이 맞았다. 무려 천만 원짜리 식사였으니까. 수아는 '그러게. 정말 이렇게 비싼 한 끼는 처음이야'라고 말하며 고개를 끄덕였다. 그러자 연주의 얼굴에 살짝 무른 표정이 스쳤다. 연주는 '사실 투자금치고 너무 소박하긴 해요'라고 말했다.

"아니, 이건 소액 투자가 아니라 거액 투자야. 어쨌거나 시작을 할 수는 있는 금액이니까. 지금은 그것만으로도 충분해. 아니, 그래야 한다고 봐."

수아는 연주에게 매일 전화로 회사와 관련된 사항을 '보고'하겠다고 했다. 망한 후 나타난 첫 투자자에 대한, 답례 차원이라고. 지금 당장 줄 수 있는 '보너스'라고 생각해도 좋겠다고.

그 말에 연주는 '음…… 제 휴가 계획엔 도움이 안 되는 보너스네요. 하지만 제가 뭔가 굉장히 중요한 사람이 된 것 같은 느낌이에요. 보너스만큼 질리지 않고 늘 기분 좋은 말이 또 있을까요? 언제나 옳다니까요!'라고 말하며 생기 있게 웃었다.

연주의 말에 수아는 할머니가 떠올랐다.

정확히 말하면 난생처음 '뽀나스'라는 말을 듣고, 그 뽀나스를 받아들고 가슴이 두근댔을 스물한 살 소녀를.

새 스튜디오의 출범 각오는 정해졌다. 언젠가 연주를 데려오고 연주에게 섭섭지 않을 만큼의 보너스를 줄 수 있는 회사가 되는 것. 소박한 꿈의 시작이었다.

아랫배에 나쁘지만은 않은 긴장감이 뭉쳐지는 게 느껴졌다. 이럴 때는 카페인이지. 수아는 투샷이 추가된 아이스 아메리카노를 한 모금 마셨다. 여러모로 적절한 메뉴 선택이었다. 연주는 대표에게 애정 가득한 좋은 직원임이 틀림없었다.

하지만 지금 연주는 조금, 아니, 어쩌면 많이 불안할 초보 투자자이기도 했다. 연주의 불안을 해소시키고 그녀를 안목 있는 투자자로 만드는 건, 이제 전적으로 수아의 몫이었다.

서울로 도망쳐온 나는 그야말로 '일탈의 자유'를 만끽했단다. 그때 내 수중엔 돈이 있었으니까. 그래도 은호의 월사금만은 차마 못 쓰겠어서 은호 선생의 촌지부터 쓰기로 했지.

일단은 짜장면 한 그릇으로 배를 채우고 미장원엘 갔어.

파마를 할까 하다가 관두고 그냥 좀 예쁘게 해 달라고 했어. 파마를 하면 화장도 매일 해야 어울릴 것 같았거든. 화장을 할 줄 몰라서 그걸 매일 할 자신은 없었지. 몇 십 분 거울 앞에 앉아 있으니, 티브이에서 본 여배우 머리 모양처럼 근사해지더라.

콧노래를 부르며 나와선 옷가게로 갔어. 전에 잡지에서 본 미니스커트를 사 입으려는데, 가게 점원이 와서 요즘은 미니스커트가 아니라 청바지, 블루진이 유행이라고 말해주는 거야.

첨엔 이런 게 왜 유행일까 싶었는데, 딱 달라붙다가 종아리쯤에서 쫙 퍼지는 블루진이 퍽 생기발랄해서 마음에 들었단다!

그렇게 한껏 꾸미고 나니까 그 순간은 정말이지 세상 부러울 게 없더라. 난 본래 내 외모를 뭐 그렇게 잘나지도 못나지도 않고 평범하다고 여겼거든. 그런데 그때만큼은 내가 참말 예뻐 보이더라고. 옆구리에 책한 권만 껴주면 정말이지 싱그러운 대학생일 것 같았어.

그 순간이 내가 살면서 나를 가장 꾸며준 순간이었던 것 같다. 난 결혼식도 딱히 식이랄 것 없이 조용히 밥만 먹고 지나갔으니까.

요즈음 하루가 다르게 머리가 빠지고 있는데…… 거울을 볼 때면 난 그때 생각을 한다. 내가 가장 예뻐 보였던 순간을 말이야.

그러면 듬성한 내 머리도 파리한 혈색도, 너무 억울하지 않게 넘길 수가 있다. 나도 꼭 한 번은 그렇게 예뻤던 순간이, 그렇게 맘껏 꾸미고 명동 거리를 누빈 순간이 있었으니까. 이래서 삶은 허튼 순간이 없다고 하나 보다. 돌아보면 다 의미 있는 순간이라고 말이야.

거기서 일탈이 끝났으면 참 좋았을 텐데, 정말 사람은 안 하던 짓을 하면 안 되는 거구나, 뼈저리게 느낀 사건이 생기고 말았어. 기분이 한껏 들떴던 나는 자연스레 고고장을 떠올리곤 신나게 찾아갔단다.

핑계 같지만 어쩌면 이게 다 주인집 아저씨 병덕 씨 때문이라는 생각도 든다. 병덕 씨네서 티브이도 보고 그 사람이 가져다준 잡지도 봐서, 내가 고고장이니 그런 걸 속속들이 다 알 수 있었으니까 말이야.

나는 알고 보면 노는 게 참 체질에 맞는 사람인가 봐. 난생처음 가봤는데, 어색한 건 하나도 없고 왜 이렇게 내가 있어야 할 곳 같은지.

사람들을 곁눈질로 보면서 따라 추기도 하다가 결국엔 그냥 내 흥대로 팔다리를 흔들어 댔지. 참 재미지더라. 뭐랄까, 이런 세상도 있구나! 싶은 거. 그렇게 혼자 온몸으로 해방감을 느끼고 있는데, 내 또래로 보이는 여자애 둘이 나한테 접근하더라고.

순간 경계가 좀 됐는데, 여자애들이니까 뭐. 여자애 중 한 명이 그러더라. 좀 이따 남자들이랑 만날 건데, 한 명이 갑자기 못 나온다고 해서 쪽수가 안 맞는다나. 어차피 혼자 놀면 심심한데 자기네 도와주는 셈 치고 머릿수만 맞춰 달라더라.

잠깐 고민하다가 알겠다고 했어. 이 참에 서울 친구 만드는 거고, 아니면 말고.

남자들 셋이 합류를 하고 여자 셋 남자 셋이 섞여 놀게 되었지. 그 남자들 중 한 명은 내게 적극적으로 관심을 보이기도 했는데, 난 그다지 생각이 없었어. 그 사람이 별로라기보단 그냥 만남 자체가 싫었어. 지금 남자나 만나고 다닐 때가 아니라는 분간은 있었던 거지.

난 마냥 춤이나 열심히 췄단다. 시간이 흐르니까 여자애들과 남자들이 하나둘 짝을 맞춰 떠나더라. 내게 관심을 보인 남자는 나와 나가고 싶어 했는데, 난 그걸 모른 척했어.

고고장을 나와서 정애를 찾아가야겠다는 생각을 했다. 버스표를 사려고 손가방을 여는데, 맙소사. 돈이 정말 하나도 없지 않겠니!

은호 월사금 봉투며, 병덕 씨가 준 뽀나스가 들어 있던 내 지갑까지 몽땅! 정말 눈앞이 캄캄해지더라.

누굴까? 가방은 고대로 남겨놓고 돈만 홀랑 가져간 걸 봐서는 같이 있던 무리들 짓일 텐데. 걔들을 어디서 찾지? 아니, 당장 차비도 없는데 정애 집까지는 어떻게 간담. 왜 그렇게 정신 팔고 춤을 춰 대서는. 생각들이 우르르 몰려와 머릿속을 정신없이 꽝꽝 때려대더라.

어찌할 바를 모른 채 두리번거리기만 하는데, 고고장에서 날 찍었던 남자가 쭈뼛거리며 다가왔어.

왜 그래요? 뭘 잃어버렸어요?

돈…… 내 돈이요!

난 왈칵 눈물이 쏟아지려는 걸 간신히 참았어. 내 말에 남자가 흠칫 놀라더라고.

내가 남자에게 혹시 그쪽 친구들 짓 아니냐고 하니까, 펄쩍 뛰면서 그럴 놈들은 절대 아니라고 하더라. 고고장도 오늘 처음 와봤다고. 실은 고등학생이라고. 열아홉이라네? 참, 기가 막히더라. 스물아홉은 돼 보이는 얼굴로 열아홉이라니까, 믿을 수가 있어야지.

"이름이 뭐랬더라."

"홍이요. 최홍."

"그래, 홍아. 누나 차비 좀 줄래?"

"연락처 먼저 주면 안 돼요?"

"연락처 없는데. 진짜야."

홍이가 주섬주섬 걸어가서 버스표를 사려고 하더라. 그냥 돈을 주면 되지 뭐 하러 사러 가냐니까, 나중에 빌려준 돈을 받아내려면 어디 사는 지 알고 있어야 된다는 거야. 아, 순간 한숨이 나왔는데, 틀린 말은 아니었으니까.

버스를 타고 정애 집으로 향했어. 사실 정애와는 한동안 연락이 되지 않았지. 편지를 보내도 답이 없었어. 그러다가 몇 달 전쯤에야 연락이 되었지. 그동안 연락 못 해서 미안하다고, 사는 곳도 바뀌고, 다니던 공장도 바뀌어서 정신이 없었다고 하더라.

가방을 통째로 도둑맞지 않은 게 다행이었지. 정애의 새 집주소가 적힌 종이는 그대로 있었으니까.

홍이는 저만치 뒷좌석에 앉아서 끝까지 나를 따라오더라. 까짓 버스비 얼마나 한다고. 내가 여차장이던 시절엔 돈 없는 애들 두엇은 그냥 타라고 봐주기도 했는데.

정애 집은 구로공단 인근에 있는 주택가였어. 일명 '벌집'이라고 불리는 곳이었지.

벌집은 50에서 100평 정도 되는 넓이에 높이가 이삼 층으로 지어진 양옥집이란다. 놀라운 건 한 층에만 방을 10개씩 만들어놨다는 거지.

공장 기숙사에 자리가 없어 못 들어간 여공들이 출퇴근을 편하게 하려고 근처에 몰려 살았던 거야.

그땐 그걸 벌집이라고 부르는지도 모르고, 그 안이 그렇게 형편없는지도 몰랐어. 겉보기에는 크고 말짱한 양옥집으로 보였으니까.

혹시나 정애가 있나 해서 대문을 열고 들어갔다가 깜짝 놀랐어. 방들이 정말 벌집처럼 다닥다닥 붙어 있고, 미로처럼 되어 있어서.

정애의 방문이 열려 있어서 안에 있나 했는데, 정애는 없고 웬 여자애들 두 명이 자고 있더라. 방은 두 명이 딱 붙어 자도 무리일 만큼 작았다.

밖으로 나와 홍이에게 이 집이라고 알려주었어. 우선 정애에게 빌려 버스비를 갚으려던 난 버스비는커녕, 정애가 올 때까지 있을 곳도 마땅치 않고, 배까지 고파왔어.

"홍이야, 일단 밥 좀 사라. 갚을 테니까."

홍이는 비식 웃으면서 알았다고 했고, 우린 근처 밥집에 들어갔어.

"은옥 씨 공순이였구나."

여차장은 차순이, 식모는 식순이, 여공은 공순이. 멀쩡한 이름들을 놔두고 왜 그렇게 다들 '순이'를 붙이는지 난 정말 모르겠더라. 난 그런 말들이 내가 하는 일들을 그저 쉽고, 때론 아주 별것 아니게끔 만들어 버리기도 했다고 생각해.

"아니거든. 친구가 살아. 그리고 공순이가 뭐. 수출전사에 산업역군이란 말도 못 들어봤니?"

"아니, 아까 대학생이라고 해서. S대라길래 믿진 않았지만, 그래도 차림새는 꼭 예쁜 대학생 같아서. 그럼 은옥 씨는 진짜 뭐 해요? 집은 어디예요?"

뭐 고고장에서 오늘 보고 말 생각으로 별생각 없이 한 거짓말인데, 다

들통나버리니까 좀 민망하긴 하더라. 그렇다고 그런 만남에 순순히 제 신상을 전부 까발리는 사람이 어디 있겠니. '전 시골에서 식모로 있다가 팔리듯 하는 결혼이 싫어서 도망쳐 왔어요' 라고 말이야.

물론 내가 차장이든 식모든 여공이든 부끄러울 건 없어. 범죄가 아닌 담에야 돈을 버는 모든 행위는 선하고 신성하다. 그건 열심히, 정말 죽도록 일해서 돈을 벌어본 이들이라면 모두 공감할 거야.

그런데 때론 내가 이렇게까지 해서 돈을 벌어야 하나, 먹고 살아야 하나, 싶은 때가 있다. 뭐 대단한 걸 먹는 것도 아니고 겨우 입에 풀칠을 하는 정도인데, 이 풀칠이 이렇게까지 힘들 일인가, 싶은 거⋯⋯.

"목요일 저녁 8시에 여기로 전화하면 내가 전화 받을 수 있어요."

홍이가 휴지쪼가리에다 집 전화번호를 적어주더라. 난 만나고 뭐고 그럴 거 없이 빌린 돈을 집으로 보내줄 테니 집주소를 적어달라고 했어. 그랬더니 홍이가 정색을 하더라. 은옥 씨 그렇게 격식 없는 사람으로 안 봤는데⋯⋯ 그러면서.

아직 고등학생인 꼬맹이가 저보다 네 살이나 많은 나한테 꼬박꼬박 은옥 씨라고 하는 게 거슬리던 참이었거든. 근데 차비도 빌리고 밥값도 얻는 처지니까 참고 있었지.

난 홍이에게 '그럼 너 먼저 격식을 차려. 누님이라고 해' 라고 말했어. 홍이가 뭐 그럼 일단은 그러죠, 누님, 순순히 그러더라. 난 서울 온 지 반나절 만에 빚쟁이가 되어버린 게 너무 피곤해서 더는 말을 섞지 않았단다.

구로동 거리는 구경할 것도 없고 걸을 맛도 안 나는 무채색의 우울한 거리였다. 날이 흐린 건지, 아니면 공장 굴뚝에서 뿜어내는 연기에 유독 이곳의 하늘만 잿빛인 건지 모르겠더라.

나중에야 알았지. 내가 그렇게 우울한 거리를 쏘다닌 것도, 잿빛 하늘도, 쉽게 볼 수 없는 거라는 걸. 그냥 공장 기계 앞에 붙박이가 되어서 시간이 어떻게 가는 줄도 모르게 지내고 나서야 알게 되었다.

푸른 하늘과 한낮의 태양과 조그만 별빛과 하얀 달빛. 늘 존재해서 무심했던 것들. 그것들을 보고 느끼는 게 사치가 될 수 있다는 걸……

정애는 또다시 불쑥 찾아온 날 보고, '또 무슨 일인 건데'라고 딱 한마디를 물었어.

2년 넘게 못 본 건데, 너무 뚝뚝한 인사가 아니었나 싶었어. 근데 방 불빛 아래서 2년 전보다 더 야위고 퀭해진 정애의 얼굴을 제대로 보고 나니까…… 그런 생각이 쑥 들어가더라.

여차저차 다 털어놨지. 그랬더니 정애가 이러더라.

그래, 맘에 없는 결혼을 할 순 없겠지. 그렇다고 동생 월사금까지 들고 튀면 어쩌니. 그거 주고 선생 촌지만 갖고 튀었어야지.

갑자기 마음에 불이 확 이는 바람에 그런 걸 생각할 경황이 없었다고 대답했지. 하지만 정애 말이 틀리진 않아서 좀 우울해졌어. 만날 나를 종 부리듯 하는 꼬맹이지만, 그래도 동생인데 그 인간 같지도 않은 선생에게 얻어맞은 건 아닐지……. 돈을 벌면 내가 들고 튄 은호 월사금만큼은 집으로 보내야겠다고 다짐했다.

한데 이제 당장 어디서 지낼지, 무슨 일을 해서 돈을 벌 건지가 문제였어. 원래는 가져온 돈으로 여관방을 한 보름 받아두고 일을 구하러 다닐 생각이었거든.

정애가 지금 쓰는 방은 더 이상 사람을 받아 나눠 쓸 수가 없었어. 그리고 점점 나빠지기만 하는 정애 몰골을 보니까 또 공장은 가기 싫더

라. 어딜 가든 고생이야 피할 길 없이 따라붙겠지만.

그러다가 낮에 머리를 한 미장원에서 일할 사람을 뽑는다는 구인물을 본 게 생각났어. 분명 숙식 제공도 한다고 써 있었지. 혹시 벌써 사람이 구해진 건 아닐까 초조했어. 당장이라도 달려가고 싶더라.

마음에 조급증이 나는 바람에 잠도 제대로 못 잤다. 그 좁은 방에서 정애와 나와 또 다른 사람이 옆으로 누워 칼잠을 잔 탓이 더 크기도 했지만.

서울이 이렇게나 넓은데, 왜 내 한 몸 편히 뉘일 곳이 없을까 싶더라. 여차장 시절엔 8평 남짓한 방에서 스무 명씩 자기도 했으니까 말이야.

이곳에 계속 있을 거냐고 내가 물으니까, 정애는 오래 있진 않을 것 같다고 했어. 인천에 방직공장이 있는데 조만간 거기로 갈 것 같다고 하더라. 건너건너 아는 여공으로부터 거기 기숙사에 곧 자리가 빌 거라는 얘기를 들었다고 했어. 지금 이 벌집도 기숙사가 부족해서 선택한 건데, 그래도 벌집보단 기숙사가 낫지 않겠냐고.

어딜 가든 비슷할 거란 생각이 들었지만, 그 말은 안 했어. 정애도 알고 있는 것 같았거든.

그냥 어딜 가든 연락을 끊지만 말아 달라고 했어. 집에 보내오는 생활비가 반이나 줄었다고 정애 어머니가 날 보고 정애에게 무슨 일이 있는 거냐고 물었는데 나도 몰라서 곤란했거든.

정애를 본 김에 그 이야길 꺼내면서 그간 어디 있었냐고, 무슨 일이 있었던 거냐고 물었는데 대답하지 않더라. 정애는 한 번 물어 대답을 안 하면 몇 번을 물어도 대답할 애가 아니거든. 그래서 나도 더 묻지 않았어. 돌아누운 친구의 자그마한 등에는 미처 다 헤아리지도 못할 이야기와 감정들이 조각조각 새겨져 있는 것 같았어. 그 사연들이 작은 등을 더욱 움츠리게 만드는 것 같았고.

난 당장에 내 앞에 놓인 여러 난제들은 다 잊고 오롯이 정애의 등짝 때문에 슬퍼졌다. 어릴 때부터 정애는 이상하게도 맘이 쓰이는 친구였어. 마을에 같이 살 때 난 어머니 몰래 쌀 한 공기를 퍼다 주기도 하고, 은호 간식도 가져다가 주고, 그냥 뭘 자꾸 가져다줬어. 마음을 표현할 길이 그것밖엔 없어서.

어머니는 날 보고 으이구, 누가 아버지 자식 아니랄까 봐 꼭 닮아도 그런 걸 닮니, 하면서 한숨을 쉬었어. 너희 외할아버지가 누구니. 그렇게 깐깐한 척해도 결국 친구 보증 서서 망한 분 아니니.

어머니가 왜 남의 보증을 서서 이 난리냐니까 아버지 대답이 걸작이었어. '남이 아니라 친구지' 라더라.

황당했지만, 만약 정애가 그런 부탁을 해온다면 나도 나서지 않았을까 싶은 생각이 들더라(너는 되도록 우리 부녀의 이런 면은 닮지 않았으면 한다).

너에게도 친구든 누구든 그런 사람이 있는지 모르겠다. 아무튼 난 늘 정애가 좋았고, 정애에게 사소한 무엇이라도 도움이 되고 싶었어. 딱히 도움이 된 적은 없었지만. 오히려 정애가 나를 도와주는 꼴이었지. 무작정 서울로 향할 때마다 근거지가 되어주었으니.

그날도 정애는 나 때문에 그 방에 투숙하는 다른 여공에게 양해를 구했거든. 가뜩이나 구겨져 자는 잠인데 나 때문에 칼잠을 자야 하니까 민망해 죽겠더라.

그래도 언젠가 내가 저 등을 어루만져줄 날이 있겠지. 서로 꼭 끌어안고 펑펑 울며 마음을 쏟아낼 날이 있겠지. 그러면 우리는 다시 힘을 낼 수 있을 거야. 그런 생각을 하니까 조금은 위안이 되었어.

아침 첫차가 돌자마자 명동의 미장원으로 향했다. 다행히 보조 자리는 아직 비어 있더구나.

당장에 시작하겠다고 했어. 미장원에 딸린 조그만 곁방에서 숙식을 하기로 했다.

곁방을 보니까, 정애가 묵던 방이랑 크기며 모양새가 꼭 같더라. 그냥 웃음이 났어. 그래도 난 그 방을 혼자 쓰는 거였으니 감사하다고 해야 할까.

잘 먹고 잘 입고 잘 자면 만사가 끝이라는 아버지 말이 떠오르더라. 따순 밥 먹고 따순 곳에서 팔다리 뻗고 자면 그만이라고, 왜 그렇게 질리도록 목청을 높였는지 좀 알 것 같았어.

아버진 전쟁을 겪은 사람이니까, 애초에 나오는 비교할 수 없이 더 큰 생존의 두려움이 있었겠지.

말끝마다 산에서 산짐승이랑 총포소리 들으면서 같이 잤다고, 풀뿌리도 씹어보지 못한 게 어디서 힘들다 타박이냐고 그랬는데, 난 좀 억울했거든. 그건 내 잘못도 아니고, 아버지 잘못도 아니고, 그저 아버지가 일찍 태어나고, 내가 늦게 태어난 순서의 문제라고만 생각했으니까.

미용 보조 생활도 또 '마냥 힘들었다'는 한 줄로 요약할 수 있을 것 같아. 새벽같이 일어나서 그날 사용할 도구들도 정리해두고, 밤늦게 혼자 미용 기술 연습하고 뒤늦게 뒷정리하고 끝내고. 그리고 어딜 가나 유난한 손님들은 있고.

당할 때만 큰일이지 막상 또 말로 하려고 보면 신세가 처량하단 생각만 깊어지니 일일이 언급할 필요도 없을 것 같다.

그래도 그것도 한 석 달 지나가니 그런대로 할 만해지더구나. 홍이에게도 빌린 돈을 갚았다. 글쎄, 최홍이가 나한테 제가 대학 갈 때까지 다른

남자 만나지 말고 얌전히 기다리라고 하더라. 퍽 진지하게 무게를 잡고
말하는 모습에 정말이지 깔깔 웃었어.

지금 네가 먹는 게 빵과 우유가 아니라 쓰디쓴 술이 되면, 쓰디쓴 술
이 몹시도 달게 느껴지면, 네 생각은 달라질 거라고, 그때 가서도 변함
이 없다면 찾아오라고 말해줬지. 그랬더니 최홍이 얼굴이 시뻘게지더라.
우리 마을엔 신부보다 대여섯 살씩 어린 신랑들도 종종 있었거든. 네 살
밖에 안 나는 나이차에 너무 애 취급을 한 건 아닐까도 싶었지만, 반질
반질 하얗고 평온한 얼굴이 벌게지고 구겨지는 걸 좀 보고 싶었어. 그
애의 인생은 이제까지도, 지금도, 앞으로도, 그렇게 자기 얼굴처럼 반질
반질하고 평온할 것만 같아서. 심술궂지만 그때 내 마음은 그랬다.

정애는 구로공단을 떠나 인천의 방직공장으로 갔어. 다행히 연락이 끊
기지 않았고, 우린 또 편지를 주고받았지.

그때 나는 편지 말미에 미장원 전화번호를 적었어. 그때만 해도 전화기
가 귀하던 시절이라 신기했거든.

난 전화기가 있는 곳에 있으니까, 목소리가 듣고 싶거든 여기로 전화
해! 이런 거였지.

그래도 실제로 나를 찾는 전화가 울릴 줄은 몰랐거든.

……그런데 정애에게서 전화가 왔어. 정확히 말하면 정애의 동료에게서.
여기 병원인데, 정애가 많이 다쳤다고. 날 찾는다고.

1976년 7월이었다.

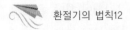

환절기의 법칙12

더 솔직하게
낮아지더라도

서울의 변두리 동네. 그런대로 역세권으로 욱여넣을 수 있는 곳
에 위치한 엘리베이터 없는 5층짜리 건물. 그 건물 3층에 수아의
Bon2스튜디오가 들어섰다.

건물주는 엘리베이터가 없기 때문에 보증금이 1000이 아니라
500인 거라고 했지만, 수아는 그건 보증금 문제가 아니라고 했다.
보증금이 500인 건 당연한 거고, 엘리베이터가 없기 때문에 월세가
40이 아니라 35가 되어야 한다고. 흥정의 승자는 수아였다. 사무실
은 열 평 남짓한 공간이었다.

수아는 우선 장비를 구입하기 위해 박 사장을 찾아갔다.

자신이 싼값에 팔아넘긴 예전 스튜디오의 장비들이 아직 남아 있
을지 궁금했다. 남아 있다고 하더라도 워낙 고가인 탓에 다시 손에
넣을 수 있을진 모르겠지만. 그래도 중고이고, 원래는 자신의 것이
었다는 생각이 수아의 발걸음에 힘을 실어주었다.

수아는 지금 자신을 게임 속 주인공이라고 생각해야 했다. 물 흐르듯 지나가면서 어부지리로 얻어지는 것은 이제 없다고 봐야 했다. 아주 사소한 것들까지도 부딪히고 공들여야 비로소 레벨 업이 되는.

박 사장은 장비를 구하겠다고 나타난 수아를 보고 꽤 놀란 듯했다. 수아가 'Bon스튜디오'가 아닌 'Bon2스튜디오'라고 적힌 명함을 건넬 때, 그는 명함을 보며 물었다. 원래 집이 좀 살던가?

수아는 '그럼 좋겠지만 안타깝게도 아직 수습 중에 있다'고 대답했다. 그렇기에 좋은 장비를 싸게 구입해야 한다고, 좀 도와주시면 감사하겠단 말도 덧붙였다.

박 사장은 수아를 한참 뜯어보듯 응시했다. 수아는 그의 눈을 피하진 않았고, 그냥 웃어 보였다. 최대한 담백한 미소여야 한다고 생각하면서.

수아를 보던 박 사장이 말했다. 난 이런 때가 제일 싫어. 기계도 주인이 따로 있는 거 같을 때. 무슨 애완동물도 아니고.

박 사장은 수아가 팔아넘긴 장비가 아직 창고에 남아 있다고 했다. 이러려고 안 팔린 건가. 박 사장이 중얼거렸다.

반가운 마음도 잠시, 수아는 다시 레벨 업을 향해 나서야 했다. 아무리 중고에, 친분도 있다지만 박 사장은 '옛정'을 생각해서 장비들을 헐값에 넘겨줄 위인이 아니었다. 잠깐만요, 수아는 창고로 향하려는 박 사장을 불러 세웠다.

"일단 계약금 걸고, 장비 임대해주시죠. 매달 장비 임대료 드릴게요."

박 사장은 곧바로 뭔 소리야, 대꾸했지만 수아는 물러설 생각이 전혀 없었다. 지금 자금 사정으로는 이게 최선의 선택이었으니까.

본래 모든 일은 정도를 벗어나면 안 된다고 하지만, 어떤 일은 대놓고 정도를 벗어나야만 겨우 가능한 일도 있었다.

이번 홍정의 승자도 수아였다. 수아의 입장에선 예견된 승리였기 때문에 기쁘기보단 어긋나지 않아서 다행이라는 생각뿐이었다. 수아는 박 사장 창고에 있던 안 쓰는 책상까지 덤으로 실은 화물차를 타고 자신의 새 사무실로 돌아왔다.

"이제 난 총은 얻은 군인인 셈이야."

굳이 전화 보고가 아닌 대면 보고를 듣겠다고 찾아온 연주에게 수아가 말했다. 그러자 연주는 '장비를 임대할 생각을 한 건 정말 굿 아이디어네요. 이게 원래 우리 장비였다는 것도 의미 있고'라고 대답했다.

"음…… 조금은. 가끔은 그저 우연의 일치일 뿐인 걸 필연적인 '데스티니'로 받아들이는 것도 좋은 것 같아. 우연보단 더 힘을 내게 하니까."

의미심장하게 들렸는지 연주는 양손 엄지를 치켜들었다. 그러면서 다음 계획이 뭐냐고 물었다.

우선은 이 명함 300장을 다 돌려야 하고, 여기저기 지원사업에 계획서를 넣어야 하고.

연주는 '아, 그건 당연히 그렇겠죠'라고 말했다. 그러면서 얼굴에 걱정이 스쳤다.

수아는 연주가 무얼 걱정하는지 알 수 있었다. 명함을 돌린 곳이든, 지원사업이든 피드백이 올 때까지는 일정한 시간이 필요했다. 요컨대 지금 수아의 계획엔 어느 것 하나 당장 결과를 얻어낼 수 있는 일이 없었다. 최소 3개월은 답보 상태라고 봐야 했다. 여의치 않으면 더 늘어날 수도 있었고.

연주는 그 기간을 버텨낼 '총알'을 걱정하는 것이었다. 그 걱정은 누구보다 수아가 더 하고 있었다. 매달 갚아야 하는 채무도 있었으니까. 수아는 걱정스런 표정을 좀처럼 지우지 못하는 이 초보투자자에게 다음과 같은 말을 건넸다.

"투자자님, 제 이름이 왜 수아인 줄 아세요? 수를 잘 내서 수아랍니다. 조만간 뭔 수를 낼 테니 걱정 마시고 돌아가세요."

수아의 실없는 농담 같은 말에 비로소 연주의 얼굴에 웃음이 떠올랐다. 수를 잘 내는 수아는 이제부터 그 '수'를 고민해야 했다.

집에 들어가니 수아의 어깨보다 한 자는 더 축 늘어진 희수가 있었다. 희수 앞에는 맥주캔과 마른안주 따위가 담긴 검은 비닐봉투가 덩그러니 놓여 있었다.

희수가 수아의 새 사무실 개업 축하 파티를 하자고 한 날이었다. 그런데 어째 분위기는 축하주를 마시는 분위기가 아니라 위로주를 마셔야 할 것 같은 분위기였다. 아니, 웬만해선 위로가 될까 싶을 정도로 희수는 가라앉아 있었다.

무슨 일인데? 수아가 묻자, 희수는 '김규태 면접 떨어졌대'라고 힘없이 대답했다.

희수는 지금 이 시간까지 침울해하는 애인 김규태를 달래고 수십 번씩이나 '잘 될 거야, 파이팅!'을 외쳐주고 오느라 기운이 쪽 빠졌다고 했다.

규태는 2년째 면접을 보러 다니고 있었다. 희수와 규태는 어느 순간 본의 아니게 직장인과 취준생의 만남이 되어버렸다. 그래서 일

230

어날 수 있는 보통의 문제들—회식 후의 늦은 귀가라든가, 데이트 비용의 부담 같은—을 희수와 규태도 겪고 있었다.

그럼에도 희수 커플은 아직까지 꽤 견고하게 그 관계를 유지하는 중이었다. 이제 둘에게 남은 건 결혼뿐인 듯했다.

수아의 엄마는 말했다. 3년 이상 오래 사귄 남녀가 남아 있는 게 결혼밖에 없을 때, 그런데 그걸 하지 못하고 있을 때, 그때가 가장 삐거덕거리는 순간이라고. 3년을 사귀었는데도 결혼이라는 결론이 안 나면, 최소한 그 방향으로 가려는 시도조차 없으면, 그 만남은 이미 이별열차 탄 거라고.

수아는 그 말을 한 사람이 엄마여서, 전적으로 동의를 할 순 없었다. 아빠를 보자마자 손을 맞잡고 결혼으로 직행한 엄마였으니까. 그러나 어떤 단계로 진행되지 않고 정체되어 있을 때의 위태로움은 수아도 충분히 납득 가능한 것이긴 했다.

"있지, 나도 어쩔 수 없는 속물이었던가 봐."

희수가 나지막한 목소리로 말했다. 희수의 낮은 음성에는 그 자신도 어쩌지 못한 버거운 감정이 더 낮고 깊게 깔려 있었다.

희수는 오늘 규태에게서 면접 불합격을 알리는 전화를 받기 전에, 주영의 전화를 먼저 받았다고 했다.

몇날 며칠을 고민하게 만든 웨딩드레스 디자인이 결정되었다는 빅뉴스와 결혼식 장소며 헤어 메이크업을 위한 숍, 웨딩사진 촬영 스튜디오가 결정되었다는 시시콜콜한 이야기까지, '풀 세트'로 들었다고 했다(수아는 주영의 길고 길었던 말들을 떠올리며 '풀 세트'라는 단어가 꽤 적절하다고 생각했다).

희수는 주영의 이야기를 적절한 추임새를 섞어가며 잘 듣고 있었

다고 했다. 그러다가 주영이 '나 진짜 몸만 가는 거 있지. 결혼하려
고 모아둔 돈, 쓰지 말래. 티도 안 난다고. 나한텐 큰돈인데, 티도 안
나니까 쓰지 말라니. 내가 좋아해야 하는 거니, 싫어해야 되는 거니'
라는 말을 했을 때, 희수는 문득 가슴 부근이 묵직하게 내려앉는 기
분이 들었다고 했다.

갑자기 결혼은 무엇으로 하는가, 이런 생각이 희수의 뇌리를 때
렸다고 했다. 주영이 지금껏 모아둔 결혼 자금은 2천만 원인데, 그
돈으론 적어도 지금 같은 결혼은 불가능하지 않냐고.

해외 디자이너 드레스에, 특급 호텔에, 유명 스타가 다니는 숍이
다 뭔가 싶지만, 그보다 너무한 건, 거기에 주영의 돈은 한 푼도 쓰
이지 않는 거라고 했다. 그러고도 결혼이 가능하다는 사실에 희수
는 '운명의 폭력적인 불평등'을 뼈저리게 목격한 기분이라고 했다.

그 전화를 끊고 나자마자 바로 규태의 전화가 울렸다고.

그리고 세상이 다 무너질 듯한 규태의 목소리를 들었고, 그 목소
리에 희수도 같이 무너졌다고 했다.

"우리 커플에겐 희망이 없어. 적어도 당분간은. 아니, 어쩌면 꽤
오랫동안."

희수는 물기가 바짝 마른 건조한 목소리로 진단을 내렸다. '아니,
그건 잘못 판단한 걸 거야'라고 말하고 싶었지만, 입이 쉽게 떨어지
지 않았다.

희수에게 무슨 말을 해주어야 할까 고민했지만 어떤 말도 소용없
을 것 같았다. 지구에서 가장 우울한 인간은 아마, 상대적 박탈감 속
에 빠진 인간일 거라고 수아는 생각했다.

"참, 그 와중에 너한텐 다행인 소식이 있어. 류주 결혼식장, 수아

네가 알바하던 호텔이라더라. 얼마나 다행이니."

희수가 말끝에 희미한 웃음을 달았다. 하지만 수아는 자신이 계속 그 호텔에 나가 주영의 웨딩 연회에서 일을 하게 되더라도 별로 개의치 않을 것 같았다. 주영이 호텔 룸에서 장어 도시락을 시켜놓고 회의를 하지 않는 담에야. 하지만 그렇게 만나서 좋을 게 없긴 했다.

"너도 결혼식에 가긴 할 거지?"

희수가 물었다. 수아는 '아예 만나지 말고 살라며'라고 대꾸했다. 희수는 '그래도 마지막으로 결혼식엔 가야 하지 않을까? 결혼하면 외국으로 떠나서 잘 볼 수도 없는 앤데, 좋게 마무리하고 끝내는 게 덜 찜찜할 것 같은데……'라며 말끝을 흐렸다.

희수의 말도 일리는 있었다. 그냥 자연스럽게 흐려져서 끝나는 게, 구태여 어떤 원망을 남긴 채로 끝나버리는 것보단 나았다. 그래도 한때는 누구보다 친하다고 여겼던 친구였으니까.

때론 마음은 끝났어도 도리는 남아 있는 그런 관계가 있다. 마음보다 도리를 앞세우는 것이 성숙한 인간이라고, 수아는 스스로를 토닥였다.

근데 축의금은 얼마를 내야 할까? 수아의 물음에 희수의 표정이 다시 심각해졌다. 아, 축의금. 그건 참 중요한 문제지. 희수가 고개를 주억거리며 대꾸했다. 그러곤 '사실 너보단 내가 더 걱정인걸' 한숨 섞인 말을 내뱉었다.

수아에 비할 바는 아니라도 현재 희수의 상황도 빠듯하긴 마찬가지라, 한 번에 목돈이 나가게 생긴 상황이 달갑지는 않을 터였다.

"참…… 이제 너한테 생활비 5만 원만 받을게. 네가 수도세랑 전기요금 낸다고 생각하면 될 거 같아. 새 사무실 내는 데 못 도와주고, 미안. 이렇게라도 도움이 되면 좋겠는데……."

희수가 말했다. 희수 얼굴에 조금 민망한 기색이 묻어났다. 아예 받지 않겠다고는 차마 말 못 하고, 결국 5만 원은 붙여버린 것에 대한 민망함.

"오, 정말 좋은 선물이네. 아예 안 받는다고 했으면 더 불편했을지도 몰라. 내가 못 낼 수도 있는데, 그건 빚으로 달아두면 되니까. 언젠간 갚아버리면 되는 거고."

희수가 웃었다. '넌 도대체 빚이 얼마인 거야. 이번 생 끝날 때까지 다 갚을 수는 있는 거야?'라는 말이 뒤이어졌다. 진지하게 물어도 대답해줄 생각은 별로 없었지만, 희수도 명확한 대답을 원하는 것 같진 않아서 수아는 그냥 웃어넘겼다.

"아, 난 류주가 그런 호화 결혼식을 하는 것보단, 지금 류주 잔고에 놀고 있는 돈이 2천만 원이나 있다는 게 더 부러워! 어떻게 그럴 수 있지? 계좌에 발도장만 찍고 사라져버리는 게 돈 아니야?"

희수가 농담처럼 쏟아냈지만, 실은 진심이라는 걸 수아는 알 수 있었다. 그리고 수아 자신도 희수와 같은 생각이었다. 2천만 원이 얌전히 놀고 있다니. 그 돈이 내게 있다면.

그때 문득, 수아의 머릿속을 스치는 한 가지 생각이 있었다. 수아는 그 생각을 놓아버리지 않았다. 일단은 그것을 붙잡았다. 어쩌면…….

수아의 마음이 조용히 두근거리기 시작했다.

그건 무모한 생각일 수 있었다. 잔뜩 비웃음만 뒤집어쓴 채로 끝나버릴 확률이 더 컸다. 위험 요소가 너무 큰 모험이었다. 하지만 모험이 크면 클수록, 더 달콤한 것이 주어지는 법이기도 했다.

류주영을 봉수아의 Bon2스튜디오 투자자로 만드는 일. 그게 희수와 대화를 하던 도중, 수아의 머릿속에 불빛처럼 스친 생각이었다.

지금 주영의 통장에서 놀고 있는 그 돈은, 여러모로 투자금이 되기에 안성맞춤인 돈이었다. 그 돈이 없다고 해서 주영의 생활에 문제가 생기는 건 아니었으니까. 본래 투자는 좀 느긋하게 하는 것이 성과가 더 좋기도 했다. 리스크를 감수하거나 있는 돈, 없는 돈 다 끌어 모아 목숨을 걸고 하는 것보단.

사람들은 실패만 거듭하는 사람에게 '넌 절박하지 않구나'라는 말을 한다. 하지만 수아는 그 말은 때론 아주 반대일 때가 있다고 믿었다.

계속 실패를 하는 건, 너무 절박해서다. 너무 절박하니까 옆도 뒤도 못 보고 그저 앞만 보는 거다. 앞만 보니까, 옆에서 뒤에서 문제가 터지는 거다. 절박함에서 오는 불안함만큼 결과를 불리하게 만드는 것도 없다고 수아는 생각했다.

자, 그럼 류주영에게 투자금 2천만 원을 받아내겠다는 생각은 절박함에서 비롯된 것인가.

수아는 우선 이 질문부터 해결해야 했다. 답은 당연히, '지금은 절박하지 않을 수 없다'였다. 하지만 좀 다른 점이 있다면, 단순히 채무를 갚기 위해 빌리려는 건 아니라는 점이었다.

만약 지금 새 투자금이 수혈된다면, 그건 사업가로서 큰 건의 계약을 따낼 때까지 수아의 활동비로 쓰일 것이다. 그리고 그 활동비엔 현재 수아의 채무가 포함되어 있긴 했다. 하지만 앞으로 나아가는 데 쓰인다는 점은 확실했다.

생각을 정리하던 수아의 입술 사이로 별안간 웃음이 샜다. 사업가의 길이라는 건, 어느 때 보면 참 사기꾼의 길과 비슷하다는 생각이 들어서였다. 적어도 길의 초입은 그랬다. 날 믿고, 돈을 내 놔라. 이건 사업가나 사기꾼 모두 누군가의 주머니에서 돈을 꺼내고자 할 때 쓰는 말이었으니까.

갑자기 사이도 좋지 않은 애가 나타나서는 불쑥 제 사업에 투자하라고 하면 주영의 입장에선 얼마나 황당할까.

그 생각을 하자 수아는 이 단계의 레벨 업에 자신이 없어졌다. 이 길 말고 다른 길이 없을까.

어제 명함을 돌린 회사에서, 방송국에서, 어떤 가게에서, 아무 데서라도 연락이 와주었으면 싶었다. 하지만 무작정 그 연락만 기다리다간 모든 게 수포로 돌아갈 게 분명했다. 어떤 단계로 나아가지 않고 정체되어 있으면, 결국은 실패뿐이니까.

수아는 문득 지금 자신의 상황이 희수와 규태의 관계와 비슷하다는 생각이 들었다. 희수는 지겹고 지쳤다면서도 규태의 전화를 기다렸고, 어젯밤 내내 희수를 찾는 규태의 전화는 울리지 않았다.

적어도 오늘은 안 올 거니까 기다리지 말라고, 그는 지금 너무 큰 실의에 빠져서 너의 안부는 사실 안중에 없을 거라고 말하고 싶었지만 말하지 않았다. 희수는 '인간 김규태'를 보고 있는 게 아니라 '사랑하는 김규태'를 보고 있는 거였으니까.

'사랑하는 김규태'는 그래도 마지막엔 '오늘 나 때문에 힘들었지. 미안해. 더 힘낼게. 신경 쓰지 말고 푹 잘 자'라는 전화를 해주어야 한다고 희수는 믿고 있었다.

물론 수아는 그들이 함께 지나온 6년이라는 긴 시간을 다 알 순 없었다. 하지만 주머니가 계속 비어 있는 사람이 누군가를 '건강하게' 사랑하는 건 불가능에 가까울 정도로 어려운 일이라고 수아는 생각했다.

비어 있는 주머니는 자격지심을 만들고, 그 자격지심은 모든 관계를 어그러뜨린다는 걸 누구보다 잘 알게 된 사람이 수아였다. 그래서 수아는 어젯밤 희수에게 말해주었다.

규태 씨 그러다 갑자기 취직될 거야. 날 봐. 확 또 시작하잖아. 그리고 나보단 너희 커플이 더 낫지. 적어도 희수, 네가 회사에서 잘리지 않는 이상.

하지만 희수는, '아 몰라. 그건 그거고, 전화 왜 안 오냐고! 날 그렇게 들여보내놓고! 전화가 와야지. 그래야 김규태야. 김규태, 전화해!'라고 핸드폰을 바라보며 소리쳤다.

수아는 희수가 이 상황에 '인간 김규태'의 취직 가능성보다 '사랑하는 김규태'의 마음 표현에 더 집중하는 게 놀라웠다.

하지만 희수에게도 수아의 사고방식은 놀라울 터였다. 주영에게 투자금을 받아내려는 걸 안다면 '어떻게 생각이 거기로 튀었어?' 정말 궁금해서 물어올 것이다.

대답이야 하나밖에 더 있나. 궁하니까. 궁한 인간은 뭐든지 시도할 수 있는 거라고.

그래, 궁하니까 다시 차분히 생각하자. 주영을 투자자로 만들 방법을.

수아는 우선 요즘 하루에도 몇 번씩 다듬고 있는 사업계획서를 새로 쓰기로 했다. 오직 주영만을 위한 맞춤 계획서였다.

이쪽 일을 모르는 사람이 봐도 한눈에 알 수 있는 계획서, 수익을 가져다줄 것이 확실한—적어도 원금 손해는 보지 않을—계획서를.

하지만 이 계획서 말고 주영의 마음을 움직일 수 있는 또 다른 것이 필요했다. 사실 이건 주영에게, 그저 무용지물인 종이 쪼가리에 불과한 것일 수 있었다.

결국 주영의 마음을 움직이는 건 생각이 아니라 감정일 것이다. 그 감정의 정체는 아마…… 열등감일지도 모른다. 제 잘난 맛에 사는 것 같은 얄미운 봉수아. 그런 봉수아를 부러워하는 마음에서 비롯된 열등감.

지난번 오랜만에 다시 만난 주영에게서 수아는 그걸 느꼈다. 물론 주영이 그걸 굳이 숨기지 않았기에 가능한 일이었을 거다.

바로 여기에 투자 가능성에 대한 희망이 있었다. 주영이 기를 쓰고 자신의 열등감을 숨기지 않았다는 점. 이건 주영이 칼자루를 쥔 사람으로서의 여유를 만끽할 거라는 증거였다. 단칼에 거절해버리지 않는 것만으로도, 수아로선 자신에게 유리한 쪽으로 상황을 돌릴 만한 틈이 만들어지는 거였다.

물론 주영에게 이리저리 포가 뜨이고 너덜해진 채로 끝나버릴 가능성이 훨씬 짙었다.

외적인 형식도 신경 써야 했다. 나름대로 큰돈이 오고 가는 것이므로. 게다가 주영은 눈에 보이는 것들을 중요하게 여기기도 했으니까.

그래서 수아는 더할 나위 없이 매력적인 사업 계획서 외에 다른 것이 필요하다고 느꼈다. 그 다른 것은 두말할 것도 없이 피규어였다. 주영의 웨딩 피규어.

연주에겐 Bon2스튜디오의 상황을 보고해야 하는 의무가 있었고, 희수에겐 주영과 만남의 자리를 만들기 위해 계획을 털어놓아야 했다. 수아의 말을 들은 직후 두 사람은 같은 질문을 했다. '사이도 좋지 않은데 괜찮겠냐'고.

사업을 처음 시작했을 때도 그랬다. 그때처럼 또 모두가 우려하는 상황에 놓였다는 생각에 수아의 입가에 씁쓸한 웃음이 떠올랐다. 왜 매번 모두가 우려하는 상황에 놓이는 걸까. 게다가 이번엔 수아 자신의 원칙을 깨는 일이기도 했다.

수아는 어떤 식으로든 사적인 관계에 놓인 사람을 사업에 끌어들이지 말자는 원칙이 있었다.

만약 잘 안 되면 원칙을 깨버린 탓이라고 하자. 원칙을 깨는 일이 융통성이 되는 건 쉬운 일이 아니었다. 대개는 실패의 길로 들어서 버리니까.

동네 카페에서 드디어 주영을 만났다.

식을 앞두고 관리에 열심인지, 주영의 얼굴은 지난번 만남 때보다 한결 반질해져 있었다. 수아를 보자 주영의 얼굴이 딱딱하게 굳었다. 희수는 그제야 '아, 수아가 널 좀 보고 싶대서. 할 말이 있대'라고 말했다. 그러더니, 난 이만 가볼게, 한 마디를 더하고는 달아나 버렸다.

주영이 붙잡는 소리를 분명 들었는데도.

"날 보자고 한 이유가 뭐야."

수아와 눈을 마주치지도 않고 묻는 주영에게선 예상했던 만큼이나 쌩한 찬바람이 일었다.

수아는 일단 명함을 꺼냈다. 새 사무실을 냈어.

이런 순간엔 어떤 미소든 역효과만 부를 것 같아 그저 무표정하기로 했다. 주영은 명함에 슬쩍 시선을 주더니 다시 수아를 보았다. 네가 사무실을 낸 게 나랑 무슨 상관인데? 그렇게 묻는 것 같았다.

"류주영, 네가 내 사업에 투자를 해주었으면 해서, 보자고 했어."

주영의 얼굴에 금세 당혹감이 번졌다. 주영은 '너, 상대를 잘못 찾은 거 아니니?'라고 했고, 수아는 '너 맞아. 지금 내 주위에 남는 목돈이 있는 사람이 너뿐이거든'이라고 말했다. 그리고 꽤나 긴 침묵이 흘렀다.

"넌 오희수가 아니라 봉수아야. 그런데 내가 돈을 빌려줄 것 같아?"

주영이 침묵을 깨고 물었다.

"아니, 빌려주는 게 아니라, 투자하는 거야. 만약 내가 또 망하게 되면, 빌려주는 게 되겠지만, 내가 성공하면 넌 수익을 얻게 돼. 그리고 난 또 망할 리가 없고."

주영이 코웃음을 쳤다. 부탁하러 온 사람치곤 좀 많이 당당하네.

부탁이 아니라 제안. 수아는 주영의 말을 다시 정정하며 사업계획서를 내밀었다.

그걸 힐끗 본 주영은 다시 얕은 코웃음을 쳤다.

"나름 준비는 했나 본데, 그래도 이건 제안이 아니라 부탁이야. 안 그래?"

주영은 뒷말을 생략했지만, 거기엔 '어서 부탁한다고 말해 봐'라는 암묵적인 언질이 존재했다.

"그래, 부탁으로 되는 거면…… 부탁 좀 하자. 투자 좀 부탁할게."

부탁한다는 말로, 투자금이 주어진다면 수아는 얼마든지 말할 수 있었다. 그런데 수아의 고분한 말에 놀란 건 정작 주영인 듯했다.

"봉수아. 2억이 아니라, 2천이야. 난 사업을 몰라서 그러는데 2천 가지고 뭐가 돼? 너 대체 어쩌다 그렇게 된 거야?"

주영의 얼굴에선 의외로 꼬인 흔적이 없었다. 그렇다고 수아를 안타깝게 보지도 않았다. 그 얼굴에서 수아가 읽어낸 것이라곤 피곤함뿐이었다. 수아를 보는 주영은 좀 많이 피곤해 보였다. 그런데 비웃음도 아니고, 안쓰러움도 아닌, 다만 피곤할 뿐인 그 표정이 수아를 흔들리게 했다.

수아는 '범죄가 아닌 담에야 모든 돈을 버는 행위는 선하고 신성하다'라는 할머니의 말을 떠올렸다. 그래, 난 지금 선하고 신성한 임무를 수행중인 거다. 그러니 더 솔직하게 낮아져도 된다. 수아는 속으로 되뇌었다.

"너도 겪어봐서 알겠지만…… 돈을 번다는 게 이런 거잖아. 나라고 별수 있겠니. ……앞으로 힘들게 돈을 벌어야만 살 수 있는 전쟁터에서 벗어나게 된 거, 축하해. 이건 진심이야. 나한텐 그런 행운이 오지도 않겠지만, 와도 보나마나 내가 발로 걷어차겠지. 내가 너 같을 수 없다는 게 조금…… 안타깝기도 하다. ……적어도 지금 이 순간은."

주영의 눈이 커졌다. 주영은 그 큰 눈을 껌벅거리며 수아를 바라보기만 했다. '내가 저렇게 될 수 없는 인간이라는 사실'에 대한 안타까움을, 다른 사람도 아닌 친구를 보면서 느끼는 것.

무언가가 푹 파일 정도의 안타까움은 아니었지만, 수아는 그날 그렇게 일어서던 주영의 마음을 조금 알 것도 같았다. 더 이상은 할 말이 없어서 수아는 주영에게 준비해 간 웨딩 피규어를 건넸다.

"결혼 선물. 원래는 투자를 위한 뇌물이었는데. 어차피 다른 사람한텐 줄 수도 없는 거라."

주영은 한동안 말이 없었고, 수아는 이 모험의 레벨 업이 실패했음을 느꼈다.

결국 수아는 주영을 두고 먼저 일어났다. 주영이 먼저 일어나는 게 이런 상황의 끝과는 더 맞을 듯했지만 어쩐지 수아는 남겨지고 싶지 않았다.

남겨지는 것은 저 사업계획서와 피규어로 충분했다. 저것들이 사업가 봉수아를 대변하는 것들이었으므로. 지극히 사적인 관계의 봉수아는 그만 자리를 떠야 했다.

주영도 수아를 붙잡지 않았다. 뭐 그렇게 대단한 굴욕 없이 거절을 당한 게 다행이라면 다행이었다. 주영은 어느 드라마의 악역처럼 모진 사람은 아니었고, 수아 또한 처절하게 무릎 꿇진 않았다. 하긴 그래 봐야 주영의 피곤함만 더 가중시킬 터였다. 세상에 무릎 꿇고 빌어서 봐주는 건 부모님밖에 없다는 게 수아의 생각이었다.

어쨌든 수아는 주영에게 지난번 만남에서 제대로 대꾸해주지 못한 '어머, 너무 좋겠다!'란 말을 해준 거였다. 비록 지극히 봉수아식이었지만.

그리고 주영이 부러워하는 봉수아. 그 봉수아가 겪는 삶의 고단함에 대해서도 함께 말해준 셈이었고.

돌아오는 길. 수아는 실패한 이 일의 수습에 대해 생각했다. 연주에겐 이게 수를 잘 내서 수아인 자신의 끝은 아니니 안심하라는 말을 해주어야 했다. 잔뜩 궁금한 채로 묻지도 못하고 입술만 달싹일 희수에겐, 주영이 무슨 말을 하든 주영 편에 서라고 해야 했고.

실상 이런 일들은 그 순간의 상황보다 그 이후가 더 문제이기도 한데, 그런 면에서 보면 희수가 가장 피해자일 수도 있었다. 이 일은 향후 희수와 주영의 만남에서 오랫동안 회자될 테니까.

수아는 희수가 '사랑하는 김규태'와 길어지고 있는 냉전을 어서 끝내길 바랐다. 그래야 주영의 말들을 들어줄 기분과 기력이 남아 있을 것 같아서.

3일 뒤, 수아는 사무실에서 입금 문자를 받았다.

입금자는 류주영. 금액 2천만 원.

그리고 바로 주영에게서 전화가 왔다. 주영은 이 투자 결정이 온전히 자신의 뜻은 아니라고 했다.

우연히 수아의 사업계획서를 본 주영의 예비신랑이, 가능성이 있을 것 같다며 어차피 남는 돈이니 투자해보라고 했다고.

주영은 딴 건 몰라도 스마트한 신랑의 두뇌와 감각을 믿는다고 했다. 자세한 사항은 신랑과 함께 만나서 듣겠다며 전화를 끊었다.

수아는 잠시 그 말의 진위 여부를 생각했다. 투자가 자신의 뜻보단 예비신랑의 뜻이라는 건 사실일까. 혹여, 주영 자신이 결정한 걸 왠지 모르게 말하기 뭐해서 신랑에게 기댄 것은 아닐까. 하지만 곧 그럴 가능성은 없는 것으로 결론 내렸다.

대신 머릿속에 선명한 그림을 떠올렸다. 그리고 그 머릿속 그림의 정답 여부는 희수가 밝혀주었다.

수아와 헤어지고 주영은 바로 예비신랑과 만났다고 했다. 서류봉

투와 웨딩 피규어를 든 주영에게 신랑이 그게 뭐냐고 물었다고.

주영은 친구가 무슨 투자 같은 걸 하라는데 그냥 거절했다는 말을 지나가듯 했단다. 그런데 잠시 주영이 자리를 비운 사이, 수아의 사업계획서를 본 신랑이 투자를 권유했다고.

여기까지가 수아가 떠올린 선명한 그림이었다.

수아는 희수에게 물었다. 그럼 정말, 순전히 신랑 덕분이라고? 그러자 희수는 글쎄, 그게 전부는 아닌 거 같은데, 하며 말을 이었다.

주영은 수아의 사업계획서가 '그냥 무시해버려도 되는 종이쪼가리'가 아닌 게 마음에 안 들었다고 했다. 하지만 정말 신랑 말대로 수익을 낼 수 있는 기회가 맞다면, 투자해보고 싶은 생각이 들었다고. 사람은 사람이고 돈은 돈이니까.

수아는 희수가 전한 '사람은 사람이고 돈은 돈이니까'라는 주영의 말에 웃음이 터졌다. 그리고 한참을 웃었다.

입금 문자 하루 뒤, 주영으로부터 또 다른 문자가 날아들었다. 그 문자는 웨딩 사진 촬영 스튜디오 위치가 그려진 약도였다. 그리고 뒤이어진 메시지.

'이날 여기 와서 내 뒤치다꺼리 좀 해. 2천만 원 빌려주는 대가론 참 너무 가벼운 노동이지?'

주영은 끝까지 '투자'가 아니라 '빌려주는' 거라고 했다. 뒤치다꺼리라는 말도, 그 뒤치다꺼리를 시키는 것도, 뭔가 주영다웠다.

뒤치다꺼리를 하는 날에 류주영은 또 얼마나 까칠하고 힘들게 굴까. 그걸 생각하는 수아의 얼굴에 피곤함 대신 '어쩔 수 없는' 미소가 떠올랐다.

병원 침대에 누운 정애를 보자마자 난 뭐라 말도 못하고 그대로 눈물이 터져버렸단다.

정애의 몰골은 참담하기 그지없었어. 눈은 시퍼렇게 멍들어서 제대로 뜨지도 못하고 입술은 찢어진 채 퉁퉁 부어 있었다. 온몸에도 붉고 푸른 멍 자국이 있었고.

정애야, 하고 불러야 하는데, 그 이름 두 자가 나오지 않더라.

손이 파르르 떨려서 차마 정애의 얼굴을 만지지도 못했어. 그저 어떤 자식이 이런 거냐고, 그 자식 내가 죽여버리겠다고, 울부짖기만 했지. 그러고 있는데 정애가 겨우 입을 떼더라.

"왔네…… 됐다."

정애는 다시 정신을 잃었어. 그런데 그때 어떤 여자가 물통을 들고 병실로 들어오더니 내게 말을 건넸어.

"네가 유은옥이니?"

초면이지만 내 이름도 알고 있고 단번에 말을 놓기에, 나도 말을 편하게 했어. 내게 전화를 건 정애의 동료인가 싶었지.

"넌 누군데."

"난 임성혜. 정애랑 같은 조. 기숙사도 한방 써."

그게 임성혜와 나의 첫 대면이었단다. 또렷한 눈빛과 다부진 입매가 서늘한 분위기를 풍겼어. 성혜의 드러난 팔목에도 멍이 있었다. 그러고 보니 정애 편지에서도 여러 번 등장했던 이름이었어. 여기 은옥이 너만큼이나 든든한 친구가 있다고 말이야.

"얠 도대체 누가 이런 거야? 누구냐고!"

"일단 진정하고 소리 낮춰. 여기 정애 말고도 딴 사람들도 다쳐 누워 있잖아."

그제야 정신을 차리고 둘러보니까 여자들 대여섯 정도가 신음하며 누워
있는 게 눈에 들어오더라. 공장에 무슨 사고가 난 거냐고 물으니, 성혜
가 말했어.

"이건 사고가 아니야. 사건이지."

그래, 이건 공장 기계 사고라기보단 폭행의 흔적이 역력해 보였어.

난 이렇게 되기까지 경찰도 안 부르고 뭘 한 거냐고 물었지. 어떻게든
누구 하나라도 도망쳐서 경찰을 불렀어야지!

성혜가 다시 짧은 대답을 했어.

"경찰 곤봉에 맞아서 저렇게 된 건데."

성혜의 몹시 차갑고 무거운 음성이 그 말이 사실이란 걸 증명하고 있었지.

"왜? 뭘를 잘못해서 경찰 곤봉에 곤죽이 되도록 맞은 건데! 아니, 아무
리 잘못했다고 해도 사람을 이렇게 패도 돼?"

"일단 우린 전혀 잘못이 없고, 농성이 있었어. 우리를 강제 해산시키려고
이런 거야."

성혜는 나로선 도무지 이해하기 어렵고 믿기 힘든 말들을 들려주었다.

원래 이 공장엔 회사 측과 결탁한 남자 지부장이 장악한 어용노조가 있
었다더구나. 그런데 여공들이 뜻을 모아 자신들의 입장을 대변할 여성
노동자를 지부장으로 내세운 거지.

여성이 노조 간부가 된 건 처음 있는 일이라더라. 이 공장 노동자의 대
다수가 여성이었는데도 말이야.

그런데 회사 측이 여성 집행부의 민주노조를 눈엣가시로 여긴 거지. 그
래서 다시 회사 뜻대로 움직일 수 있는 남자 지부장을 뽑아 어용노조
를 세우고 여공들의 민주노조를 없애려고 한 거야.

기숙사 강당에서 새 지부장 선출 투표를 하는데, 여공들이 강당으로

못 들어가게 출입문을 막았다고 했어. 여공들을 전부 제외시키고 자기들끼리만 모여서 남성 노동자를 지부장으로 뽑은 거야.

성혜는 여공들이 이 일에 저항하기 위해 농성을 벌인 거라고 했어. 회사 측에서 기숙사 출입문을 봉쇄해 음식물 반입을 차단시키고 수도와 전기를 끊었다더라. 심지어 화장실 문에도 대못질을 해버리고. 그래도 여공들의 농성은 가라앉지 않았대.

결국엔 완전 무장을 한 전투경찰대가 움직였고, 여공들은 순식간에 제압당할 위기에 빠지게 된 거야. 그러자 누군가 '경찰도 벗은 몸엔 손을 못 댄대!' 라고 외치는 소리에, 전부 자발적으로 입고 있던 옷을 벗어던졌다고 했어. 하지만 그런 생각은 부질없이, 속옷만 입은 채로 무참히 두드려 맞으며 경찰차에 끌려갔다고…….

"아니 도대체 그게 뭔데? 노조며 지부장이며 그런 게 다 뭐라고 이렇게 얻어맞는 건데!"

나는 솔직히 이해가 안 됐어. 그 노조가 뭐라고, 그게 무슨 부모라도 되나. 그걸 지키기 위해 이렇게까지 처참해지다니. 하지만 나중에 알게 됐지. 여공들이 지키려고 했던 민주노조는 그녀 자신들을 지키기 위한 처음이자 마지막 보루였다는 걸.

하긴 방직공장으로 간 후, 정애가 보낸 편지엔 '난 지금 그 어느 때보다 행복하다' 라는 내용이 있었어. 조합원으로 활동하면서 인간답게 사는 게 뭔지 알아가고 있다고.

그때 나는 그 편지를 보면서도 아, 그렇구나, 하고 넘겼어. 그게 뭐 그렇게 뜻 깊은 일인지도 몰랐고, 알고 싶은 마음도 없었거든. 그냥 이래저래 열심히 살고 있구나, 하는 안일한 생각뿐이었던 거야.

정애는 채 이틀도 되지 않아 성치 않은 몸을 이끌고 다시 공장에 나갔어.

난 서울로 가서 미장원을 관두고 짐을 싸 정애에게로 왔단다.

정애를 도저히 혼자 둘 수 없었어. 내가 옆에 있다고 달라질 건 별로 없겠지만, 그래도 곁에 있고 싶었어. 정애도 굳이 말리지 않았다. 나중에 안 사실인데, 정애는 성혜에게 내 이야기를 무척 많이 했다고 했어.

친구 중에 유은옥이라는 애가 있는데, 그 애는 매사 시원스런 애라 곁에 있으면 든든하다고.

병원으로 실려온 날도 정애가 은옥이, 은옥이, 하면서 날 찾길래 성혜가 편지를 뒤져 연락한 거였어. 성혜는 부모도 애인도 아니고 무슨 친구를 그렇게 찾는지 신기하다고 했지만, 난 정애가 날 찾아준 게 뿌듯하고 고마웠어.

어쨌든 그렇게 내 공장 생활이 시작된 거다.

사실 그 공장은 근무조건이 다른 곳보다 낫다고 해서 들어가기 힘들었는데, 성혜가 방법을 알려주었지. 위에 누군가한테 연평도 굴비 한 짝을 바치면 된다고. 그러면서 성혜는 '이건 내 인생의 유일한 편법이 될 거야'라고 말했어.

그땐 '쟤는 또 무슨 말이래?' 싶었는데, 그간 성혜가 걸어온 길을 생각하면 정말 맞는 이야기였어. 임성혜처럼 털어서 먼지 하나 안 나는 인간이 있을까 싶다. 우린 남진이냐 나훈아냐, 놓고 투덕거릴 때를 제외하곤 꽤나 죽이 잘 맞는 사이였단다.

아, 이건 여담인데, 우리가 남진이다, 나훈아다 한참 끝나지 않은 말싸움 중일 땐 정애가 중재를 했어.

'얘들아! 다 됐고, 조용필이지.'

말수도 없는 정애가 더없이 나지막한 목소리로 한마디를 할 때면, 이상하게 나와 성혜는 입을 다물게 되더라고.

공장 작업장 안에는 1분에 140보라는 문구가 표어처럼 붙어 있었다. 난 공장에 들어간 첫날 1분에 140보를 걷는 훈련을 받았어. 거의 뛰는 수준으로 기계 사이를 빨리빨리 돌아다녀야 했단다.

24시간 돌아가는 기계가 멈추는 건 일 년에 딱 세 번. 설과 추석 그리고 노동절뿐이었단다.

그 외에 기계가 멈추는 건 실이 끊기거나 엉키는 작업 불량 상태가 발생했을 때뿐이었지. 그런 일을 막으려면 정말이지 한눈 팔 새도 없이 기계 사이를 날듯이 뛰어다녀야 했어.

한 명이 열 대가 넘는 기계를 맡다 보니 더 그랬지.

돌아가는 기계 소음은 어찌나 큰지. 귀마개를 해야 할 정도고, 의사소통은 호루라기로 했어. 솜에서 나오는 먼지가 코와 입으로 사정없이 들어가는데, 정애가 왜 그렇게 기침을 달고 사는지 알 것 같더라.

공장 일을 처음 한 날, 난 그 엄청난 기계소리가 계속 환청으로 들리는 바람에 밤잠을 설쳤다. 정말이지 몸이 남아나질 않고 온갖 병이란 병은 다 들어버릴 것 같은 기분이었어.

우습지만 웃지 못할 얘기를 들려줄게. 전에도 말했지만 난 미니스커트를 한 번 입어보는 게 소원이었지 않니. 그 소원을 이 공장에 들어와서 이뤘다.

내 작업복 하의는 무릎에서 10cm가 올라오는 미니스커트였어. 작업장 안은 1년 내내 32도 이상의 고온을 유지해야 했거든. 한여름이면 거의 40도에 달했어. 그러니 그걸 입지 않을 수 없었지. 아니, 그렇게 입어도 작업장 안의 찜통 같은 더위는 견딜 수 없었어.

멋으로 입은 게 아니라, 살려고 입은 미니스커트는 내게 아무런 감흥도 주지 못했다. 그 더위 속에서 통풍 안 되는 운동화를 계속 신고 있느라 생긴 무좀이나 좀 없어졌으면 싶었어.

너무 벗어나고 싶은 고된 노동의 날들이 이어진 거였다. 그런데 이것도 그나마 여공들의 민주노조 활동으로 좋아진 거라고 했어. 참 기가 막히더라. 좋아진 근무조건이라고 해봐야 특별한 것도 아니었어. 너무나 당연한 것들이 조금씩 지켜지는 거라고 봐야 했지.

식사시간 30분 확보. 환풍기 설치. 남녀 노동자의 임금 차별 철폐. 1일 3교대 8시간 근무. 생리 휴가 확보. 기숙사 온수 공급.

원래는 하루에 열댓 시간씩 일을 했다고 하더라.

정해진 식사 시간도 따로 없었고, 밥을 먹더라도 20분 안에 먹고 들어오지 않으면 채근이 말도 못했대.

사람이 그렇게 쉴 새 없이 일을 하는데 밥 먹을 시간은 줘야지. 그렇게 일을 하면 밥만큼은 좀 편히 먹게 두는 게 인지상정 아니니. 그리고 작업장 안에서 30분만 일해도 솜에서 나오는 먼지 때문에 몸이 하얗게 덮일 정도고, 코와 입으로 들어가는 먼지 때문에 숨쉬기가 버거울 지경이었거든. 이런 상황에 정말 '인간적으로' 환풍기는 있어야 하지 않겠니. 이런 당연한 것들이 노조를 만들어 큰 목소리를 내야만 이뤄지는 것도 어이없는 일이지. 근데 이런 것들 좀 지켜달라고 했다고, 여공들의 노조를 없애려고 했다는 게 말이 되니.

여공들에게 그런 폭력을 휘둘렀다는 게…….

'사건의 내막'을 알게 된 나는 당연히 '민주노조'의 조합원이 되었다. 그때 알몸으로 맞서다 무참히 당한 여공들은 노조를 해체하기는커녕, 민주노조라는 울타리 안에서 더 똘똘 뭉치게 되었단다.

그때만 해도 우린 알몸 시위보다 더 무참한 일이 기다리고 있다는 걸 전혀 알지 못했지…….

결국 네게 말해야겠지만 ……실은 지금도 그 사건을 생각하면 누군가 심장을 쇠망치로 꽝꽝 때려대는 듯한 기분이 든다.

우선은 우리 임성혜 이야기를 좀 더 해야겠다. 성혜를 만난 건 아프고 버거웠던 공장 생활에서 유일하게 좋았던 일이니까.

뭐, 가끔은 정애가 성혜와 나 모르게 비밀 이야기를 나누는 것 같아 좀 심술이 나긴 했지만, 정애가 구로공단 시절부터 성혜 도움을 많이 받았다고 하니 그쯤이야.

나와 정애 사이에 성혜가 모르는 역사가 있듯, 정애와 성혜 사이에도 내가 모르는 역사가 있지 않겠니.

조합원이 된 나를 보고 성혜가 말했어. 우린 비참한 노예로 사는 게 아니라 신성한 노동자로 살기 위해 목소리를 내는 거라고.

성혜가 이 말을 한 뒤로, 내 눈에 성혜가 참 남달라 보이더라. 그래서 정애만큼 성혜도 특별하게 생각되었어.

정애를 생각하면 한없이 따뜻하고 한편으론 맘 한구석이 아린데, 성혜를 생각하면 더없이 힘차고, 입가에 늘 개구진 웃음이 어리게 되더라고.

임성혜가 확실히 웃긴 데가 있거든. 얘가 알고 보니 대학생이더라. 그것도 무려 서울대씩이나!

성혜의 비밀은 정애만 알고 있었는데, 그걸 듣고 난 처음엔 코웃음을 쳤어.

"서울대 대학생이 왜 여기 있니? 말이 되는 소릴 해."

그런데 밤에 성혜가 날 은밀히 불러내더라. 기숙사 담벼락 후미진 곳으로 데려가더라고.

그러더니 바지 주머니에서 꼬깃꼬깃 구겨진 담뱃갑을 꺼내 담배를 피웠어.

"야, 네 폐는 뭐 강철이니? 하루 종일 먼지 때문에 죽겠는데 무슨 담배야."

난 연기를 피하려고 고개를 돌리며 나무랐어. 성혜가 피식 웃더니 더 깊게 담배를 빨아들이더라.

"정애한테 얘기 들었다며."

"무슨 얘기. 아, 담배 좀 끄라고."

내 채근에 성혜가 담배를 발로 비벼 끄고 눈앞에 뭔가를 턱, 들이밀었어. 자세히 보니까 서울대 학생증이더라. 임성혜의 얼굴이 딱! 박혀 있는. 난 너무 놀라 눈이 커져선 뭐야? 진짜야? 하는 말이 튀어나왔어.

성혜가 말없이 고개만 까딱이더라. 난 별안간 화가 확 치밀어서 성혜의 등짝을 사정없이 내리쳐버렸어. 그랬더니 성혜가 놀란 눈으로 날 봤어. 난 아랑곳 않고 성혜에게 말했지. 이 계집애가 남은 가고 싶어도 못 가는 대학교를 팽개치고 여기서 뭐 하는 거냐고.

성혜가 잠시 쓴웃음을 지었어. 그리고 아주 분명한 어투로 말했지.

"꿈을 이루려고. 나한텐 꿈이 있는데 내가 번지르르한 길만 다니면, 난 아마 그 꿈을 못 이룰 거야. 아무것도 몰라서 아무것도 못할 테니까."

난 성혜 말을 듣고도 뭔 말인지 모르겠어서 코웃음만 나왔어. 근데 그래도 좀 궁금은 하더라. 그래서 어디 들어나 보잔 생각에 물어봤어.

"꿈이 뭔데."

"성실하고 정직한 사람들이 잘 살게 되는 거. 최소한, 사람답게 사는 거."

뭐랄까…… 난 태어나서 그런 꿈은 처음 들어봤어. 그때까지 내 꿈은 내가 잘 먹고 잘 사는 거였거든. 생각의 범위를 넓혀봐야, 우리 가족이나 정애까지였지. 그런데 임성혜는 이 세상에 사는 모든 성실하고 정직한 사람들의 행복을 바라는 거잖아. 그게 자기 꿈인 거잖아. 난 그게 정말 놀랍고 신선했어.

난 성혜 학생증보다도, 그 말 때문에 성혜가 서울대생이 맞고, 얘가 정말 뭔가 올바르고 대단한 걸 하려는 거구나, 그런 생각이 들었단다.

이곳 여공들도 그랬다. 그들은 자신을 위해 싸웠지만, 혼자가 아니라 '우리'가 되어 서로 큰 힘이 되어주고 있었어.

비참한 노예로 사는 게 아니라 신성한 노동자로 사는 것.

성혜의 이 말은 내 가슴에 오래도록 기억되었다. 기실 내 여차장 시절도 미장원 보조 시절도, 신성한 노동이라고 부를 만한 건 못 되었지. 물론 나는 범죄가 아닌 담에야 모든 돈을 버는 행위는 선하고 신성하다고 생각했지만…… 그건 너무 지치고 작아진 내 자신을 일으켜 세우려는 주문 같은 것이기도 했다.

분명 내가 일을 한 대가로 돈을 받는 건데, 돈을 번다는 느낌이 없고, 되레 그 돈 때문에 조금씩 내가 없어지는 느낌. 일을 하면서 나는 이런 무서운 기분에 시달려야만 했어.

시절이 좋아졌다고는 하지만 난 아직도 이 세상에 나와 같은 기분을 느끼는 사람들이 있을 거라는 생각이 든다.

이민주! 너는 살면서 그런 걸 단 한 번이라도 느끼지 않는 게 내 소원이다.

네가 무슨 일을 하든 비참한 노예가 아니라 신성한 노동자로 살아가기를.

하나 더! 네 이름은 사실 정애가 지어줬어. 하지만 나도 그보다 더 좋은 이름은 없다고 생각한다. 민주. 너무 소중하고 아름답지 않니?

그동안 말하지
못해서 미안해

새로운 투자금 확보로 나름 기세 좋게 나아가던 Bon2스튜디오의 움직임에 제동이 걸렸다. 그렇게 대단한 타격은 아니었지만, 상승세를 다는 흐름을 주춤하게 하기엔 충분했다.

제동을 건 사람은 다름 아닌 수아의 엄마였다.

이틀 전, 수아는 엄마로부터 다급한 전화를 받았다.

"엄마 앰뷸런스야! 빨리 병원으로 와! 빨리!"

그 전화를 받았을 때 수아는 뉴스타 엔터테인먼트 정 실장을 만나서 명함을 건네고 있던 중이었다. 예전에 아이돌 굿즈를 제작했던 인연으로 어렵게 성사된 자리였다.

뉴스타 사옥 근처 카페에서 이제 막 점심을 먹고 오는 정 실장을 만났다. 수아에게 주어진 시간은 정 실장에게 남은 점심시간 20분이었다.

주문한 커피를 가지고 와서 정 실장이 한 모금 마시는 걸 본 후에, 명함을 건넸다. 그리고 '제가 새 회사를 꾸리게 되었습니다'라고 말한 순간, 그 전화가 울렸다.

30분도 못 되는 시간이었지만 앰뷸런스에 실려 가고 있다는 엄마의 전화를 받고도 자리를 지킬 순 없는 노릇이었다. 앰뷸런스라는 단어도 그렇고, 몹시 다급한 목소리였으니까.

수아는 '어머니께 사고가 난 것 같습니다. 죄송하지만 먼저 일어나봐야겠네요. 나중에 뵙겠습니다' 하곤 급하게 자리를 뜰 수밖에 없었다.

수아가 병원으로 달려갔을 때, 엄마는 응급실 임시 침대에 누워 대기 중이었다.

부목을 대고 있는 걸로 봐서 오른팔은 부러진 것 같았고, 꼼짝도 못하는 걸로 봐서는 골반 쪽에 이상이 있는 듯했다.

머리는 물기에 젖어 있었고, 얇은 점퍼 안으로는 현란한 무늬의 셔츠가 보였다. 그런데 그 셔츠가 어딘지 좀 이상했다. 현란한 무늬는 그렇다 치더라도, 지나치게 달라붙어서 꽉 끼는 느낌이랄까. 자세히 보니 그건 셔츠가 아니라 수영복이었다.

"무슨 일이야? 대체 어쩌다 이렇게 된 건데?"

수아가 묻자 엄마는 고개를 돌리고 중얼거리듯 대답했다. 미끄러졌어. 수영장에서.

엄마는 요즘 수호가 끊어준 수영강습 기초반에 다니고 있다고 했다.

"나 이것 좀 입혀줘."

엄마는 멀쩡한 왼팔로 꼭 쥐고 있던 것을 건넸다. 엄마가 건넨 건 티셔츠였다. 하필이면 수영복을 입은 채로 넘어질 게 뭐라니. 우리

반 엄마들이 바지는 겨우 입혀줘서 다행이었지.

엄마는 말을 하면서도 다친 곳이 아픈지 끙끙댔다.

"그냥 그대로 검사 받는 게 나을 거 같은데. 괜히 잘못 움직였다가 더 잘못되면 어떡해."

엄마의 얼굴에 짜증이 스쳤다.

'그땐 그때고. 이 꼴로 어떻게 검사를 받니? 이거 아니면 너 부르지도 않았어!'라고 티셔츠를 흔들며 재촉했다.

지금 엄마의 머릿속을 점령하고 있는 건 다친 것에 대한 속상함이 아닌 듯했다. 현란한 무늬에 쫙 달라붙는 수영복 차림으로 이리저리 검사를 받아야 한다는 것. 그 사실이 엄마를 훨씬 더 짜증스럽게 만들고 있는 것 같았다.

할 수 없이 엄마를 일으켜 점퍼를 벗기고 티셔츠를 입히기 시작했다.

부목을 댄 오른팔이 문제였지만, 다행히 셔츠가 헐렁한 데다 반팔이어서 비교적 수월하게 들어갔다. 다시 엄마를 눕히자 엄마는 그제야 한결 나아진 얼굴이 되었다.

"정말 큰일 난 줄 알았잖아."

수아가 안도감이 섞인 말을 내뱉었다. 엄마는 '이게 큰일이 아니면 뭐야. 피라도 철철 나야 돼?'라고 대꾸했다. 수아의 안도감이 서운한 눈치였다.

그게 아니고……. 수아는 말을 더 하려다가 관두었다. 아픈 엄마 말에 토를 달아봐야 자신만 못된 딸이 될 게 분명했으니까. 하지만 '앰뷸런스에 실려 가고 있다'는 급박한 전화에 비해 양호한 듯한 상태를 확인하자, 수아의 머릿속엔 무산된 것과 다름없는 정 실장과의 미팅이 떠올랐다.

왜 하필 그 타이밍에 전화가 울린 걸까. 주어진 시간은 20분이었고, 커피를 주문하느라 5분은 썼으니 딱 15분 후에 울렸으면! 아니, 어차피 마지막 5분은 시간 내주셔서 고맙다 같은 인사 따위일 테니, 딱 10분. 10분 뒤에만 울렸어도!

하지만 뭘 어떻게 원망을 할 수 있는 상황도 아니었다. 혼자 삭이고 말아야 할 안타까움이 아직은 쌩쌩하게 수아의 마음을 휘저을 뿐이었다.

검사 결과 엄마는 예상대로 오른쪽 팔목이 부러지고, 골반 뼈에 실금이 갔다.

3주 정도 입원 치료를 하라는 진단이 나왔다.

뒤늦게 도착한 아빠와 수호는 엄마 입원 소식에 난감한 기색이었다. 두 사람 모두 일 때문에 엄마를 돌볼 수 없어서였다. 그건 수아도 마찬가지였다.

이야기는 간병인을 두자는 쪽으로 흘렀다. 그런데 진짜 문제는 여기서부터였다.

아빠가 엄마에게 '간병인을 둡시다' 하자마자, 엄마는 '왜? 간병비가 얼마나 비싼데! 하루 이틀 입원할 것도 아니고'라며 도무지 이해할 수 없다는 표정이었다.

'그럼 입원을 안 하겠다는 거야?' 아빠가 되묻자, 엄마는 '아니, 수아 있잖아'라고 대답했다. 수아의 의사는 묻지도 않은 채, 너무도 당연하게.

엄마의 생각은 이랬다. 수아는 현재 알바 중이기 때문에—게다가 그 알바는 월급제가 아닌 일당 근로니까—언제든 그만두고 다시 또 들어가면 된다고.

사실 '호텔 알바를 하고 있다' 이후, 수아의 정보는 가족들에게 업데이트 되지 않았다. 연주의 투자를 받아 새 사무실을 차린 이야기는 아직 아무도 모르고 있었다.

심지어 수아가 희수 집에 들어가 있다는 사실도 몰랐다.

수아의 입장에선 치열하게 받아낸 거지만, 엄마 입장에선 '웬수같이 징하게 달라붙어서' 받아낸 보증금이었다. 그런 보증금을, 몇 백 갚는다고 티도 안 나는 빚 청산에 써버렸다고 하면 허무하고 화가 날 게 분명했다.

새 사무실을 차렸다는 이야기를 어디서부터 어떻게 해야 할까.

Bon2스튜디오의 출범이 아니라 윤 이사의 제안을 받아들였다고 하면, 엄마아빠가 정말 좋아할 텐데.

윤 이사의 제안을 받은 일은 새 회사를 차리는 데 큰 영향을 준 사건이었다. 하지만 수아는 부모님께 그의 제안에 대해선 말하지 않기로 했다. 이미 무를 수도 없는 일, 말해봤자 자신의 등짝만 남아나지 않을 테니까.

가족은 가장 힘이 되는 존재라고 하지만 이런 상황에선 사실 가장 넘기 힘든 장애물일 수도 있다고 수아는 생각했다. 세상의 기준에 부합하는 번듯한 길을 놔두고 다른 길로 가려 할 때, 왜 그런 길로 가느냐고 가장 많은 만류를 할 사람들. 그 사람들이 바로 가족이었다.

수아는 지금까지 중요한 결정의 순간에, 이 적극적 만류자들의 말을 들은 적이 없었다. 그런 면에서 수아는 부모님께 일말의 죄송함을 느끼기도 했다.

사무실을 새로 차린 게 나쁜 짓도 아닌데, 수아는 입이 쉽사리 떨어지지 않았다. 하지만 말은 해야 했다. 3주 동안 엄마 간병을 하고 있을 상황은 못 되었으니까. 언제까지고 계속 숨길 수도 없는 일이고.

"나 사실…… 새 회사 차렸어. 새로 사무실을 내서 할 일이 너무 많아. 엄마 보러 매일 저녁 들를 수는 있는데, 간병은 힘들 것 같아."

엄마, 아빠, 남동생 모두 황당한 얼굴로 수아를 보았다. 언제 낸 거야? 무슨 돈으로? 질문들이 쉴 새 없이 쏟아졌다. 수아는 차분하게 질문에 대답을 해나갔다.

십여 분 걸리지 않아 가족들의 궁금증이 일단락되었고, 침묵이 찾아왔다.

할 말이 없는 건지, 할 말을 고르는 중인지, 모두들 저마다의 생각에 뒤덮여 있는 얼굴이었다.

"너 정말 어쩌려고 그래!"

침묵을 깬 건 엄마였다. 엄마의 말에 뒤이어 아빠가 그래, 수아야, 이건 좀…… 하고 입을 떼자, 수호가 누나, 이건 아니지! 버럭 했다.

"뭐가 그렇게 아닌데."

수아는 수호를 보며 차갑게 물었다. 거기엔 '안 그래도 골치 아픈데 너까지 끼어들진 말라'는 뜻도 포함되어 있었다. 수아의 냉랭한 기세에 수호는 아니, 빚 정리도 안 됐는데 또 망하면…… 하고 말끝을 흐렸다.

"난 절대 안 망해. 나도 살아야 하니까."

분명한 말이었지만, 그럼에도 엄마는 말꼬리를 잡았다. 그러니까 왜 꼭 그렇게 살아야 되냐고? 수호 봐. 수호처럼 좀 안정적으로 살 순 없어?

수아는 순간 할 말을 잃었다. 난 내 꿈을 향해서만 살아야 하는 인간인 걸, 불량품 런닝화를 보며 깨달았다고 하면, 가족들 중 한 명이라도 납득할 수 있을까?

아니, 가장 수아의 편에 서 있다고 생각하는 아빠마저도, 고개를 저을 게 분명했다. 어쩔 수 없는 한숨이 새어 나오는 건 이해하지만, 불량품처럼 부정당하고 싶진 않았다. 그럼 어떤 말을 해야 아빠 한 사람만이라도 등 돌리지 않게 할 수 있을까.

수아의 등짝에 엄마의 말짱한 왼손이 날아들었다. 그리고 '말을 해봐. 너 어쩌려고 이러냐고!'라는 딱히 답을 기대하지도 않는 것 같은 채근이 이어졌다.

세게 맞지도 않은 등짝은 왠지 얼얼한 느낌이었다. 어떤 말로 이 상황을 헤쳐 나갈까, 질문만 맴돌던 그때, 문득 할머니의 편지 속, 스물네 살 임성혜 의원이 한 말이 떠올랐다.

할머니로부터 등짝이 후려쳐지면서 '남은 가고 싶어도 못 가는 대학교를 팽개치고 뭐 하는 거냐'고 채근을 당했을 때 대답한 말.

'꿈을 이루려고. 나한텐 꿈이 있는데 내가 번지르르한 길만 다니면, 난 아마 그 꿈을 못 이룰 거야. 아무것도 몰라서 아무것도 못 할 테니까'라는 말.

임 의원처럼 '성실하고 정직한 모든 사람들의 행복을 비는 원대한 꿈'이 아니라 비록 수아 자신만의 꿈이어도, 그 말만큼 수아의 상황을 대신해줄 수 있는 말은 없는 것 같았다.

그래서 수아는 그 말을 잠시 빌리기로 했다. 만약 언젠가 임 의원을 만날 일이 있다면 감사 인사는 그때 전하기로 하고.

"꿈을 이루려고 그래. 나한텐 꿈이 있는데 내가 번지르르한 길만 다니면, 난 아마 그 꿈을 못 이룰 거야."

수아의 대답에 다시 잠시 침묵이 흘렀다. 그 침묵을 깬 건 이번에도 엄마였다.

"대체 그 꿈이 뭔데?"

엄마의 말투엔 할머니가 그랬던 것처럼 '어디 들어나 보자'는 느낌이 묻어났다. 문득 그 어쩔 수 없는 싱크로율이 우스워서, 수아는 이 상황에 하마터면 웃음이 샐 뻔했다.

"내 꿈은…… 잘사는 거."

아빠는 작지만 깊은 한숨을 내쉬었고, 수호는 헛웃음을 지었다.

그리고 엄마는 수아가 아닌 아빠에게 부탁을 했다. 여보, 나 대신 쟤 등짝 좀 때려줘. 세게 후려치려니까 아파서 못 하겠어.

아빠는 그저 엄마의 왼손을 꼭 잡아주었다. 그러면서 수아에게 말했다. 그 말을 사무실을 차리기 전에 미리 들었으면 좋았을 것 같다고.

그 점은 수아도 충분히 죄송스러운 부분이었다. 하지만 미리 말했다면, 지금보다 새 출발이 훨씬 더 복잡하고 늦었을 게 분명했다. 이렇게 일단락되나 싶었는데.

"그건 그거고, 간병은 해."

엄마가 통보하듯 말했다.

"엄마!"

수아의 얼굴이 당황스러움으로 물들었다.

이왕 시작한 거, 응원은 못 해도 방해는 하지 맙시다. 아빠가 엄마를 말렸다. 엄마는 이게 '무턱대고 저 좋아하는 걸 택한 대가'라고 말했다. 원래 좋아하는 걸 택하면 시련이 오고, 싫어하는 걸 택하면 그만한 보상이 오는 법이라고.

수아는 좋아하는 것과 싫어하는 것의 결과가 뒤바뀐 것 아닌가, 하는 생각이 들었지만 토를 달지 않기로 했다. 다만 전략을 바꿔, 통사정을 하기로 마음먹었다. 하지만 이런 시도는 단칼에 거절당했다. 수아의 입에서 '엄마, 정말 미안한데'라는 말이 나오자마자 엄마는 단번에 '시끄러!' 간단히 제압했다.

상황이 이렇게 되자, 아빠와 남동생은 슬그머니 자리를 떴다. 지금 이 문제에 두 사람의 입김은 무력할 테니까. 어차피 승자는 거의 정해진 셈이었다. 단지 피곤한 말싸움만 조금 더 지속되다 끝날 텐데, 그걸 지켜보느니 차라리 바람이나 쐬고 오겠다는 심산일 터였다.

병실에 남겨진 엄마와 수아는 한동안 말이 없었다.

그건 상황이 정리된 후의 침묵이 아니었다. 요컨대 지금은 말싸움보다 더 피곤한 침묵이 이어지는 중이었다. 수아는 아무 의미 없는 핸드폰 화면들만 넘기고 있었다.

엄마는 자신의 통보를 철회할 생각이 전혀 없었고, 수아 또한 이대로 백기를 들어 보일 수 없었다. 모든 미팅과 계약에서 아무리 수를 쓰는 데 이골이 난 수아라지만, 희한하게도 엄마와의 수 싸움에서는 늘 이렇게 막막함과 답답함을 느끼게 되는 게 신기했다.

수아는 이런 답답함의 원인이 전부 자신에게 있다고도, 엄마에게 있다고도 생각하지 않았다. 이건 엄마와 딸이라는 관계가 그 어떤 논리 없이, 오직 마음으로만 이루어진 관계라서 그런 게 아닐까 하는 생각이 들었다.

그러니까 서로 만나기만 하면 어떤 포장도 없이 다짜고짜 '감정의 핵'이 튀어나오는 것. 평소 잘 봉인되어 있는 감정의 핵이, 혼자

일 때보다 더 제 모습을 마음껏 드러내는 순간. 그리하여 재고 생각
하고 할 것 없이 서로 무작정 부딪히게 되는. 하지만 돌아서면 한없
이 약해지며 껴안고 싶어지는, 정말이지 설명 불가능한 이상한 감
정의 핵들.

엄마는 이런 엄마고, 나는 이런 딸인데, 엄마는 어떤 딸이었고 할
머니는 어떤 엄마였을까.

수아의 머릿속에 문득, 지금의 이 수 싸움과 무관한 질문이 떠올
랐다. 그때였다.

"엄마 보고 싶어. 난 왜 이런 때 엄마가 없는 거야."

엄마가 긴 침묵을 깨고 혼잣말인 듯 중얼거렸다.

이 말에 핸드폰 화면에 고정되어 있던 수아의 고개가 들렸다.

엄마의 시선은 병실 천장을 향해 있었다. 그러다 형광등 불빛에
눈이 시린 듯 왼팔로 두 눈을 가렸다.

그 순간 수아는 자신이 뭔가 큰 잘못을 한 사람처럼 느껴지며 가
슴이 뭉근해졌다.

지금까지 수아가 읽은 할머니의 편지에선 딸에 대한 사랑이 짙게
묻어났다. 여태 그걸 읽으면서 지금 난 무슨 짓을 한 건가, 그것도
내 엄마에게! 하는 생각이 수아를 덮쳤다.

……엄마. 수아는 낮은 목소리로 엄마를 불렀다.

뒤에 무슨 말이든 이어져야 한다고 생각했지만, 좀처럼 말이 나오
지 않았다. 잘못했다고 하고 사무실을 엎을 것도 아니니까. 이제 와
서 내가 간병을 하겠다 말하는 것도 뒤늦은 듯했다. 마지못해 그런
다고 느낄 게 분명했다.

"성인이 되고나서부터 내 삶에 중요한 순간마다 엄마가 없었

어. 너랑 수호를 낳을 때 없었던 게 제일 컸지. 하지만 그거 말고도 어쩌면 좋을지 모르겠는 순간이 너무 많았는데…… 엄마가 없어서…… 힘들었어. 난 오래오래 살아서 내 자식들 옆에 중요한 순간이든 사소한 순간이든 매 순간 있어주자 다짐했는데…… 널 보면 내가 없어도 별문제 없을 거 같아."

아아니, 그건 아니야, 정말! 수아의 입에서 완강한 말이 반사적으로 튀어나갔다. 그러나 정말 아니란 말 말고는 더는 할 말이 생각나지 않아 수아는 고개를 숙였다.

언젠가 엄마는 이런 얘길 했다.

사람이 오래 살았다는 증거는 '감정'이 무뎌지는 걸 보면 안다고. 이 꼴 저 꼴 다 보다 보면 웬만한 일에는 감정이 발동하지 않는다고 했다. 엄마는 벌써 90프로의 감정이 무뎌져버린 것 같은데, 그래서 쿨하다고. 쿨하니까 편하다고.

그런 엄마가 전혀 쿨하지 않을 때는 딱 두 가지 문제 앞에서였다. 자식 문제와 돈 문제.

아주 당연한 것이기도 해서 수아도 그게 틀리다고 생각하진 않았다. 엄마는 세상의 통념에 그다지 어긋나지 않는 아주 기본적인 인간이었다. 엄마 인생의 큰 특이점은 남들보다 이른 스물한 살 나이에 아이를 낳았다는 것 정도가 전부였다.

세상의 통념에 거의 완벽하게 부합하는 엄마의 인생은 어쩌면 할머니로부터 비롯된 건 아닐까, 수아는 생각했다. 할머니는 세상의 통념에 반하는 삶을 산 분이었다. 엄마는 그 인생의 힘겨움을 보면서 무의식적으로 그와는 반대로 나아가려고 한 게 아니었을까.

하지만 요즘 할머니의 편지를 보면 할머니가 마냥 세상의 통념을 거부하는 삶을 살았다고 보기도 힘들었다.

그러니까 편지를 보기 전 할머니의 삶은—친척 어른들에게 주워들은 것만으로 판단했을 때—'난 내 멋대로 살 거야'라는 느낌이었다. 하지만 지금은 '어쩔 수 없는 것들에 휘둘리진 않을 거야'라는 느낌이 든달까.

지금 수아도 그랬다. '내 멋대로 하고 싶은 일 하면서 살 거야'가 아니라, '어쩔 수 없는 것들 때문에 하고 싶은 일을 포기하진 않겠다'라는 마음이었다.

엄마도 모자라 나까지 할머니를 닮아버린 걸까.

유전은 어쩔 수 없는 건가 싶어 수아는 웃음이 났다.

"왜 웃어? 너 연애해?"

팔목으로 눈을 가리고 있는 줄 알았던 엄마가 수아를 보고 있었다.

엄마 때문에 시작된 상념인데 엄마가 보고 있는 줄도 모르다니. 엄마는 '이런 상황에도 바보처럼 웃음이 나게 할 수 있는 건 연애뿐'이라며 자꾸 있지도 않은 무언가를 캐려고 했다.

"엄마는 할머니를 닮고 난 엄마도 닮고, 할머니도 닮고. 결국은 서로 다 닮은 게 신기하고 웃겨서 그래."

수아의 말을 듣자마자 엄마는 '넌 나 안 닮았는데. 나도 우리 엄마 안 닮았고'라고 말했다.

"그럼 난 누굴 닮은 거야?"

수아가 물었다.

"나 건너뛰고 네 할머니."

엄마가 일말의 고민도 없이 대답했다.

수아는 '그럼 엄마는 누굴 닮은 건데?'라고 물었다. 그러자 엄마는 '암튼 네 할머니는 아닌데'라고 하다가 잠시 멈칫했다. 그러다 혼잣말로 중얼거리듯 '엄마 아니면 아빠겠지 뭐. 아니면 너처럼 엄마의 엄마를 닮든가'라고 했다.

엄마의 머릿속에 친아버지에 대한 생각이 스친 모양이었다. 그러고 보니 할머니 편지엔 아직 엄마의 친아버지에 대한 언급이 없었다. 엄마의 친아버지이자, 자신의 진짜 친할아버지는 어떤 사람일까? 수아는 문득 궁금해졌다.

엄마는 중학교 때쯤 할머니에게 진지하게 친아버지에 대해 물었던 적이 있다고 했다.

하지만 할머니는 네 아버지, 저기 있잖아, 하고 안방만 가리켰다고.

아니, 진짜 내 친아빠 말이야. 되물었을 때, 할머니는 엄마보다 더 진지한 표정으로 빤히 보며 대답했다고 한다. 몰라!

엄마는 고등학생이 되었을 때야 할머니의 '몰라'라는 대답을 자기 식대로 해석할 수 있게 되었다고 했다. 헤어지고 나서도 정말 내가 누구랑 만난 건지, 어떤 인간인지 잘 모르겠는 사람이거나, 혹은 차라리 모르고 싶을 만큼 싫은 사람이거나. 뭐 그런 게 아니겠냐고.

수아도 이 이야기를 고등학생 무렵에 들었는데, '몰라'라는 단답에서 그런 해석이 나오는 엄마가 대단해 보였다. 하지만 그건 그만큼 알고 싶었단 뜻이기도 해서 안타깝기도 했다.

"엄마, 전에 임 의원님한테 받아온 할머니 육필 원고 있잖아. 안 궁금해?"

수아가 떠보듯 입을 뗐다. 그러자 엄마가 일말의 망설임도 없이 대답했다.

"안 보고 싶어. 울기 싫어."

아주 짧은 대답이었지만 그 안에 엄마의 모든 마음이 다 담겨 있는 것 같아서, 수아는 더 묻지 않기로 했다.

"그건 그렇고, 너 내 간병인 할 거지?"

엄마가 다시 지극한 현실로 돌아오는 질문을 던졌다.

"엄마, 아빠랑 봉수호가 일하는 것처럼 이제 나도 일한다고. 일당 알바가 아니라."

수아가 차분히 대꾸했다. 엄마는 '아빠랑 수호는 직원이고, 넌 사장이잖아'라고 간단히 말했다. 아직은 직원이 한 명도 없어서 비울 수 없다고 하자, 엄마는 '그럼 더 잘됐네. 혼자면 더 간단하지'라고 태연하게 응수했다.

수아는 저도 모르게 한숨이 새어 나왔다. 더 이상 어떤 말도 통하지 않을 것 같은 느낌. 수아의 눈앞에서 백기가 흔들리고 있었다. 하지만 그 백기를 집어 들기 전에 딱 한 번만 더.

"엄마 말의 요지는 알겠어. 지금 일한다고 해봐야 당장 돈이 나올 것 같지도 않은데 3개월도 아니고 3주를 못 빼냐는 거잖아. 다른 사람도 아니고 아픈 엄마한테, 그치?"

수아의 말에 엄마는 '그래, 말 잘했다. 아픈 엄마한테'라고 추임새를 넣듯 대답했다.

"내 말도 그거야. 아무리 아프다지만 죽을병도 아닌데, 간병비 180만 원 아끼자고 회사 문을 닫으라니. 한 달에 갚아야 되는 채무만 100이 넘는 불쌍한 빚쟁이 딸한테."

엄마가 다소 힘겹게 고개를 돌려 수아를 쳐다보았다. 엄마는 낮게 깔린 목소리로 '하고 싶은 말이 뭐야'라고 물었다.

수아는 첫 투자자 연주에 대한 책임이 있다고 생각했다. 금액이 어떻든 연주의 투자가 아니었으면 시작도 못 했을 테니까. 그런 상황에 이제 막 문을 연 회사의 사장이, 거의 한 달 가까운 시간 동안 회사 일을 스톱 시킨다는 건 직무유기라고 봐도 무방했다. 그건 연주뿐만 아니라 두 번째 투자자인 주영에게도 마찬가지였다.

어쨌거나 수아를 믿고 투자를 해준 이들에게 직무유기에 가까운 말을 던지고 3주 동안 잠수를 탈 순 없었다. 만약 엄마의 간병을 하게 되더라도 이들에게 떳떳할 수 있어야 했다.

"날 간병인으로 써도 돈이 굳는 건 아니라고 말하는 거야. 그래도 엄마는 남이 아니라 내 엄마니까 보통 간병인 일당의 절반만 받을게."

이게 수아가 생각한 타협안이었다. 간병을 한다고 회사 일을 올 스톱 시킬 순 없었다. 할 수 있는 일은 병실에서라도 해야 했다. 그래도 전력투구를 하진 못할 텐데, 그러면서 연주와 주영의 투자금을 축내고 있을 순 없었다.

"내가 또 같은 수법에 당하네."

엄마가 기가 막히다는 듯이 말했다. 같은 수법이라니? 수아가 되물었다.

"너 임 의원님 만나러 갈 때!"

엄마가 팩, 소리를 높이다가 골반 뼈에 통증이 왔는지 아아, 하며 입술을 깨물었다.

어어, 말하지 마, 엄마! 수아의 만류에도 엄마는 통증을 꾹꾹 참아가며 기어이 말을 쏟아냈다.

"그때도 그냥은 못 간다고, 월세 보증금 내놓으라고, 그랬잖아. 그

거랑 이거랑, 뭐가 달라? 그냥은 못 해주니까…… 돈 내놓으란 게.”

씩씩거리던 엄마는 고개를 바로 한 뒤, 후우, 긴 숨을 내쉬었다.

그 뒤로 수아의 얕지만 무거운 한숨이 이어졌다.

그러게……. 왜 자꾸 이런 일이 생기는 걸까…….

수아의 혼잣말에 엄마가 코웃음을 쳤다. 그러면서 불퉁하게 말했다. 안 어울리게 코 빠뜨리지 말라고.

엄마는 딸이 제 할 말 다 하는 걸 기막혀 하면서도 의기소침한 모습은 더 보기 힘들어 했다. 엄마의 마음도 편치는 않은 모양이었다.

짐 좀 챙겨 오겠다고 하고 일어섰다. 수아가 돌아서 나가려는데, 엄마가 말했다.

“꼭 돈 때문만은 아니야. 네가 제일 한가해 보여서만도 아니고.”

수아가 고개를 돌려 엄마를 보았다.

엄마의 시선은 딸이 아닌 천장을 향해 있었다. 엄마가 그대로 다음 말을 이었다.

“간병인은 다른 사람한테 의지하고 손 타는 게 좀 불편하고, 너희 아빠나 수호한테는 민망해. 남편이고 아들인데 뭐가 민망하냐고 하지 마. 적어도 난 그래. 아직까지는. 그러니까 이 말을 하는 이유는…… 급한 일 생겼다고 아빠나 수호한테 나 떠넘기지 말라고.”

그러면서 엄마는 봉수호는 몰라도 아빠에겐 이 사실을 말하지 말라고 당부했다. 서운해 할 거라고. 그리고 아빠가 병실에서 밤을 보내겠다고 하면 수아, 네 선에서 눈치껏 아빠를 집에 보내라고 했다. 적어도 엄마가 화장실을 혼자 드나들 수 있기 전까진.

수아는 엄마의 말에 다시 마음이 뭉근해졌다. 어쩐지 간병비 절반도 받지 않겠다고 말해야 할 것 같았다. 정말 딱 그 말을 하고 싶었지만, 그러질 못했다. 그건 수아에게 생활비를 줄여 받겠다고 5만 원만 달라던 희수, 희수의 그 5만 원보다 딱 한 뼘 더 절실한 것이었다.

"미안해⋯⋯."

수아의 말에 엄마는 예의 무신경한 말투로 대답했다.

"내가 그랬잖아. 원래 좋아하는 걸 택하면 시련이 오고, 싫어하는 걸 택하면 그만한 보상이 오는 법이라고. 너 내 간병하기 싫을 거 아냐. 싫은 걸 택했으니 보상은 해줘야겠지."

"⋯⋯안 싫은데."

수아가 대답했다. 이제 엄마와 수아의 감정의 핵들은 서로 무작정 부딪히는 순간을 지나, 한없이 약해지며 껴안고 싶어지는 순간을 맞고 있었다. 한 시간도 채 되지 않아서.

정말이지 엄마 앞에만 가면 더더욱 막강하게 통제 불가능해진다. 엄마도 그런 듯했다. 엄마의 감정의 핵도 아빠나 봉수호 앞에서보단 수아 앞에서 더 거리낌 없는 것 같았으니까.

"안 싫으면, 무상으로 봉사할래?"

엄마가 틈을 놓치지 않고 슬쩍 파고들었다.

"아니, 엄마도 좋아하는 날 택했으니 시련이 있어야지. 하지만 그래도 돈이 절반만 드니까 엄청난 시련은 아니지 않아?"

엄마의 왼팔이 반사적으로 뻗어나갔다.

수아는 힘없이 날아드는 팔을 턱, 잡을 수 있었다. 등짝으로 내리쳐지는 엄마의 손이 맵게 느껴지는 순간도, 어쩌면 행복일까.

"지금 이건 적립해놓을게. 다 나으면 때려."

수아는 잡은 엄마의 손을 곱게 이불 속으로 집어넣었다. 지금은 고작 이런 게 엄마한테 해줄 수 있는 최선이었다.

이 이야기를 어떻게 시작해야 할까.

막막한 마음이 앞선다. 이런 건 차라리 영원히 모르고 사는 게 나은 건가 싶은 생각도 들어. 이건 어미로서 가진 본능적인 마음이겠지. 내 자식이 좋은 것만 보고 듣고, 그랬으면 좋겠다 싶은 거 말이야.

하지만 난 네가 내 자식이기 이전에 한 인간이라고 생각해. 그건 나도 그렇단다. 누군가의 딸, 부인, 엄마이기 전에 난 한 여성이고, 여성이기 전에 한 인간이지.

지금 네게 해줄 이야기는 네가 '인간다운 사람'으로 살아가기 위해 알고 있어야 하는 일이라고 생각해. 하지만 그런데도 좀처럼 이야기를 시작할 엄두가 나질 않는다.

지금도 누군가가 쇠망치로 심장을 꽝꽝 때려대는 것 같은 일.

그 일은 1978년 늦겨울 새벽에 일어났다.

그날은 여공들의 민주노조 대의원 선거가 있는 날이었어. 민주노조 집행부에선 전날부터 투표함을 지키고 있었지.

그간 여공들의 민주노조는 회사 측의 방해 공작에 계속 시달려야 했어. 우린 회사뿐만 아니라 그 당시 정부의 눈밖에도 나 있는 상황이었거든. 그래서 우린 빨갱이 세력으로 몰리기까지 했단다.

그리고 우리보다 상위에 있는 노조도 우리 편이 아니었어. 같은 노조들마저 우리를 와해시키려 들었던 거지. 난 그게 참 기가 막혔어. 생각해 보렴. 노동자 편에 서지 않는 노조를 노조라고 할 수 있겠니.

그리고 나를 화나게 했던 건 우리 측에서도 배신을 한 여공이 몇 있었다는 거야. 아무리 끈끈한 조직이나 단체라도 그 안엔 늘 배신자가 존재한다는 걸, 그때 알았다. 하긴 나라를 위해 몸을 바친 독립운동가들마저도 배신자 때문에 최후를 맞이한 분들이 많으니까.

어쨌거나 그런 기막힘과 어려움, 억울함 같은 것들이 우리를 더 강하게 만들었단다. 선거가 있던 그날도 우린 늘 그렇듯이 합심해서 오늘만 잘 버텨내면 된다고 생각했지.

투표는 오전 6시부터 시작될 예정이었다. 새벽조인 난 출근 전에 노조 사무실에 들렀다 가기 위해 준비를 서둘렀단다. 조합원들 얼굴 보고 조금만 더 힘내자는 말을 하고 싶었어.

노조 간부들이 투표함을 지키고 있긴 했지만, 언제 어떻게 될지 모르는 상황이었지. 우리에겐 위험한 상황으로부터 우릴 지킬 수 있는 무기가 없었으니까. 오직 투표를 성공적으로 이끌겠다는 간절한 마음과 굳건한 의지밖에는.

"이 골초 기지배야, 오늘 선거가 우리 승리로 끝나면 담배 한 갑을 포상으로 사주겠어. 그러니까 힘내."

성혜가 말없이 엄지를 치켜 들더라. 퀭한 얼굴에 아주 잠깐 웃음이 스쳤어. 바로 전날 투표함을 훼손시키려는 아주 노골적인 방해공작이 있었거든. 그걸 막아내느라 노조 간부들의 몸 상태가 다들 말이 아니었지. 하지만 지친 기색은 찾아볼 수 없었어. 모두들 굳건한 결의와 승리를 향한 설렘으로 반짝이고 있었지.

내 가슴도 뿌듯함으로 부풀어 올랐단다.

작업장에 가기 위해 그 어느 때보다 가벼운 발걸음으로 노조 사무실을 나왔어.

그런데 사무실을 나오자마자 고약한 냄새가 코를 찌르더구나. 사무실 옆 화장실에서 나는 냄새 같았어. 무슨 일인가 싶었지.

슬쩍 보니까 화장실에 남자들 두엇이 어슬렁대는 게 보이더라.

뭔가 기분 나쁜 낌새가 들어 가슴이 두근거렸어.

어쩐지 그대로 작업장에 가기가 좀 그랬지. 내가 본 걸 말해줘야 할 것 같아서 다시 노조 사무실로 가기로 했어. 그런데 그때.

"어이, 거기. 왜 다시 들어가?"

화장실 앞에 있던 남자 하나가 날 붙잡아 세웠어. 그가 의심스런 눈으로 날 노려봤지. 내 눈엔 그들이 더 미심쩍었어. 당신들은 누구냐고 묻고 싶었지만, 섣불리 그러면 안 될 것 같았어. 어쩐지 좀 두렵기도 했고.

"아…… 약을 전해준다는 걸 깜빡해서요. 각성제요."

난 늘 주머니에 가지고 다니던 각성제를 꺼내 보였다. 남자는 잠시 보더니 가보라고 턱짓을 했어.

"성혜야, 밖에 화장실에 남자들 두어 명이 있어. 느낌이 안 좋아."

노조사무실로 들어간 난 얼른 성혜에게 다가가 속삭였어. 그래? 성혜가 나가보려는데, 누가 사무실 안으로 들어오는 거야. 방금 전에 날 잡아 세운 남자였어.

"준비들 잘 됩니까."

남자가 씨익, 웃으며 눈으로 사무실 안을 훑었어. 그러곤 나와 눈이 마주쳤지. 그때 내 느낌엔 왠지, 날 감시하려고 들어온 듯한 거야.

자, 네가 갖다 달라던 각성제. 난 부러 들으란 듯이 큰 소리로 말하면서 성혜의 손에 각성제를 쥐어 줬어. 그러면서 재빨리 속삭였지.

"저 사람이야."

"아…… 저 사람은 경찰인데."

만일의 사태에 대비해 우리 쪽에서 관할서에 지원요청을 해놓았다고 했어. 그래서 온 경찰이라고 하더구나.

얼른 가봐, 작업시간 늦겠다. 걱정 마, 잘해낼게. 성혜가 내 어깨를 안아주며 말했어.

불안한 느낌이 온몸을 휘감았다. 발길이 떨어지지 않았지만, 작업 시간 때문에 더 지체할 수 없었어.

작업장에 도착하니 야간조들이 퇴근 준비를 하고 있었다. 그 속에 정애도 있었고.

"투표만 하고 바로 기숙사 가서 쉬는 거야, 알겠지?"

내가 정애에게 신신당부를 했어. 그즈음 정애는 폐병이 계속 심해져 기침을 하고 나면 피가 비칠 정도였거든. 조금만 더 심해지면 공장 일을 못 하게 될 수도 있겠다 싶었어.

정애가 고개를 끄덕이며 희미하게 웃었어. 웃을 때 하얗고 가지런한 치아가 참 예쁜 앤데, 기침 때문에 늘 입을 가리고 있느라 그 가지런한 치아를 못 본 지 꽤 되었지.

야간조 무리가 작업장을 빠져나갔어.

저마다 밝은 얼굴로 줄까지 맞춰서 투표장으로 걸어가는 모습을 보니까, 오늘 하루가 무사했으면 좋겠다는 마음이 더욱 간절해지더구나.

제발 아무 일 없기를! 난 불안한 마음을 애써 누르며 작업대 위에 섰다.

그런데 작업이 시작된 지 채 5분도 되지 않았을 때였다. 여공 하나가 작업장에 뛰어들어서 소리쳤어. 큰일 났다고, 노조사무실에 난리가 났다고.

난 더 들을 것도 없이 노조사무실로 내달렸단다. 있는 힘을 다해 뛰는데도 그 짧은 거리가 어찌나 길게 느껴지던지…….

한 가지 고백하자면 난 선거보단 그곳에 있을 정애와 성혜가 더 걱정되었다. 정애가 병원에서 봤을 때처럼 다치는 게 싫었어. 게다가 정애는 몸이 아팠으니까 더 걱정이었지.

내가 노조사무실에 도착했을 때 그곳은 생지옥이 펼쳐지고 있었다. 아니, 어떤 지옥이 이보다 더할까 싶더라.

고무장갑을 낀 서너 명의 남자들이 똥이 가득 찬 방화수통을 들고 여공들에게 닥치는 대로 똥물을 퍼붓고 있었다.

그들은 도망가는 여공의 머리채를 잡아 입 속에 똥을 처넣었어.

"이년들아, 너희가 이러고도 투표를 하나 보자!"

섬뜩할 정도로 회회낙락한 목소리였다.

투표함은 산산이 부서지고, 노조사무실 벽은 온통 똥칠로 범벅이었어.

숨도 못 쉴 만큼 역겨운 오물 냄새와 여공들의 울부짖는 비명 소리에, 난 정신이 아득해졌다.

눈앞에 펼쳐진 광경을 실제라고 믿을 수 없었어. 믿고 싶지 않았던 게 아니라, 도저히 믿을 수 없었던 거야. 내가 각성제를 너무 먹어서 보이는 환각이길 바랐어.

아닐 거야, 이건 꿈일 거야, 말도 안 돼, 이건 아니야, 아니야……!

그런데 그때, 정애 모습이 눈에 들어왔어. 정애 입속에 똥이 처넣어지고 있었어! 쇠약해질 대로 쇠약해진 정애는 몸부림도 치지 못한 채 처참하게 당하고 있었다.

인간의 짓이라곤 할 수 없는 광경에 넋이 나가 있던 난, 정애를 발견하고 나서야 정신을 차렸다. 이건 꿈도 환각도 아니구나. 현실이구나. 이토록 끔찍한 순간이 지금 우리의 현실이구나! 가슴에 불이 튀었다.

야, 이 씨발 놈들아!

난 소리를 지르며 뛰어들었다. 남자를 밀어내고 쓰러져 있는 정애 앞을 막아섰어.

이 짐승만도 못한 놈아! 더 이상은 안 돼, 더 이상은!

난 온몸을 부르르 떨며 절규했어.

"뭐? 씨발 놈? 너도 처먹어, 이년아! 이 똥을 먹고도 그 말이 나오나 보자!"

정애의 입에 똥을 처넣던 놈이 이젠 내 입에 똥을 처넣기 시작했어. 가슴 속으로 똥을 쥔 손이 쑥 들어왔어. 그리고 그 손은 내 온몸에 남김없이 똥을 퍼부었어.

그렇게 속수무책으로 당하고 있을 때, 문 앞에 서 있는 남자가 눈에 들어왔어. 그는 우리 쪽에서 지원요청을 했다던 사복경찰이었다. 화장실 앞에서 날 붙잡아 세우던.

난 몇 번이나 머리채가 잡히고 똥물을 뒤집어쓰면서도 그를 향해 소리쳤어.

"좀 말려요! 안 말리고 뭐 해요!"

모든 힘을 쥐어 짜내 소리쳤어.

그런데 경찰이 팔짱을 낀 채 이렇게 말하더구나.

"야, 이 쌍년아. 가만있어. 조금 이따가 말릴 거니까."

경찰은 마치 재미난 구경을 하듯 그 난리를 지켜보고만 있었어. 얼굴에 빙글빙글 느긋한 미소까지 띠고 있었지. 난 그 미소를, 아직도 잊지 못한다.

이럴 바엔 죽여! 죽여버려!

난 똥물을 퍼붓는 그들에게 몇 번이고 달려들며 소리쳤어.

그때 누군가 다가와 내 몸을 와락 끌어안더라. 성혜였어. 은옥아, 그만해. 더 하면 잡혀 가. 그만, 그만……

왜 내가 잡혀 가? 난 울고 있잖아. 이렇게 당하고 있잖아! 왜 저들을 잡아가지 않는 건데? 왜 아무도 우릴 도와주지 않는 건데! 왜 아무도……!

성혜와 난 그 생지옥 속에서 서로 부둥켜안고 울었다. 울지 않으려고 이를 꽉 깨물어도 흐르는 눈물을 막을 수가 없었어. 그들은 짐승처럼 잔인했고, 우린 가엾도록 무력했다.

276

그날의 그 심정을…… 어떻게 말로 다 표현할 수 있겠니. 마디마다 분노가 차고 뜨거운 눈물이 차올라서…… 말로는 차마 다 하지 못하겠다. 우리에게 똥물을 먹인 게 회사 측과 결탁한 남자 노동자들이라는 걸 나중에 알게 됐다. 거기엔 민주노조를 배신하고 나간 여공도 한 명 있었고, 민주노조보다 상급 노조의 간부도 와 있었지.

그러니까 같은 노동자가 노동자에게 그런 처참한 일을 저지른 거야. 경찰마저도 그걸 방관했고.

그래, 백 번 생각해서 회사 측이야 우리 목소리가 커져서 득 될 게 없다고 치자. 그런데 남자 조합원들은 왜 그런 걸까. 같은 직장 동료에게 왜……! 그리고 그걸 방조하던 경찰은 또 왜……!

그 일이 있고 난 후, 난 한동안 사람이란 존재가 무서웠다. 자신들의 이익을 위해서라면 무슨 짓이든 할 수 있는 게 사람이라는 생각이 들었거든. 인간의 욕망이 나쁜 거라고 생각진 않아. 하지만 자신의 이익만을 위해 사는 사람은 인간답게 살고자 하는 마음이 부족한 사람이라고 생각해. 얘. 무엇을 욕망하든, 인간답고자 하는 마음을 잊지 마라. 그래야 너의 욕망이 추악해지지 않을 수 있단다.

우리의 대의원 선거는 무산되었다. 그리고 그날 그 사건 현장에서 남자 조합원들의 행동을 '독려했던' 상급 노조의 간부는, 우리 민주노조의 간부를 제명시키고 사고지부로 규정했어.

회사 측에서는 이 엄청난 일을 그저 조합 간의 주도권 다툼 중 벌어진 일로 치부하려고 했지. 하지만 그건 명백히, 우리 여공들의 민주노조를 없애려고 준비한 야만적인 사건이었다.

이후 성혜를 비롯한 민주노조의 조합원들은 여러 곳에서 이 사건과

관련한 농성을 벌였단다. '똥을 먹고 살 수는 없다'고 외쳤지. 세상에
어느 누가 그런 걸 먹고 살 수 있겠니. 그런데도 그런 당연한 말을 외쳐
야 하는 게 참 기가 막힐 뿐이지.

하지만 나와 정애는 그 농성에 함께하지 못했어. 그 사건 이후 정애 몸
이 급격히 안 좋아지기 시작했거든. 거동이 불편할 정도였어.

정애가 날더러 너도 나가 싸우라고 두 팔로 맥없이 내 등을 밀어댔지
만, 난 정애를 두고 갈 수가 없었어. 그저 정애와 함께 지극한 마음으
로 응원할 뿐이었지.

간절히 빌었어. 그들의 만행이 세상에 낱낱이 밝혀지기를. 그래서 세상
사람들 모두 그날 우리가 느꼈던 형언할 수 없는 치욕과 분노를 함께
느끼고 기억해주기를.

이런 간절한 바람에도 결국엔 성혜와 정애 그리고 나를 비롯한 100여
명의 여공들이 공장에서 해고되었다.

회사는 해고자 명단을 다른 공장들에 다 돌려서 우리가 취업하는 걸
막았어. 성혜가 그러더라. 우린 '블랙리스트'라고. 블랙리스트. 난 그
때 그 말을 처음 들었단다.

'달링' 이후에 내 가슴에 콕 박히는 영어였다. 블랙리스트.

만약에 외국 사람이 나한테 '당신이 누구냐'고 물어온다면, 난 '유은
옥. 달링 앤드 블랙리스트'라고 말할 것 같아.

'앤드'라는 말이 '그리고'라는 뜻이라는 건 성혜가 알려줬어. 성혜가
그러더라. '앤드'와 발음이 같은 또 다른 '엔드'가 있는데, 그건 뜻이
'끝'이라고.

'달링 그리고 블랙리스트'든, '달링 끝 블랙리스트'든, 내겐 둘 다 맞는 말이라는 생각이 든다. 어쨌거나 그 두 가지는 내 인생에서 잊을 수 없는 단어가 분명하니까.

우리 조합원들은 기나긴 '복직 투쟁'을 벌였지만, 1991년인 지금까지도 여전히 부당해고 상태란다. 우리에게 치욕과 분노만 남긴 사건이 왜 우리의 부당한 해고로 이어져야 했는지, 난 아직도 모르겠어.

우리가 그들에게 똥물을 먹인 게 아닌데. 입에 똥이 처넣어지고 온몸에 똥물을 뒤집어쓴 건 우리인데······.

어쨌거나 난 지금도 싸우고 있는 조합원들에게 빚을 진 것 같아 마음이 무겁다. 끝까지 함께하지 못해서 너무도 미안한 마음이야.

사실 이런 마음은 나보다 정애가 더 깊었지. 나야 고작 2년 정도의 시간이었지만 정애는 거의 10년을 여공으로 보냈으니까.

정애는 병석에 누워서도 조합원들의 안부와 투쟁 상황을 알고 싶어 했어. 성혜가 있어서 참말 다행이었지. 성혜와 연락이 닿는 게 쉽진 않았어도 우리에게 여러 가지 소식들을 알려주었거든.

그 사건 후 정애는 평소 알고 지내던 신부님이 계시는 자그마한 성당으로 갔다.

신부님께서 고맙게도 정애가 머물 방을 내어주셨지. 정애 상태는 이미 병원에서도 손을 쓸 수 없는 상태였어. 의사가 그러더라. 여태껏 버텨온 게 신기할 정도라고.

나도 정애를 따라 성당에서 지냈어. 정애의 간병을 하면서 성당에서 하는 봉사활동에 부족한 일손을 도우며 지냈다. 정애가 세상을 뜨기 전까지 석 달 동안을…….

정애가 하루에 몇 번씩이나 피를 토하며 고통스러워하는 걸 보는 게 끔찍했지만…… 한편으론 내가 간병을 할 수 있어서, 마지막까지 곁을 지킬 수 있어서 다행이라는 생각이 들었어.

잘 지내겠거니, 하고 있다가 어느 날 갑자기 죽었다는 소식을 듣는다면 그것만큼 황망하고 가슴에 사무치는 일이 또 어디 있겠나 싶어서.

정애의 죽음이 얼마나 허망하고 슬픈 죽음이었는지에 대해선 말하지 않을게. 그 순간을 다시 떠올리면…… 당장이라도 눈물이 쏟아져서 이 글이 적힌 종이가 엉망이 될 것 같아. 여기까지도 힘들게 적었는데 눈물로 번지게 두고 싶진 않아.

다만 이 말만은 하고 싶어. 정애의 마지막은…… 절실했다. 아마 난 그 절실함 때문에 더 슬펐는지도 몰라. 난 그때야 비로소 조용한 흰 쌀알 같은 정애, 그 애의 마음속을 깊이 들여다본 것 같은 느낌이었어.

대체 무엇에 그리 절실했냐고 물으면 '사랑'이라고 답할 거야. 어떤 사랑이었냐고 물으면 '어쩔 수 없는 사랑'이라고 답하겠다.

난 정애의 그 '어쩔 수 없는 사랑'을 인정하고 받아들일 수밖에 없었어. 그리고 나도 함께 사랑하기로 했다. 함께 사랑하고 지지하기로.

미안해. 최선을 다해줘. 고마워.

정애가 내게 남긴 마지막 말이었다. 난 그 말에, 미안해할 필요 없고, 매 순간 최선을 다할 거고, 고마우면 하늘에서 잘 지켜 달라고, 그렇게 말했어.

이제 난 얼마 안 있으면 정애를 만나게 되겠지. 친구끼린 닮는다고 하는데 우린 통 닮은 구석이 없어서, 어떻게 친구가 됐을까 한편으론 신기했거든.

근데 우린 왜 하필 이런 게 같을까. 급하게 하늘로 올라가버리는 거 말이야.

정애를 만나면 참 미안해질 것 같아. 정애 말대로 최선을 다했다고 생각하지만…… 너무 일찍 올라와버려서. 하지만 내가 누구보다 미안한 사람은…… 너다. 이민주, 내 딸.

앞으로 네겐 중요한 순간이 참 많겠지. 결혼도 하고 아이도 낳고.

네가 낳은 아이는 또 얼마나 예쁠까!

그런 중요한 순간에 네 옆에 있어 주지 못해서 미안해. 아니, 중요한 순간이든, 사소한 순간이든, 매 순간 너와 함께하지 못해서 미안해.

지금 아버지가 잘해주어도 친아버지가 아니라는 사실 때문에 넌 항상 한구석이 비어 있는 마음일 텐데, 엄마까지 자리를 비워서 미안해.

자꾸 네 마음속에 빈자리를 만들어서 미안해.

죽으면 모든 게 끝이 아니기를, 세상 사람들이 말하듯 정말 하늘나라가 있었으면! 간절히 비는 요즘이다. 그래야 그곳에서 널 볼 수 있잖아.

그리고 가장 미안한 건…… 이제껏 네게 그 사실에 대해 말하지 않았다는 거야.

그동안 말하지 못해서 미안해. 차마 말을 할 수가 없었어. 그건 지금도 그래. 말을 하려고 다짐해도 네 말간 얼굴을 보면 차마 입이 떼어지지 않아서. 가슴만 두근거려서.

죽을 날이 얼마 안 남았지만, 죽을 때까지 아마 말로는 하지 못할 것 같아.

어쩌면 이 말을 하려고 이 긴 글쓰기를 시작했는지도 모르겠다는 생각이 든다.

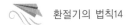

마음이 향하는
곳으로 가렴

뭐지?

노트 다음 장을 넘기던 수아는 순간 멈칫했다.

노트는 '어쩌면 이 말을 하려고 이 긴 글쓰기를 시작했는지도 모르겠다는 생각이 든다' 이후 다음 페이지가 찢겨 있었다.

뒤에 또 글이 적혀 있긴 했지만, 수아는 어쩐지 좀 이상한 기분이 들었다.

노트가 왜 찢겨져 있는 거지? 일부러 그런 걸까? 할머니 본인이? 만약 할머니가 아니라면 누가?

수아는 노트가 그리된 게 신경 쓰여 좀처럼 다음 장으로 넘어가지 못하고 있었다.

찢어버린 사람이 할머니 본인이라면, 할머니는 왜 그런 걸까? 잘못 쓴 글자가 많아서? 아니, 그게 이유는 아닐 것이다. 여태까지 할머니의 원고에 오탈자나 잘못된 부분 같은 건 두 줄을 긋거나 까맣게 칠해져 있었다.

쓰는 도중에 뭘 마시다가 흘렸다고 보는 것도 말이 되지 않았다. 찢어진 페이지 뒷장이 얼룩 하나 없이 깨끗했기 때문에.

할머니의 노트는 여기까진 한 번도 구겨지거나 찢어진 흔적 없이 정갈했다. 그래서 '그럴 수도 있지 뭐'라고 넘겨버리기엔 좀 신경이 쓰였다.

물론 쓰다 보니 별로 중요치도 않고 지루하기만 한 내용이라 그런 걸 수도 있다. 두 줄로 그어버리기엔 너무 많이 써서 그냥 찢어버리자고 생각했을 수도.

하지만 수아는 그 내용이 중요치 않거나 지루하기 때문에 찢어진 거라는 생각은 들지 않았다. 왜냐하면 이 글들은 할머니 자신의 인생 기록이자, 엄마에게 보내는 편지기 때문이었다. 대단한 문호가 써 내린 작품도 아닌데, 중요치 않거나 지루하다고 찢겨질 일은 없어 보였다.

지금 수아의 초점은 하나의 이유로 모아지고 있었다.

노트가 찢겨져 나갈 일이란…… 쓴 내용을 숨기고 싶어서. 그것밖엔 없었다.

찢어버릴 만큼 숨기고 싶은 내용……. 무엇일까. 수아는 찢겨진 페이지 이전의 내용을 다시 살펴보았다.

그리고 가장 미안한 건…… 이제껏 네게 그 사실에 대해 말하지 않았다는 거야.

그동안 말하지 못해서 미안해. 차마 말을 할 수가 없었어. 그건 지금도 그래. 말을 하려고 다짐해도 네 말간 얼굴을 보면 차마 입이 떼어지지 않아서. 가슴만 두근거려서.

죽을 날이 얼마 안 남았지만, 죽을 때까지 아마 말로는 하지 못할 것 같아.

어쩌면 이 말을 하려고 이 긴 글쓰기를 시작했는지도 모르겠다는 생각이 든다.

이제껏 말하지 않은 '그 사실'이 무얼까.

죽을 때까지 말로는 하지 못할 것 같은 말. 그래서 이렇게 긴 글쓰기를 시작하게 만든 말. 그게…….

편지는 아직 끝이 아니었다. 찢겨진 페이지의 다음 장부터 다시 이어지고 있었다. 몇 장 남지 않았지만, 다음 글에 그 내용이 적혀 있을지 어떨지 수아는 더욱 궁금해졌다.

서둘러 다음 장을 넘기려는데, 엄마에게서 전화가 왔다. 그냥 전화가 아니라 영상통화였다.

수아는 그제야 자신이 지금 개, 아니, 수지를 산책시키고 있다는 현실로 돌아왔다. 현재 엄마의 사랑을 독차지하고 있는 딸이자, 수아의 동생 수지 말이다.

엄마는 병실에 누워 있는 동안 수아에게 수지의 산책을 부탁했다. 아니, 거의 특명에 가까운 일이었다. 아빠나 수호는 모두 저녁 늦게 오는데다, 주말에 집에 있더라도 수지를 한 번도 산책시키지 않는다고 했다.

엄마는 수지가 계속 엄마도 못 보고 산책도 못 하면 우울증에 걸릴 거라고 걱정이었다.

수아는 간병이 주된 일이었지만 간혹 업무처리가 급할 땐 병원 복도에서 새벽까지 뜬눈일 때도 있었다. 창틀에 노트북을 올려놓은 채로. 이런 상황에 개까지 산책시켜야 하다니. 한숨이 절로 나왔다.

이런 수아의 상황을 고려해 엄마는 나름대로 '배려 있는 딜'을 해 왔다. 원래 매일 산책을 해야 하지만, 이틀에 한 번이면 족하다는 거 였다.

병원에서 집까지 20분, 산책 준비와 산책 시간까지 40분. 다시 집 에서 병원까지 20분. 이렇게 해서 한 시간 반 안에는 병원으로 돌아 오라고 했다.

두 시간!

수아는 마치 경매에 참여 중인 사람처럼 외쳤다. 뭐 하러 30분씩 이나 더 필요하냐는 엄마의 말에 수아는 모든 일엔 여유시간이 필 요한 거라고 대답했다. 만약 10분이라도 늦게 된다면, 엄마가 뭐라 고 할 게 분명하다고.

엄마는 '이 기지배, 두 시간 안 주면 안 간다고 또 피곤하게 하겠 지?'라면서 30분을 더 허락해주었다.

그렇게 해서 이틀에 한 번, 바깥 외출이 시작되었다.

수아는 수지의 산책 시간을 채운 후, 벤치에 앉아 할머니의 글을 읽기 시작했다.

수아가 할머니의 글을 읽기 시작한 건 불면증 때문이었다. 하지 만 수아를 그 글에 계속 붙잡아둔 건, '혹시 엄마의 친아버지에 대 해 알 수 있지 않을까?'라는 생각 때문이었다. 친아버지의 존재가 엄마에게 얼마나 깊은 구멍으로 남아 있는지 알고 있었으니까.

하지만 이 글들을 엄마 옆에서 읽기엔 왠지 좀 뭐했다. 그건 엄마

가 자고 있어도 마찬가지였다. 울기 싫어서 이걸 보기 싫다고 할 정
도였는데, 그 앞에서 펼쳐 들고 읽고 싶진 않았다.

"수지 좀 보여줘."

전화를 받자마자 엄마는 수지를 찾았다. 수아는 얼른 옆에 묶어
두었던 수지를 안아들었다.

엄마는 '아이고, 이쁜 내 새끼. 잘 있어? 엄마 보고 싶지? 엄마도
우리 수지 보고 싶어 죽겠어!'라며 수아가 어릴 때도 별로 들어본
적 없는 멘트를 쏟아냈다.

수지가 엄마를 알아본 건지 멍! 하고 짖었다.

'엄마 빨리 나아서 갈게. 그때까지 잘 있어야 돼!' 화면 속 엄마가
애틋하게 말했다.

수지가 대답하듯 다시 멍멍, 소리를 냈다. 짖는다는 말을 붙이기
엔 좀 슬프게 들렸다.

"넌 산책시키러 보냈더니 왜 앉아 있어? 애를 좀 걷게 해야지."

엄마의 타박이 이어졌다.

수아는 30분 꽉 채워 다 걷게 했다고, 이제 막 벤치에 앉았는데
전화가 온 거라고 받아쳤다. 얼른 와! 화장실 가고 싶은 거 같아. 엄
마는 새치름하게 말하며 전화를 끊었다.

수아가 얻어낸 여유 시간은 이제 20분 정도 남아 있었다. 수지를
내려놓자 다시 얌전히 있었다. 아니, '얌전히'라기보단 어딘지 힘없
어 보인다는 게 더 맞는 말일 것 같았다.

수지는 엄마와 아주 깊은 애착형성이 되어 있는 듯했다. 맨 처음
수지를 산책시키러 집에 들렀을 때, 수지는 현관문 앞에서 문이 열

리길 기다리고 있었다.

　문이 열렸을 때, 수지가 반가움에 격하게 뛰며 짖어대는 소리가 먼저 들렸다. 하지만 현관에 들어선 수아를 보고 수지는 잠시 짖는 걸 멈췄다.

　그때 수아가 느끼기로는, '엄마가 아니고 넌 누구냐?'라는 눈빛이었다. 분명 개인데, 사람처럼 실망감이 느껴지는 눈빛.

　그 눈빛에 저도 모르게 수아는 '수아 언니잖아. 수아 언니 알지?'라고 말하며 안으로 들어섰다. 하지만 수지는 수아를 따라오지 않고 닫힌 현관문을 향해 있었다.

　수지와 그리 친하지 않은 수아는 수지가 얼마나 똑똑한지 잘 몰랐다. 하지만 엄마 말에 의하면 영특하기가 사람 못지않고, 어느 땐 되레 사람보다 낫다고 했다.

　내가 어딜 가면 개가 그렇게 나를 기다리고 있어. 수지가 기다린다는 생각 때문에 어딜 가도 길게 못 있겠어. 뭐에 쫓기는 사람처럼 집에 온다니까. 난 기다리는 거에 이골이 난 사람이라 잘 알아. 기다리는 게 얼마나 힘든 건지.

　수아는 엄마가 왜 자신을 '기다리는 거에 이골이 난 사람'이라고 칭하는지 알고 있었다.

　엄마는 아주 어릴 때 성당에서 운영하는 보육원에 맡겨져 여섯 살 무렵까지 지냈다고 했다. 신부님을 아버지라 부르고, 수녀님을 엄마라 부르면서.

　그때까지 할머니와는 편지만 주고받았다고 했다.

　글을 읽고 쓸 줄 몰라서 수녀님이 대신 읽어줬다고.

　엄마는 답장으로 늘 정체불명의 그림을 색연필로 그려서 보냈다고 했다. 이 '정체불명'이라는 단어엔 이중적인 의미가 있었다.

엄마는 그때까지 할머니 얼굴을 몰랐기 때문에 정체불명의 그림일 수밖에 없다고. 하지만 할머니는 사람을 그린 건지도 모를 정도라 정체불명의 그림이라고 했단다.

엄마는 사진도 한 장 없는 할머니의 존재를 믿기 어려웠다고 했다. 편지도 수녀님이 쓴 거란 생각에 받아도 기쁘지 않았단다. 하지만 편지 말미에 기다려 달란 말이 늘 있어서, 기다리는 마음을 꺼뜨리진 않았다고.

수아는 엄마를 기다리는 수지에게 조금 고마운 마음이 들기도 했다.

누군가, 혹은 무언가를 기다리는 것만큼 여러 가지 생각이 드는 일이 또 있을까. 더구나 여섯 살짜리 아이가 얼굴도 모르는 엄마를 기다리는 일이란…….

할머니는 또 할머니대로 자식을 보육원에 맡기고 얼마나 괴로운 심정이었을까 싶었다.

엄마는 할머니가 자신의 과거에 대해 잘 이야기하지 않았다고 했다. 말해봤자 힘들었단 말뿐일 거, 뭐 좋은 얘길까 싶어 엄마도 궁금해하지 않았다고.

하지만 할머니가 저를 낳은 얘길 하지 않는 건 좀 의아했다고 했다.

그런 생각이 든 건, 수아를 낳은 뒤였다. 직접 겪어보니까 할 때마다 새롭고 말이 많아질 수밖에 없는 게 '애 낳은 이야기'더라고. 그런데 할머니는 '남들 낳는 거 마냥 힘들었지'라고 할 뿐, 구구절절하지 않았다고.

그러고 보니 아직까지 할머니 편지엔 그 이야기가 나오지 않았다. 수아는 그게 당연하다고 생각했다. 원래 중요한 건 가장 뒤에 등장하는 법이니까.

딱 10분만 더.

수아는 10분만 더 읽고 일어나기로 했다. 바로 다음 장에서 앞에 언급한 '네게 말하지 않았던 사실', 그러니까 할머니가 이 긴 글을 쓰게 만든 이유를 알 수 있을지 모른다.

찢겨진 페이지에 대한 해답과 수아로 하여금 이 편지를 읽게 만든 진짜 친할아버지의 존재에 대해서도.

모든 의문이 풀리길 바라면서 수아는 몇 장 남아 있지 않은 노트의 다음 페이지를 넘겼다.

이다음부턴 민주 네 기억 속에도 있는 이야기일 거야. 내가 널 보육원에 데리러 갔던 날이거든. 그 보육원은 정애가 머물던 성당의 신부님께서 소개해주신 성당 보육원이었어. 그때가 여섯 살이었으니까, 선명하진 않더라도 기억은 하겠지?

넌 날 봤을 때 별로 반가워하는 기색이 없었어. 그냥 가만 보더니 '정말 엄마 맞아?' 물었을 뿐이지.

내가 고개를 끄덕여도 와락 안기거나 그러지도 않았어. 그냥 멀뚱히 서 있기만 해서 내가 너를 안았지. 나도 안는 품이 좀 어색했던 것 같아.

너와 함께 기차역으로 가던 순간이 아직도 생생하다.

잡은 손이 자꾸 빠져나갈 것만 같아서 다시 쥐고, 꼭 쥐고, 몇 번을 그랬나 몰라. 근데 그때 네가 갑자기 걸음을 멈췄지. 그러더니 내 손에 깍지를 끼는 거야.

"됐다. 이렇게 하면 안 놓쳐. 꼭 끼웠어."

조그만 손가락이 힘을 주는 게 느껴졌어. 난 아무 말 못하고 고개만 끄덕였단다.

자신이 없었어. 너의 엄마로 살아갈 자신, 너를 잘 키워낼 자신이……

넌 내가 느낀 불안을 똑같이 느꼈던 것 같아. 그래서 그 조그만 손으로 애써 내 손을 꼭 잡았던 거겠지……

그때 난 몸과 마음이 피폐해져 있었다. 그저 빨리 서울을 뜨고 싶은 마음뿐이었지. 블랙리스트가 되어 일자리를 구하기도 어려웠고, 정애마저 보내고 나니까 더는 서울에 있을 이유가 없는 것 같았어. 그래서 널 데리고 시골로 내려가기로 한 거야.

사실…… 널 데려가는 게 맞는지 고민했어. 내가 돈을 더 벌고, 앞가림이라도 좀 하게 된 후에 찾는 게 나을 거라고 생각했거든. 그런데 그때가 아니면 아주 늦어질 것 같았어. 너무 오랜 기다림은 상처가 되잖아. 네 맘에 그런 상처를 만들고 싶지 않았다.

어쨌건 우린 그렇게 기차를 탔지. 기차가 출발하자 곧 뵙게 될 부모님 생각에 마음이 너무도 무거웠단다. 두 번째 가출을 한 지 몇 년 만에 집에 내려가는데다 갑자기 널 데리고 나타나면 두 분이 받아들일 수 있을까. 난 그저 어느 한 분이라도 쓰러지지 않기를 빌 뿐이었어.

하지만 뭣보다 내 마음을 무겁게 했던 건 어린 네가 받을 상처였다. 널 향한 마을 사람들의 수군거림과 손가락질, 못마땅한 눈빛들. 그걸 생각하니 정말 막막해지더라.

미리 당부를 해두어야 할 것 같았어.

내 말을 알아듣지 못할 수도 있고, 알아들어도 도움이 안 될 수도 있었지만……

"있잖아, 엄마가 알려줄 게 있어. 지금 우리 할머니 할아버지 집에 가는

290

중이잖아. 근데 할머니 할아버지가…… 민주 너를 미워하실 수도 있어. 그리고 사람들이 민주 널 보고…… 아주 나쁜 말들을 할 수도 있어."

음……. 넌 좀 고민하는 듯했어. 하지만 나쁜 말이 뭔지는 묻지 않았지. 그저 명랑하게 대답했어.

"괜찮아. 이제 엄마 있잖아. 아까 애들이 나 얼마나 부러워했는데. 너 진짜 엄마 있었구나! 그러면서."

너의 천진함이 가슴 아프면서도 한편으론 위로 받는 기분이 들었어. 어린 네가 위로가 될 수 있다는 걸 그때 처음 알았다.

고백하자면…… 난 네가 좀 낯설었어. 그러니까…… 네가 그만큼이나 자라는 동안 우린 전혀 보지 못했잖아. 그간 주고받은 편지가 있었지만 그것만으로는 널 깊이 느낄 수가 없었거든.

넌 그때 아직 글도 다 못 떼었을 때니까. 그러니 내가 받은 답장이라곤 뭘 그린 건지도 잘 모르겠는 그림과 그 밑에 삐뚤삐뚤하게 쓴 '엄마 사랑해요 민주가'라는 글이 전부였지. 넌 수녀님의 도움으로 그 아홉 글자만 간신히 '그린' 게 분명해 보였어.

무슨 엄마가 그러냐고, 아직 어린애인데 그런 답장에도 찡하지 않았냐고 물어보면, 미안하지만 난 그렇진 않았어. 너무 냉정한가? 음…… 정말 미안. 네 옹알이나 예쁜 짓, 걸음마 떼는 거, 그런 걸 하나도 못 봐서인지, 내게 넌 어느 날 뚝 떨어진 생명체 같더라고.

물론 너도 그랬겠지. 네게도 난 갑자기 하늘에서 뚝 떨어진 것 같은 엄마였겠지.

그래도 기약 없는 기다림에 지칠 법도 하고, 의심할 만도 한데, 계속 답장을 해주어서 참 다행이라고 생각했어. 답장을 해준다는 건, 기다린다는 뜻이니까.

너를 향한 내 낯섦음이 단박에 사라진 중요한 순간을 말해야겠다. 그 순간이 일어난 건 그날 그 기차 안이었단다.

내가 삶은 달걀을 까서 네게 건넸지. 넌 삶은 달걀을 먹으려다 말고 확인하듯 물었어.

"엄마, 정말 엄마 맞지?"

응, 맞지. 안 그럼 널 왜 데리러 왔겠어. 네가 다시 물었지.

"그럼 난 왜 거기서 살았어? 아빠랑 엄마랑 같이 집에서 안 살고?"

"아빠가 없어서…… 엄마 혼자선 힘들었거든. 일도 하고 민주도 돌보는 게."

내 말에 넌 금세 시무룩해져선 고개를 수그리고 혼잣말을 했어. 아…… 난 아빠가 없구나. 그래서 수녀님이 아빠 얘기 안 했구나……. 침울해하는 네 얼굴을 보니 '그래도 너한텐 엄마가 있잖아'라는 말 같은 건 못 하겠더라. 네가 고개를 들고 다시 물었지. 그럼 아빠는 어디 갔어?

사실 널 만나러 가기 전에 네가 할 질문들을 미리 생각해보고 답을 준비해 갔거든. 그래도 막상 그 말을 들으니 입이 떨어지지가 않더라.

어떻게 말해야 할까. 잠시 혼자 숨을 골랐다. 그리고 네 양 볼을 두 손으로 살며시 감싸 쥐고 눈을 맞췄어.

"아빠는…… 아주 멀리 갔어. ……안 올 거야, 영원히. 그러니까 우리 아빠 얘긴 하지 말기로 하자. 엄만…… 아빠 얘기를 하면 너무 슬퍼지거든."

넌 금방이라도 울음이 쏟아질 것 같은 얼굴이었지만…… 울음을 참아내고 있었어. 힘겹게 실룩이는 네 작은 입술이 애처로웠다.

"민주야, 슬프면 울어도 되는데."

"울기 싫어. 엄마 처음 만난 날이니까."

엄마 처음 만난 날이니까. 이 말이 어찌나 슬프게 들리던지…….

그냥 널 확 안아버렸어. 네가 품에서 버둥거리더라. 너무 꽉 껴안아서 답답해서 그러나 했는데, 네가 소리치는 거야. 계란! 내 계란!

계란? 품에서 널 놓아주고 보니까 달걀을 두 손에 꼭 쥐고 있더라고. 손에 쥔 달걀을 내려다보며 얕은 한숨을 내쉬었어. 그러곤 아휴, 망가질 뻔했네. 혼잣말처럼 중얼거렸지. 기억나니? 난 그 모습이 귀여워서 웃어버리고 말았단다.

널 데리고서 앞으로 헤쳐 나가야 할 난관들을 생각하니 정말 깜깜했는데도, 속없는 사람처럼 웃음이 나오더라고.

"민주가 엄마 닮아서 계란 좋아하는구나!"

"난 아닌 거 같은데. 엄마는 까맣잖아. 난 하얗고."

난 좀 당황해선 나도 모르게 애들처럼 대꾸했지. 나도 어릴 땐 하얬거든! 시골 땡볕에서 일해서 그래.

네가 '아닌 것 같지만 봐줄게' 하는 표정을 지었어. 그게 참 뭐랄까, 다 큰 어른이나 지을 법한 표정이랄까? 우습기도 하고, 기막히기도 하고. 말문이 막혀선 헛웃음만 나왔지.

"근데 엄마는 왜 그동안 한 번도 안 왔어? 편지랑 선물만 보내고."

별다른 속내 없이 투명하고 가볍게 날아든 말투였지만, 네 말간 얼굴은 더없이 진지했어. 내가 정말 엄마가 맞는지 믿지 못하는 것 같아서 마음이 쓰렸다.

그래, 어린 나이라지만 왜 안 그렇겠니. 넌 네가 버려졌다는 생각 속에서 지낸 시간이 분명 있었을 거야. 그러니 날 마주한 순간을 온전히 기뻐할 수 없는 건 당연한 일이었겠지.

"힘들까 봐 그랬어. 한 번 보면 계속 보고 싶어서 참을 수 없을까 봐."

네가 고개를 끄덕였어. 마치 더 말하지 않아도 무슨 맘인지 다 이해한다는 듯이. 그러면서도 조그만 두 손으론 달걀을 계속 소중하게 쥐고 있었지. 그 순간이었던 것 같아. 네게 반해버린 건. 난 그 순간부터 널 좋아하기 시작한 거야.

요즘도 가끔 그 순간을 생각하곤 한다. 애틋하게 반짝이던 순간을 말이야.

그 기차에서 내리던 때부터 우린 가혹한 현실에 휘둘려야 했으니까.

이렇게 큰 애가 참말 네 애라고?

네……

언제? 대체 언제!

처음 나갔을 때요.

너 그럴 줄 알았다. 툭 하면 집 나가더라니. 애 데리고 멋대로 살지, 여긴 왜 왔냐!

살려고 왔어요. 애 애비도 없고, 이제 서울서는 취직도 못 하게 돼서요.

아이고오, 이것아! 이 벼락 맞을 것아. 애비 없는 자식을 혼자 어떻게 키우려고!

그때부터 지금까지 우리 모녀가 견뎌야 했던 것들을 생각하면 난 아직도 눈물이 난다. 우리 모녀는 지금까지도 집안의 수치 아니니. 누구보다 열심히 살고 있는데도 말이야.

흠 잡을 데 하나 없는 너인데, 나 때문에 그런 모진 말들을 들어야 하는 게 마음 아프다. 그래서 내가 그만큼 더 많이 주려고 했고 네 아버지도 최선을 다 하려고 했는데, 네게 그 마음이 통했는진 모르겠다.

언젠가 네가 물었지. 엄만 그럼 나 때문에 마음에도 없는 아버지랑 결혼한 거냐고. 그때 날 보는 네 눈엔 미안함이 어려 있었어.

넌 언제나 그랬어. 엄마, 엄마 찾는 살가운 딸은 아니었지만, 원망 섞인 말 같은 건 한 번도 하지 않았지. 두 눈에 원망보단 미안함을 담고서 날 봤어. 차라리 네가 엄마 때문에 이게 뭐냐고 한마디라도 했으면 더 편할 것 같다는 생각도 들었다. 그런 네가 '나 때문에 맘에도 없는 아버지랑 결혼한 거냐'고 물었을 땐 가슴이 죄어오는 느낌이었어. 저 말을 꺼내기 까지 얼마나 고민했을까 싶어서…….

그래서 더 무뚝뚝하게 말이 나간 것 같아. 그저 '아니'라고만 했으니. 그래도 그 대답은 사실이야. 네 아버지가 영 마음에 들지 않는 건 아니 었어. 난 팔려가듯 하는 결혼이 싫어서 집을 나갔던 사람 아니니.

그 결혼은 내가 선택한 거야. 내 선택에 네가 영향을 준 건 사실이지만 너 때문에 한 것만은 아니라는 걸 밝혀두고 싶다.

네 아버지를 다시 만난 자리엔 너도 있었는데, 그날 일을 기억할지 모르 겠다.

시골로 와서 족히 보름 동안을 안팎으로 시달리던 때였지. 내가 '개 같 은 성질 머리'로 통하게 된 건 그때부터였다. 누가 널 보고 수군거리거나 손가락질을 하면 앞뒤 안 가리고 달려들었으니까. 어느 날 네가 말했어.

"난 고아원이 더 나은 거 같아. 엄마만 없으면."

정말이지 가슴이 무너져 내리더라. 하지만 티를 낼 수가 없었지.

"엄마가 뭐라고 했지? 누가 뭐라던 고개는 절대 숙이지 말라고 했잖아."

난 부러 더 씩씩하게 말했어. 그래도 넌 고개를 들지 않았어.

"그럼 엄마처럼 싸워?"

"응, 싸워. 막 싸워버려. 너한테 그러는 사람들이 잘못한 거니까."

두 손으로 네 얼굴을 감싸 들어 올리니, 큰 눈이 눈물로 일렁이고 있었어. 그걸 보니까 나도 눈물이 나려고 하더라. 그래도 난 절대 울지 말자고 다짐했다.

하지만…… 꼭 한 번은 실컷 울고 싶었어. 안 그러면 아무 데서나 눈물이 터져버릴 것 같았거든. 눈물을 들키지 않을 곳이 어디 있을까 싶었어. 그러다 생각해낸 거야. 그곳을…….

내가 찾아간 곳은 사모님의 산소였단다. 우는 모습을 보여주기 싫어서 널 두고 갈까 했지만 내가 없으면 불안해할 것 같아 데리고 갔지.

사모님, 그동안 잘 계셨어요…….

인사를 올리자마자 눈물이 왈칵 쏟아지더구나.

전 그동안 잘 못 지냈어요. 돈 번다고 고생만 바가지로 하고요. 미친놈들이 퍼부은 똥물도 뒤집어썼어요. 정말 사랑하는 친구도 세상을 떠났고요. 친구도, 사모님도, 왜 제가 좋아하는 사람들은 전부 제 곁을 떠나는 걸까요?

저한테 남은 건 이 애 하나예요. 이 애한테도 저 하나뿐이고요. 온 천지에 아무도 없이 둘이 떨궈진 것만 같아요. 사람 사는 게 이렇게 막막할 수도 있나요. 전 어떻게 살아야 될까요…….

무덤 앞에 주저앉아 엉엉 소리 내어 울었어. 내가 우니까 너도 따라 울었지.

"저기요……."

한참을 목 놓아 울고 있는데 웬 사내 음성이 들리지 않겠니.

눈물범벅인 얼굴로 돌아보니까 병덕 씨가 서 있었다. 놀라서 눈물이 쑥 들어갔지.

"사모님 생각이 나서 와봤어요."

그럼 이만. 널 옆에 끼고 도망치듯 자리를 뜨는데 병덕 씨가 묻더라.

"그래서 결혼 못 하겠다고 한 거예요? 아이가 있어서요?"

그 얘긴 다 끝난 얘기 아닌가 싶었어. 하지만 생각해보니 처음부터 그 사람 입으론 들어본 적 없는 말이더라. 아버지가 통보를 한 거였지. 그래서 난 그렇게 물어오는 게 좀 황당했어.

"남편도 없는데 애 하나 있다고 결혼 못 할 게 뭐 있겠어요. 사모님 때문이었죠. 2년 동안 사모님과 한 방에서 동고동락했는데, 돌아가시자마자 그 자리로 들어간다는 게 말이 되나요? 사람이 그러면 안 되죠. 세상에 사람 같지 않은 사람 많아도 전 그렇게 살고 싶진 않았어요."

나도 모르게 줄줄 말이 나오더라. 병덕 씨가 그 진지한 얼굴로 물었어.

"그럼 어떻게 살고 싶은데요?"

난 좀 당황해선 나도 모르게 '네?' 하고 되물었어.

병덕 씨 눈은 아무것도 담고 있지 않았어. 그냥 답을 궁금해하는 학생 같은 눈빛이랄까. 근데 그 눈빛을 보니까 솔직해지고 싶더라. 내 대답에 코웃음을 치든 어쩌든 말이야.

"사람답게요. 사람답게 살고 싶어요."

병덕 씨가 픽, 웃더라고. 난 그 미소의 의미가 뭔지는 알 수 없었지만, 기분이 나쁘진 않았어.

나중에 병덕 씨가 그러더라. 그냥 애 잘 키우고 잘 살고 싶다고 할 줄 알았는데, 그때 그 대답은 뭔가 신선하게 다가오는 구석이 있었다고. 그리고 좀 짠하기도 했다고.

본래 엄마들이란 내 자식만 잘된다면 자신들은 어찌되든 괜찮은 존재들이다. 하지만 난 뭣보다 내가 사람답게 사는 게 더 먼저라고 생각했어.

그래야 네 맘에 상처가 덜할 테니까.

"여긴 왜 왔어요?"

"올 데가 없어서요."

난 침묵하거나 둘러대지 않았어. 이미 눈물범벅인데 구태여 둘러대서 뭐 하겠니.

"사는 게 참 그렇죠. 나쁘게 살면 눈물이 안 나는데, 사람답게 살려면 올 일이 생겨요."

병덕 씨가 말했어. 그이는 무심한 얼굴이었고, 말투도 참 뚝뚝했거든. 그런데도 난 그 순간, 모나고 딴딴한 내 안의 응어리가 풀어지는 것 같은 느낌이 들었단다. 또다시 왈칵 눈물을 쏟았지. 더 쏟을 눈물도 없다고 생각했는데…….

병덕 씨가 다시 식모 일을 하지 않겠냐고 제안했어. 돈도 벌고, 마을에서 떨어져 있는 것도 더 낫지 않냐고. 내가 망설이는 기색을 보이자 민주 너와 함께 와도 좋다고 덧붙였지.

아주 좋은 조건의 일자리였지만 어쩐지 단박에 네! 대답할 수 없었어. 잠시나마 혼담이 오고 갔던 사이인데, 그런 사람 집에 다시 식모로 들어간다는 게 내키지 않더라. 내키고 말고 할 상황이 전혀 아니었는데도 말이야.

"생각할 시간을 주세요. 이틀만."

집에 와선 밤낮으로 생각했어. 너를 부적처럼 껴안고서. 어떻게 하면 좋을까.

이틀 뒤에 병덕 씨 집으로 향하는 내 마음은 비장했단다.

"저는 이 집 곁방 말고 안방으로 들어가고 싶어요. 그러니까 제 말은 저를 식모로 두실 게 아니라 부인으로 두는 게 어떠냐 묻는 거예요.

전엔 팔려가는 것 같아서 싫었어요. 하지만 지금은 상황이 다르다고 생각해요. 사모님께서 돌아가신 지 꽤 되었고, 저한테도 애가 있고, 그래서 병덕 씨가 저보다 스무 살이나 많고 상처한 사람인 건 문제가 되지 않아요. 아니, 되레 도움이 돼요. 이런 말이라도 꺼내볼 수 있으니까."

난 병덕 씨가 끼어들 틈도 없이 말을 쏟아냈어.

이틀간 거의 뜬눈으로 새다시피 해서 내린 결정이었다. 그런 결정을 어떻게 이틀 만에 할 수 있는 거냐고 묻는다면, 할 말은 없어. 하지만 당사자도 모르게 오가고 통보해버린 혼담도 있는걸 뭐.

내 말이 끝나자 무거운 침묵이 흘렀어. 원래 과묵한 양반이니, 그 침묵이 두렵진 않았어. 기분 나쁘면 마시고 있던 차나 얼굴에 뿌리는 게 다겠지. 똥물도 뒤집어썼는데, 그까짓 찻물쯤이야.

하지만 그렇게 생각하면서도 그런 순간에 그 뼈아픈 사건을 떠올리는 게 싫었어. 충분히 중요하지만 필사적이진 않은 순간에 말이야.

심사숙고해서 건넨 말이라도 그때 내 마음속엔 꼭 그러고자 하는 마음보단 '한 번 말이라도 해보자'는 생각이 더 컸거든.

그땐 궁지에 몰릴 대로 몰려 있어서 무슨 일에든, '그래서 뭐 어쩔 건데. 하느님도 아니고 우리 모녀를 죽일 거냐 살릴 거냐!' 이런 막무가내 배짱이 있었지.

"왜 그런 생각을 했어요?"

병덕 씨가 물었어. 사실 답은 빤한 거였지. 빤한 걸 듣자고 묻는 게 아닌 건 알았지만 거짓말을 하긴 싫었어.

"아이한테 아빠가 필요해요. 그래야 이 애가 더는 손가락질을 안 받아요. 내게도 남편이 있어야 험한 일을 덜 겪어요. 세상이 우리 둘만으론 사람답게 살도록 두지 않아서요."

"그래, 그건 알고요. 지금 난, 은옥 씨 남편으로, 저 아이의 아빠로 왜 날 택한 건지 묻는 거예요."

"……그건 우선 그쪽하고 저는 일전에 혼담이 오고 갔던 사이여서 그랬어요. 그리고 부자고, 또…… 처음부터 저한테 꼬박꼬박 존댓말을 했잖아요. 나이도 스무 살이나 어리고, 식모인데도. 그래서 얌전한 사람이다 생각했어요."

병덕 씨가 잠시 무언가를 헤아리듯 먼 산을 보더라.

나이도 많고 상처한 사람이라지만 애 딸린 여자가 와서 결혼하자니, 퍽 황당했겠지. 남의 자식 키우는 게 어디 쉬운 일이니.

"이런 말을 하려면 상대방이 만나는 사람이 있는지부터 알아보는 게 순서 아닌가요. 나 같은 놈은 당연히 여자가 없을 거라고 생각한 건가. 그건 좀 별론데."

난 정말이지 아차, 싶었어. 왜 그 생각을 못한 걸까! 혼담이 오고 갔을 때 이후로 4년이라는 시간이 흘렀는데.

"아니 아니, 그런 건 절대로 아니고요…… 만나는 분 계시다면 제가 너무 큰 실례를……."

바보 같은 실수에 고개를 들지 못하겠더라. 그런데 그 순간!

"그럽시다. 합시다."

놀라서 퍼뜩 고개를 들고 병덕 씨를 봤어. 웃고 있더라고. 난 병덕 씨 미소를 본 적이 별로 없었어. 그이는 매사 무거운 표정이었거든. 왜 안 그렇겠니. 부인이 병중에 있는 사람이었는데. 난 그 점이 맘에 들었어. 잘 웃지 않는 사람이란 게.

나중에 병덕 씨가 그랬는데…… 내가 식모 일 하며 사모님 병수발 들 때 말이야. 그때 내가 밤이면 이런저런 말들을 사모님께 들려주곤 했잖

아. 병덕 씨가 문 앞에서 그걸 몰래 듣고 있었다더라. 그러면 자기도 모르게 웃음이 나고 마음이 뜨듯해지는 기분이 들었대. 그래서 네 외할아버지가 슬쩍 넣어본 혼담을 덥석 받아들였던 거라고……

그렇게 병덕 씨가 네 아버지가 된 거란다. 사실…… 혼인을 하기로 한 후에 병덕 씨에게 계약서 한 장을 내밀었어. 난 그걸 '혼인계약서'라고 이름 붙였단다. 계약서 쓰는 법을 몰랐으니 원하는 내용을 적고 지장을 찍은 게 다였지.

혼인계약서의 내용은 단 하나였어. 어떤 일이 있어도 민주 너를 대학까지 공부시켜 달라는 것. 그럼 나도 병덕 씨 아내로서 평생 최선을 다하겠다는 내용이었어.

병덕 씨가 자길 못 믿어서 그러냐고 서운한 기색으로 묻더라. 그래서 대답했어.

난 우리 아버지가 고등학교 보내준다는 말에 3년을 속았다. 고등학교도 그런데 대학은 오죽하겠냐. 나한테 대학은 감히 올려다보지도 못할 만큼 어렵고 큰 산이라서 그렇다.

병덕 씨가 지장을 찍어주더라. 그러면서 중얼거리데. 짠한 말만 골라 하는 재주가 있다고.

얘! 고3인 넌 지금 밤낮없이 공부를 하고 있지. 이 엄마의 소원을 들어주려고 말이야.

넌 일곱 살 때부터 내 생일마다 소원을 물었지. 난 늘 '민주 대학 가는 거'라고 말해왔고.

사실 대학을 가는 게 인생의 전부는 아니지. 하지만 그 시절 내게, 정애에게, 그리고 다른 여차장과 식모와 여공들에게, 대학은 행복한 인생의 상징 같은 거였단다.

배우고 싶어도 배우지 못해서 힘들었고, 온몸으로 견뎌내는 부당함은 배우지 못해서 겪는 아픔이라고 여겼어. 그 시절의 우리들은 배움만 있다면 더 나은 삶을 살 수 있다고 믿었단다.

내가 겪었던 일들이 사회적인 문제와도 관련이 있다는 생각은 나중에 하게 되었다. 처음엔 내가 겪어야 했던 문제들을 전부 내 탓이라고만 여겼어. 그런데 성혜가 그러더라.

"야, 유은옥. 생각을 해봐. 여차장이나 식모나 여공들에겐 왜 학교에 갈 기회조차 주어지지 않은 건지. 오빠와 남동생들은 대학에 가면서 왜 너희에겐 중학교 졸업장이 주어지는 것만으로도 충분하다고 하는지."

어쩌면 너를 기필코 대학에 보내리라 마음먹은 건, 이 세상에 대한 내 마지막 저항이라는 생각이 든다.

네가 단순히 '우리 엄만 못 배운 거에 한 맺힌 사람인가 봐' 한다면 어쩔 수 없고. 그 말도 아주 틀린 말은 아니니까.

내가 마을 사람들에게 글을 가르치겠다고 나선 것도 그런 마음 때문이었단다.

네 아버지와 결혼한 후에도 사람들 편견은 크게 달라지지 않았어. 다들 '네년이 참 그런 재주는 있나 보네'라는 시선이었지.

그래서 내가 우리 마을 여자들에게 글을 가르치고 싶다는 말을 꺼냈을 때, 병덕 씨는 굳이 그럴 필요가 있냐고 그랬지. 난 꼭 그럴 필요가 있다고 했어. 세상에서 제일 서러운 게 배곯는 거 다음으로 못 배운 거라고.

그렇게 해서 마을에 남아도는 빈집 하나를 '은옥한글학교'로 개조하게 되었다. 말이 학교지, 책상과 의자 몇 개, 칠판이 전부였어. 근데 딱히 학교 말곤 뭐라고 이름 붙일지 모르겠더라.

우스운 이야길 하나 들려줄게. 난 한글을 가르치러 갈 땐 늘 청바지를 입었단다. 그건 내 스스로 나를 격려하는 의식 같은 거였어. 매번 청바지를 입으면서 되뇌었지. 마을 여자들이 글을 깨우친다고 세상이 바뀔 일은 없겠지만, 그래도 이건 매우 의미 있는 일이라고, 아주 잘하고 있는 거라고.

혹시 왜 청바지를 택한 건지, 감이 오니? 그건…… 청바지가 그 당시엔 대학생을 상징하는 옷이었기 때문이야. 내게 한글을 배우는 이들에게 난 선생님일 텐데, 좀 지성적으로 보일 필요가 있다고 생각했거든.

그땐 꽤나 괜찮은 생각이라고 여겼는데 지금 보니 유치한 것 같기도 하고, 좀 민망스럽다.

하긴 내 한글학교 실적도 민망하긴 마찬가지였다. 마을에 글을 모르는 사람들이 어림잡아 서른 명 정도는 되었는데, 날 찾아온 사람은 네 명뿐이었거든. 그래도 다섯은 될 줄 알았는데.

마을 사람들은 다들 '부잣집 사모님 자릴 꿰차더니 지가 뭐라도 된 줄 아는 모양이라고, 그래봤자 애비 없는 애나 만들어 온 주제에'라면서 코웃음을 쳤어.

심지어 과부나 노처녀들은 '애까지 딸려서 큰 부자를 옆구리에 꿰찬 비법'이 뭔지 궁금하다고, 그걸 배우러 왔다고 하기도 했단다.

난 그런 일들은 그냥 날려버리고 내게 와준 네 명의 사람들에게 집중했어. 한글을 다 떼고선 함께 소설책도 읽었단다. 역시 좋은 마음으로 시작한 일은 좋은 기억으로 남는 것 같아. 적어도 그 네 명에겐 조금이나마 도움이 된 것 같아 뿌듯했거든.

이정도면 '엄만 정말 나 때문에 마음에도 없는 아버지랑 결혼한 거냐'는 질문에 상세한 답변이 된 것 같다.
그리고 내 가슴을 묵직하게 만든 질문이 또 하나 있었어.
'내 친아빠는 어떤 사람이야?'
여섯 살 기차 안에서 처음 물은 뒤로, 넌 10년 동안 단 한 번도 네 아빠에 대해 묻지 않았지.
열여섯 중학생이 된 네가 10년 만에 친아빠에 대해 물었을 때, 그때도 난 그 옛날 기차 안에서처럼 어째야 좋을지 모르겠더라. 저 말은 또 얼마나 삭이고 삭이다 마침내 터져버린 말일까 싶었어. 그걸 알면서도 '몰라'라는 한마디로 대답해버려서 미안해.

네가 이 글을 읽는다면 아마 친아버지의 흔적을 찾기 위해서일 거란 생각이 들어. 그런 거라면 지금 다시 한 번 더 미안해야 할 것 같다. 난 여전히 아무 말도 해줄 수가 없기 때문이야.
다만…… 한 가지는 이야기할 수 있다. 네 친아버지 때문에 내 인생을 망쳤다고는 생각하지 않는다는 것. 그는 내게 지워버리고 싶은 존재는 아니었어.
네겐 부족한 말이겠지만…… 난 내게 해로운 사람은 아니었다는 말이면 족하다고 생각해. 이 말이 네 가슴속의 빈자리를 메꿀 순 없어도…… 서러운 응어리는 풀어낼 수 있을 거라 믿어.
네 가슴속 빈자리가 내 몇 마디 설명으로 메워지겠니. 하지만 내게 해로운 사람이 아니었다는 말은…… 적어도 너 자신에 대한 회의감만은 지워줄 수 있다고 생각해.

넌 '그저 그런 사이의 아버지 어머니 밑'에서 '원하지도 않는데 생겨버린' 아이가 아니란다.

그럼에도 불구하고 세상의 어떤 인연들은 함께하지 못하거나 서로 모른 채 살아가게 되기도 하는 것 같아. 네게 그런 인연을 맺게 해서, 그 인연이 다름 아닌 아버지여서…… 거듭 미안하게 생각한다.

너에게 하고 싶었던 말은 미안하단 말이 아니었는데…… 전부 미안하단 말뿐인 것 같네.

고마워. 단 한 번도 내게 '왜 그렇게 살아야 했던 건데'라고 묻지 않아줘서. 늘 고운 눈으로 바라봐줘서…….

문득 궁금해진다. 지금 너는 행복한지.

만일 행복하다면 너의 행복은 내 희생으로 이루어진 게 아니란다. 그건 네가 행복한 사람으로 태어났기 때문이야. 하지만 만약 불행하다면…… 그건 나의 불찰이다. 행복한 사람으로 태어난 널 불행하게 만들었으니 말이야.

행복하지 않아도 돼. 다만 불행하지만 말아줘. 세상에 행복은 많단다. 우리 마음은 아주 작은 것에도 행복을 느낄 수가 있지. 하지만 세상에 별거 아닌 불행은 없거든.

행복하기 위해 애쓰며 살아가는 사람보단 그저 불행하지 않은 사람이 되었으면 한다.

너무 시시한가? 조금 시시하고 소소해도 돼. 모두가 영웅일 순 없잖아. 그냥 즐겁게 살자. 죽을 때가 되니까 왜 즐거운 나날들을 더 많이 만들지 못했을까, 조금 후회가 되는 거 있지.

어느 길이든 네 마음이 향하는 곳으로만 가면 돼. 그러면 즐거운 일들이 널 기다릴 거야.

추신: 지금쯤 궁금할 텐데……. 그래서 엄마가 차마 말하지 못한 게 뭘까. 이 글의 말미에서 어떻게든 말하려고 했는데…… 결국은 못 해버렸어. 그렇지만 기억해주렴. 이 세상에 어떤 사실도 내가 널 사랑한다는 사실보다 더 중요한 건 없다는 걸 말이야.

달링 AND 블랙리스트 END 이민주 마더
유은옥으로부터

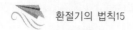

환절기의 법칙15

환절기가 지나가는
길목에서

할머니의 글은 거기서 끝나 있었다.

하지만 글을 다 읽고 난 수아는 어딘지 불편한 마음이 계속되었다. 결국 이 글 속에 수아가 궁금했던 사실은 없었다.

물론 할머니가 어떤 삶을 살아온 사람이라는 걸 알게 된 것만으로도 이 글은 충분한 가치가 있었다.

한 번도 본 적 없고 그저 빛바랜 낡은 사진 속에만 존재하던 할머니.

집안 어른들의 무성한 뒷말 속에서 잡초처럼 존재하던 할머니가, 수아에게 이토록 살갑고 생생한 존재가 된 것은 너무나 뜻 깊은 일이었다.

하지만 그것과는 별개로 수아는 자꾸 무언가가 걸렸다. 그 무언가가 비단 '결국 엄마의 친아버지에 대해 알 수 없었다'는 사실은 아니었다. 엄마의 친아버지가 할머니에게 해로운 사람은 아니었다는 말. 그 말이면 부족하지 않다는 데엔 수아도 동의했다.

환절기에 온 편지 307

지금쯤 궁금할 텐데……. 그래서 엄마가 차마 말하지 못한 게 뭘까. 이 글의 말미에서 어떻게든 말하려고 했는데…… 결국은 못 해버렸어.

수아의 마음을 자꾸 헤집어놓는 건, 바로 이 부분. 할머니가 엄마에게 차마 말하지 못한 게 뭘까! 하는 궁금증이었다.

할머니는 '이 세상에 어떤 사실도 할머니가 엄마를 사랑한다는 것보다 중요한 건 없다'고 했다. 그 말로 모든 물음표에 대한 답을 대신했다. 하지만 수아의 물음표는 수그러들지 않았다. 아니, 오히려 더 커졌다고 봐야 했다.

그래서 차마 말하지 못한 게 뭐지? 대체 뭐란 말이지?

수아는 다시 한 번 더 편지를 반복해 읽었다. 혹시 뭔가 놓친 게 있진 않을까 해서. 하지만 맨 처음 찢겨진 페이지를 발견했을 때부터 석연치 않던 느낌은, 다시 읽어도 별반 다를 게 없었다.

할머니의 글은 자연스럽고 촘촘했지만 엄마와 관련된 부분은 성긴 감이 있다고 느껴졌다. 이 성긴 느낌은 어디에서 비롯된 것일까? 역시 답은 하나였다.

찢겨진 페이지.

할머니는 분명 사라진 페이지에 무언가 중요한 사실을 적었다. 차마 말로는 할 수 없었던 이야기를.

그런데 힘겹게 적었지만 밝히고 싶지 않다는 생각, 혹은 밝히지 않는 게 더 나을 것 같다는 생각 때문에 그 부분을 없앴다. 그러고서도 꼭 말해야 하지 않을까 싶어, 글의 마지막까지 고민했지만 결국 말하지 못하고 끝내버린 것이다.

이게 수아가 생각하는 할머니 글의 흐름이었다.

할머니의 글은 애초에 분명한 목적을 가지고 시작한 게 틀림없었다. '오랫동안 깊이 담아 두었던 어떤 사실'을 꺼내기 위해 시작한 것이다.

만약 할머니가 죽음을 앞두고 있지 않았다면, 이 글은 써지지 않았을 수도 있다고 수아는 생각했다. 이 글은 생각지도 않게 다가온 너무 이른 이별에 대한 대처였을 거라고. 그러나 수아는 여기서 또 하나의 의문이 생겨났다.

만약 이 글이 딸과의 이른 이별에 대한 대처였다면, 이 원고는 왜 임성혜 의원에게 가 있었던 것일까?

이 원고는 할머니보다 오래 사셨던 할아버지에게 맡겨지다가 엄마에게 전해지는 게 더 자연스러운 것 아니었을까?

그게 잘 납득이 되지 않았다.

친구인 임성혜 의원도 이해가 가지 않는 건 마찬가지였다. 이건 임 의원에게 할머니의 원고를 처음 전해 받던 날에도 잠시 스쳤던 의문이었다. 왜 이 원고를 거의 30년에 이르는 긴 시간 동안 아무 말 없이 지니고 있었던 건지, 왜 이제야 이 원고를 돌려준 것인지.

물론 임성혜 의원은 정치인으로서 매우 바쁜 삶을 산 분이다. 그런 분에게 이 원고의 존재는 어느 순간 잊혀진 채 남았을 가능성이 컸다. 언제고 돌려주어야겠다 생각했지만 그냥 잊고 지나치다가, 자신의 자서전을 준비 중인 지금에야 이 원고의 존재를 떠올렸을 수 있다.

하지만 임 의원도 할머니의 죽음을 모르진 않았을 터였다. 부고를 직접 전해줄 사람이 없어서 늦게 알았다고 할지라도.

그럼 그때 이 원고를 돌려주면 되는 게 아니었을까?

수아가 보기에, 임 의원은 그저 바쁘다는 핑계로 할머니의 원고를 터부시할 인물은 아니었다. 할머니의 글에서도 두 분은 각별한 사이였으므로.

그렇다면 임 의원 측에서도 이 원고를 전해주지 못한 '어떤 사정' 이 있었던 것은 아닐까.

모든 것들이 다 의문으로 다가왔다. 수아에게 할머니의 글은 해답이 아니라 커다란 의문의 시작이었다.

수아 혼자서는 이 의문들을 전혀 해결할 수 없었다. 해결해줄 수 있는 사람은 오직 한 사람, 임성혜 의원뿐이었다. 수아는 임 의원을 찾아가기로 마음먹었다.

굳이 찾아가겠다는 생각을 쉽게 결정한 건 아니었다. 왜냐하면 수아가 의문을 갖는 지점들이 그저 '글을 너무 깊이 파고든' 탓일 수도 있기 때문이었다. 그리고 뭣보다 수아가 이런 의문을 갖는 건, 할머니가 원하는 게 아닐 수도 있었다. 그저 곱게 이 원고를 간직하고 할머니를 잊지 않고 떠올리며 지내는 게 더 맞는 일일지도 몰랐다.

그럼에도 불구하고 임 의원을 찾아가기로 결정한 건 아주 조그마한 가능성에 기대를 걸었기 때문이다.

그 기대는 '어쩌면 임 의원이 기다리고 있을지도 모른다'는 거였다.

물론 임 의원이 누군가를 기다린다면, 그건 수아가 아니라 엄마일 것이다. 원고가 당연히 엄마에게 전해지고 엄마가 읽었을 거라고 생각할 테니까. 이 원고를 읽고 찾아온 사람이 수아인 게 좀 의외긴 할 테지만, 어쨌건 기다리고 있을 것만 같았다.

왜 그런 생각까지 하게 됐냐고 물으면 답은 생각보다 간단했다. 애초에 할머니가 이 노트를 임 의원에게 맡긴 건, 임 의원이 할머니와, '남편도 모르는 그 시간'을 함께한 사람이기 때문일 것이다.

만약 정애라는 할머니 친구 분이 살아 있다면, 이 원고는 그분에게 맡겨졌을 거란 게 수아의 생각이었다. 하지만 현존하는 사람 가운데—수아가 아는 선에서—할머니 주변에 남편도 모르는 시간을 함께 보냈으며, 그 시간을 기억하는 이는 임 의원이 유일했다.

이 원고의 물음표들에 대한 답을 들려줄 수 있는 사람.

혹은 그 이상을 말해줄 수도 있는 사람.

수아는 이 원고가 그런 사람에게 건네진 거라고 생각했다. 그래서 수아는 임 의원을 찾아갈 수밖에 없었다.

임 의원을 만난 건, 엄마가 퇴원을 하고 한 달이나 더 지나서였다.

엄마가 퇴원을 하면 바로 찾아가리라 마음먹었지만 상황이 그렇게 되지 못했다.

아직 거동이 불편한 엄마에게 들러 매일 점심을 함께했다. 그리고 그간 미뤄 두었던 스튜디오 잔 업무들을 처리하고. 그러다 보니 시간이 그렇게 지나 있었다.

사실 임 의원과의 만남이 생각보다 늦어진 건, 마음의 준비가 길어진 탓이 더 크긴 했다. 그곳은 꼭 가야 하지만 편하게 갈 수 없는 곳이었으므로.

오랜만에 다시 찾은 임 의원의 집은 여전했다. 좁은 대기실도 똑같았고, 그 대기실에서 오래 기다려야 하는 것도 변함없었다. 달라진 게 있다면 수아뿐이었다.

밀폐된 좁은 공간에 있으면 견디기 힘들던 증상이 호전되었다. 하긴, 애초에 사업이 망하면서 시작된 증상이니 다분히 심리적인 이유였다. 이제 다시 사업을 시작하게 됐으니 사라질 수밖에.

가벼운 노크 소리와 함께 문이 열렸다. 송영훈 씨였다. 시간 지연에 대한 양해를 구하려고 온 게 분명해 보였다.

"괜찮습니다. 기다릴게요. 늦어진다고 들르실 것 없이 의원님 방으로 안내될 때 오시면 될 것 같습니다."

수아가 먼저 선수를 쳐서 말을 건넸다. 그는 다소 놀란 듯 눈썹을 올려 뜨더니 이내 빙긋 웃음을 띠며 고맙다는 말을 전했다.

지난번에 보았을 때 임 의원을 찾는 사람들은 비정규직 노조 사람들이었다. 그 사람들은 얼마나 말 못할 사연을 가지고 임 의원을 찾는 것일까. 전부 그런 사람들이 찾아오는 거라면, 미팅 시간은 길어질 수밖에 없을 것이다.

그런 말들은 핵심만 전하고 끝낼 수 없는 말들이기 때문이었다. 입을 떼기도 전에 흐르는 눈물을 추스르는 데만도 족히 몇 분은 지나갈 터였다.

수아는 할머니의 편지에서 보았던 그 참혹한 일들만큼은 반복되고 있지 않기를 바랐다. 그러나 일선에서 물러났는데도 임 의원을 찾아오는 이가 많다는 건, 세상에 불합리한 일을 겪는 사람들이 여전히 많다는 뜻이기도 했다. 하지만 그래도 수아는 사람에게 똥물을 처먹이던 그때보다는 나아진 세상이라고 믿고 싶었다.

생각에 빠져 있던 수아는 문득 자기 자신이 조금 낯설어졌다. 500만 원 때문에 처음 이곳에 떠밀려 왔던 때와 비교하면 정말이지 많은 것들이 달라져 있었다. 이곳에 자발적으로 와 있다는 것부터가 그랬다. 그리고 '더 나은 자신'이 아니라 '더 나은 세상'에 대한 생각을 했다는 것도.

312

여전히 빚은 산더미처럼 남아 있고, 박 사장으로부터 이번 달치 장비 임대료를 빨리 입금하라는 독촉 전화를 받았지만. 그래서 누가 이런 수아를 보고 코웃음 치며 '세상 걱정을 할 게 아니라 너부터 걱정하라'는 쓴소리를 할지도 모르지만. 그래도 수아는 자신에게 일어난 변화가 나쁘지만은 않았다.

"아이고오, 오늘도 오래 기다리셨습니다. 이거 죄송해서 어쩌죠. 자, 이제 얼른 가실까요!"
송영훈 씨의 안내를 받아 임 의원의 집무실로 향했다.
가는 길에 지난번 보았던 비정규직 노조 상의를 입은 50대 아주머니들의 뒷모습이 보였다. 그 뒷모습들은 다소 지친 걸음으로 임 의원의 저택을 빠져나가고 있었다. 저들의 문제는 수개월이 지났는데도 해결되지 않고 있는 게 분명했다.
수아는 성실하고 정직한 사람들이 잘살게 되는 게 꿈이라는 임 의원의 바람이 이루어지길 바라며 집무실 안으로 들어섰다.
임성혜 의원이 원탁 탁자 앞에 서 있었다. 그녀는 간단한 스트레칭 동작을 하며 피로한 근육을 풀어주고 있었다. 수아를 보고 '어서 와요! 그간 잘 지냈어요?' 하며 웃는 모습은 여전히 활력 있어 보였다.
네, 다시 뵙네요, 의원님. 수아는 깍듯하게 고개를 숙였다. 그 뒤에는 '말씀 놓으셔도 됩니다'라는 말도 덧붙였다.
임 의원은 '은옥이 글과 관련해서 할 말이 있다고?' 하며 본론의 운을 떼었다. 예, 수아의 짧은 대답에 임 의원이 '무슨 일일까?' 혼잣말처럼 되물었다.
그게…… 수아는 쉽사리 입을 떼지 못했다. 이곳에 오기 전부터 수도 없이 정리했던 말들인데도 불구하고.

할머니가 숨기고자 했던 게 뭔지, 그 편지 속에 담긴 의문들을 궁금해 마지않던 수아였지만, 막상 그 의문이 풀린다고 생각하니 긴장이 되었다.

모든 의문이 풀리는 해답 뒤에, 모르는 게 되레 좋았을 '어떤 진실'이 모습을 드러내게 될까 봐.

할머니가 마지막까지도 차마 말하지 못한 일이라면 그럴 가능성이 충분했다.

의문이 풀리는 건 시원하더라도, 만일 그게 누군가가 애써 숨긴 걸 파헤치고 얻어낸 답이라면 그 시원한 감각은 오래가지 않는다. 어쩌면 충격과 후회가 더 긴 시간을 차지하게 될지도 몰랐다.

수아는 여기까지 와서 임 의원과 마주 앉아놓고 갑작스레 이런 마음이 짙게 드는 자신을 이해할 수 없었다. 뭐 하는 거야, 봉수아. 빨리 말해. 궁금한 게 있어서 왔다고! 깊은 본심이 수아를 채근했다. 수아는 긴장된 숨을 고른 뒤 입을 열었다.

"……할머니 노트에 찢어진 부분이 있었어요. 의원님께서 그 찢어진 부분의 내용에 대해 알고 계시는지 궁금합니다."

임 의원은 대답이 없었다. 그저 알 듯 모를 듯한 묘한 미소를 머금고 수아를 바라볼 뿐이었다.

수아는 임 의원이 무언가 알고 있음을 직감했다. 그녀의 단정한 입꼬리가 초조함으로 가늘게 떨려왔다.

"민주…… 수아 씨 어머니는 은옥이 글을 봤는지 궁금한데."

수아는 아니라고 대답했고, 임 의원의 한쪽 눈썹이 조금 치켜 올라갔다. 왜지? 하고 묻는 시선으로 수아를 보았다.

울고 싶지 않다고요.

임 의원은 알겠다는 듯 고개를 끄덕였다. 그리고 얕은 한숨이 이어졌다.

"그 글을 보지 않을 수도 있다고 생각했지. 너무나 오래되었으니까. 맘 아파서 차마 못 들춰볼 수도 있는 거고. 암튼 건네주면서도 내심 보지 말았으면 했어. 근데 사실 그걸 어떻게 안 보겠어······. 어쩌면 나도 이 순간을 마주하고 싶지 않아서 그걸 그렇게 오래 간직했는지도 모르겠네. 그 글을 봤다면······ 날 찾아올 수밖에 없으니까."

그러니까 지금 임 의원은 수아를, 아니, 할머니의 원고를 읽었을 누군가를 기다리고 있었던 게 맞았다. 뒷머리가 찌릿한 기분에 수아는 저도 모르게 허리를 곧추세웠다.

이것저것 둘러 말하지 않는 게 좋겠죠. 임 의원이 자신의 결심인 듯도 하고 수아의 의견을 묻는 듯도 한 말을 꺼냈다.

대답 대신 수아의 고개가 무겁게 움직였다. 들을 준비가 되었다는 신호였다.

"봉수아 씨 어머니 이민주는······ 유은옥의 딸이 아니에요."

수아는 전혀 예상치 못한 말에 일순간 숨이 멎는 것 같았다.

할머니가 엄마가 아니라면 대체 누가 엄마의 친엄이란 말이지? 수아가 묻기 전에 임 의원의 말이 이어졌다.

"이민주의 친어머니는 이정애. 이게 바로 은옥이가 찢어낸 페이지에 있는 내용이에요."

모든 의문이 풀리는 해답 뒤에, 모르는 게 되레 좋았을 '어떤 진실'이 모습을 드러내는 순간.

수아는 그 순간 앞에서 망연자실하고 말았다.

아니다, 그럴 리가 없다는 말은 튀어나오지 않았다. 수아는 그저 고장 난 기계처럼 멈춰 있을 뿐이었다. 누군가 수아를 톡, 치면 소리 없이 바스라질 것만 같았다.

"수아 씨?"

아무 반응도 없이 창백하게 굳어버린 수아가 걱정스러웠는지 임 의원이 조심스럽게 이름을 불렀다. 수아의 텅 빈 시선이 임 의원을 향하자, 그녀가 물었다. 더 들을 수 있겠어요?

수아는 고개를 끄덕였다. 진실을 받아들이는 것과 별개로, 들을 수 있는 건 남김없이 들어야 했다. 오늘이 아니면 다시 들을 수 없을 것 같았기 때문에.

할머니는 친구 정애의 임신 사실을 몰랐다고 했다.

할머니가 여차장 생활을 끝내고 시골로 돌아갔을 무렵에 엄마를 가진 거였다. 실제로 할머니의 편지엔 한동안 정애와 연락이 닿지 않다가 다시 바뀐 주소로 연락이 왔다는 말이 있었다.

그사이에 엄마가 태어난 것이다.

그리고 보육원에 맡겨진 거였고. 애초에 그 보육원도 '정애가 머물던 성당의 신부님께서 소개해주신 성당보육원'이라고 써 있었다.

"은옥이가 민주의 존재에 대해 알게 된 건, 정애가 죽기 얼마 전이었어요. 은옥이한텐 미안한 일이었지만…… 정애는 늘 몸이 좋지 않아서…… 혹시라도 자신이 잘못될 경우에 대해서 생각하곤 했거든. 정애는 항상 말하곤 했지. 만약 내가 잘못되면 민주를 맡아줄 사람은 은옥이밖에 없다고. 더 일찍 말하지 않았던 건…… 은옥이가 받을 충격을 걱정해서였을 거예요. 어느 날 갑자기 떠맡겨놓고 그런 말을 하는 것도 좀 우스운 일이지만…… 아무튼. 그 정도로 민주는 정애에게 감춰진 존재여야만 했어요. 그래야 은옥이 글 속에 있는 그 힘겨운 생활이라도 유지될 수 있었으니까."

임 의원의 말을 들은 수아의 머릿속에 편지의 구절들이 빠르게 스쳐 지나갔다.

네 이름은 사실 정애가 지어줬어. 하지만 나도 그보다 더 좋은 이름은 없다고 생각한다. 민주. 너무 소중하고 아름답지 않니?

난 정애의 그 '어쩔 수 없는 사랑'을 인정하고 받아들일 수밖에 없었어. 그리고 나도 함께 사랑하기로 했다. 함께 사랑하고 지지하기로.

난 자신이 없었던 거야. 너라는 존재의 엄마로 살아갈 자신, 너를 잘 키워낼 자신이…….

무슨 엄마가 그러냐고, 아직 어린애인데 그런 답장에도 마음이 찡하지 않았냐고 물어보면, 미안하지만 난 그렇진 않았어. 너무 냉정한가? 음…… 정말 미안. 네 옹알이나 예쁜 짓, 걸음마 떼는 거, 이런 걸 하나도 못 봐서인지, 내게 넌 어느 날 뚝 떨어진 생명체 같더라구.

할머니는 친구 정애와 어린 날의 엄마가 주고받은 편지를 건네받았을 것이다.
그 편지들을 보며 엄마의 존재를 겨우 가늠했을 터였다.

정말이지 할머니에게 엄마는 어느 날 뚝 떨어진 생명체가 맞았다.

"어떻게 이럴 수 있는 거냐고…… 누굴 향해 말해야 하나요. 누구를…… 탓해야 하는 건가요."

수아에게서 힘없는 물음이 흘러나왔다.

이런 상황이라면 분명 마구 붙잡고 말할 사람이 있어야 하는데 아무도 없었다. 어떻게 이럴 수 있는 거냐고, 마구 붙잡고 말할 사람이.

죽어가는 마당에 자기 자식을 가장 믿고 의지하는 친구에게 맡길 수밖에 없는 심정은 이해할 수 있었다. 하지만 쉽게 이해할 수 없는 건 할머니였다.

할머니는 어쩌자고, 엄마를 자기 자식으로 키울 생각을 했던 걸까. 어떻게 그런 생각까지 할 수 있었을까. '이정애'란 존재는 할머니에게 그렇게까지 큰 존재였을까.

수아의 이런 생각을 넘겨짚기라도 한 듯 임 의원이 입을 열었다.

"은옥이가 이런 말을 했어요. 민주를 잘 키워내는 게 자기 삶에 주어진 마지막 소명인 것 같다고. 민주만큼은 정애나 자신 같은 불행을 겪도록 두지 않겠다고."

할머니가 엄마를 품은 건 단지 절절한 우정 때문만은 아니라는 말이었다. 하지만 수아는 그게 얼마나 지극한 마음인지는 가늠이 되지 않았다. 아마 자신은 평생토록 알 수 없을 거라고, 수아는 생각했다.

그리고 다만 버거운 마음으로 또다시 편지의 구절을 떠올릴 뿐이었다.

어쩌면 너를 기필코 대학에 보내리라 마음먹은 건, 이 세상에 대한 내 마지막 저항이라는 생각이 든다.

수아가 잠시 멍하니 있는데 임 의원이 말을 이었다.

"은옥이는 민주의 친아버지에 대해 전혀 아는 바가 없었지. 그래서 민주가 친아버지에 대해 물어도 모른다고 할 수밖에 없었던 거예요. 정애가 아이를 낳고 난 후엔 이미 그 사람은 정애에게 무의미한, 지워야 할 사람이 되어버려서…… 정애가 은옥이한테 민주 친아버지 얘기를 안 한 건 아마 그래서였을 거야."

순간 수아는 임 의원의 말에서 한 가지를 직감했다. 임 의원이 할머니도 모르는 엄마의 친아버지에 대해 잘 알고 있을 거라고.

할머니는 '가끔은 정애가 성혜와 나 모르게 비밀 이야기를 나누는 것 같아 좀 심술이 난다'고 했다. '나와 정애 사이에 성혜가 모르는 역사가 있듯, 정애와 성혜 사이에도 내가 모르는 역사가 있지 않겠'냐고도.

할머니 모르게 두 사람이 나누었던 비밀 이야기가 혹시 엄마와 엄마의 친아버지에 대한 이야기는 아니었을까.

"의원님께서는 그분에 대해 알고 계신가요?"

수아는 주저하지 않고 물었다. 엄마의 친아버지에 대해. 할머니가 엄마의 친엄마가 아닌 것보다 더한 충격은 없을 테니까.

임 의원이 고개를 한 번 끄덕였다. 그리고 천천히 말을 이었다.

"그 사람은 나와 대학 동기였어요. 나와 함께 노동운동을 하다 정애를 만나게 되었지."

"그럼 그분은…… 엄마의 존재를 몰랐던 건가요? 아니면 알면서도……."

수아는 차마 뒷말을 잇지 못했다. 엄마의 존재가 외면당해 버려진 거라고는 생각하고 싶지 않았다.

"아니, 그 사람은 정애가 민주를 가졌다는 사실을 몰랐어요. 그전에 잡혀 들어갔거든. 가서 고초를 겪고 몇 년 살다 나왔지."

수아는 임 의원의 말에 '그럼 왜 그 이후에 아이의 존재를 알리지 않은 거냐'고 물었다.

"그 사람이…… 변해 있었거든. 그 사람도 사정이야 있었지. 고문 후유증도 있었고…… 하지만 여러 가지 면으로 더는 정애와 함께할 수 없는 사람이 된 건 맞아요. 그런 사람에게 아이가 있다고 말하긴 어려웠겠죠. 아이 때문에 억지로 함께 해봐야 불행할 게 뻔하고."

"지금은…… 살아 계신가요?"

엄마의 친아버지에 대해 묻는 수아의 음성이 가늘게 떨렸다. 임 의원이 쓴웃음을 머금었다.

"너무 잘살아 있어서 탈이랄까. 명색이 노동운동계의 전설이었는데……. 그런 말 있잖아요. 원래 돌아선 사람이 더 무섭다고. 참 무섭게 잘살아."

임 의원의 얼굴에선 쓴웃음이 좀처럼 지워지지 않았다. 두 눈가엔 어찌할 도리 없는 안타까움이 짙게 배어 있었다.

임 의원은 엄마의 친아버지가 할머니의 글 속에 목소리와 뒷모습만으로 잠깐 등장한다고 했다. '처음 가출을 해서 정애의 집에 찾아간 날, 정애를 찾아왔던 키가 껑충한 그 남자'라고 했다.

할머니가 편지에서 그 남자의 얼굴을 못 본 걸 그렇게 안타까워했던 것도 후에 엄마의 친아버지가 그 사람인 걸 깨달아서였다고.

"연락처 알고 있는데…… 어떡할래요, 받아 갈래요?"

임 의원이 수아에게 물었다. 수아는 잠시 고민했다. 그러다 고개를 가로저었다. '참 무섭게 잘살고' 있는 모습을 본다 한들, 좋을 것 같지 않아서였다. 또 그렇게 살고 있는 분이라면 왠지 엄마의 존재를 달가워하지 않을 것 같았다.

그건 할머니도 원하는 게 아닐 거라는 생각도 함께.

"은옥이가 글이 적힌 노트를 건네주면서 그러더라고요. 네가 가지고 있다가 적당한 때 전해달라고. 만약 이걸 읽고 찾아와서 뭐든 물어오면…… 잘 대답해주라고. 난 그 '적당한 때'를 몰라서 한참 기다린 셈인데…… 민주가 아닌 수아 씨가 온 걸 보면 왠지 지금이 적당한 때였구나 싶기도 하네."

임 의원이 수아를 보며 옅게 미소 지었다.

너무 일찍 두 친구들을 보내고 혼자서 지나온 쓸쓸한 시간의 무게가 느껴지는 듯했다.

"아 참, 감사했습니다. 언제고 다시 뵙게 되면 감사 인사를 드리고 싶었어요."

임 의원이 의아한 눈으로 수아를 보았다.

수아는 얼마 전 '적극적 만류자들' 앞에서 자신이 왜 이렇게밖에 살 수 없는지 설명할 때, 편지에 적힌 임 의원의 말―꿈을 이루려고. 나한텐 꿈이 있는데 내가 번지르르한 길만 다니면, 난 아마 그 꿈을 못 이룰 거야―를 빌린 사실을 전했다.

더불어 그건 '성실하고 정직한 사람이 잘사는 원대한 꿈'에 대한 말이었는데, '소소한 개인의 꿈'을 말할 때 빌려서 조금은 죄송하다고도.

임 의원이 물었다.

"수아 씨, 성실하고 정직한 사람 맞죠?"

순간 수아의 머릿속은 '네'라고 대답할 수 있는 사람인지를 재빨리 훑기 시작했다. 다행히 아직까진 수아 자신의 일에서만큼은 누구보다 성실했고 정직하려고 노력했다는 결론이 나왔다.

"네, 다행히 현재까진 그렇습니다. 앞으로도 그러려고 노력할 거고요."

"그럼 됐어요. 언제 어디서든 내 말을 써도 돼. 그럼 내가 더 고마울 거예요."

무겁던 집무실 안의 공기가 두 사람의 웃음이 섞여 가벼워졌다. 그러나 그것도 잠시뿐. 수아는 또다시 무거워질 수밖에 없었다.

임 의원으로부터 들은 이 충격적인 사실을 엄마에게 전해야 할까 말아야 할까. 혼자서 생각하고 결정하기엔 너무나 크고 버거운 문제라는 생각이 들었다.

"내가 고민하던 문제가 이제 수아 씨에게로 넘어간 것 같네. 이 사실을 민주가 아닌 다른 사람에게 터놓게 되리라곤 생각 못 했는데. 참 알 수 없게 돌아가는 게 세상일인가 봐."

임 의원이 어두워진 수아의 표정을 읽었는지 말을 건넸다. 수아는 무언가 대답을 하고 싶었지만 할 말이 떠오르지 않아 희미한 미소를 띨 수밖에 없었다. 그마저도 어색해서 얼굴 근육이 굳은 느낌이 들었다.

송영훈 씨가 들어와 임 의원에게 다음 미팅 시간이 임박했음을 알렸다.

이제 여기서 일어나야 했다. 진짜 고민은 여길 나가면서부터 시작될 터였다.

"시간 내주셔서 감사합니다. 모든 이야기들을 말씀해주신 것도요."

수아가 진심을 담은 인사를 건네며 일어섰다.

그때 임 의원이 아, 잠시만, 하고 수아를 불러 세웠다. 임 의원은 메모지에 무언가를 적어 수아에게 건넸다.

"정애 있는 곳. 혹시라도 궁금할까 해서."

수아는 더없이 조심스럽고 낯선 손길로 메모지를 받아들었다.

임 의원은 그런 수아의 어깨를 두어 번 토닥였다. 이건 형식적인 손길이 아니라 마치 할머니와 같은 손길이라고 수아는 생각했다.

실제로 할머니에게 이런 토닥임을 받아본 적 없었지만…… 그런 적이 없더라도 알 것 같았다.

"저 그런데…… 할머니는 왜 편지의 그 부분을 찢어버린 걸까요?"

문 앞에서 걸음을 멈추고 돌아선 수아가 임 의원에게 물었다.

"나도 그 부분을 없앴다고만 들었지, 이유는 들은 적이 없어서…… 분명한 답을 해줄 순 없지만…… 글쎄, 내 생각에 그건… 엄마였기 때문이 아닐까. 정말 엄마의 마음."

임 의원이 말끝에 살풋 미소를 얹었다.

수아는 임 의원의 말이 맞았으면 하는 생각이 들었다. 다른 이유가 아닌 오직 그 이유였으면 좋겠다고.

'정말 엄마의 마음.'

임 의원의 집무실을 나서면서부터 수아는 한동안 이 말에 대해 생각했다. 수아가 생각하기에 이 말은 두 가지 뜻으로 해석할 수 있었다.

모든 진실을 알았을 때 충격과 슬픔을 느낄 딸이 걱정되는 마음. 그리고 할머니 자신이 딸에게 진짜 엄마이길 바라고, 그렇게 남고 싶은 마음.

그렇지만 할머니는 진실이 밝혀질 수 있는 여지를 남겨두었다. 그 노트를 임성혜 의원에게 맡긴 사실이 그걸 증명하고 있었다.

그렇다면 자신의 입으로는 말 못 하더라도 어쨌든 엄마가 진실을 알아야 한다고 생각한 것일 수도 있다. 엄마의 친엄마는 할머니가 가장 아끼는 친구였고, 그 친구는 너무도 가련한 삶을 살다 갔기 때문에.

나라면 어떨까. 나였다면 내 엄마가 친엄마가 아니라는 사실을, 그래도 아는 게 나을까, 차라리 모르는 게 좋을까.

자신을 엄마의 입장에 놓고 생각해보아도 답은 쉽사리 나오지 않았다. 엄마가 친엄마가 아니라는 건 전혀 상상조차 할 수 없기 때문이었다. 하지만 엄마의 상황은 수아와는 또 다른 면이 있었다.

엄마는 여섯 살 때까지 보육원에 살았고, 할머니를 보고 정말 내 엄마가 맞는지 의문을 가졌던 기억이 있는 사람이었다. 어쩌면, 꽤 오랜 시간 동안 마음속에 '일말의 의심'이 남아 있었을지도 모를 일이었다.

그러나 그렇다고 하더라도 지금은 할머니도, 진짜 친할머니도, 모두 계시지 않는 상황이다. 이런 상황에 엄마가 진실을 알아서 좋을 게 뭐가 있을까 싶었다.

사실을 알게 되면 할머니에 대한 미안함이 더 깊어지고, 자신의 생모에 대한 안타까움만 아프게 얹어질 뿐이지 않을까.

수아는 이 두 갈래 길 사이에서 조금도 움직이지 못했다.

엄마가 퇴원 기념으로 식사를 함께하자고 했지만 나갈 수 없었다.

엄마를 평범한 얼굴로 바라보기 어려워서였다. 감추려고 해도 수아의 눈에 순간순간, '복잡한 심경'이 어쩔 수 없이 스칠 텐데, 엄마가 그걸 캐치하지 못할 리 만무했다.

어느 쪽이든 결정을 내린 뒤에 엄마를 봐야 할 것 같았다. 수아는 그 결정의 순간을 가능한 멀리 미뤄두고 싶었다. 다만 의도적으로 엄마를 피하는 건 어려울 것 같다는 걱정이 들었는데, 고맙게도 수아는 그즈음에 좀 바빠졌다.

예전에 함께 일한 적 있는 케이블 방송국 피디가 새 프로그램을 기획하는데, 거기 3D 피규어가 중요하게 쓰인다는 정보를 입수했다. 그래서 피디를 만나 명함을 건네주었다.

며칠 뒤 '한 피디님 연락 받고 전화 드렸습니다'라는 전화를 받았을 때, 수아는 뛸 듯이 기뻤다. 한 피디가 만들 프로그램의 조연출로부터 온 전화로 생각했기 때문이었다.

하지만 그 전화는 조연출의 전화가 아니라 한 피디 누나의 전화였다.

키즈 카페를 오픈하는데, 인테리어 아이템으로 피규어가 필요하다는 거였다.

수아가 한 피디에게 누나 분의 전화를 받았다며 다시 연락을 했을 때, 그가 말했다.

"수아 씨도 알잖아요. 방송 쪽은 어쨌건 프로필 빵빵하고 지금 잘 나가야 하는 거."

그러니까 얼마 전에 Bon스튜디오가 도산했다는 프로필이 문제였다. 새로 출범한 Bon2스튜디오는 아무 이력이 없는 게 문제였고.

"그래도 수아 씨 실력이야 내가 잘 아니까, 누나 일 부탁한 거지. 가족 일을 아무한테나 맡길 수 있나요. 우리 작업은 다음에 꼭 같이 합시다."

그는 '밥 한 번 먹자'는 말처럼 기약 없는 '작업 약속'을 했다.

한 피디 누나와의 첫 미팅 날. 그녀는 수아를 못내 미심쩍은 눈으로 바라보며 말했다.

"동생이 실력 있는 분이라고 믿고 맡겨도 된다고 하긴 했는데…… 내가 이런 걸 처음 하다 보니까 신경 쓰이는 게 많아서요. 난 사실 돈이 좀 더 들더라도 큰 데서 하려고 했거든요."

"믿고 맡기셔도 됩니다. 큰 데라고 다 좋은 게 아니고, 작은 데라고 다 허술하지 않아요."

그녀가 다시 말했다.

"아니…… 한 번…… 그랬다고 하시니까 신경이 쓰이는 건 어쩔 수 없네요. 동생 말 들어보자 하고 결정한 거지만."

'한 번 그랬다'는 말은 역시 Bon스튜디오의 도산을 말하는 거였다. 그러니까 수아는 '스물일곱 사장'이라는 불완전한 프레임 말고 '망한 사장'이라는 꼬리표가 하나 더 붙은 거였다.

어찌 보면 맨 처음 사업을 시작할 때보다 더 불리한 상황이었다. '결국은 망한 청년 사장'이라는 시선이 수아를 따라다닐 테니까.

예상한 일이었다. 사람들은 실패했지만 다시 일어서는 사람에게 박수를 쳐준다. 하지만 그건 대부분 A에서 실패하고 B로 뛰어들어 잘된 경우에 그렇다. 실패한 채로 A에 또 뛰어드는 사람에겐, A를 전혀 모르는 사람보다 더 가혹한 시선을 던지기 마련이었다.

그래도 배운 게 A뿐이니까, 아는 게 A뿐이니까. 하고 싶은 게 A뿐이니까. 수아는 계속 A로 뛰어들 수밖에 없었다. 제로가 아닌 마이너스에서 시작하는 거지만, 곧 플러스가 될 날이 올 거라고 믿으며.

자신을 못 미더워하는 한 피디 누나를 정말 백 퍼센트 만족시키기 위해 정신없는 나날을 보내고 있을 때, 엄마에게서 전화가 왔다.

다음 주가 외할머니 생신이라고 했다.

아…… 벌써 그렇게 되었나.

시간 참 빠르다고 느낀 것도 잠시, 수아는 멀리 미뤄 두었던 진실과 다시 만나야 한다는 걸 깨닫고 깊은 한숨을 내쉬었다.

엄마는 돌아가신 외할머니의 생신 때마다 할머니 묘소에 다녀오곤 했다. 수아는 중학교에 들어가면서부터 엄마와 동행했다. 그러니까 벌써 십 년이 넘은 연례행사였다.

엄마는 할머니 묘소에 갈 때 꼭 수아와 단둘이 갔다. 엄마에게 그 이유를 물은 적이 있었는데, '나도 딸이고, 너도 딸이니까'라는 심플한 답이 돌아왔다.

할머니 묘소에 갈 때 엄마는 대체로 평온한 분위기였다. 그런데 딱 한 번 수아가 대학에 입학했을 때, 엄마는 할머니 묘소에서 펑펑 울었다.

내가 수아 대학 보냈다고. 엄마가 좋아하는 대학, 내 딸도 보냈다고. 그러다 조금 미안한 얼굴로 말했다. 근데…… 최고 대학은 아니야. 내가 못 갔으니까 내 딸은 꼭 최고 대학 보내고 싶었는데.

그러면서 엄마는 빨개진 눈으로 수아를 한 번 째렸다.

그때 엄마가 왜 그렇게 펑펑 울었는지, 왜 수아를 최고 대학에 보내고 싶어 했는지, 수아는 이제야 알 것 같았다. 할머니의 편지를 읽고 난 지금에서야…….

매해 형식적인 의무를 소화해내듯 마지못해 다녀오는 곳이었다. 하지만 수아는 이번만큼은 어쩌면 자신도 모르게 터져버릴 눈물에 대한 대비가 필요할지도 모른다고 생각했다.

토요일 오후, 수아는 엄마와 함께 할머니 묘소로 출발했다. 그날
은 엄마의 유방암 검진이 있는 날이었다. 수아는 검진을 마치고 나
온 엄마를 아빠 차에 태웠다.

"어휴, 무슨 검진이 사람 눈물 콧물 쏙 빼놓을 정도로 그렇게 아
프다니. 아무리 받아도 적응이 안 된다니까."

엄마는 아직도 통증이 남아 있는 사람처럼 찌푸린 얼굴로 눈을
감았다.

할머니가 유방암으로 돌아가셨기에 엄마는 서른다섯 이후부터
매년 유방암 검진을 받아왔다. 가뜩이나 여자로서 위험한 병인데,
가족력이 있으니 더 위험할 거라며 검사를 거르지 않았다.

"수아 너도 조심해야 돼. 아직 젊다고 방심하지 말고, 자가 검진
이라도 해. 가족력이 이게 무서운 거라고."

수아는 엄마의 입에서 나온 '가족력'이라는 말에 잠시 씁쓸해졌
다. 엄마와 할머니는 '가족'이 맞았지만 그 병이 엄마가 걱정하는
'유전'이 될 가능성은 없었기 때문에. 오히려 엄마의 친어머니는 폐
병으로 돌아가시지 않았나.

수아는 엄마, 폐도 검사해봐, 하고 말하려다 관두었다. 그분께서
그리되신 건 그 당시 공장의 열악한 환경 탓이라고 보는 게 더 맞을
것 같아서였다.

"응? 이 길로 가는 거 아니잖아. 어디 가는 거야?"

할머니 묘소로 가는 길과 다른 도로로 빠지는 수아를 보며 엄마
가 물었다.

"가보면 알아. 여기, 할머니한테 되게 의미 있는 곳이거든. ……엄
마한테도."

엄마가 '그러니까 그게 대체 어디냐'고 되물었지만, 수아는 '가보면 안다니까'라고만 할 뿐이었다.

차가 멈춘 곳은 교외의 한 성당 묘지였다.

엄마의 친어머니이자, 수아의 친할머니 정애가 잠들어 있는 곳이었다.

엄마에게 진실을 말할 것인지, 묻어둘 것인지, 수아는 이 결정을 오늘 여기서 하기로 했다.

그 후에 할머니 묘소로 향하는 게 맞는 일 같았다. 어떤 결정을 내리든, 이렇게 되었다고 말씀은 드려야 하니까.

수아 혼자 가슴속에 담고 있기엔 버거운 진실이었다. 그래도 이곳에 오면 자신이 어떻게 해야 할지 알 수 있을 것만 같았다.

수아는 사람에게 있는 마음의 기운이라는 걸 믿어 보고 싶었다. 머리로는 도저히 답을 낼 수 없는 일이, 마음의 기운으로 정해지기를.

아무 근거도 없지만, 그렇게 할 수밖에 없는 가장 강력한 이유. 마음. 그것에 기대는 수밖에 없었다. 수아의 마음이 그 어느 때보다 무겁고 예민하게 두근대고 있었다.

"여긴 누구 묘지야?"

엄마가 물었다.

"할머니 제일 친한 친구 분이 계신 묘지야."

수아의 대답에 엄마가 잠시 멈칫했다.

'그…… 할머니가 썼다는 글에서 봤어? 여기 좀 들러 달라는 당부 같은 게 써져 있었나 보네?'라고 물었다.

수아는 말없이 고개를 끄덕였다. 그런 당부는 없었지만, 찾아간 걸 싫어하시진 않을 거라는 생각이었다. 엄마도 말없이 수아의 뒤를 따라왔다.

"고운 분이네……."

묘 앞에 있는 사진을 보더니 엄마가 말했다. 수아는 그 말에 어쩐지 가슴이 묵직하게 내려앉는 느낌이었다.

"엄마 이름을 지어주신 분이래."

엄마는 아아, 그래? 하며 좀 놀라는 기색이었다. 왜 그런 얘길 한 번도 안 했지? 혼잣말처럼 내뱉었다.

"할머니가 이분 얘기를 하면…… 너무 슬퍼져서 그랬대."

"울 엄마는 얘기하면 슬퍼지는 사람이 참 많기도 하지. 옛날에도 아빠 얘기 꺼내지 말라고, 너무 슬퍼진다고. 내가 그 말을 여섯 살 때 들었는데, 그래서 십 년 동안 안 꺼냈잖아. 친아버지 얘기. 결국은 십 년 만에 꺼냈지만. 별 소득도 없이 끝났고."

"엄마…… 친아버지 누군지 아직도 궁금해?"

"그럼, 궁금하지. 세상에 제일 서러운 게 뭔지 알아? 자기 낳아준 엄마 아빠 얼굴도 모르고 사는 거야. 그 막막함은 정말 겪어본 사람만 알 수 있다고. 엄마랑은 안 닮은 내 눈매, 하얀 얼굴, 뭉툭한 손톱. 이런 거 볼 때마다, 아, 이건 아빠한테서 온 거구나. 내 아빠는 어떻게 생겼을까. 어떻게 사진 한 장도 없다니. 참 너무하지."

뭉툭한 손톱은 모르지만…… 엄마의 하얀 얼굴은 저분을 닮았고, 반달 눈매도 그래. 엄마는…… 저분을 닮았던 거야.

수아의 마음속에서 묶어둔 말들이 풀어져 거세게 휘돌고 있었다.

이제 정말 말해야 하는 걸까. 자신이 알고 있는 사실이 목 끝까지 차올라 밖으로 나올 준비를 하고 있었다. 수아는 차마 엄마를 보지 못하고 고개를 숙인 채 입을 열었다.

"엄마, 있잖아……."

가능한 차분하려고 쥐어 짜낸 목소리가 힘겹게 흘러나왔다. 그래도 말끝이 불안하게 떨리는 건 어쩔 수 없었다. 그런데 그때, 엄마가 말을 시작했다.

겨우 꺼낸 '엄마, 있잖아……'라는 서두가 그 말에 먹혀들었다.

"근데 뭐 이젠 궁금하지도 않아. 수아 네가 덜컥 들어섰을 때, 네 아빠한테 말하기 전까지 혼자 얼마나 속을 태웠는지. 이 남자가 도망가버리면 어쩌나. 그럼 이 애랑 나는 어쩌지? 어떻게 혼자 낳고 혼자 키우지? 이런 생각에 얼마나 가슴을 졸였던지. 네 아빠가 그럴 사람이 아니란 걸 알면서도 그렇게 되더라. 그때 엄마 생각이 참 많이 났어. 우리 엄마, 그 손가락질 받아가며 나 키우느라 참 고생 많았겠다. 정말 엄마라서 견디지, 엄마가 아니면 누가 날 그렇게 키웠겠나…… 늘 느끼던 거지만 새삼 다시 느껴졌거든. 그때 결심했지. 난 우리 엄마면 충분하다. 더는 다른 건 궁금해 말자."

순간 수아의 목 끝까지 차오른 말 대신 두 눈에서 왈칵, 다른 것이 쏟아져 내렸다.

엄마가 놀라서, 어머, 너 우니? 하고 물었다. 멈춰야 하는 걸 알면서도 쉽게 그치지 않았다.

수아는 진실을 꺼낼 수 없었다. 임 의원이 말한 할머니의 '정말 엄마의 마음' 그 마음이 엄마에게 고스란히 전해져 있었기 때문이었다. 다른 누구도 아닌 '수아'를 통해서.

할머니가 품었던 '정말 엄마의 마음'은 수아를 통해 엄마가 된 엄마에게 그렇게 전해져 있었다.

그건 외가 어른들이 꽁꽁 싸매 감추고 싶어 하던 '몹쓸 피의 계보'가 아니었다. '고스란히 이어진 마음의 내력'이었다.

'정말 엄마의 마음'은 버겁고 충격적인 진실을 아주 깊이 가라앉도록 만들었다.

이제 그 진실은 수아의 가슴속에 묻혀 있을 거고, 아마도 평생 입 밖으로 꺼낼 리 없는 진실이 될 것이다.

엄마에게 엄마는 처음부터 그랬듯 외할머니 단 한 사람이기로.

"왜 자꾸 우는데? 나 병원에 입원했을 때 너 실실거리게 만든 놈, 그놈한테 실연당했어?"

엄마는 엉뚱한 짐작을 하며 물었다. 그 짐작이 너무도 가벼워서 수아는 짧은 헛웃음이 터졌다. 갑자기 슬픈 얘길 하니까 그러지. 그것도 묘소에서. 수아가 자신의 눈물을 엄마 탓으로 돌리며 얼른 손등으로 눈가를 훔쳐냈다.

다만 이 말만은 하고 싶어. 정애의 마지막은…… 절실했다.
대체 무엇에 그리 절실했냐고 물으면 '사랑'이라고 답할 거야. 어떤 사랑이었냐고 물으면 '어쩔 수 없는 사랑'이라고 답하겠다.

수아는 정애의 묘 앞에서 할머니 글 속에 있던 정애의 마지막을 떠올렸다. 그 애타고 절절했을 마지막에 수아는 절로 고개가 숙여졌다.

'마지막까지 절실했던 어쩔 수 없는 사랑. 당신의 그 사랑이 지금 눈앞에 있습니다. 그러나 저 역시 진실을 전하지 못해 죄송합니다.'

수아는 정애의 사진을 보며 자신의 속마음을 고백했다.

할머니의 말대로 하얗고 가지런한 치아가 유독 예쁜 맑은 미소를 지닌 분이었다.

"근데 이분이 할머니랑 깊은 관계인 건 알겠는데, 나한텐 왜 의미 있는 분인 거야? 아까 네가 그랬잖아."

수아가 잠시 멈칫하다가 '아…… 그건 엄마 이름을 지어 주신 분이니까' 하고 대답했다.

그리고 '민주'라는 이름이 가진 뜨거운 의미에 대해 잠시 설명했다.

민주가 바로 민주주의의 그 '민주'라고. 다행히 엄마는 수아의 설명에 별다른 말없이 고개를 끄덕였다.

수아와 엄마는 잠시 동안 묘 앞에 머물렀다. 묘소의 고요함과 이따금 실낱처럼 불어오는 바람이 나쁘지 않았다.

"나 갑자기 왜 이렇게 슬프니."

묘소의 사진을 보던 엄마 눈가가 촉촉해져 있었다.

"있잖아. 이건 처음 얘기하는 건데…… 나 사실 네 할머니한테 되게 미안한 게 있거든."

엄마가 무언가 단단히 잘못한 얼굴로 조심스레 운을 떼었다. 뭔데? 수아가 물었다.

"우리 엄마, 그렇게 내가 대학 가는 게 소원이었는데 대학 가자마자 애를 낳았으니…… 물론 엄마 소원이라 이 악물고 졸업은 했지만, 그러곤 들어앉아 여태껏 살림하고 애 키우고…… 내가 뭔가 큰 인물이 되길 바라셨을 건데. 그게 계속 미안스러워."

수아는 지금 이 순간 자신이 전해줄 수 있는 말이 있어 정말 다행이라는 생각이 들었다.

"엄마 지금 불행해?"

수아의 물음에 엄마가 '갑자기 무슨 소리야?' 되물었다.

"너무 행복하지 않아도 된대. 불행하지만 말아 달래. 시시하고 소소해도 괜찮대. 모두가 영웅일 순 없으니까."

엄마가 잠시 멈칫했다. 그러더니 '할머니가 그래?' 하고 조심스레 물었다. 수아는 고개를 끄덕였다.

"얘, 나 아무래도 그 글 좀 봐야겠는데."

그 말에 평온해지고 있던 수아의 심장이 다시 확 뛰기 시작했다. 이제 엄마는 할머니 글을 보지 않는 게 훨씬 더 나았다. 수아는 '임 의원님이 필요하시대서 얼마 전에 다시 넘겼어'라고 둘러댔다. 제발 그대로 넘어가길 바라면서.

"그랬어? 그래, 지금도 이렇게 엄마 보고 싶고 가슴 아픈데…… 보지 말란 뜻인가 보다."

엄마는 의외로 빠르게 포기했다. 수아는 다행이라고 여기며 순식간에 달궈졌던 가슴을 열심히 쓸어내렸다. 만약 아주 나중에 다시 엄마가 할머니 글을 찾는다면…… 그때 가서는 엄마에게 할머니 글을 전해주자 생각했다.

"근데 엄마, 할머니가 그러는데 엄마는 되게 조용하고 늘 고운 눈으로 할머니를 바라보는 딸이었다고 그랬거든. 엄마가 언제부터 변한 건지 난 그게 궁금하더라."

순간 수아의 등짝 위로 엄마의 매서운 손이 날아들었다. 아! 소리가 절로 나는 세기였다.

언제긴 언제야, 봉수아 너 낳고 나서부터지. 너도 애 낳아봐!

엄마는 수아에게 얼른 가, 이제, 말하며 앞장섰다. 수아가 따라나서는데, 엄마가 갑자기 다시 묘 앞으로 돌아왔다.

엄마는 가방에서 손수건을 꺼내 사진과 묘에 내려앉은 먼지를 닦기 시작했다.

정성스럽고 조용한 손길이었다.

"왜 이렇게 짠한지 모르겠네."

엄마가 혼잣말처럼 중얼거렸다.

수아는 아무 말도 할 수 없었다. 그저 가만히 바라보는 것조차도 할 수 없어 고개를 숙였다.

이제 차는 할머니가 있는 곳으로 달리고 있었다.

"가지 말까? 그냥 돌아갈까?"

엄마가 느닷없는 말을 꺼냈다. 왜? 수아가 물었다.

"네 할머니 보기 미안해서. 자식이 빚더미에 앉을 동안 넌 뭐했냐고 혼날 거 같아."

수아는 엄마를 힐끗 보았다. 엄마의 얼굴은 수아를 향해 있지 않았고 생각에 잠긴 모습이었다. 그 얼굴은 수아를 탓하기보단 엄마 자신을 자책하고 있었다.

"엄마, 나 요즘 일하고 있어. 작은 일이지만 돈 받는 일."

"그래, 듣던 중 반가운 소리다만, 그 빚을 언제 다 갚을까."

엄마의 말끝에 한숨이 딸려 나왔다. 얕은 한숨이었지만 차 안의 공기를 무겁게 했다.

수아는 차 유리창을 조금 열었다. 시원한 바람이 밀려들어 왔다.

"이민주 여사님, 두고 보십쇼. 전 다시 잘될 겁니다. 마음이 향하는 곳으로만 가면 즐거운 일이 기다리고 있을 거라고 하셨거든요. 우리 할머니가."

수아의 말에 엄마가 못 말리겠다는 듯 웃고 말았다.

"참, 가만 보면 넌 진짜 울 엄마 닮았어. 대책 없이 긍정적이야. 그럼 수아 네가 큰 인물 좀 돼서 할머니 소원 좀 이뤄드려라."

엄마가 수아에게 농담 섞인 부탁조의 말로 큰일을 떠안겼다.

"그건 엄마 소원 같은데? 할머니 소원은 엄마가 즐겁게 사는 거라고."

엄마는 '그럼 그거 할머니 소원 맞네. 난 네가 잘되는 게 제일 즐겁거든' 하고 대답했다. 그 말을 하는 엄마에게서 언뜻 말간 얼굴의 소녀가 보이는 듯도 했다.

수아는 문득 할머니의 편지가 엄마가 아닌 자신에게 전해진 것이 어쩌면 우연이 아닐지도 모른다는 생각이 들었다.

편지를 받아들기 전, 수아는 자신이 환절기를 지나고 있다고 생각했다. 마음이 가 있는 곳과 몸이 머무는 곳의 극심한 온도차. 수아는 거기에 적응하지 못하고 있었다.

큰 온도차에 지독한 감기가 걸려 끙끙 앓고 난 뒤에야 완연한 봄이 되든, 깊은 가을이 되든 하는 시기, 환절기.

그 길목에서 수아는 할머니의 편지를 받았다. 잠이 오지 않는 밤에 수면제가 되기를 기대하며 읽어 내려간 그 편지는, 수아의 해열제였고, 진통제였다. 그 정성 어린 약 덕분에 수아는 그 길목에서 주저앉지 않고 무사히 지나올 수 있었다.

이제 수아는 완연한 봄이며, 깊은 가을이었다.